CHRISTOPHER GOLDEN

Das Totenschiff

Buch

Die Abenteurer und Dokumentarfilmer Adam und Meryam gehen beruflich Risiken ein – doch nichts konnte die beiden auf das, was sie auf dem legendären Berg Ararat im Osten der Türkei erwartet, vorbereiten. Zusammen mit einem kleinen Team sind sie die Ersten, die nach einem schweren Erdbeben den Aufstieg wagen. Und sie sind die Ersten, die den neu freigelegten Eingang zu einer Höhle entdecken. Im weitläufigen, verzweigten Inneren stoßen Adam und Meryam auf ein uraltes Schiff. Glaubt man der Legende, muss es sich um die Arche Noah handeln. Aus den dunklen Tiefen des Schiffes kommt ein Sarg zum Vorschein, bedeckt mit mysteriösen Symbolen, die die Wissenschaftler und Archäologen im Team nicht zuordnen können. Der Sarg beherbergt einen entstellten, gehörnten Kadaver. Und während sich um den Berg Ararat ein Schneesturm zusammenbraut, der den Abstieg unmöglich macht, kommt es in der Höhle zu rätselhaften Vorkommnissen – und bald zum ersten Todesfall.

Der Autor

Christopher Golden ist in den USA bereits ein preisgekrönter New-York-Times-Bestsellerautor. Geboren und aufgewachsen ist er in Massachusetts, wo er auch heute noch mit seiner Familie lebt.

Von Christopher Golden bei Blanvalet bereits erschienen

Krieg der Maschinen

CHRISTOPHER GOLDEN

DAS TOTENSCHIFF

Roman

Aus dem Amerikanischen
von Urban Hofstetter

blanvalet

Die Originalausgabe erschien 2017 unter dem Titel
»Ararat« bei St. Martin's Press, New York.

FSC
www.fsc.org
MIX
Papier aus verantwortungsvollen Quellen
FSC® C014496

Verlagsgruppe Random House FSC® N001967

1. Auflage

Redaktion: Alexander Groß
Umschlaggestaltung und –motiv: © Johannes Frick
unter Verwendung von Motiven von Shutterstock.com
(© Nomad_Soul, © furtseff, © Roberto Caucino,
© jehsomwang, © zizar)
JB · Herstellung: sam
Satz: Uhl + Massopust, Aalen
Druck und Einband: GGP Media GmbH, Pößneck
Printed in Germany
ISBN: 978-3-7341-0491-6

www.blanvalet.de

Dieses Buch ist nicht das erste,
das ich meiner Frau Connie Golden widme,
und es wird auch nicht das letzte sein.

»Was möchtest du? Den Mond?
Du musst nur ein Wort sagen.«

All my favorite people are broken.
Over the Rhine

Eins

Kurz nach acht Uhr morgens am letzten Tag im November begann der Berg zu schwanken.

Feyiz erstarrte und streckte mit angehaltenem Atem einen Arm aus, um das Gleichgewicht zu wahren und abzuwarten, bis sich das Beben legte. Aber es wurde noch stärker. Seine Auftraggeber schrien auf Deutsch auf ihn ein, einer Sprache, die er nicht verstand. Einer der Männer brach in Panik aus und fing an zu kreischen, als würde sich der Teufel persönlich durch das Herz des Berges nach oben wühlen, um nach ihnen zu greifen. Sie standen auf dem Gipfel, in allen Richtungen erstreckte sich der unendlich weite, strahlend blaue Himmel, die eisige Luft roch frisch und sauber. Eigentlich ein idyllischer Morgen auf dem Berg Ararat, hätte die Welt nicht plötzlich begonnen auseinanderzubrechen.

»Runter!«, schrie Feyiz. »Runter auf den Boden!«

Er ließ seine Trekkingstöcke fallen und sank auf der eisigen Schneedecke auf die Knie. Als er nach dem Pickel an seiner Hüfte langte und ihn ins Eis hackte, fragte er sich, ob ihn die sechs Männer und drei Frauen über den rumorenden Lärm des Berges hinweg überhaupt verstehen konnten.

Die Deutschen taten es ihm nach.

Während er sich auf den Knien kauernd festklammerte und hoffte, dass die Schneedecke nicht nachgab, versuchte Feyiz, die Sekunden nicht zu zählen. Die Deutschen schrien sich gegenseitig an. Eine Frau grinste breit, in ihren Augen funkelte wahnsinniges Vergnügen, und sie schien sich an ihrer augenblicklichen Todesangst zu ergötzen.

Ein Mann packte ihn am Arm. Er hatte ein schmales Gesicht mit ausgeprägten Wangenknochen und himmelblauen Augen. »Wie lange wird das dauern?«, verlangte er mit seinem starken Akzent zu wissen.

Als ob so etwas andauernd vorkäme. Als ob ein Trekkingführer auf einem Berg, der mit vorhersagbarer Regelmäßigkeit derart wild bebte, zweiunddreißig Jahre alt werden könnte. Feyiz starrte ihn bloß an, dann kniff er die Augen zusammen und betete – nicht nur für seine Frau und ihre vier Söhne unten im Dorf Hakob, sondern auch für alle, die im Camp Zwei ausharrten. Hier auf dem Gipfel waren sie von Schnee und Eis umgeben, aber um Camp Zwei herum gab es nur Geröllhaufen aus massivem Vulkangestein, und er wollte gar nicht darüber nachdenken, was passieren würde, sobald die ins Rutschen gerieten.

»Zwanzig Sekunden!«, rief eine Frau auf Englisch und fixierte Feyiz. »Wie lange noch?«

Er wagte kaum zu atmen, während sich der Berg unter ihm aufbäumte und Donner den Himmel erfüllte. Mittlerweile hatte er die Augen wieder geöffnet und sah zum fernen Gipfel des Kleinen Ararat hinüber. Das Herz schlug ihm so heftig in der Brust, als würde es von einem eigenen Beben erschüttert.

Das Eis krachte, und ein gewaltiger Spalt tat sich auf. Das Geräusch klang wie ein Kanonenschuss.

Einer der Deutschen begann, laut zu beten, als müsste

er brüllen, damit sein Gott ihn inmitten dieses tosenden Erdbebens verstehen konnte.

Es hörte ebenso unvermittelt auf, wie es angefangen hatte. Während das Donnern des Berges noch am Himmel nachhallte, blickte Feyiz sich nach seinen Kunden um und sprang auf die Füße. Er zwang sich, ruhig zu atmen – hier oben, in der dünnen Gipfelluft, durfte er keinesfalls hyperventilieren –, und bückte sich nach seinen Trekkingstöcken.

»Kommen Sie. Wir müssen jetzt absteigen.«

»Nein!«, blaffte ein Kunde – der Mann, der vorhin gebetet hatte. »Was ist, wenn es Nachbeben gibt? Oder … vielleicht kommt ein Beben, das noch schlimmer ist als dieses. Während wir unterwegs sind!«

Feyiz betrachtete ihn durch die Dampfwölkchen, die sein Atem in der Morgenluft bildete. Diese Männer und Frauen waren keine Freunde, sondern Kollegen, die im Management einer Technologiefirma in München zusammenarbeiteten. Sie kannten einander, aber liebten sich nicht. Bis auf einen hatte keiner von ihnen Bergerfahrung. Sie trugen zwar dem Wetter angemessene Kleidung und zeichneten sich alle durch unaufgeregte Entschlossenheit aus, aber nichts in ihrem bisherigen Leben hatte sie auf diesen Moment vorbereitet.

»Hören Sie mir gut zu.« Beim Sprechen streiften Feyiz' Lippen die kleinen Eiszapfen, die sich an den Spitzen seines Schnurrbarts gebildet hatten. »Meine Frau und meine Kinder sind da unten am Berg. Meine Cousins und ihre Familien tragen in diesem Moment Gepäckstücke und führen Pferde; sie bringen Bergsteiger – Touristen wie Sie – hier herauf. Ich muss für ihre Sicherheit sorgen. Wie lange wollen Sie hierbleiben und abwarten?

Falls es Nachbeben gibt, können sie in ein paar Stunden oder vielleicht auch erst in ein paar Tagen kommen. Haben Sie etwa vor, erst nach Einbruch der Nacht abzusteigen? Ich werde jetzt sofort aufbrechen.«

Mit diesen Worten drehte er sich um. Die Steigeisen unter seinen Stiefeln kratzten über das Eis und bohrten sich in den Schnee, als er den Weg zurückging, auf dem sie vorhin heraufgekommen waren.

»Halt!«, rief ihm der betende Mann hinterher. »Sie haben Geld bekommen, damit sie uns führen! Sie müssen …«

Feyiz wandte sich um und blickte ihn zornig an. »Was muss ich? Ihr Wohlergehen über das meiner Familie stellen? Wenn sie für den Weg nach unten einen Führer brauchen, dann folgen Sie mir.«

Während er vom Gipfel hinabstieg, dachte er an die vielen Stunden, die vor ihm lagen … Stunden, in denen seine Familie genauso besorgt um ihn sein würde wie er um sie. Hinter sich hörte er Deirdre, die er für die Ranghöchste in dieser Gruppe hielt. Sie wies den betenden Mann zurecht, und als Feyiz sich umblickte, sah er, dass alle ihm folgten.

Er war erst ein paar Dutzend Schritte weit gekommen, als der Berg erneut zu grollen begann.

»Hab ich's nicht gesagt!«, schrie der betende Mann auf.

Doch diesmal ließ sich Feyiz nicht zu Boden fallen. Der Ararat bebte und bockte nicht wie vorhin unter seinen Füßen. Der Himmel erzitterte zwar genauso unter dem Getöse, und er spürte die Vibration, aber nun war das Geräusch förmlich mit den Händen zu greifen und hatte auch einen Ursprung. Er drehte sich zum südöstlichen Bergrücken um und erkannte, dass der Donnerschall von Tausenden Tonnen Eis und vulkanischen Gesteinsschichten herrührte, die ins Rutschen gerieten.

Lawine.

So spät im Jahr würde niemand die südöstliche Flanke hochsteigen, aber sein Dorf lag am östlichen Ausläufer des Berges – dort, wo die Sonne aufging. Mit dem dröhnenden Lärm von Eis und Schnee in den Ohren beschleunigte er seine Schritte und dachte nicht mehr an die Bergsteiger hinter ihm. Sie würden entweder mithalten oder sich ihren eigenen Weg suchen müssen.

Der Berg brachte Menschen um. Schon seit jeher.

Feyiz betete nur darum, dass er nicht die Menschen auf dem Gewissen hatte, die er liebte.

Zwei

In den Straßen von London nieselte es, aber niemand schien sich daran zu stören. Ein paar der Passanten auf der King's Road hatten zwar ihre Schirme geöffnet, aber die meisten schlossen bloß einen weiteren Knopf an ihren Mänteln und schenkten dem leichten Regen ansonsten keine Beachtung.

Adam Holzer vergrub die großen Hände tief in den Taschen seines grauen Wollmantels. Er war auf Long Island in New York aufgewachsen und hatte sich schon dort an so manchem trüben Novembertag dafür verwünscht, dass er den Wetterbericht nicht aufmerksamer verfolgt hatte. Sein Umzug nach London hatte daran offensichtlich nichts geändert, und er glaubte auch nicht, dass sein bevorstehender dreißigster Geburtstag Besserung bringen würde.

Dreißig, dachte er. *Scheiße.*

Er hatte überall auf der Welt Berge bestiegen – den Mount McKinley gemeinsam mit seinem Vater, als er gerade mal siebzehn war –, und jetzt würde er sich auf dem Gehweg vor einer möglichen Hochzeitslocation den Tod holen, nur weil sich seine Verlobte wieder einmal verspätete und er nicht klug genug gewesen war, einen Regenschirm mitzunehmen.

Er zog sein Handy aus der Tasche und überprüfte die Zeit: 13:37 Uhr. Sie waren um eins verabredet gewesen. Den Termin mit der Geschäftsführerin des Bluebird hatte er zwar vorsorglich auf halb zwei gelegt – denn er hatte damit gerechnet, dass Meryam, wie in letzter Zeit immer, zu spät kommen würde –, aber nun müsste er bald ohne sie hineingehen.

Sie hatte ihm nicht mal eine Nachricht geschickt. Er fing an, eine an sie zu tippen, doch als sein Blick dabei auf die beiden SMS fiel, die er ihr bereits geschrieben hatte, ließ er es bleiben. Sie hatte sie entweder gelesen und beschlossen, sie zu ignorieren, oder eben nicht. Eine weitere Nachricht würde ihre Ankunft jedenfalls nicht auf magische Weise beschleunigen.

Adam sah über die Straße zur Fassade des Bluebird hinüber. Es war ein niedriger weiß getünchter Bau, der zwischen den hübschen Reihenhäusern in Ziegel- oder Steinbauweise ausgesprochen deplatziert wirkte. Im Erdgeschoss der meisten Häuser waren Geschäfte untergebracht, und im Moment ließ er den Blick über das Schaufenster der Apotheke wandern. An Regentagen verkauften solche Läden billige Regenschirme für fünf Pfund das Stück.

Aber die Betreiberin des Bluebird wartete sicher schon. Er versuchte, sich an ihren Namen zu erinnern – Emily Soundso. Er hatte ihn auf einem Stück Papier notiert, das in seiner Brieftasche steckte. Das Bluebird genoss einen erstklassigen Ruf, wenn es um Hochzeiten ging. Es war sowohl für die Zeremonie als auch für den anschließenden Empfang geräumig genug. Auf den Bildern, die er im Internet gefunden hatte, waren viele silberne, weiße oder verspiegelte Oberflächen zu sehen gewesen, fröhliche Menschen, die ihre Champagnerflöten zu Trinksprüchen erhoben, und hübsche kleine Mädchen, die auf einem behelfsmäßigen Gang Blumen streuten. Streichquartette lächelten in die Kamera, und die Hochzeitspaare wirkten sehr glücklich.

Alles absolut zauberhaft.

Inzwischen hätte sich Adam allerdings auch am Fuß der Admiral-Nelson-Statue am Trafalgar Square trauen lassen, mit Taubenkacke anstelle von Rosenblättern, wenn Meryam sich nur endlich für eine Location erwärmen würde. Sie wollte in London heiraten, und dafür hatte er Verständnis. Immerhin war das ihre Heimatstadt. Aber ein bisschen genauere Hinweise als bloß *London* wären wirklich hilfreich gewesen.

Nachdem er das Handy wieder in die Tasche geschoben hatte, ging er am Vorderzaun entlang und spähte durch das schmiedeeiserne Tor. Hoffentlich wartete Emily Soundso nicht an der Tür auf ihn. Ein Regentropfen fand den Weg in sein Hemd und rann ihm das Rückgrat herunter. Er erschauderte und kapitulierte endgültig vor der tristen Stimmung dieses grauen Tages.

»Adam!«

Er drehte sich um und sah, wie Meryam auf ihn zulief. Ihr grellroter Regenschirm stach im trüben Licht unter der Wolkendecke ebenso ins Auge wie einst Lady Godiva auf ihrem Pferd. In diesem feuchten Wetter hatte sich ihre braune Kurzhaarfrisur in einen unbändigen Lockenschopf verwandelt, und sie grinste auf eine Weise, die ihm allzu vertraut war. Dieses Grinsen zeugte von einem verschmitzten Humor, den er je nachdem beängstigend oder hinreißend fand.

»Ich dachte schon, du kommst gar nicht mehr«, sagte er.

Meryam neigte den Kopf zur Seite und den Regenschirm gleich dazu. »Ich würde dich doch hier nicht einfach so stehen lassen, Schatz.«

»Du meinst, so wie letzten Montag vorm Battersea Arts Centre?«

Sie trat dicht an ihn heran, nahm ihn unter den roten Regenschirm und schlang den rechten Arm um seine Hüften. Dann küsste sie ihn, und Adam ließ es zu. Er merkte, wie ein bisschen von seinem Ärger verpuffte, verbot es sich aber, sie anzulächeln.

»Dafür hab ich mich doch schon so oft entschuldigt«, sagte sie. »Du weißt doch, wie ich bin, wenn ich schreibe. Ich habe im Wilton's gesessen und komplett die Zeit vergessen.«

Der Regen fiel nun dichter, und dicke Tropfen prasselten auf den Schirm über ihren Köpfen. Dieses Schutzdach schuf einen intimen Raum für sie, der die gesamte restliche Welt auszuschließen schien. In dieser Atmosphäre fiel es ihm schwer, seine ernste Haltung zu bewahren. Immerhin war sie nur zehn Minuten zu spät dran.

Vierzig, rief er sich ins Gedächtnis. *Nach allem, was sie weiß, hat sie sich* vierzig *Minuten verspätet. Du hast ihr ein Uhr gesagt.*

Den letzten Montag hatte er ihr schon fast verziehen, aber eben nur fast. Sie schrieben gerade an ihrem dritten gemeinsamen Buch und wechselten sich dabei wie immer ab. Meryam hatte es sich inzwischen zur Gewohnheit gemacht, völlig in ihrer Arbeit zu versinken, sodass Adam sich nur zu gut vorstellen konnte, wie sie im Pub saß, Tee trank und auf der Tastatur ihres Laptops tippte und dabei alles andere aus dem Blick verlor.

Allerdings passierte das nicht zum ersten Mal. Anfang

Mai hatte er ihr in Schottland auf dem Gipfel des Ben Nevis, den sie nur für ein Picknick bestiegen hatten, einen Antrag gemacht. Zuerst schien Meryam ganz außer sich vor Begeisterung, aber damit war es vorbei, seit sie mit den konkreten Hochzeitsvorbereitungen begonnen hatten. Sie hatte sich, egal ob es um die Blumen, die Einladungen oder die Hochzeitslocation ging, zu keiner Entscheidung durchringen können und war beinahe zu jeder Verabredung zu spät erschienen.

Jetzt hielt sie ihn fest umarmt. Der Schirm kippte ein wenig nach hinten, und ein kleiner Regenschauer ergoss sich über sie.

»Hör auf damit«, sagte sie.

»Wovon redest du?«

»Du weißt genau, was ich meine.«

Adam küsste sie auf die Stirn. Sie waren beide etwa einen Meter achtzig groß, und manchmal küsste sie ihn auf die gleiche Weise zurück. Aber nicht heute.

»Lass uns reingehen«, sagte er. »Die Geschäftsführerin wartet schon …«

»Wenn Sie uns nicht bereits abgeschrieben hat«, vervollständigte Meryam den Satz für ihn.

»Genau.« Adam sah sie an. »Hör mal, ich bin ja froh, dass du so blendende Laune hast, aber ich hab heute bis auf einen Apfel noch nichts gegessen. Daher würde ich das hier gern so schnell wie möglich hinter mich bringen. Und da wir beide wissen, dass du für das ganze Thema keinen Nerv hast, sollten wir jetzt einfach reingehen, damit wir wenigstens nicht mehr im Regen stehen. Und dann kannst du diese Location genauso ablehnen wie alle anderen davor, damit ich mich weiter auf die Suche machen kann. Während du überlegst, wie du mir am besten beibringst, dass du mich eigentlich gar nicht mehr heiraten möchtest.«

Sie hörte auf zu grinsen. Stattdessen trat ein trauriger Ausdruck in ihre Augen, und sie schubste ihn in den Regen hinaus, verstieß ihn aus der innigen Zuflucht unter ihrem Schirm.

»Das ist nicht fair«, flüsterte sie beinahe unhörbar, während ein Lastwagen vorüberrumpelte. »Und es stimmt auch nicht.«

Er stieß den Atem aus und vergrub die Hände wieder in den Manteltaschen. »Was soll ich denn sonst glauben?«

»Dass ich dich liebe. Und dass ich von diesem Buch abgelenkt bin und auch von der Vorbereitung unserer Abenteuer im nächsten Jahr. Und ich weiß, dass du jetzt sagen wirst, im Moment gibt es nur ein Abenteuer, für das du dich interessierst. Aber einer von uns muss sich darum kümmern, dass Geld reinkommt, und im Moment bin ich das.«

Adam ließ die Schultern hängen und spürte, wie er innerlich aufgab. Dagegen konnte er kaum etwas einwenden. Sie hatte sich zwar nicht genug um ihre Hochzeitsvorbereitungen gekümmert, aber dafür hatte er sich zu wenig mit den vielen Monaten beschäftigt, die sie in Südamerika verbringen würden. Sie hatten vor, die Anden zu durchwandern, und wollten den Aconcagua erklimmen, den höchsten Berg außerhalb Asiens. Was sie dabei erleben würden, wollten sie zu ihrem vierten Buch verarbeiten.

»Ich stehe im Regen«, sagte er und gestattete sich endlich ein Lächeln, das allerdings etwas halbherzig ausfiel. »Können wir reingehen?«

Meryams verschmitztes Grinsen kehrte zurück. »Ich fürchte nein, mein Schatz. Der Termin ist abgeblasen. Und das gilt auch für alle anderen Termine in nächster Zukunft.«

»Du hast doch gerade gesagt…«

»Ich liebe dich, und ich möchte, dass du mein Ehemann wirst, aber könntest du mal für einen Moment die Klappe halten?«

Adam presste die Lippen zusammen und hob nur vielsagend die Augenbrauen.

Meryam nickte zufrieden. »Sehr gut. Und jetzt hör mir gut zu. Du musst alles abblasen, weil wir morgen in die Türkei fliegen. Feyiz hat mich angerufen. Erinnerst du dich an ihn?«

Was für eine Frage. Sie hatten sich während ihrer Zeit auf dem Berg Ararat mit ihm angefreundet, und er war der beste Führer, mit dem sie je zusammengearbeitet hatten. Feyiz und Meryam hatten sich auf Anhieb so gut miteinander verstanden, dass Adam eigentlich hätte eifersüchtig sein müssen, wenn da nicht…

»Sind wir etwa zu *Feyiz'* Hochzeit eingeladen?«, fragte er. »Er ist doch schon verheiratet.«

Meryam packte ihn am Mantelkragen und zog ihn wieder unter den schützenden Schirm. Er spürte ihren heißen Atem an der Wange und sah die Aufregung in ihren Augen.

»Jetzt tu nicht so. Du hast doch mitbekommen, dass es vor ein paar Tagen ein Erdbeben gegeben hat. Und einen Lawinenabgang.«

»Ja, schrecklich«, antwortete Adam.

»Stimmt. Aber es ist auch großartig. Die türkischen Behörden lassen niemanden dort hinauf, sie haben Angst vor Nachbeben und all solchen Sachen, aber Feyiz und seine Cousins sind trotzdem aufgestiegen. Schließlich müssen sie als Bergführer das Terrain auf Schäden überprüfen.«

Adam seufzte skeptisch. »Und dabei haben sie wahrscheinlich die Arche Noah entdeckt.«

Meryam neigte erneut den Kopf zur Seite. »An der Südostflanke haben sie eine Höhle gesichtet, die vorher noch nicht da war. Eine große. Und aus geologischer Sicht dürfte es da gar keine geben.«

Er zog die Hände aus den Taschen und sah ihr forschend in die Augen. Wäre das von irgendjemand anderem als Feyiz gekommen, hätte er auf weiteren Informationen bestanden. Auf irgendeinen Beweis.

»Das hat wahrscheinlich gar nichts zu bedeuten«, erklärte er und fand selbst, dass er sich nicht besonders überzeugend anhörte. »Außerdem muss ich dir doch nicht ernsthaft sagen, dass keine Flut bis in solche Höhen steigen kann.«

»*Aber.*«

Er nickte bedächtig. »Aber was ist, wenn es da doch etwas gibt und wir beide die Ersten vor Ort sein könnten? Feyiz mag uns. Besonders dich. Er könnte uns die nötige Ausrüstung besorgen und das Team führen, das wir für diese Sache brauchen.«

»Ich habe ihn schon gefragt. Er kümmert sich bereits um alles.«

Adam grinste jetzt genauso breit wie Meryam. »Das ist doch eine Schnapsidee. Du hast selbst gesagt, dass die Türken keinen rauflassen. Es kann zwar sein, dass sie die kurdischen Führer die Lage checken lassen, aber wir sind Ausländer. Sogar unter normalen Umständen müssten wir erst alle Lizenzen einholen, bevor wir losklettern.«

Meryam zog ihn so dicht zu sich heran, dass sich ihre Nasen berührten. »Lass uns auf jeden Fall hinfliegen. Feyiz weiß schon, wen er schmieren muss. Und sobald sie das Verbot aufheben, will ich, dass wir als Erste auf dem Berg sind.«

»Und die Nachbeben …«

»O bitte, Mr Holzer. Ich habe dich schon die dümmsten und gefährlichsten Dinge tun sehen – von denen dich einige hätten umbringen können. Willst du mir wirklich erzählen, dass du dich vor Nachbeben fürchtest? Das ist genau das, wofür wir beide leben. Und vergiss nicht, wie sehr du dir diese Fernsehshow wünschst, von der du immer sprichst. Ich will sehen, was in dieser Höhle ist, und ich will zuerst da sein. Wenn du allen Ernstes behauptest, dass du das nicht auch willst, bist du ein schamloser Lügner.«

Adam lachte und schüttelte den Kopf. Das alles war einfach nur verrückt.

Dann nahm er sie bei der Hand. Während sie eilig den Gehweg entlangliefen, tanzte der rote Schirm unkontrolliert über ihren Köpfen hin und her. Aber Adam war der Regen inzwischen egal. Sie würden am ersten Dezember in der Türkei eintreffen, und ein kühler Nieselregen war nichts im Vergleich zu dem, was sie zu dieser Jahreszeit auf dem Berg Ararat erwartete.

Drei

Im Sommer könnte sogar ein neugeborenes Äffchen auf den Berg Ararat klettern. Zumindest waren das Meryams Worte gewesen, als sie und Adam drei Jahre zuvor die erste Tour geplant hatten. Bei warmen Temperaturen war der Aufstieg bis auf viertausendachthundert Meter, wo der Gletscher begann, nur eine lange und mühsame Wanderung. Und selbst ab da benötigte jemand, der einigermaßen fit war, lediglich Steigeisen an den Stiefeln und vielleicht noch einen Eispickel – je nachdem, welche Route man wählte.

Im Winter war die Besteigung dagegen schwierig. Wenn Schnee und Wind über die Berghänge peitschten, fraß sich die Kälte selbst durch die dickste Kleidung und bis in die Knochen. Wenn es dunkel wurde oder ein Sturm tobte, konnte die Temperatur bis auf dreißig Grad unter dem Gefrierpunkt fallen. Trotzdem hatte es sie nicht gereizt, den Ararat im Sommer in Angriff zu nehmen. Schließlich hatten sie mit dieser Klettertour Stoff für ein paar aufregende Kapitel in ihrem zweiten Buch *Adam und Eve ganz oben* sammeln wollen. In ihrer Buchreihe beschrieben sie die aufregenden Abenteuer, die sie gemeinsam als Paar erlebten und auf die sich die meisten Menschen nicht mal allein einlassen würden, geschweige denn, zusammen mit ihren Lebenspartnern. Eine Besteigung im Sommer hätten ihre Leser daher sterbenslangweilig gefunden.

Aber da sie keine Idioten waren, brachen sie im Oktober auf und nicht im Februar. Denn während der Wintermonate gingen auf dem Ararat häufig Lawinen ab, und letztlich musste ihre Kletterei auch nicht sehr viel strapaziöser wirken als bei dem Äffchen.

Natürlich hatten sie sich den Berg vor allem wegen der Arche ausgesucht.

Nicht, dass Meryam an die Arche glaubte. Adam dagegen wahrscheinlich schon, auch wenn er es ihr gegenüber nicht zugab. Die Sintflut kam in den historischen Aufzeichnungen zu vieler Kulturen vor, um pure Erfindung zu sein, aber die Bibelgeschichte konnte auf keinen Fall wahr sein. Allein die Idee, die Menschheit und sämtliche Tierarten auf dem Planeten könnten mit den wenigen Exemplaren wiederbelebt werden, die an Bord eines einzelnen Schiffes passten … Wenn sie darüber nachdachte, dass es wirklich Leute gab, die an so etwas glaubten, hätte sie am liebsten laut aufgeschrien.

Nein, Meryam glaubte nicht, dass es *die* Arche gegeben hatte.

Aber vielleicht ja *irgendeine* Arche … Womöglich hatte einst ein Mann gelebt, der Noah oder so ähnlich hieß und der ein großes primitives Boot gebaut und es mit seiner Familie und allen Tieren beladen hatte, die er besaß. Esel, Schafe und so weiter. Auf die Vorstellung konnte sie sich einlassen.

Sie hatte sich mit genügend Volkssagen und geschichtlichen oder theologischen Texten auseinandergesetzt, um zu wissen, dass die meisten altertümlichen Erzählungen entstanden waren, weil sie entweder eine Lehre enthielten oder aber einen wahren Kern, der die Menschen zu Tode ängstigte. Die Lehre aus der biblischen Arche-

Noah-Geschichte war ganz einfach und die gleiche, die überall im Alten Testament auftauchte: *Benehmt euch, sonst wird Gott euch übel mitspielen.*

Sie musste doch bloß Adam anschauen, dem ins Gesicht geschrieben stand, dass er tief in seinem Herzen immer noch an die Geschichten glaubte, die ihm in seiner Kindheit und Jugend eingetrichtert worden waren. All die Dinge, die er vor seiner Bar-Mizwa auswendig lernen musste.

Als seine Mutter starb, war er noch sehr jung gewesen, und da sein Vater immer sehr viel arbeitete, war er bei seiner Großmutter Evie aufgewachsen, deren düsterer Mystizismus tiefe Narben auf Adams Seele hinterlassen hatte. Die alte Frau hatte sich nicht ausreden lassen, dass ihr Vater gegen Ende seines Lebens von einem Dibbuk besessen gewesen sei. Adam behauptete zwar, er hätte es ihr nicht abgekauft, aber Meryam erinnerte sich noch gut an das erste Mal, als er ihr diese Geschichte erzählt hatte, und den Schatten, der ihm dabei übers Gesicht gehuscht war. Adam *wollte* vielleicht nicht daran glauben, aber sie wusste, dass er es dennoch tat.

Meryam selbst glaubte nicht an Dibbuks, Geistererscheinungen oder Engel. Im Grunde genommen glaubte sie an kaum etwas. Sie war muslimisch erzogen worden und schon vor langer Zeit zu dem Schluss gelangt, dass der einzige nennenswerte Unterschied zwischen ihren Religionen der jeweilige Name des Gottes war, dessen Strafe sie alle fürchten mussten, wenn sie die Regeln brachen, die ihr Glaube ihnen vorschrieb. Zwar hielt sich Meryam nach wie vor an ein paar grundlegende Gebote – aus reiner Gewohnheit und auch aus Vorsicht. Allerdings war es nicht die Strafe Gottes, die sie fürchtete. Schließlich würde Allah sie nicht auf der Straße anspucken, ins Gefängnis werfen, sie gemeinsam mit anderen vergewaltigen oder umbringen.

So etwas würden nur Männer tun.

Männer wie Hakan Ceven.

»Wie lange wird es dauern, bis uns die Regierung grünes Licht gibt?«, fragte sie ihn.

Hakan saß ihr gegenüber am Tisch, kerzengerade aufgerichtet auf seinem Holzstuhl. Er wandte sich jedoch nach links und richtete seine Antwort an Adam. »Es könnte nur ein paar Stunden dauern, aber vielleicht auch mehrere Wochen.« Seine Stimme klang, als würden Steine aneinanderreiben. Er sprach zwar mit dem starken Akzent dieser Gegend, aber sein Englisch war viel besser, als sie erwartet hatte.

Meryam warf einen kurzen Blick zu Feyiz, der vierten Person an ihrem Tisch. Genau wie sein Onkel, der zum Oberhaupt der Familie aufgestiegen war, nachdem die Lawine ein paar Mitglieder des Clans getötet hatte, sah auch er ihr nicht in die Augen. Aber Meryam wusste, dass Feyiz ihrem Bick aus Scham auswich und nicht, weil er sie geringschätzte. Gewöhnlich verhielten sich Kurden Frauen gegenüber nicht so ablehnend wie andere Anhänger des Islams im Mittleren Osten, aber so, wie Hakan sich benahm, war er wohl die unrühmliche Ausnahme.

»Können wir irgendwas tun, um das Ganze zu beschleunigen?«, fragte sie.

Hakan versteifte sich noch mehr und reckte das Kinn vor. Sein dichter, grau melierter Bart konnte den zornigen Zug um seine Lippen nicht verbergen. Er hielt den Blick weiterhin fest auf Adam gerichtet und hoffte wohl, dass sie die Botschaft bald verstünde. »Mein Cousin spricht gerade mit einem Freund im Büro des Ministers. Wenn Schmiergelder helfen, dann bezahlen wir sie und setzen den Beitrag auf Ihre Rechnung. Bis dahin…«

»Hakan«, fiel Adam ihm ins Wort und gab sich keine Mühe, seine Gereiztheit zu verbergen.

Feyiz schüttelte rasch den Kopf.

»…können wir nur wie die anderen abwarten«, beendete Hakan seinen Satz.

Meryam biss die Zähne zusammen und sah sich in dem großen rustikalen Speisesaal um. Drei Kletterteams hatten sich hier bereits versammelt, und es wurde noch mit weiteren gerechnet. Feyiz hatte mit ihren Bergführern gesprochen und erfahren, dass die anderen Gruppen größer waren und zwei von ihnen sogar noch Verstärkung erwarteten. Alle drei wurden von Arche-Forschern gesponsert oder sogar geleitet – also von Leuten, die die Bibelgeschichte für bare Münze nahmen und ihr Leben der Suche nach der Arche Noah gewidmet hatten. Zwei der Gruppen hatten kleine Kamerateams dabei, während die Dokumentarfilmer der dritten noch hierher unterwegs waren. Meryam hatte ihren Verlobten.

»Es tut mir leid.« Adam senkte die Stimme, um sicherzugehen, dass nur die drei anderen aus ihrem kleinen Kreis des Misstrauens ihn hören konnten. »Aber das hier wird nichts werden, wenn Sie weiterhin darauf bestehen…«

Meryam klopfte leicht mit den Fingern auf den Tisch, um die Aufmerksamkeit der drei Männer auf sich zu lenken. Feyiz war sein Unbehagen deutlich anzusehen, Adam presste frustriert die Lippen zusammen, und Hakan hielt hartnäckig den Blick abgewandt.

»Zuerst einmal«, sagte sie leise, »möchte ich bitte

nicht, dass du für mich sprichst, Adam. Du musst nicht den Ritter spielen, der seine Liebste mit Schwert und Schild verteidigt. Wir beide sind nicht so ein Paar, und das weißt du.«

Später würde er vielleicht dagegenhalten, er wäre unter diesen Umständen gezwungen gewesen einzuschreiten, aber erst, wenn sie miteinander allein waren. Vor den anderen würde er das nicht mit ihr ausdiskutieren wollen.

»Zweitens möchte ich Ihnen sagen, Hakan, dass Sie gern weiter so tun können, als wäre ich unsichtbar, als gehörte die Stimme, die Sie hören, dem Juden, den ich heiraten werde. Und den Sie wahrscheinlich nur ein kleines bisschen lieber mögen als mich. Ich kann mir gut vorstellen, dass unsere Ehe eine ganz grässliche Vorstellung für jemanden sein muss, der so borniert und hasserfüllt ist wie Sie…«

Hakan fuhr herum und starrte sie böse an. Seine Oberlippe zuckte, und sie konnte sehen, wie wütend er war, weil sie es wagte, so mit ihm zu reden. Er tat ein paar tiefe, zittrige Atemzüge. Dann wandte er sich wieder ab und starrte erneut Adam an. Seine Lippen verzogen sich zu einem rasiermesserscharfen Lächeln.

Meryam beugte sich über den Tisch. »Ich weiß, die Versuchung muss riesig sein. Aber wenn Sie mir eine langen, geben Sie zu, dass ich existiere und hier die Befehle erteile.«

»Und wenn ich einfach kündige?«, erwiderte Hakan, wie schon die ganze Zeit an Adam gewandt. »Ich könnte statt Ihnen beiden auch eine dieser Arche-Forscher-Gruppen hier übernehmen. Und meiner Familie und den anderen Bergführern untersagen, Ihnen zu helfen.«

Mit Einbruch der Nacht war ein kalter Wind aufgekommen, der mittlerweile wie eine ansteigende Flut über den Fußboden strich. Gelächter drang von einem der Ecktische, an dem ein deutsches Kletterteam saß und gerade ein paar neue Flaschen Wein entkorkte. In der kalten, trockenen Luft blieb den Besuchern die Spucke weg, aber es gab mehr als genug Wein, um ihre Kehlen wieder zu befeuchten. An ihm herrschte ebenso wenig Mangel wie an den Geschichten über den Ararat, dunkeläugigen Bergführern mit wettergegerbten Gesichtern und Gebeten zu einem Gott, der hier im Schatten des Berges viel näher zu sein schien und diese Gebete offenbar herzlos ignorierte.

»Das könnten Sie alles tun«, stimmte Meryam ihm zu. Müde rieb sie sich über die Augen und dehnte den Hals, bis die Wirbel knackten. Sie hatten sich sehr beeilt hierherzukommen, ihre Vorräte zusammenzusuchen und sich in diesem Hotel einzumieten, dessen Zimmer in eine Felswand geschlagene luxuriöse Höhlen waren. Laut der Schweizer Kette, die das Hotel betrieb, bezeichnete man diese Bauweise als Feenkamin. Und wenn man nach Sonnenuntergang sah, wie goldenes Lampenlicht die höhlenartigen Räume in der Felswand erleuchtete, schien diesem Gebäude tatsächlich ein gewisser Zauber anzuhaften.

Hakan schob seinen Stuhl zurück und stand auf. Meryam hatte seine Argumente unkommentiert in der Luft hängen lassen, wo sie sich zu einer missmutigen Wolke zusammenzuballen schienen, die von Sekunde zu Sekunde dichter und drückender wurde. Und nun wollte er sich aus dem Staub machen. Die Leitung über seinen Familienbetrieb war dem vierzigjährigen Bergführer völlig unerwartet zugefallen. Hakan hatte diese Position sicher weder angestrebt noch war er dazu in der Lage, die Art von Kompromissen zu schließen, die diese Funktion ihm abverlangte.

»Sie machen einen Fehler«, sagte Adam.

»Wenn das stimmt, ist es nicht der erste Fehler an diesem Abend«, entgegnete Hakan.

»Sie wollen doch etwas bewirken«, sagte Adam. »Bei allem nötigen Respekt, Sie sind ein Bergführer, Hakan, und Ihre Familie lebt – trotz ihrer ehrwürdigen Traditionen – beinahe wie Nomaden.«

Hakan ballte die Fäuste. »So ist es schon immer gewesen.«

»Sie sind auf diese Traditionen stolz«, sagte Adam. »Und das sollten Sie auch. Aber das heißt doch nicht, dass Sie das bis zu Ihrem Tod so weitermachen wollen. Und danach Ihre Söhne. Und Sie wollen doch auch nicht, dass Ihre Töchter Männer heiraten, die bereits in der nächsten Lawine ums Leben kommen könnten. Sie – oder Ihre Cousins – bieten schon Pferde an, warum sollten Ihnen dann nicht auch die Hotels gehören? Und die Geschäfte?«

»Das hier ist doch nicht das Leben, das du willst, Onkel«, sagte Feyiz.

Hakan antwortete ihm mit einem einzigen Wort auf Kurmandschi. Meryam wusste, was es bedeutete: *Still.*

»Wir zahlen Ihnen viel Geld«, fuhr Adam in geschäftsmäßigem Ton fort. Er blieb viel vernünftiger, als sie es gekonnt hätte. »Und Sie wissen ganz genau, dass wir als Erste auf diesem Berg sein werden, wenn das Verbot erst mal aufgehoben ist. Weil wir nur zu zweit sind. Ich habe meine Kamera dabei, und wir müssen auf niemanden mehr warten. Der Produzent, mit dem ich zusammenarbeite, ist bereits mit den hiesigen Offiziellen im Gespräch. Sie haben unsere Referenzen überprüft und zugesagt, dass die Ausgrabung uns gehört, wenn wir als Erste kommen und es dort etwas zu finden gibt – solange wir uns an die in diesem Land gültigen Vorschriften für Grabungsstätten halten.«

Hakan verdrehte die Augen. »Ohne Aufpasser von der Regierung? Nie und nimmer.«

»Wenn wir etwas finden, werden Sie jemanden schicken.«

Der Bergführer strich sich über den dichten Bart. Seine Lippen waren immer noch angewidert verzogen. »Ohne einen Führer? Viel Glück.«

Bei diesen Worten sah er Meryam an. Anscheinend war er endlich dazu bereit, ihre Anwesenheit zur Kenntnis zu nehmen. Aber nur, weil er gerade den letzten Nagel in den Sarg schlug, in dem sie ihre Pläne begraben konnten.

»Sie haben einen Führer«, schaltete sich Feyiz ein.

Hakan warf ihm einen vernichtenden Blick zu. »Das würdest du nicht wagen.«

Feyiz sah ihn nicht an.

Adam schob Hakans Stuhl noch ein wenig weiter zurück und deutete damit an, dass Hakan sich doch wieder hinsetzen solle.

»Wir werden aufsteigen«, sagte Adam. »Wenn es dort oben nichts gibt, haben wir eine Menge Zeit und Geld verschwendet. Wenn aber doch etwas da ist, wird es *unsere* Ausgrabung sein und *unser* Dokumentarfilm. Wir brauchen einen Vorarbeiter, der den Berg wie seine Westentasche kennt und dem es nichts ausmacht, wenn er hin und wieder in dem Film auftaucht. Wenn wir die Arche finden, werden wir so viel Aufmerksamkeit bekommen, dass das Geld nur noch so vom Himmel regnet.«

Hakan ließ die Hände auf der Stuhllehne ruhen. Die Anspannung wich aus seinen Schultern, aber er setzte sich nicht hin. Nachdenklich runzelte er die Stirn. »Das sind eine ganze Menge Wenns«, sagte er schließlich.

Meryam stieß den Atem aus. »Sie müssen mich nicht ansehen, während ich mit Ihnen rede. Wenn Ihr Glaube Sie dazu zwingt, mich und meine Beziehung mit Adam zu verurteilen, dann ist das eine Angelegenheit zwischen Ihnen und Ihrem Gott. Aber wir *werden* das hier durchziehen, und es wird nicht nur für uns viel einfacher, sondern auch für sie äußerst lukrativ sein, wenn die Familie Ceven uns dabei unterstützt.«

Hakan sah sie an und hielt gute drei Sekunden lang ihrem Blick stand, ehe er sich wieder auf den Stuhl sinken ließ. Dann wandte er sich an seinen Neffen und redete leise in ihrer gemeinsamen Muttersprache. »Glaubst du an die Arche?«, fragte er.

Adam wirkte verunsichert, weil er die Worte nicht verstand, aber Meryam schüttelte kaum merklich den Kopf, um ihm zu bedeuten, dass er nichts dazu sagen sollte.

»Wenn sie da ist, werde ich an sie glauben«, erwiderte Feyiz.

»Die Höhle scheint zu klein für sie zu sein«, gab Hakan zu bedenken.

Feyiz zuckte mit den Schultern, aber Meryam beugte sich zu ihm und sprach mit dem jüngeren Mann, als ob sein Onkel nicht danebensäße. Wenn es ihnen nützte, konnte sie dieses Spiel genauso gut spielen wie Hakan.

»Die anderen hier«, sagte sie auf Türkisch und nickte knapp zu den Arche-Forschern am Nachbartisch hinüber, »suchen nach einer Legende. Alle Maße in den Schriften sind symbolisch zu verstehen. Falls die Arche tatsächlich existiert hat, weiß niemand, wie groß sie wirklich gewesen ist. Wenn sie da oben am Berg liegt, können wir sie selbst vermessen. Wir werden die Legende *neu* schreiben.«

Feyiz lächelte. Er war von Anfang an auf ihrer Seite gewesen. Er hatte sich deswegen sogar seinem Onkel widersetzt und war dazu bereit, den Ärger seiner Familie zu riskieren. In der Lawine waren drei seiner Verwandten umgekommen, aber seine Kinder lebten alle noch. Feyiz wollte, dass es auch so blieb, und er wusste, dass der Fund der Arche ihr Leben verändern könnte.

»Sind wir im Geschäft oder nicht?«, fragte Adam.

»Onkel?«, fragte Feyiz.

Hakan zögerte, und Meryam war sicher, dass er nicht einwilligen würde. Sie würden den Aufstieg ohne ihn bewältigen müssen, wodurch es deutlich schwieriger werden würde, an Pferde zu kommen und ihre Vorräte aufzustocken. Und sie würden auch nicht so leicht Helfer auf den Berg schaffen können, sollten sie auf etwas stoßen, das man archäologisch ausgraben musste.

Die deutschen Arche-Forscher brachen erneut in Gelächter aus. Einer von ihnen kippte so weit auf seinem Stuhl nach hinten, dass er fast umfiel. Es gelang ihm zwar, sich wieder aufzurichten, aber dabei ließ er sein Glas zu Boden fallen. Es zersplitterte, und der tiefrote Wein ergoss sich über den Boden.

Hakan schaute finster zu ihnen hinüber. Im nächsten Moment sah Meryam, wie sich seine Brauen zusammenzogen und er die Augen zu Schlitzen verengte. Sie drehte sich um und bemerkte einen Jungen, der sich durch den Speisesaal schlängelte.

»Zeki«, flüsterte Feyiz.

Meryam nahm Adams Hand und fühlte ein aufgeregtes Kribbeln im Bauch. Sie erkannte den schlanken Jungen; er war Feyiz' ältester Sohn und noch keine zwölf Jahre alt, sah aber schon jetzt so gut aus, dass er später sicher mal viele Frauenherzen brechen würde. So schnell und verstohlen, wie er sich nun ihrem Tisch näherte, begann sie zu ahnen, dass eine ganz andere Zukunft auf ihn wartete als das Leben seiner Vorfahren.

Zeki stellte sich zu seinem Vater, aber als er ein zusammengefaltetes Stück Papier aus der Tasche zog, bedeutete Feyiz dem Jungen, es nicht ihm, sondern Hakan zu geben.

Zeki gehorchte. Hakan ließ den Blick durch den Raum schweifen. Meryam war klar, dass einige der Anwesenden sie beobachteten und sich fragten, was das Erscheinen des Jungen wohl zu bedeuten hatte. Aber dagegen konnten sie im Augenblick nichts unternehmen.

»Und?«, drängte Adam.

Hakan faltete die Notiz auseinander, überflog sie rasch und stieß ein Knurren aus. Dann blickte er auf und sah Meryam an. »Los geht's.«

»Jetzt?«, fragte Feyiz. »Es ist doch schon seit einer Stunde dunkel.«

Meryam grinste. »Und damit haben wir die ganze Nacht, um Camp Eins zu erreichen … Das verschafft uns einen ordentlichen Vorsprung.«

Als sie vom Tisch aufstanden, trank Meryam auf diesen Sieg noch rasch den letzten Schluck ihres köstlichen

Rotweins. Adam und sie würden als Erste die Höhle erreichen.

Und die Ersten sein, die sahen, was immer sie dort erwartete.

Feyiz fuhr den Lieferwagen, auf dessen Ladefläche sich ihre Ausrüstung stapelte, und sie schlängelten sich durch die verschlafenen Straßen von Doğubeyazit. Den größten Teil der Fahrt grinste Adam so ausgelassen wie selten seit seiner Kindheit. Im Licht der Sterne fuhren sie über schlecht asphaltierte Straßen bis zu einem kleinen Dorf namens Eli, wo sie auf einem unbefestigten Fahrweg zu einem Parkplatz am Fuß des Berges gelangten.

Hier in der Türkei fühlte er sich einigermaßen sicher, aber nur wenige Kilometer weiter, wo die Grenze zum Iran verlief, wirkte sogar der Himmel bösartig. Einerseits fand er es zwar albern zu glauben, die gesamte iranische Nation hätte persönlich etwas gegen ihn, wie eine Wolke aus Hass, die nur darauf wartete, dass der Wind drehte, um ihn in einem Stück zu verschlingen. Andererseits würde er sofort festgenommen und eingesperrt werden, wenn er sich dabei erwischen ließe, wie er diese Grenze überquerte. Er wusste nicht, warum er überhaupt darüber nachgrübelte, schließlich hatte er gar nicht die Absicht, in den Iran einzureisen, aber solche Gedanken gingen ihm häufig durch den Kopf.

Bis Camp Eins würde der Aufstieg eher eine Wanderung als eine Kletterpartie sein. Sie sprangen aus dem Lieferwagen, überprüften ein letztes Mal ihre Ausrüstung und streiften sich dann die Rucksäcke über. Adam setzte eine Wollmütze auf, ließ die Ohrenklappen herunterhängen und zitterte, während sich sein Körper allmählich an die kalte Nachtluft anpasste. *Das hier ist Irrsinn,* dachte er, während er inmitten des peitschenden Windes zum Berg hinaufblickte. Dann drehte sich Meryam zu ihm um, und als er das begeisterte Funkeln in ihren Augen und ihr Grinsen sah, fiel ihm wieder ein, dass Irrsinn zu ihrem Geschäft gehörte. In all ihren Büchern und Online-Videos ging es ihnen vor allem darum, ganz normale Menschen zu mehr Risikobereitschaft zu ermuntern.

Er holte die Kamera aus dem Lieferwagen, richtete sie auf Meryam und begann mit der Aufnahme. »Also, wie wollen wir das hier nennen? *Adam und Eve entdecken die Arche*?«

»Lass uns die Arche doch erst mal finden, bevor wir es in die ganze Welt hinausposaunen«, sagte Meryam mit genau jenem Lächeln, das ihm jedes Mal fast das Herz brach. Er konnte ihm einfach nicht widerstehen, und er hätte sich für ihren Film keinen besseren Einstiegssatz wünschen können.

Sie stellte die Riemen ihres Rucksacks ein und hielt auf den Berg zu. Feyiz und Hakan waren bereits ein Stück auf dem Pfad vorausgegangen. Keiner der beiden hatte auf sie gewartet und ihnen Hilfe angeboten. Feyiz, weil er wusste, dass sie seine Hilfe nicht benötigten. Hakan, weil er gar nicht daran dachte, auf sie Rücksicht zu nehmen.

Sie marschierten ungefähr eine Meile, bevor Adam die Kamera wieder anschaltete. Das Sternenlicht verlieh dem Gelände einen gespenstischen Anstrich, und er hatte warten wollen, bis sie weit genug vom Parkplatz weg waren, damit weder die Lichter aus dem Dorf noch die Scheinwerfer der Autos auf der Straße die Atmosphäre, die er im Sinn hatte, stören würden. Normalerweise wären sie hier mit Pferden heraufgekommen, vielleicht auch mit ein oder zwei Maultieren, aber jetzt waren sie bloß zu viert unterwegs und wollten unbedingt als Erste bei der Höhle sein und ihren Anspruch geltend machen.

Und so konnten sie keinen von ihnen erübrigen, der mit den Tieren im Camp Zwei zurückblieb, während sich die anderen auf den Weg zu der Stelle machten, wo ein Teil der südöstlichen Flanke abgebrochen war. Es gab keine gefahrlose Passage zu der neu entstandenen Höhle, aber das Sicherste wäre bestimmt, wenn sie sich bis zu einer Stelle über der Öffnung in der Felswand vorarbeiteten und von dort abstiegen. Viel besser jedenfalls, als wenn sie versuchen würden, auf dem losen Geröll und Erdreich unterhalb der Höhle hinaufzuklettern. Ein weiterer Erdrutsch würde sie vielleicht alle töten. Adam und Meryam hatten es sich zwar zum Beruf gemacht, kalkulierte Risiken einzugehen, doch keiner der beiden wollte wegen einer vermeidbaren Dummheit sterben.

»Feyiz«, sagte er, während er mit laufender Kamera zu dem Bergführer aufschloss, »wir sind zwar schon einmal mit dir hier gewesen, aber könntest du den Zuschauern, die sich nicht auskennen, bitte erklären, was uns erwartet?«

Der junge Mann sah verstohlen zu seinem Onkel hinüber, der die Lippen zusammenpresste und sich bei Adams Worten merklich versteift hatte. Hakan schnaubte verächtlich und legte an Tempo zu, um sich ein Stück von ihnen abzusetzen. Ihm lag genauso viel daran, die Arche zu entdecken, wie den anderen, aber er hatte nicht das geringste Interesse, ihre Suche für die Nachwelt zu dokumentieren.

»Wir haben den Lieferwagen in Eli stehen lassen, einem Dorf, das auf ungefähr zweitausend Meter Höhe liegt«, erklärte Feyiz. »Die Route bis Camp Eins ist neun Kilometer lang und sollte uns nicht ganz vier Stunden kosten. Für körperlich fitte Bergsteiger stellt das Gelände keine große Herausforderung dar …«

Meryam marschierte in den Bildausschnitt und blickte, ohne stehen zu bleiben, in die Kamera zurück. »Im Moment wünscht sich Adam, er hätte nach dem Abendessen nicht auch noch eine so riesige Portion Künefe verdrückt.«

Er stöhnte. »Wohl wahr.«

Und so ging es die ganze Wanderung weiter: Adam bediente die Kamera und stellte die Fragen, Meryam fungierte – wenn sie im Bild war – als Moderatorin und auch als Sprecherin aus dem Off, während Feyiz Detailinformationen lieferte. Mit vorrückender Stunde ließ das Geplänkel vor der Linse etwas nach. Immer wenn Adam in diesen ruhigen Momenten zum Berg hinaufschaute, spürte er, wie ihm ein Anflug von Angst das Rückgrat hochkroch. Doch das Gefühl verging jedes Mal wieder, ehe es sein Gehirn erreichen konnte, wie Träume, die sich im Moment des Erwachens in Dunst auflösten.

Er rückte sich den Rucksack auf den Schultern zurecht und ging weiter, sorgsam darauf achtend, wo er hintrat. Als er erneut nach oben blickte, glaubte er, die Kerbe in der Bergflanke ausmachen zu können, wo die Gerölllawine abgegangen war. Eine frische Narbe im Antlitz des Ararat.

Plötzlich war Meryam neben ihm. Adam hatte gar nicht bemerkt, dass sie langsamer geworden war und auf ihn wartete.

»Geht es dir gut?«, fragte sie ihn leise, obwohl in der nächtlichen Stille des Berges jedes Flüstern zu verstehen war. Feyiz und Hakan gingen weiter und schenkten ihnen keine Beachtung.

Adam nickte. »Nur ein bisschen schläfrig.«

»In den nächsten Tagen werden wir nicht viel Schlaf bekommen.«

»Wenn wir Glück haben, auch nicht in den nächsten Monaten.«

Meryam sah ihn mit leuchtenden Augen an und lächelte. »Dein Wort in Gottes Ohr.«

»Gott?«, fragte Adam und hob eine Augenbraue.

»Wer auch immer zuhört«, verbesserte sie sich.

Adam streckte den Arm nach ihr aus. Mit der Kamera in der Rechten und ihrer Hand in der Linken fühlte er sich im Gleichgewicht. Mehr brauchte er nicht. Von diesem Gedanken beflügelt und deutlich wacher ließ er sie los und betätigte erneut den Aufnahmeknopf an der Kamera.

»Was macht dich so zuversichtlich?«, fragte er Meryam. Unter seinen Stiefeln knirschten Geröll und brüchiges Eis. »In Doğubeyazit sind mindestens zwei kompetente Arche-Forscher-Teams am Start. Die werden uns schon bald auf den Fersen sein.«

Meryam strich sich ein paar dichte Locken aus den Augen und sah ihn durch die Kameralinse stirnrunzelnd an. »Wir haben einen Vorsprung und marschieren mit leichtem Gepäck«, sagte sie eher an das Objektiv als an ihn gewandt. »Wenn dort oben Geheimnisse warten, werden wir diejenigen sein, die sie aufdecken.« Sie grinste.

Adam tippte an die Kamera, um die Aufnahme zu

stoppen, und grinste zurück. Doch sein Lächeln fühlte sich maskenhaft an. Eine Unruhe hatte ihn gepackt, wie er sie noch nie empfunden hatte. Seine Haut kribbelte, und er dachte an Augen, die ihn aus dem Verborgenen beobachteten, als würden unsichtbare Feinde jeden seiner Schritte überwachen.

»Du musst wirklich schlafen«, sagte Meryam. Er konnte die Besorgnis in ihrem Gesicht erkennen.

»Aber nur ein paar Stunden, sobald wir Camp Eins erreicht haben«, erwiderte Adam. »Danach steigen wir weiter auf.«

Was auch immer ihm unter die Haut gekrochen war, würde mit dem Sonnenaufgang verschwinden.

Davon war er überzeugt.

Vier

Nach einer ganzen Reihe fürchterlicher Träume schreckte Adam aus dem Schlaf hoch. Er spürte den Griff von Fingern an der Schulter und umklammerte, noch ehe er die Augen öffnete, mit der rechten Hand den Hals eines Menschen. Verschlafen konzentrierte er sich auf das Gesicht über sich und entdeckte, dass es Feyiz war, den er da würgte.

»Scheiße«, zischte er und ließ den Bergführer los. »Entschuldige, Mann. Bitte entschuldige. Du hast mich mitten in einem Albtraum geweckt.«

Sie hatten Camp Eins zügig erreicht und waren sich einig gewesen, dass sie wenigstens für ein paar Stunden die Augen zumachen mussten, bevor sie den Aufstieg fortsetzten. Jetzt fühlte sich Adams Kopf ganz wattig an, und seine Augen schmerzten vor Müdigkeit. Manchmal war ein bisschen Schlaf schlimmer als gar keiner.

Feyiz keuchte und massierte sich die Kehle. »Verdammt, Adam …«

»Es tut mir wirklich leid. Im ersten Moment hatte ich das Gefühl, noch zu träumen.«

Einen Augenblick lang schien es, als wäre Feyiz richtig sauer und würde wegen Adams gewalttätigem Erwachen einen Aufstand machen, aber dann veränderte sich sein Gesichtsausdruck, und ihm fiel wieder ein, weshalb er in Adams Zelt gekommen war. »Oliveris Team überholt uns«, sagte er und räusperte sich. »Meryam hat gemeint, ich soll dich wecken.«

Während er die letzten Schleier seines Albtraums abschüttelte, in dem lange gewundene Arme hinter dem Pendel einer alten Großvateruhr hervorgelangt hatten, schälte sich Adam aus dem Schlafsack und schlüpfte in seine Stiefel. Die kalte Bergluft fegte durch den Zelteingang, und er griff zitternd nach seiner Jacke. Er rieb sich über die Bartstoppeln und dachte an seinen ersten Trip nach Alaska. Auf dem Ararat war es zwar kalt, aber im Vergleich zu der Reise damals kamen ihm hier die Morgenstunden vor Sonnenaufgang beinahe tropisch vor.

»Schlecht geträumt«, sagte Adam und zuckte mit den Schultern.

Feyiz nickte. »Das passiert uns allen mal.«

Das stimmte zwar, aber die Unruhe, die dieser Albtraum in ihm ausgelöst hatte, wollte nicht verschwinden. Adam kroch aus dem Zelt. Auf die grasbedeckte Weide, aus der Camp Eins bestand, war ein Daumenbreit Schnee gefallen, und über seinem Kopf wirbelten auch jetzt noch ein paar vereinzelte Flocken. Die Felsformationen, die aus der Weide ragten und für einen natürlichen Windschutz sorgten, machten diese Stelle zum idealen Zeltplatz. Die meiste Zeit des Jahres war es hier oben vermutlich einigermaßen angenehm, aber jetzt stand der Winter vor der Tür, und mit ihm wurde das Wetter sogar an günstigen Tagen unberechenbar.

Meryam und Hakan standen ungefähr sieben Meter entfernt und tranken Kaffee aus Thermosflaschen. Sie hatten einen Campingkocher aufgebaut und Wasser aus dem kleinen Bach geholt, der an dem Lagerplatz vorüberfloss. Weiter oben würden sie Schnee schmelzen müssen, wenn sie Wasser haben wollten. Im Moment schien der Campingkocher ein Luxus zu sein, den sie sich nicht erlauben konnten, nicht wenn eine andere Klettergruppe direkt vor ihren Augen vorbeizog, ohne Rast zu machen.

Sie waren zu zwölft. Die Hälfte von ihnen ritt auf Pferden, während die Übrigen mit Ausrüstung bepackte Maultiere führten. Der dritte Reiter war ein stämmiger Mann mit vorzeitig ergrautem Bart und einer in die Stirn geschobenen Schutzbrille, deren Linsen, wie Adam wusste, die gleiche Sehstärke hatten wie die Gläser seiner normalen Brille. Armando Olivieri war ein Mann, der sich gewissenhaft vorbereitete, und diese Schutzbrille erinnerte Adam stets an die Entschlossenheit des Professors.

Oliveri sah ihn neben seinem Zelt stehen und winkte ihm zu, während seine Gruppe vorbeiparadierte. Besorgt ging Adam zu Meryam und Hakan hinüber. Die beiden hatten einander in der Nacht zuvor während des Aufstiegs zu Camp Eins nach Kräften ignoriert und wirkten auch jetzt noch nicht wie die besten Freunde, aber zumindest zogen sie im Augenblick eindeutig am selben Strang.

»Was zum Teufel hat denn Olivieri vor?«, fragte Adam.

Meryam bedachte ihn mit einem kurzen Seitenblick. »Vermutlich will er zum Camp Zwei.«

Adam lachte leise. Nach ihrem Marsch zu Camp Eins hätte das Team des Professors gut daran getan, anzuhalten und sich auszuruhen, aber er verstand, warum sie angesichts ihrer Konkurrenzsituation darauf verzichteten. Als Nächstes galt es, auf viertausend Meter oder weiter hinaufzusteigen – bis zur ungefähren Höhe von

Camp Zwei –, und dann wieder ein Stück hinunter, um sich zu akklimatisieren und so der Höhenkrankheit vorzubeugen. Im Normalfall würde ein Bergsteiger dann noch eine Nacht schlafen, ehe er sich ganz früh am Morgen an den viel steileren Aufstieg zum Camp Zwei machte, wo er vor dem abschließenden Teil der Besteigung nochmals eine Nacht pausieren würde. Wenn sie auf den Gipfel hätten klettern wollen, hätten sie dann noch mal sechs Stunden auf- und anschließend rascher wieder absteigen müssen, aber natürlich war der Gipfel nicht ihr Ziel.

»Ihr glaubt wirklich, dass sie Camp Zwei direkt ansteuern und dort bleiben wollen?«, fragte Adam. »Ohne sich zu akklimatisieren?«

»Haben sie denn eine andere Wahl?«, brummte Hakan.

Meryam drehte sich zu ihnen um. »Wenn Oliveri sich die Höhle unter den Nagel reißen will, muss er es vor uns dorthin schaffen.«

»Scheiße«, krächzte Adam. Er wandte sich um und wollte gerade Feyiz rufen, sah dann aber, dass der bereits die Zelte leer geräumt hatte und anfing, sie abzubauen. Wenigstens er schien zu begreifen, wie eilig sie es hatten.

»Den überholen wir wieder«, sagte Meryam. »In fünfzehn Minuten brechen wir auf. Pack zusammen, geh pinkeln und mach deine Kamera bereit. Und dann auf ins nächste Abenteuer.«

»Tu doch nicht so, als hättest du damit gerechnet, dass sie uns so schnell einholen. Wir haben bloß vier Stunden geschlafen, und trotzdem haben sie uns schon erwischt …«

»Aber ohne Schlaf«, fügte Meryam hinzu. »Und ohne

Feyiz und Hakan als Führer. Zwölf Leute, die zum größten Teil keine geübten Bergsteiger sind. Die Chancen stehen gut, dass sich ein paar von ihnen auf dem Weg nach oben die Höhenkrankheit holen. Wir beide haben damit noch nie zu kämpfen gehabt. Wenn wir auf die Akklimatisierung verzichten müssen, werden du und ich wahrscheinlich klarkommen, aber Olivieri hat zwei untrainierte Arche-Forscher und einen sechzigjährigen Rabbi dabei. Die werden auf jeden Fall eine Pause einlegen müssen. Todsicher.«

Adam nickte und fand, dass alles, was sie sagte, Sinn ergab, aber dennoch nagte ein Gedanke an ihm. »Wer sind ihre Führer? Woher zum Teufel haben sie die?«

Er wandte sich zu Hakan um, der einen großen Schluck von seinem dampfenden Kaffee trank, ehe er den Rest über das Feuer schüttete und mit dem Stiefel Erde und frisch gefallenen Schnee über die Glut schob.

Nun sah auch Meryam ein wenig verunsichert aus. Adam liebte ihre Zuversicht, aber sie dachte nicht immer gründlich nach. Er drehte sich zu Feyiz um, der gerade den Reißverschluss eines Rucksacks zuzog. »Ich dachte, eure Familie hätte hier oben so eine Art Monopol.«

Feyiz runzelte die Stirn und musterte seinen Onkel. »Onkel Hakan und sein Cousin Baris sind sich nicht einig, wer von ihnen das Sagen hat. Und auch in der Familie wird darüber diskutiert. Eine endgültige Entscheidung steht noch aus.«

Meryam fluchte und wirbelte zu Hakan herum. »Sie haben uns glauben lassen, dass die Arche-Forscher keine fähigen Bergführer finden würden. Weil Sie sie alle unter Kontrolle haben!«

Hakan ging zu Feyiz und schob ihn zur Seite. Dann

kniete er sich hin, öffnete den Rucksack und packte ihn noch mal neu. Womit er wortlos zeigte, wer hier das Sagen hatte. Er stellte klar, dass er sich am besten auskannte. Feyiz mochte vielleicht ein passabler Bergführer sein, aber er hatte das Kommando.

»Er straft uns wieder mit Schweigen«, sagte Adam. »Na toll.« Der peitschende Wind ließ ihn erschaudern, und er steckte die Hände in die Manteltaschen. »Also hilft Baris Olivieri. Und wenn sie die Höhle zuerst erreichen…«

»Dann wird das nicht nur für Ihren Professorenfreund ein Triumph sein«, sagte Hakan. »Die Familie wird meinen Cousin für fähiger halten und zum obersten Bergführer erklären. Der Kompetentere gewinnt. Baris wird sich von der Höhenkrankheit nicht aufhalten lassen. Wenn ein paar von ihnen krank werden, wird er einem seiner Männer befehlen, sie runterzubringen.«

Meryam reichte Adam ihre Thermoskanne. »Das ist das Einzige, was warm ist. Wir haben auch noch Brot und Honig. Iss schnell etwas.«

Am liebsten hätte Adam das Essen ausgelassen, aber er wusste, dass er etwas im Bauch haben musste. Er drehte sich zu Feyiz um, der damit begonnen hatte, das zweite Zelt einzureißen.

»Warten Sie«, sagte Hakan und zog aus der Innentasche seiner Jacke ein Plastikfläschchen. Nachdem er den Deckel abgezogen hatte, schüttelte er ein paar Pillen auf seinen Handschuh. »Schlucken Sie zuerst die. Es sind zwei verschiedene. Nehmen Sie eine von jeder Sorte.«

Meryam nahm die Medikamente ohne zu zögern von Hakans Handfläche.

Adam untersuchte die Pillen mit zusammengezogenen

Augenbrauen. »Ich vermute eine davon ist Diamox. Aber was ist die andere?«

»Procardia«, erwiderte Hakan. »Für den Blutdruck. Es verhindert…« Er wandte sich zu Feyiz um und sagte etwas in ihrer gemeinsamen Sprache.

»Ödeme«, übersetzte Feyiz.

»Diese Medikamente sind keine Garantie«, fuhr Hakan fort, »aber wenn Sie sie nehmen und viel Wasser dazu trinken, müssen wir sie mit ein bisschen Glück nicht vom Berg runterschleppen.«

Adam nahm sich seine zwei und blickte Hakan forschend an. »Dieser Cousin, den sie uns verschwiegen haben… der hat seiner Gruppe wahrscheinlich die gleichen Pillen gegeben, oder?«

Hakan verschloss das Pillenfläschchen wieder, steckte es in seine Jacke zurück und trat die letzte Glut aus. Meryam kam zu Adam und legte ihm die Hand auf die stoppelige Wange. Als er sich zu ihr umdrehte, sah er, wie sie die Pillen trocken schluckte und grinste.

»Lass uns einen Zahn zulegen, Schatz«, sagte sie. »Wir haben es ein kleines bisschen eilig.«

»Olivieri hat Pferde und Maultiere«, erwiderte er leise und schloss die Hand um seine eigenen Pillen.

»Und du hast mich. Mach dich bereit, und dann fang an zu filmen.«

»Hast du einen Plan?«

Meryam lachte. »Den einzig möglichen Plan. Sie wollen ihre Tiere solange wie möglich einsetzen. Also werden sie bis Camp Zwei gehen und dann zur südöstlichen Bergflanke queren, bis sie über der Höhle ankommen. So wie wir es auch geplant haben.«

Adam dachte an die abgebrochenen Felsen und die

Erde, die die Lawine auf dem Hang unter dem Höhleneingang verteilt haben musste. Und dann an die mindestens einen Zoll hohe Schneedecke, die sich darüber im Lauf der Nacht noch angehäuft hatte.

»Also halten wir uns knapp westlich von dem Felssturz. Wir klettern senkrecht hoch, aber nicht in der Lawinenzone.« Er sah Meryam an. »Das ist zwar nicht direkt selbstmörderisch, aber verdammt gefährlich.«

Im Osten stieg der gleißende Rand der Sonne über den Horizont und brachte ihre Augen zum Funkeln. »Aufregend, oder?«

Als Meryam Olivieri das nächste Mal sah, waren neun Stunden vergangen. Sie hatte ihren Eispickel in den überfrorenen Felsen vor ihr gehackt und tastete mit den Stiefeln gerade nach einem Halt für die Zacken ihrer Steigeisen. Ihr drehte sich der Magen um, und sie schmeckte Galle, aber sie zwang sich dazu, sich trotz der Schmerzen in ihrem Schädel nicht zu übergeben. Gegen die akute Höhenkrankheit ließ sich etwas unternehmen. Sie hatte noch weitere Pillen geschluckt und sowohl ihren eigenen Gott als auch alle möglichen anderen angerufen, abwechselnd zu ihnen gebetet und sie verflucht. Sie sagte sich, dass ihr schon nichts passieren würde, und vielleicht stimmte das sogar. Solange sich ihre Lunge nicht mit Flüssigkeit füllte und ihr Gehirn nicht anschwoll – was bei pulmonalen oder zerebralen Ödemen passierte –, würden die anderen Symptome mit der Zeit wieder abklingen.

Wenn sie jedoch Ödeme entwickelte und nicht sofort abstieg, würde die Sache ganz anders ausgehen. Dann müsste sie sterben.

Meryam atmete tief die dünne Luft ein, grub die Stiefelspitze ins Eis und stemmte sich hoch, während sie gleichzeitig den Pickel herauszog und ein Stück weiter oben wieder in den Berg schlug. Was für ein selten dämlicher Plan, sich nicht zu akklimatisieren. Und selbst in Begleitung von Führern, die die Geheimnisse des Berges besser kannten als die Körper ihrer Frauen, war es pure Idiotie gewesen, nur zu zweit aufzusteigen.

Auf der einen Seite verfärbte sich der Horizont tiefblau, während die Sonne auf der anderen mittlerweile wieder in der Versenkung verschwand. Eine Hand berührte sie am Rücken, und sie war überrascht, rechts von ihr Adam zu sehen. Der Wind fuhr ihm ins Gesicht und ließ ihn die Augen zusammenkneifen.

»Hast du nicht gehört, wie ich nach dir gerufen habe?«

»Der Wind«, sagte Meryam und lehnte sich an den Berg. »Gibt's ein Problem?«

»Feyiz hat recht. Wir hätten an dem Felsvorsprung, an dem wir vor einer halben Stunde vorbeigekommen sind, eine Rast einlegen sollen. Ich finde, wir sollten dorthin zurückkehren.«

Sie umklammerte den Griff ihres Pickels noch ein wenig fester und starrte ihn an. Ihr war übel, und ihr Herz pochte so stark, dass sie seine Worte in Gedanken wiederholen musste, um sicherzugehen, dass sie ihn auch richtig verstanden hatte. »Hakan hat gesagt, wir können das schaffen! Er hat gesagt, dass wir schon fast da sind!«

Ein frustrierter Ausdruck legte sich auf Adams Gesicht. »Das war vor einer Stunde. Und wo sind wir jetzt? Kannst du die verdammte Höhle schon sehen? Und selbst wenn wir es bis dahin schaffen sollten, weißt du doch ganz genau, dass darin keine Arche ist. Wir können dort bestimmt ein paar tolle Aufnahmen machen, aber eine Flut hätte niemals so hoch hinauf…«

»Mit wem spreche ich hier eigentlich?«, fragte Meryam. »Das ist doch nicht mein Adam. Ich bin der Atheist von uns beiden, weißt du noch? Nichts ist unmöglich, wenn Gott die Finger im Spiel hat.«

Meryams Eltern und ihr Bruder weigerten sich, mit ihr zu sprechen oder auch nur anzuerkennen, dass sie immer noch auf demselben Planeten lebte wie sie. Dass sie einander so fremd geworden waren, hatte Meryam das Herz gebrochen und gleichzeitig noch weiter darin bestärkt, ihre Träume zu leben. Aber vor allem fühlte sie sich einsam. Als sie an jenem heißen Londoner Julitag vor sechs Jahren das letzte Mal bei ihnen gewesen war, hatte ihre Mutter sie mit trauriger Sehnsucht angeschaut, doch in den Gesichtern ihres Vaters und ihres Bruders hatte sie nichts als Abscheu und Hass gesehen.

Falls ihre Mutter je den Mut aufbrachte, sich über die Wünsche ihres Mannes hinwegzusetzen, dachte Meryam, würden sie sich vielleicht eines Tages wiedersehen. Aber sie bezweifelte, dass es jemals so weit kommen würde. Als sie ihrem Vater erklärte, dass sie eine Atheistin war, hätte sie ihm genauso gut ins Gesicht spucken können. Und das war ihr bereits klar gewesen, bevor sie die Worte aussprach. Aber sie hatte es trotzdem getan, fest entschlossen, ihr wahres Ich nicht zu verstecken. Niemals.

Und jetzt war sie hier und bot all ihre Kräfte auf, um für sich einzufordern, was immer in dieser Höhle war. Ein Teil von ihr hoffte, dass sie leer war, damit sie diese Leere nehmen und all den selbstgerechten Mistkerlen aus sämtlichen Glaubensrichtungen ins Gesicht schleudern konnte. Aber ein anderer Teil von ihr wünschte sich so sehr, irgendetwas darin zu finden… etwas, an das sie glauben konnte. Das einen Funken Gottvertrauen in ihr entfachen und sie, wenn schon nicht nach Hause, dann vielleicht wenigstens an einen spirituellen Ort führen würde, wo sie und ihre Familie wieder miteinander reden konnten.

»Können wir uns darüber später unterhalten?«, fragte Adam. »Wir müssen etwas tun. Vor Sonnenuntergang schaffen wir es nicht mehr bis zur Höhle, und es ist viel zu gefährlich, bei…«

Sie sank mit den Knien auf die dünne Schneedecke und ließ den Pickel los. Allein die Steigeisen hielten sie jetzt noch an Ort und Stelle. »Jetzt komm schon! Das hier ist doch kein Steilhang. Wenn ich runterfalle, hole ich mir eine Menge blauer Flecken, aber ich stürze ganz bestimmt nicht in den Tod.«

Er sah sie streng an. »Lass das.«

Meryam seufzte und packte wieder den Pickel. Es stimmte schon, für diesen Abschnitt hätten sie besser Kletterhaken und Seile mitgenommen. Und ja, wenn sie an der falschen Stelle abrutschte und sich nirgends festhalten konnte, bestand die Gefahr, dass sie gegen einen Felsen krachte oder in einen Spalt stürzte. Aber das Gelände weiter im Osten war viel steiler, eine blanke, zerklüftete Felswand. Solange sie nur immer weiter senkrecht hinaufkletterten…

»Nein«, sagte Adam, der ihr die Gedanken am Gesicht ablas. »Wir sind schon ganz nah am Felssturz. Wie nah, weißt du nicht. Nicht mal Hakan weiß es. Wir steigen wieder zu dem Felsvorsprung runter und campieren dort die Nacht über.«

Meryam verstärkte den Griff um ihren Pickel und spürte, wie sie zusammensackte. »Wenn wir anhalten, weiß ich nicht, wann ich wieder aufbrechen kann.«

Adam lehnte sich neben ihr an den Berg. »Du hättest etwas sagen sollen.«

Hakan schrie etwas zu ihnen herauf. Meryam fühlte, wie sich ihr die Nackenhaare aufstellten, und sie wollte gerade zurückblaffen, er solle nicht so ungeduldig sein. Dann hörte sie genauer auf seine Stimme und merkte, dass die einzelnen Silben, die er rief, zusammen einen Namen ergaben: *Olivieri.*

Sie schaute nach unten und sah Hakan nach Westen und hinauf deuten. Dann hob sie den Blick und blinzelte in das grell-goldene Licht der untergehenden Sonne. Weiter oben am Berg, aber immer noch mindestens achthundert Meter unterhalb des Gipfels, überquerte eine Reihe schwarzer Umrisse einen schneebedeckten Grat.

»Scheiße.«

»Meryam…«, setzte Adam an.

Sie fuhr herum und starrte ihn an. Hitze schoss ihr ins Gesicht, und sie wusste nicht, wie sie ihm erklären sollte, warum sie diese Entdeckung so dringend selbst machen wollte. Auf seine leicht verstrubbelte Weise sah er markant und gut aus, aber es war vor allem die Wärme und Intelligenz in seinen Augen, die sie am meisten berührte und die ihr auf so vielen Reisen Kraft gegeben hatte. Trotzdem gab es Dinge, die sie ihm nicht sagen konnte. Zumindest nicht jetzt.

Im Moment hatte sie dem Mann, den sie liebte, nur eines zu sagen: »Los, kletter weiter!«

»Was…?«

»Adam, kletter einfach!«, fuhr sie ihn an, ehe sie mit

dem Pickel ausholte und ihn in den Felsen und das Eis über ihrem Kopf schlug, um sich weiter nach oben zu ziehen. Als Nächstes trat sie mit ihrem linken Stiefel gegen die Felswand, fand Halt für das Steigeisen und krabbelte ein weiteres Stückchen hinauf.

Während sie allmählich aus Adams Sicht entschwand, hörte sie ihn fluchen. Anscheinend wurde ihm gerade bewusst, was sie und Hakan bemerkt hatten. Meryam blickte sich noch einmal um und sah die Silhouetten auf dem Grat nach Westen gehen. Es schienen noch sechs zu sein. Vor dem goldenen Licht der untergehenden Sonne sahen sie wie dunkle Scherenschnitte aus.

Es gab nichts mehr zu sagen. Adam kletterte weiter. Nach neun endlos langen Stunden war sein angestrengtes Stöhnen nicht mehr von ihrem zu unterscheiden. Sie hatten bereits mehrere Male angehalten und darüber diskutiert, ob sie die Nacht über Rast machen sollten. Aber wegen Meryams dringendem Wunsch, die Höhle zu erreichen, und Hakans Ehrgeiz, seinem Cousin zuvorzukommen, hatten sie sich immer weiter hinaufgequält. Mehrere Male hatte sie gedacht, das wäre alles Unsinn. Dass Olivieri und sein Team entweder selbst haltgemacht hatten oder krank geworden waren. Von den ursprünglich zwölf Mitgliedern dieser Gruppe waren nur noch sechs oder sieben übrig, was bedeutete, dass einige von ihnen campierten oder abgestiegen waren, doch Olivieri und Feyiz' Onkel Baris trieben die Restlichen weiter an.

Mit der linken Hand wühlte sie im Schnee und suchte nach einem festen Griff, dann kletterte sie weiter. Pickel, Stiefel, Hand, Stiefel – manchmal setzte sie auch die Knie ein, um Halt zu finden. Den Nachmittag über war es warm gewesen, aber während die Sonne jetzt hinter dem weit entfernten, gezackten Rand der Welt versank, fiel die Temperatur rapide. Gleichzeit toste der Wind um sie herum und peitschte heulend gegen die Bergflanke. Meryam krabbelte den Berg hinauf wie eine ungeschickte Spinne. Feyiz und Hakan fingen an, miteinander zu streiten, aber da sie sich nicht gleichzeitig aufs Klettern konzentrieren und in Gedanken übersetzen konnte, was die beiden sagten, schenkte sie ihnen keine Beachtung.

»Meryam«, sprach Adam sie an. »Rede mit mir. Geht's dir gut?«

Sie blendete ihn aus. Sie liebte ihn, hatte aber nicht mehr genug Atem für eine Antwort. Die Kälte des Berges war in sie hineingekrochen und schmerzte ihr in den Knochen. Seit der Wind noch mal aufgefrischt hatte, brannte ihre Gesichtshaut – ganz besonders die Nase. Pickel, Stiefel, Hand, Stiefel. Das Herz hämmerte in ihrer Brust, und ihre Lippen waren so trocken, dass sie spüren konnte, wie sie aufplatzten. Meryam hob den Pickel erneut, geriet aber plötzlich ins Schwanken. Ein scharfer Schmerz schoss ihr durch den Kopf, und sie zwinkerte, während ihr Sichtfeld an den Rändern verschwamm. Einen Herzschlag lang vergaß sie, wo sie war. Im nächsten Moment wurde ihr schrecklich schlecht, und sie fühlte, wie ihr brennende Galle in die Kehle stieg.

Nein.

Mit Speichel auf den Lippen würgte sie den Gallensaft wieder herunter und zwang ihren Magen zur Ruhe. Ihr Kopf dröhnte, als würden riesige Fäuste auf ihn einprügeln. Meryam machte tiefe, regelmäßige Atemzüge und wartete darauf, dass der Schmerz wieder nachließ. Angst kribbelte in ihrem Nacken, das Gefühl, verletzlich zu sein, als hätte sich die gesamte Grausamkeit der Welt mit einem Schlag gegen sie verschworen. Dann verwandelte sich dieser Schrecken in Tausende eiskalte Wassertropfen, die über sie hinweg und durch sie hindurch strömten, ehe sie mit einem Mal wieder verschwanden.

»Was zum Teufel war das?«, flüsterte sie und merkte kaum, wie sie sprach, während sie frostige kleine Tränen aus den Augen blinzelte.

Und plötzlich waren alle Geräusche wieder da, noch bevor sie überhaupt mitbekommen hatte, dass um sie herum alles still geworden war. Einen Moment lang war sie einfach weg gewesen. So wie in ihrer Wohnung manchmal kurz der Strom ausfiel, wenn es stürmte, ehe die Lichter flackernd wieder zum Leben erwachten und sich die Uhren auf null zurückstellten. Mit trommelndem Herzen holte Meryam tief Luft und sackte nach hinten weg.

Adam rief ihren Namen und legte ihr eine Hand auf den Rücken. Dabei verlor er selbst den Stand und trat mit den Stiefelspitzen gegen Fels und Schnee. Dennoch fing er an zu rutschen. Und mit ihm der ganze Berg. Loses Geröll polterte in die Tiefe, und Meryam schrie seinen Namen. Sie streckte die Hand nach ihm aus, doch dann packte sie jemand von links. Es war Feyiz, der sie von einer Dummheit abhielt.

»Beweg dich nicht«, zischte er.

Zu ihrer Rechten fiel ein ganzer Vorhang aus Schnee und riss Steine und Erde mit sich. Hakan fing an zu beten, aber keiner von ihnen bewegte sich. Reglos lauschten sie dem leisen Grollen des Berges. Auch Adam gab keinen Mucks von sich, doch er rutschte immer tiefer ab und versuchte, nach etwas zu greifen und seinen Pickel in den nachgebenden Fels zu rammen. Sie waren unmittelbar neben der Lawinenzone hinaufgeklettert, aber da der Schnee den Felssturz bedeckt hatte, war Adam unbemerkt hineingeraten.

Er wird sterben, dachte Meryam, und das Übelkeitsgefühl in ihrem Magen wich einer eisigen Leere. Vollkommener Leere. Ihr Herz wurde gefühllos, und sie hielt den Atem an.

Mit einem Geräusch wie von einem Stimmenchor, der zischend um Ruhe bat, verlangsamte sich die Kaskade allmählich und stoppte schließlich. Adam kauerte an ihrem Rand. Er hatte die Spitze seines Pickels in lockeres Felsgestein geschlagen und wartete darauf, ob es noch einmal losgehen würde.

Mit wild klopfendem Herzen holte Meryam ein paarmal Luft. Sie fühlte zwar, wie ihr der Puls in den Schläfen pochte, doch das Stechen in ihrem Kopf war zu einem dumpfen Schmerz abgeflaut. Sie leckte sich über die Lippen.

»Los, beweg dich!«, rief sie ihm zu und zuckte zusammen, weil ihre Stimme so laut klang und sie Angst hatte, das Geräusch könnte erneut den Geröllrutsch auslösen. »Sei ganz vorsichtig, aber beweg dich jetzt!«

Hakan machte sich an den Abstieg. Wo er sich befand, schien der Berg noch stabil zu sein. Sie waren alle neben der Kante des Felssturzes hinaufgeklettert, bis Adam auf Meryams andere Seite hinübergewechselt war. Aber sie wusste, dass es so dicht an der Lawinenzone jede Menge Risse im Fels und in der Erde geben würde. Also mussten sie vorsichtig sein.

Adam hob die linke Hand. Obwohl sich dabei Steine lösten und in die Tiefe fielen, bewegte er auch noch den linken Fuß. Ein drei Meter breiter Abschnitt des Felssturzes geriet erneut ein wenig ins Rutschen. Meryam ließ den Berg ihr Gewicht tragen und vertraute sich ihm an, während sie schwer atmend zu allen Göttern betete, die gewillt waren, ihr zuzuhören. Das wäre nicht fair. Einfach nicht fair.

Feyiz flüsterte ihr beruhigende Worte zu und versicherte, dass Adam es schon schaffen würde. Aber ob das wirklich stimmte, wusste er genauso wenig wie sie.

Seile, dachte sie. *Kletterhaken. Ein größeres Team. Angemessene Sicherheitsvorkehrungen. O Gott. Ich habe ihn getötet.*

Als Adam die Spitze seines Pickels aus den Steinen löste, begann unter ihm alles nachzugeben. Er fluchte nicht und flehte auch nicht zu Gott. Stattdessen rief er nach Meryam – eher unglücklich, weil er von ihr getrennt war, als aus Angst vor dem, was ihm als Nächstes drohte.

»Rollen Sie sich weg!«, brüllte Hakan ihn an.

Trotz des einsetzenden Geröllrutsches konnte Adam ihn verstehen und hörte auf, nach einem Halt zu suchen. Während er auf dem Strom aus Steinen und Schnee hangabwärts rutschte, rollte er sich nach links herum und hatte bereits nach zwei Metern wieder die massive Felswand erreicht. Hakan kletterte zu ihm hinunter. Derweil gelang es Adam, einen Haltegriff zu finden, den Pickel im Stein zu verankern und die Steigeisen seiner Stiefel in die Wand zu rammen.

»Adam«, flüsterte sie so leise, dass nur sie selbst es hören konnte. Es klang wie ein Gebet.

Zwölf Meter unterhalb der Stelle, wo sie und Feyiz kauerten, kam Hakan bei Adam an und redete leise auf ihn ein. Er untersuchte seinen Körper nach Knochenbrüchen und überprüfte, ob seine Pupillen erweitert waren, um eine Kopfverletzung auszuschließen.

Im Westen war von der Sonne mittlerweile bloß noch die obere Corona zu sehen, die den gesamten Horizont in grelle Farben tauchte. Sie hatten nur noch wenige Minuten, bis auch dieses goldene Licht verschwunden sein würde und ihnen lediglich das Schimmern der Sterne und der dünnen Mondsichel blieb. Der Hang war nicht sonderlich schwer zu erklettern. Der Steinschlag hätte Adam zwar beinahe das Leben gekostet, doch ansonsten brauchte man für diesen Teil des Aufstiegs bloß Ausdauer, Vorsicht und ein Mindestmaß an Erfahrung. Die Besteigung war also relativ leicht zu bewältigen … aber sie würden hier oben unmöglich schlafen können.

Im Zwielicht konnte sie das Blut auf Adams Gesicht sehen, einen Kratzer oder Schnitt auf der Stirn, aus dem ihm dunkelrote Rinnsale über die Wange und in den Bart flossen. Er war ganz schön mitgenommen, doch als er aufblickte und ihr in die Augen schaute, wusste sie, dass er in Ordnung war. Immer noch bei ihr. Bei diesem Abenteuer.

»Wir müssen weiterklettern«, sagte sie an Feyiz gewandt.

Von dem Augenblick an, als ihr Körper zu versagen drohte und sich dieses schreckliche Gefühl von Bösartigkeit auf sie herabsenkte, hatte ihr dic Anwesenheit des Bergführers Kraft gegeben. Aber erst jetzt sah sie die Sorge in seinen Augen und erkannte, dass Feyiz mehr als nur ein Führer oder ein Helfer war. Er war ein Freund.

Meryam hatte schon häufiger nicht mitbekommen, wie sich eine echte Freundschaft entwickelte. Wie sie real und greifbar wurde – wie Pinocchio, der sich in einen echten Jungen verwandelte. Diese Schwäche hatte sie bereits um die eine oder andere Beziehung gebracht, aber jetzt konnte sie es spüren.

»Los, Feyiz«, sagte sie, »wir müssen …«

Hakan rief ihnen zu, sie sollten nach oben sehen. Meryam biss die Zähne zusammen, lehnte sich mit der Schulter gegen die Wand und zog den Kopf ein, aus Angst, über ihr könnte sich erneut etwas gelöst haben. Als jedoch nichts herabfiel, reckte sie blinzelnd den Hals und bemerkte, dass ihr eine zerklüftete Kante die Sicht auf den Gipfel versperrte. Ein Gefühl der Erleichterung durchströmte sie – ein Felsvorsprung, ungefähr siebzig Meter über ihnen. Es würde ein wenig dauern, aber …

Sie blinzelte erneut.

Feyiz sprach ein Dankgebet. Aus dem Augenwinkel konnte sie ihn im letzten goldenen Licht des Tages lächeln sehen. Erst da begriff sie es wirklich und begann selbst zu lächeln.

Die Höhle.

Meryam zog ihren Pickel aus der Felswand und schlug ihn ein gutes Stück weiter oben wieder ein. Pickel, Stiefel, Hand, Stiefel – schneller als zu Beginn der Besteigung. Und auch ihr Kopfschmerz war vergessen, als sie zu den Umrissen des Olivieri-Teams hinüberblickte, die vor dem dunkler werdenden Berg wie kleine Tintenflecken aussahen. Denn sie wusste, dass sie den Professor schlagen würde.

Feyiz folgte ihr. Zwölf Meter tiefer hatte auch Adam trotz seiner Verletzungen wieder zu klettern begonnen. Hakan blieb an seiner Seite und gab auf ihn acht.

Ihr war zwar immer noch ein wenig übel, aber Meryam kletterte unbeirrt weiter und achtete auf ihre regelmäßige Atmung. Sobald sie den Felsvorsprung erreicht hatten, würde sie weitere Medikamente schlucken müssen, doch im Moment nahm sie ihre schlechte körperliche Verfassung nur am Rande wahr. Stattdessen konzentrierte sie sich darauf, zu dem Mysterium emporzuklettern, wegen dem sie hergekommen waren. Sie versuchte, ihre Fantasie zu zügeln und sich nicht allzu viel zu erhoffen, aber selbst wenn sie nichts anderes vorfinden sollten als eine klaffende Wunde im Berg, würde Meryam die Stelle immerhin als Erste erreicht haben.

Ihre Rückenmuskulatur brannte, und ihre Arme fühlten sich schwach an. Ihr war, als hätte sie ihren Körper in den letzten Stunden nach Strich und Faden betrogen, weil sie immer weitergeklettert war und sich eingeredet hatte, sie würde sich nicht über alle Maßen verausgaben. Jetzt musste sie nur ein klein wenig durchhalten. Doch sie wurde immer schwächer. Zu wissen, dass sie sich bald ausruhen konnten, erschwerte die Suche nach jedem Griff. Und ihr Körper schien mit jedem Zoll, den sie sich den Berg hinaufhievte, immer mehr zu wiegen.

Sie hörte, wie Hakan und Adam weiter unten miteinander sprachen. Ihre Worte wehten zu ihr herauf, aber sie machte sich nicht die Mühe herauszufinden, ob sie über die Höhle oder über Adams Verletzungen spekulierten.

»Meryam«, sagte Feyiz. Seit sie langsamer geworden war, kletterte er an ihrer Seite. »Soll ich dir …?«

Sie warf ihm einen vernichtenden Blick zu. »Hilf mir *nicht.*«

Ihre Worte waren zu barsch herausgekommen, aber sie sah den Widerschein des Mondes in seinen Augen und war sicher, dass er sie verstand. Sie war nicht so weit gekommen, bloß um sich jetzt noch von irgendwem helfen zu lassen. Diese »Schatzsuche« war von Anfang an ihr Ding gewesen – nicht ihres und Adams, sondern ganz allein ihres –, und sie würde niemandes Hilfe annehmen, außer sie drohte abzustürzen. Und vielleicht nicht mal dann.

Mondlicht. Jetzt erst fiel ihr auf, dass in den letzten paar Minuten, während sie sich aufs Klettern konzentriert hatte, die Sonne untergegangen war – auch wenn ihr Glühen immer noch am Horizont zu erkennen war.

Im Dunkeln langte sie mit der leeren Hand nach oben und fühlte nichts als Luft. Sie blickte hoch und sah über sich den Rand des Felsvorsprungs, die Unterkante der Höhle, die sich in Ararats Flanke aufgetan hatte.

Meryam grinste und fühlte, wie ihr warm ums Herz wurde, während sie die Spitze des Pickels in die flache Kante des Felsvorsprungs hackte und sich in die Höhle hinaufzog.

Als sie auf dem Rücken lag und zusah, wie immer mehr Sterne am Firmament erschienen, fing sie an zu lachen.

Dann stemmte sie sich auf Hände und Knie hoch und übergab sich.

Adam wollte nur noch den Rucksack auf den Höhlenboden fallen lassen und zusammenbrechen. Die Muskeln in seinen Waden und den Schultern brannten, und seine Knie waren steif. Ein Vorgeschmack auf die Arthritis in seinen Gelenken, die ihm sein pubertärer Hang, alles zu übertreiben, eines Tages wohl noch einbringen würde. Er wollte Wasser und etwas zu essen. Doch zunächst genoss er einen Moment lang das Hochgefühl, dass sie es vor Olivieris Team zur Höhle geschafft hatten – auch wenn sie hier nichts finden sollten.

Dann fing Meryam an zu würgen.

»Schatz?« Adam eilte zu ihr, während Feyiz und Hakan ihre Taschenlampen anknipsten und begannen, die dunklen Schatten der Höhle auszuleuchten.

Im schmalen Streifen Mondlicht, das die ersten Meter des Höhleneingangs erhellte, hob Meryam die Hand, um ihn aufzuhalten. »Alles in Ordnung.«

»Blödsinn.« Er nahm ihre Hand, fühlte den Puls und fragte, ob sie frei atmen könne.

»Nicht während ich…«

Ein weiterer dünner Strahl Erbrochenes schnitt ihr das Wort ab. Meryam verharrte auf Händen und Knien und rang nach Atem. Adam legte ihr eine Hand auf den Rücken und versuchte, sie zu beruhigen.

»Dir fehlt nichts«, sagte er mit mehr Überzeugung in der Stimme, als er wirklich empfand. »Das wird schon wieder. Wenn wir dich runterschaffen müssen…«

»Nein.«

»… haben wir zumindest schon den Eingang gesichert. Wir sind hier. Es kann zwar sein, dass Olivieri und sein Team bei Sonnenaufgang auf der Fußmatte stehen werden, aber sie können die Ausgrabung nicht mehr für sich beanspruchen… nicht nach dem Deal, den du mit der türkischen Regierung ausgehandelt hast. Vorausgesetzt natürlich, es gibt hier etwas auszugraben.«

»Ich werde… *nicht* absteigen.«

»Du kannst dich akklimatisieren«, fuhr Adam fort. »Nimm Feyiz mit. Bleib erst noch ein paar Stunden hier, und dann…«

Meryam flüsterte etwas, was er nicht verstand. Als

Adam sich vorbeugte und sie bat, es noch einmal zu sagen, wirbelte sie herum und starrte ihn an. In ihren Augen spiegelte sich der Mondschein, aber im ersten Moment funkelten sie nicht silbern, sondern kupferrot. Vermutlich eine optische Täuschung – wegen des Lichts und der Nacht.

Sie holte tief Luft und hielt ihm die Hand hin. »Hilf mir auf.«

Adam überlief ein kalter Schauer, und er spürte, wie sich ihm die Nackenhaare aufstellten. »Du weißt, was die Höhenkrankheit anrichten kann. Nimm das bitte nicht auf die leichte Schulter.«

»Ich …«, sagte sie, ehe sich ihr Körper verkrampfte, als würde ihr wieder schlecht. Doch sie bleckte die Zähne und atmete durch die Nase, bis es vorüber war.

Adam kniete sich neben sie und umfasste erneut ihr Handgelenk. Ihr hoher Puls besorgte ihn.

»Das kommt nicht von der Höhenkrankheit«, sagte sie und riss die Hand zurück. »Hör auf damit.«

»Wovon denn dann?« Er fühlte sich ebenfalls unwohl, hatte einen klammen, fast fiebrigen Schweißfilm auf der Haut und pochende Kopfschmerzen. »Egal wie viele Pillen Hakan uns gibt, es ist schädlich für den Körper, wenn man so lange und so hoch klettert, wie wir es heute getan haben. Mir geht es auch nicht gut.«

»Es ist nicht die Höhenkrankheit«, beharrte sie, während sie mit hängendem Kopf gleichmäßig atmete.

»Was dann?«

Meryam schaute zu ihm auf. Sie sah blass und traurig aus. »Na gut, kann sein. Vielleicht hast du recht. Aber ich werde trotzdem nicht runterklettern. Ich bin nicht den ganzen Weg hier heraufgekommen, ohne wenigstens einen Blick …«

Feyiz rief nach ihnen. Adam blickte Meryam forschend ins Gesicht und versuchte zu erkennen, was sie vor ihm verbarg. Vielleicht ging es ihr ja schlechter, als sie zugeben wollte. Oder hatte es etwas mit ihrer grundsätzlichen Abwehrhaltung ihm gegenüber zu tun? Adam hatte nun schon eine Zeit lang versucht, so zu tun, als wäre nichts, aber jetzt war es kaum noch zu verleugnen.

»Meryam …«, begann er.

Feyiz rief noch lauter als zuvor, und diesmal hörten sie beide die Dringlichkeit in seiner Stimme.

»Wir kommen!«, rief Adam zurück. Er zog den Reißverschluss an Meryams Rucksack auf, fischte ihre Taschenlampe heraus und reichte sie ihr, ehe er seine eigene holte.

Sie hielt sich an seinem Arm fest und knipste ihre Lampe an, während sie sich unsicher aufrappelte. Der Boden war leicht abschüssig. Erst als sie sich beide umdrehten und tiefer in die finstere Höhle vordrangen, hörten sie das leise geflüsterte Gebet. Adam schwenkte seine Lampe nach links und sah Hakan. Meryam ließ ihren Strahl langsam weiterwandern und verharrte schließlich bei einem Muster auf dem Höhlenboden, das früher möglicherweise ein Tier gewesen war. An Knochen erinnernde Formen lagen unter einer Pulverschicht, die wie eine Mischung aus Schnee und Kreidestaub aussah. Ein dünner Streifen ledriger Haut oder Stoff flatterte im Luftzug.

Meryam griff nach Adams Hand.

Feyiz rief immer noch nach ihnen, aber im Moment waren weder er noch Meryam in der Lage, ihm zu antworten. Adam bemerkte, wie Hakan zu seiner Linken weiter in die Höhle hineinging, doch es erschien ihm nicht wichtig. Stattdessen konzentrierte er sich auf den nächsten Atemzug, den nächsten Schritt und die Lichtkegel der beiden Taschenlampen, die vor ihnen durch die Höhle tanzten. Die weite Öffnung – diese klaffende Wunde im Berghang – durchmaß mindestens dreißig Meter, und die Lampen strahlten nicht hell genug, um die gesamte Dunkelheit zu vertreiben. Aber während Adam und Meryam Hand in Hand weiter vordrangen, enthüllten sie immer mehr von dem, was in der Dunkelheit auf sie wartete.

Aus dem Höhlenboden erhob sich, staubig und gekrümmt, eine Reihe Balken. Nein, der Höhlenboden *bestand* aus diesen Balken.

Adam fühlte sich, als befände er sich auf dem Meeresgrund und watete niedergedrückt von den Wassermassen im Zeitlupentempo durch die dunkle Tiefsee. Der Schein seiner Lampe fiel auf die halb zerfallenen Überreste einer Konstruktion, die einst vielleicht als Treppe gedient hatte. In den Lichtstrahlen, die er und Meryam über die Balken wandern ließen, tanzte der Staub – wie Plankton, das unter Wasser in der Strömung trieb. Mit einem Windstoß, der durch den Höhleneingang hereinfegte und die Balken zum Knarzen brachte, verflog das Gefühl, tief unter der Meeresoberfläche zu sein. Adams Mund und Haut fühlten sich ausgetrocknet an, sein Kopf pochte, und er konnte den Blick nicht abwenden.

Meryam ließ seine Hand los. Als sie einen Schritt nach vorn machte, ächzte der gekrümmte Boden unter ihren Füßen. Sie zuckte zusammen, und Adam folgte ihrem Blick nach unten, wo ihr Stiefel auf einem weiteren Balken stand.

»Heilige Scheiße«, wisperte Adam, ohne sich zu bewegen.

Er schwenkte den Strahl seiner Lampe nach rechts und beleuchtete massive hölzerne Säulen, die grob behauen und zum Teil dick mit Pech beschmiert waren. Niedrige Wände, die Tierpferche eingezäunt haben könnten, verstellten ihm die Sicht, aber dennoch sah er weitere Haufen aus vertrockneten Knochen, großen und kleinen. Die meisten stammten von Tieren, doch sein Lichtkegel glitt auch über zwei Gestalten, die menschlich wirkten. Er leuchtete nach oben und sah ein Geflecht aus Balken, das den Boden eines zweiten Stockwerks bildete. Vielleicht gab es darüber sogar noch ein drittes.

Keine Stockwerke, dachte er. *Das sind Decks. Gott steh mir bei. Das sind Schiffsdecks.* Die Tierskelette sagten eigentlich schon alles, aber noch traute sich keiner von ihnen, es auch laut auszusprechen. Er zitterte vor Aufregung.

Vorsichtig ging Meryam noch ein bisschen weiter. Bei jedem Schritt seufzte das trockene Holz unter ihrem Gewicht auf. »Es ist echt.«

»Oder der größte Betrug aller Zeiten«, sagte Adam. Aber nein, dafür fühlte es sich zu real an. Still und alt, wie die Arche um sie herum aufragte, schien es, als verfügte sie über irgendeine Art von Bewusstsein und wüsste, dass sie hier waren. Als hätte es auf sie gewartet. Es *roch* sogar echt, schoss es ihm durch den Kopf. Obwohl er dieses Gefühl nicht genau in Worte fassen konnte.

»Hierher!«, meldete sich Hakan und erinnerte Adam daran, dass sie bislang noch gar nicht auf Feyiz' Rufe reagiert hatten.

Adam spähte in die Dunkelheit der Höhle vor ihm und bemerkte das Flackern von Feyiz' Taschenlampe.

Sie würden nachsehen müssen, was er wollte, aber da Hakan in nur ungefähr zwanzig Meter Entfernung die westliche Höhlenwand inspizierte, beschloss Adam, zuerst zu ihm zu gehen. Meryam atmete zischend aus und legte sich eine Hand auf den Bauch.

»Geht es dir gut?«, fragte er.

»Das ist jetzt nicht wichtig.«

Mit ihren Taschenlampen erhellten sie den abschüssigen Weg und gingen vorsichtig zu Hakan hinüber. Adam spürte, wie das uralte trockene Holz unter seinen Füßen nachgab, und fühlte sich wieder in den merkwürdigen Wachtraum zurückversetzt, der ihn in der Sekunde eingehüllt hatte, als er die eingestürzten Balken und die Tierknochen gesehen hatte.

Das kombinierte Licht ihrer drei Taschenlampen erweckte einen Fleck in der Dunkelheit zu geisterhaft goldenem Leben. Etwa sieben Meter von Hakan entfernt blieb Meryam stehen, doch Adam ging noch ein paar Schritte, ehe er bemerkte, warum sie angehalten hatte.

Hakan stand dicht vor der Höhlenwand, auf der seine Taschenlampe einen breiten und sehr hellen Kreis beschrieb, in dem zahlreiche Einzelheiten zu erkennen waren. Die Balken sahen wie längliche Knochen aus, als wären sie in den Bauch eines gigantischen Wals gekrochen, von dem bloß noch das Gerippe erhalten war. Wie Jonas, nur viertausend Jahre später. Sämtliche Spalten waren mit Pech kalfatert, damit kein Wasser eindringen konnte.

»Ich bin kein Archäologe, aber …«, sagte Hakan.

»Wir auch nicht«, fiel ihm Adam ins Wort. »Tja, Augen auf bei der Studienwahl würde ich sagen.«

Hakan drehte sich um, so sehr in Gedanken versunken, dass er sogar Meryam anblickte. »Wir befinden uns nicht in einer Höhle. Das alles hier ist die Arche. Sie war die ganze Zeit im Fels eingeschlossen.«

Adam verschlug es die Sprache.

»Großartig«, sagte Meryam und grinste breit. Dann boxte sie Adam in die Schulter. »Was machst du denn, Schatz? Schalt doch endlich die verdammte Kamera an!«

Adam fluchte. Das hatte er vor Erschöpfung und lauter Staunen ja völlig vergessen. Bei dem Gedanken an die aufregenden Tage und Wochen – ach was, die Monate –, die vor ihnen lagen, musste er lachen. Nachdem er die Kamera herausgeholt hatte, filmte er als Erstes die in der Felswand versunkenen Balken.

»So etwas habe ich noch nie gesehen«, sagte er.

Rechts von ihm, ein Stück tiefer in der Höhle, bewegte sich etwas. Adam riss die Kamera herum und fing mit dem Scheinwerfer Feyiz' ernstes Gesicht ein. Er sah blass und irgendwie krank aus.

»Du glaubst, das hier wäre etwas Besonderes?« Er beschirmte die Augen gegen das helle Licht und sah in die Kamera. »Dann komm und schau dir das mal an.«

Meryam schien ihn fragen zu wollen, ob es ihm gut gehe, aber Feyiz hatte sich bereits wieder von ihnen abgewandt. Der Strahl seiner Lampe wies ihnen den Weg durch einen langen Gang, vorbei an einer ganzen Reihe großer Ställe. Adam hielt alles auf Film fest, während er Meryam und Feyiz folgte. Hakan bildete das Schlusslicht.

So tief in der Höhle war von dem Wind, der draußen heulte, nichts mehr zu spüren … *In der Arche*, verbesserte Adam sich in Gedanken. Im Freien war es empfindlich kalt geworden, aber hier schien die Luft zu stehen und fühlte sich eigenartig warm an. Adam wurde flau im Magen, doch er hielt die Kamera ruhig, während sie die lange und abfallende Strecke bis zu einer Stelle liefen, die er für das Heck der Arche hielt. Vermutlich war das hier die Bordwand gewesen.

»Schaut mal«, sagte Meryam und deutete auf eine mumifizierte Leiche, die an einen senkrechten Balken gelehnt saß. Ihre Zähne waren gebleckt, aber nicht zu einem Grinsen. Sie hatte keine Lippen mehr, und die Augen waren nur noch staubige Höhlen in einem Gesicht, dessen Haut aus Papyrus zu bestehen schien.

»Naamah«, flüsterte Adam. Noahs Ehefrau. Der Name war ihm ganz plötzlich eingefallen. Wahrscheinlich hatte der Erbauer dieses Schiffes gar nicht Noah geheißen und seine Frau auch nicht Naamah, aber das spielte keine große Rolle.

»Das ist unmöglich«, murmelte Meryam und sah sich benommen um. »Keine Flut kann so hoch steigen. Und selbst wenn … das hier wirklich echt sein sollte … könnte es nicht so gut erhalten sein.«

»Du stehst mittendrin«, entgegnete Adam. Er konnte ihr schwerlich widersprechen – sie sagte schlicht die Wahrheit. Und dennoch waren sie hier. Die Existenz dieses Schiffes bewies zwar nicht, dass die Bibelgeschichte Wort für Wort stimmte, aber sie war ein Beleg dafür, dass es eine Flut gegeben hatte und auch einen Noah – wie immer er in Wirklichkeit geheißen haben mochte. Nein, die Namen spielten wirklich keine Rolle. Noah war so gut wie jeder andere, also konnten sie diese Leiche auch Naamah nennen.

»Was ist das hier?«, fragte Meryam.

Adam schwenkte die Kamera vom Leichnam weg, entdeckte Meryam und folgte ihrem Blick zu einer Stelle auf dem Boden, wo ihre Taschenlampe einige verstreute Steine anstrahlte. Sie glänzten schwarz.

»Vulkanisch?«, mutmaßte er.

Hakan bewegte sich in den Bildausschnitt und bückte sich mit gerunzelter Stirn, um einen der Steine aufzuheben. »Ararat ist ein Vulkan, das stimmt … aber er ist seit ungefähr zweihundert Jahren nicht mehr ausgebrochen.«

Meryam suchte die Umgebung weiterhin mit der Taschenlampe ab. »Dieses Ding ist schon viel länger hier als zweihundert Jahre.«

»Das ist kein Vulkangestein«, warf Feyiz aus den Schatten vor ihnen ein.

Meryam hob die Lampe und leuchtete in seine Richtung. Adam folgte dem Strahl mit der Kamera und entdeckte Feyiz' Taschenlampe, die auf dem Boden lag und einen Haufen staubiger schwarzer Steine beleuchtete. Er richtete den Kamerascheinwerfer auf Feyiz, während Hakan und Meryam es ihm mit ihren Taschenlampen nachmachten. Die hellen Lichter und die eigenartigen Schatten ließen den bärtigen jungen Führer beinahe zweidimensional erscheinen, als wäre er kein Mensch mehr, sondern ein in die Luft gemaltes Porträt.

»Das ist erhärtetes Pech«, sagte Feyiz.

Auf dem Boden vor ihm lag ein großes Objekt, das Adam im ersten Moment für eine Art Obelisk hielt, der aus dem gleichen schwarz glänzenden Pech gefertigt war – oder vielleicht handelte es sich auch um einen Altar. Feyiz brach ein Stück von dem Pech ab, und Adam trat näher heran, um eine Nahaufnahme zu machen.

»Was ist das?«, fragte Hakan. »Eine Kiste?«

Adam schlüpfte hinter Feyiz vorbei. Jetzt, da das Objekt hell ausgeleuchtet war, erkannte er, dass die gesamte Ummantelung auf der anderen Seite abgebrochen war und darunter eine andere Oberfläche zum Vorschein kam. Sie gehörte zu einer großen und rechteckigen Kiste aus massiven geschwärzten Holzbalken. Ihr Deckel war ebenfalls mit Pech versiegelt, aber als Feyiz mit dem Finger an der Naht entlangfuhr, zoomte Adam heran und erkannte, dass sie zerbrochen war und überall auf dem Boden Pechbrocken verstreut lagen.

In dieser Vergrößerung erkannte er außerdem sonderbare Zeichen, die in die dunkle Oberfläche geschnitzt waren –sowohl auf dem Holz als auch auf dem zerbrochenen Siegel.

»Das ist ein Sarkophag«, meinte Meryam.

»Ist er ägyptisch?«, wollte Adam wissen.

Sie bedachte ihn mit einem genervten Blick. »Woher soll ich das denn wissen?«

»Sarkophage kommen aus Ägypten.«

»Ich dachte, wir hätten bereits geklärt, dass keiner von uns Archäologe ist«, erwiderte Meryam. »Ich wollte damit nur sagen, dass es irgendeine Art Sarg ist.«

»Eine Grabstätte«, sagte Hakan tonlos.

»Also nicht ägyptisch«, neckte Adam, ganz aufgeregt über ihren Fund. Er hatte das Gefühl, dass in diesem Moment ihre Zukunft begann.

Doch Meryam lächelte nicht mehr. Sie hatte Schweißtropfen auf der Stirn, und ihr blasses Gesicht sah ungesund gelb aus.

Feyiz, der immer noch neben dem Sarg kniete, flüsterte etwas in seiner Muttersprache. Im nächsten Moment kippte er zur Seite weg und blieb reglos liegen. Hakan rief den Namen seines Neffen und schob sich an Meryam vorbei.

Adam streckte die Hand nach Meryam aus, erreichte sie aber nicht mehr rechtzeitig, ehe sie auf die Knie sank und erneut zu würgen begann. Sie presste beide Hände an den Kopf, schrie schmerzerfüllt auf und stammelte, der Schädel bräche ihr auseinander.

Die Kamera zeichnete alles auf.

Außerhalb der Arche heulte nach wie vor ein eisiger Wind. Eine Wolke schob sich vor den Mond, und auf dem Berg Ararat herrschte tiefste Dunkelheit.

DREI WOCHEN SPÄTER

Fünf

Ben Walker stellte den Kragen auf, zog dann den Reißverschluss bis ganz nach oben zu und vergrub Mund und Nase in der Wärme seiner Jacke. Der Militärhubschrauber kippte nach links, als der Pilot auf den Berg zuschwenkte. Zwischen dem Helikopter und dem Erdboden lagen mehrere Tausend Meter graues Tageslicht, aber es war nicht die Höhe, die Walker ängstigte, sondern der Wind. Kommerziellen Hubschraubern war es verboten, so nahe an den Berg heranzufliegen. Wenn man nicht klettern wollte, konnte man also nur per Anhalter bei der türkischen Armee mitfliegen, wenn man auf den Ararat gelangen wollte.

Ein Aufwind erfasste den Helikopter, und gleich darauf schien es, als gerieten sie in ein Luftloch. Da die Luft in dieser Höhe sehr dünn war, fing der Rotor sofort zu heulen an, sobald der Auftrieb abriss. Es fühlte sich an, als würden sie fallen. Die Rotorblätter wummerten so laut, dass ihm das Geräusch wie ein tätlicher Angriff vorkam. Walker biss die Zähne zusammen und blickte aus dem Fenster. Inzwischen waren sie in Sichtweite der Narbe, die in dem Berghang klaffte. Sein Sohn Charlie, ein neunjähriger Draufgänger, sagte immer, wie sehr er sich wünsche, eines Tages in einem Helikopter zu fliegen. Walker dachte, dass er den Jungen irgendwann mal auf einen Flug mitnehmen musste, aber nicht bei so gefährlichen Bedingungen.

Was für ein Quatsch, dachte er. *Amanda würde es niemals erlauben.*

Seine Exfrau, Amanda. Charlies Mutter. Je länger sie zusammengelebt hatten, desto häufiger war Walker von zu Hause weg gewesen und dabei in immer gefährlichere Situationen geraten. Seine Narben beunruhigten Amanda, noch mehr jedoch seine Weigerung zu erzählen, woher sie stammten. Sie hatte ihm gesagt, seine Geheimniskrämerei bedeute, dass er ihr misstraue, und obwohl er es abgestritten hatte, wusste Walker, dass sie recht hatte. Amanda hatte ein wunderhübsches Lächeln und ein sorgloses Lachen, bei dem ihre Augen vor echter Freude strahlten. Sie versuchte immer, das Beste in allen Menschen zu sehen, und genau deswegen konnte man sich mit ihr nicht über Themen unterhalten, die geheim bleiben mussten. Ein Geheimnis bewahren zu müssen hätte sie innerlich aufgefressen. Wenn sie auch nur über ein paar der schrecklichen Dinge Bescheid gewusst hätte, die Walker überall auf der Welt erlebt hatte, wäre sie ihres Lebens nicht mehr froh geworden. Und dafür wollte er nicht die Verantwortung übernehmen.

Charlie hätte sich keine bessere Mutter wünschen können. Amanda würde ihn zu einem Menschen erziehen, der der Welt offen und optimistisch gegenübertrat. Daher hatte er ihr recht gegeben, als sie ihm vorwarf, seine Verdrossenheit und Heimlichtuerei würden ihre Ehe vergiften. Ihr erstaunter Blick, als ihr schmerzlich bewusst geworden war, dass er sich niemals für sie ändern würde, verfolgte ihn immer noch. Aber sie war über ihn hinweggekommen, hatte sich ein eigenes Leben aufgebaut und mit Freunden umgeben.

Als er Charlie das letzte Mal besucht hatte, hatte der ihm erzählt, dass Amanda seit Kurzem mit einem Künstler namens George zusammen war, der für den Jungen Comics mit Geistern, Zauberern und lustigen Tieren zeichnete. Es hatte ihm wehgetan, die Zuneigung in der Stimme seines Sohnes zu hören, aber gleichzeitig hatte es ihn auch glücklich gemacht.

Als ihn ein Ellbogen in die Seite stieß und er nach links blickte, merkte er mit einiger Verspätung, dass Kim Seong ihn angesprochen hatte. Wegen seines hochgeklappten Kragens und dem Dröhnen des Rotors hatte er sie nicht gehört.

»Entschuldigung, wie war das?« Er beugte sich zu ihr hinüber.

»Ich habe gesagt: ›Wenn das die Flugbedingungen sind, die Sie für sicher halten, bin ich froh, dass Sie sie nicht dazu überredet haben aufzusteigen, als es noch geschneit hat.‹«

»Ich auch.« Er lächelte zwar, als er das sagte, aber er war sich überhaupt nicht sicher, was er von Ms Kim halten sollte. Die Koreanerin war ein eigenartiges und möglicherweise unangenehmes zusätzliches Mitglied bei dieser Exkursion. Dem Vernehmen nach hatten Meryam Karga und Adam Holzer der türkischen Regierung versprochen, sie in ihrer Dokumentation und dem Buch, an dem sie schrieben, in positivem Licht darzustellen, und ihr außerdem auch noch einen Teil der Einnahmen an beidem in Aussicht gestellt. Aber Walker ging davon aus, dass die zwei Abenteurer weitere Zugeständnisse gemacht haben mussten, bei denen es um die Berichterstattung in den Medien, Tourismusangelegenheiten und ihre Bereitschaft ging, alle Regeln zu akzeptieren, die ihnen von den Türken auferlegt wurden.

Als Karga und Holzer ihr ursprüngliches Team geformt hatten, trommelten sie Leute aus den verschiedensten Nationen und Fachrichtungen zusammen, und die Türken hatten bloß darauf bestanden, mit zwei niederrangigen Regierungsvertretern vor Ort zu sein. Aber als die Vereinigten Staaten darum baten, einen Repräsentanten der National Science Foundation – nämlich Walker – entsenden zu dürfen, hatte die türkische Regierung beschlossen, dass sie einen unabhängigen Beobachter benötigte, und die UNO gebeten, jemand Entsprechenden abzustellen.

Kim Seong war diese Beobachterin. Als Expertin für globale Politik, die für internationale Verhandlungen ausgebildet war, schien sie eine eigenwillige Besetzung für diesen Job zu sein. Doch seit ihrem ersten Treffen in Istanbul machte sie auf Walker einen ebenso professionellen wie intelligenten Eindruck und schien, was noch wichtiger war, unbedingt herausfinden zu wollen, was das Abenteurerpaar auf dem Berg Ararat entdeckt hatte.

Trotzdem mochte er es nicht, eine Babysitterin dabeizuhaben, ganz gleich, wie gut er mit ihr auskam.

Walker stemmte sich gegen seinen Sicherheitsgurt und sah über die Schulter nach hinten. Vater Cornelius Hughes war so weiß wie der Schnee auf dem Gipfel des Berges, aber er gab ihm mit einem knappen Nicken zu verstehen, dass es ihm im Großen und Ganzen gut gehe. Das Gesicht des alten Priesters war von tiefen Falten durchzogen, und er strahlte eine Weisheit aus, die aus einer anderen Epoche zu stammen schien. Er war ein

Experte für altertümliche Kulturen und Sprachen. Trotz dieses wissenschaftlichen Hintergrunds war Walker angenehm überrascht, wie unvoreingenommen sich der Geistliche mit der biblischen Geschichte von der Sintflut auseinandersetzte.

Sie waren kein besonders schlagkräftiges Einsatzteam, aber wenn Walker versuchte hätte, einen Sicherheitsbeamten mitzubringen, wäre vielleicht herausgekommen, dass die National Science Foundation bloß eine seit Jahrzehnten bestehende Fassade war, ein Platzhaltername, der verwendet wurde, wenn das US-Verteidigungsministerium niemanden wissen lassen wollte, dass die DARPA die Finger im Spiel hatte. Nicht mal der Priester wusste, für wen er arbeitete, und Ms Kim würde Walker es ganz bestimmt nicht verraten. Die UNO zeigte sich selten erfreut, wenn die DARPA ohne Mandat herumschnüffelte. Also würde sie es den Türken stecken, und die würden Walker verbieten, sich an der Grabungsstätte aufzuhalten.

Er würde die Mission abblasen müssen, und darüber wären seine Vorgesetzten alles andere als begeistert. The Defense Advanced Research Projects Agency hörte zwar auf einen hochtrabenden Namen, verfolgte jedoch ein vergleichsweise simples Ziel: Sie befasste sich mit neuen Wissenschaftsgebieten und ungeklärten Phänomenen, um zweifelsfrei zu ermitteln, ob irgendwer eine Waffe daraus machen könnte – und falls ja, stellte die DARPA sicher, dass die USA diese Waffe als Erste in Händen hielten. Walker hatte noch nie gern für die DARPA gearbeitet, da er für die Waffenforschung nichts übrighatte, aber er hatte sich schon immer für Rätsel begeistert, für die natürlichen ebenso wie für die übernatürlichen, und er hatte einen unstillbaren Wissensdurst. Und wenn sich etwas als potenziell gefährlich erwies, war es ihm lieber, wenn es in die Finger seiner eigenen Regierung geriet.

Nicht, weil er seinen Vorgesetzten vertraut hätte. Er bevorzugte bloß das Übel, das er kannte.

»Mr Walker!«, rief der Pilot. »Zeit, in die Gänge zu kommen!«

Walker drehte sich zur Seite und betrachtete den schneebedeckten Berg und den Höhleneingang gleich unter ihnen. Die linke Seite der Höhle war ungefähr zwölf Meter hoch, doch ihre Oberkante zerschnitt die verschneite Felswand in einem zerklüfteten Fünfundsiebzig-Grad-Winkel, sodass sie auf der rechten Seite nur noch drei oder vier Meter aufragte.

Der Copilot schnallte sich los und schlüpfte leicht gebückt zu ihnen nach hinten. Er begann, ein Gewirr aus dicken Seilen aufzudröseln, in dem Walker ein Gurtgeschirr erkannte.

Bisher hatte Kim Seong freundliche Gelassenheit ausgestrahlt, aber jetzt packte sie Walker fest am Arm. »Ich werde nicht als Erste runtergehen.«

Er wappnete sich innerlich. »Das würde ich auch nie verlangen. Mein Team, mein Risiko.«

»Ich bin sicher, dass es ganz ungefährlich ist«, beeilte sich Kim zu erwidern.

Walker streifte seinen Sicherheitsgurt ab und ließ sich vom Copiloten ins Tragegeschirr helfen.

Anschließend zog der Copilot die Schiebetür an der linken Seite des Helikopters auf und winkte ihn zu sich heran. Der Mann würde die Winde bedienen und Walker zum Berg hinunterlassen, aber durch diese Tür musste er ganz allein hinaustreten.

Walker zog am Kabel und ließ ein Stück abrollen, dann stellte er sich mit dem Rücken zur Öffnung und stieß sich nach hinten ab in den freien Fall – mit dem linken Fuß, da er seinem rechten Bein nicht traute. Über ihm tanzte der Helikopter unvermittelt in einem scheußlichen Aufwind, und er schwang Übelkeit erregend hin und her, ehe sich das Geschirrkabel weiter abwickelte und er langsam zum Berghang hinabsank.

Der Höhleneingang gähnte unter seinen Füßen, ein Stück rechts von ihm. Er ließ ihn nicht aus den Augen, während er sich am Ende des Kabels zu drehen begann.

Der Wind frischte erneut auf, so kalt, dass ihm ein stechender Schmerz durch den Kopf schoss, und so stark, dass er einige Sekunden lang weit zur Seite schwang – wie ein Pendel, das an seiner äußersten Auslenkung festgefroren war. Der Helikopter kippte gleichzeitig mit ihm auf die Seite und sackte innerhalb eines Sekundenbruchteils rund sieben Meter in die Tiefe. Walker fluchte sogar noch, als der Wind abflaute und er wieder normal hinabgelassen wurde. Die Kälte schnitt durch seine Kleidung und drang ihm bis in die Knochen.

Er kniff die Augen fest zusammen und bleckte die Zähne, als auf einmal ein ganz anderer Wind über ihn hinweg und durch ihn hindurch zu fegen schien. Diesmal zitterte er nicht vor Kälte, sondern wegen der unguten Empfindung, die ihn durchfuhr. Er fühlte sich, als würde er in etwas Dreckiges eintauchen, das mit jedem Augenblick tiefer in seine Haut sickerte. Sein ganzer Körper begann, vor Ekel zu kribbeln. Während er sich in seinem Geschirr drehte, schlug er die Augen auf und blickte sich verzweifelt um.

Unter ihm waren Leute aus der Höhle gekommen

und gaben dem Piloten mit Handzeichen zu verstehen, er solle Walker näher zu ihnen hinüberschwingen. Zwei Gestalten waren bis zu einer Stelle sechs Meter unterhalb des Höhleneingangs hinabgeklettert, wo er eine Art Plattform sah, die mit Pfählen im Berghang verankert war.

Angst stieg in ihm auf, wand sich wie ein Wurm in seinen Magen und wirbelte dort herum wie Säure und Gallensaft. Er fühlte, wie er erschlaffte. Eigentlich hielt er sich für ziemlich furchtlos, aber diese Angst fraß sich ebenso unerbittlich in ihn hinein wie die Kälte des Berges.

Ein paar Sekunden lang hatte er einen Filmriss. *Verdammt, was ist nur los?*

Dann umfasste eine Hand seinen Fußknöchel, und Walker riss den Kopf herum. Er war kurz davor zu schreien, bis er das Gesicht des Mannes sah, der ihn gepackt hielt. Ein Gesicht, das er aus Dokumentarfilmen und von den Umschlagklappen der Bücher kannte, die er auf dem Flug von Washington D.C. nach Istanbul durchgeblättert hatte.

»Holzer«, sagte Walker.

Der Abenteurer zog ihn heran und öffnete das Gurtgeschirr, sobald Walker mit beiden Füßen auf dem schneebedeckten Berg stand.

»Nennen Sie mich bitte einfach Adam«, erwiderte der Mann und zog mit einem kurzen Ruck an dem Geschirr, das gleich darauf wieder emporschwebte, damit das nächste Mitglied des Teams heruntergelassen werden konnte. »Sie müssen Dr. Walker sein.«

»Nennen Sie mich bitte einfach Walker.« Dass er Holzers Gruß nachahmte, war als Witz gedacht gewesen, aber ihm war schwindlig, und er spürte immer noch etwas von dem bösartigen Gefühl, das ihm vorhin unter die Haut gekrochen war. Und so machte er sich Sorgen, dass der Satz, mit dem er sich vorgestellt hatte, spöttisch geklungen haben könnte. »Schön, Sie kennenzulernen.«

Holzer – Adam – reichte ihm die Hand. »Willkommen auf dem Berg Ararat.«

»Sollte es nicht heißen, in Noahs Arche?«

Adams Gesicht verfinsterte sich. »Das sollten Sie vielleicht besser für sich selbst entscheiden.«

»Hören Sie, ich möchte es mir nicht gleich von Beginn an mit Ihnen verderben«, sagte Walker. »Ich weiß, dass Sie mich nicht hierhaben wollten.«

»Die US-Regierung wollte sie hierhaben, und die Firma, die das Projekt finanziert, hat sich diesem Wunsch gebeugt«, entgegnete Adam. »Und das bedeutet, dass Sie hier willkommen sind, solange Sie sich nützlich machen oder zumindest nicht im Weg stehen.«

»Die Botschaft ist angekommen«, sagte Walker.

Adam fasste ihn am Arm und führte ihn zu einem anderen Mann, dessen dichter Bart und zerschlissene Kleidung auf reichlich Bergerfahrung hindeuteten.

»Hakan ist unser Vorarbeiter«, sagte Adam und hob die Stimme, wohl um sicherzugehen, dass er über das Knattern der Rotorblätter hinweg zu hören war. »Er wird sie in die Höhle begleiten.«

Walker blickte hoch und sah Kim, die bereits in der offenen Seitentür des Helikopters stand und die Sicht auf den Copiloten blockierte, der ihr letzte Tipps gab. Vermutlich erinnerte er sie an die kurze Einweisung vom Vortag.

»Keine Angst«, sagte Adam. »Ich sorge dafür, dass

sie unversehrt runterkommen.« Dann verschwand sein Lächeln wieder. »Aber ich muss Ihnen leider sagen, dass das hier noch nicht die bestürzendste Erfahrung war, die Sie heute machen werden.«

Walker wollte Adam fragen, was er damit meinte, doch Hakan bedeutete ihm bereits, dass es Zeit sei hochzuklettern. Irgendwo oben in der Höhle waren Seile festgemacht worden. Hakan stellte sich hinter Walker und demonstrierte ihm, wie er sie als Führungsleinen benutzen sollte. Walker war sicher, dass er ohne die Steigeisen und das Kletterseil, die ihm auf dem brüchigen Untergrund Halt gaben, abgestürzt wäre. Während eines besonders unerfreulichen Auftrags hatte er sich schwere Verletzungen am Rücken und am rechten Bein zugezogen, die jetzt wegen der Kälte und der Kletterei wieder zu schmerzen begannen.

Er schaute zum Helikopter hinauf und sah, dass Kim Seong jetzt abgeseilt wurde. Sobald der Hubschrauber wieder zum Stützpunkt zurückgekehrt war, würden sie vom Berg nur noch herunterkommen, wenn sie kletterten. Zu seiner Überraschung beunruhigte ihn dieser Gedanke zutiefst. Mit jedem weiteren Schritt nach oben wuchs sein Verlangen, von hier zu verschwinden, so sehr, dass er kaum mitbekam, wie er die Höhle schließlich erreichte und auf der Kante des Vorsprungs kniete – vor mehreren Mitgliedern des Ausgrabungsteams.

Walker kannte Meryam Karga ebenso wie ihren Verlobten bereits aus den Büchern und Dokumentarfilmen. Mit den zusammengekniffenen Augen und den vorgebeugten Schultern sah sie wie eine zusammengerollte und zum Biss bereite Schlange aus. Die übrigen Umstehenden wirkten nicht weniger angespannt, sodass sich

Walker fragte, ob das Arche-Projekt auf Schwierigkeiten gestoßen war.

»Kommen Sie, Dr. Walker«, sagte Meryam, die zum Schutz gegen den kalten Wind die Arme um sich geschlungen hielt. »Wir holen Ihnen einen Becher Kaffee, während wir auf Ihre Leute warten. Und dann können Sie sich ansehen, weswegen Sie hergekommen sind.«

Er blickte sich um und betrachtete die Scheinwerfer, die museumsreifen Balken und die Menschen, die überall in der Höhle arbeiteten.

»Die Arche Noah«, sagte Walker, während er sich aufrappelte.

»Davon gehen wir aus«, erwiderte Meryam. »Aber wegen der Arche sind Sie nicht hier.«

Eine merkwürdige Ruhe breitete sich in ihm aus, und der Schmerz in seinem Bein ließ nach.

Nein, dachte er, *da hat sie recht*. Es interessierte ihn nicht im Geringsten, ob die Balken, die er hier sah, einst ein Schiff gewesen waren – egal ob von Noah oder von irgendjemand anderem.

Ihn interessierte ausschließlich, auf was sie im Inneren der Arche gestoßen waren.

Die Arche – wenn man sie denn wirklich so nennen wollte – hatte sich im Berg Ararat wie ein Tumor in einem menschlichen Körper eingenistet und nur darauf gewartet, entdeckt zu werden. Vor Kurzem hätte Walker noch geschworen, dass es unmöglich wäre, die Arche aufzuspüren – nach all der Zeit und dem vielen Geld, das die Menschen auf der Suche nach ihr verschwendet hatten. Aber jetzt befand er sich in ihr.

Sie erhielten eine kurze Führung mit grundlegenden

Erläuterungen zur Struktur des Schiffes. Überall waren Lampen aufgehängt, aber sie schienen nur vereinzelte Flecken zu beleuchten. Stromgeneratoren betrieben kleine Heizgeräte in mehreren Ställen auf den drei Decks, und auch die Lampen verbreiteten eine gewisse Wärme; Feuer waren jedoch strengstens untersagt. Inmitten der uralten Balken mussten die Mitglieder des Karga-Holzer-Arche-Projekts – oder kurz KHAP – extrem vorsichtig sein, wenn sie nicht alles zu Asche verbrennen wollten. Es war verdammt eisig, und selbst im tiefsten Gewirr aus Pferchen und Gängen breitete sich die Kälte des Berges mit jedem einzelnen Windstoß weiter aus.

Er hatte bestätigt gefunden, was er bereits vom Helikopter aus gesehen hatte. Am linken oder westlichen Ende der Höhle hatte die Lawine eine Seite des Schiffes von oben bis unten freigelegt. Rechts war die Arche jedoch zum Teil wie seit Tausenden von Jahren unter Gestein und Erde verschüttet, sodass hier einige Balken der Schiffshülle immer noch im Fels feststeckten. An ihrem östlichen Ende senkte sich die Höhlendecke bis auf ungefähr drei Meter herab. Walker wusste, dass es damit im Inneren der Arche auf dieser Seite zwar wesentlich dunkler, aber dafür auch etwas wärmer und weniger zugig sein musste.

Nachdem sie sich einander vorgestellt hatten, stiegen Meryam und Adam vor Kim Seong und Vater Cornelius zur dritten Ebene hinauf. Walker blieb noch ein wenig auf der ersten Ebene stehen und sah einem Team aus Archäologen über die Schulter, die sich an einer Ansammlung staubiger Menschenknochen mit gräulichen Fetzen aus Haut und Kleidung zu schaffen machten – menschliche Häute und Tierhäute ließen sich in diesem Zustand nicht mehr voneinander unterscheiden. Ihm fiel auf, dass eine der Leichen ein dickes Lederband um den Hals trug, an dem ein scharfkantiges schwarzes Steinstück hing. Ob das wohl ein Glücksbringer gewesen war? Als er zu dem anderen Leichnam hinüberblickte, glaubte er, auch an diesem ein Lederhalsband zu erkennen.

»Zwei Leichname?«, erkundigte er sich. Aber waren es dafür nicht zu viele Gliedmaßen?

Eine der Archäologinnen hob den Kopf und blinzelte ihn überrascht an. Sie war so sehr in ihre mühevolle Tätigkeit versunken gewesen, dass sie gar nicht gemerkt hatte, wie er sie beobachtete.

»Drei. Zwei Erwachsene, ein Kind«, sagte sie mit britischem Akzent.

Bei der Erwähnung des Kindes verzog Walker das Gesicht, aber dann rief er sich selbst zur Ordnung. Diese menschlichen Überreste waren viele Tausend Jahre alt. Damals waren Kinder aus den verschiedensten Gründen gestorben. Wenn es tatsächlich eine auch nur annähernd so verheerende Flut gegeben hatte, wie sie in der Bibel beschrieben wurde, waren darin zahllose Kinder ums Leben gekommen. Angesichts seiner Reaktion auf dieses tote Kind kam er sich wie ein blutiger Anfänger vor, der noch nichts von den Tragödien ahnte, die sich seit jeher in der Welt ereignet hatten.

Die Sintflut, überlegte er und ruderte in Gedanken ein Stück zurück. Erstaunlich, wie schnell er sich auf diese Vorstellung eingelassen hatte. *Konnte das wirklich sein?*

Er war schon früher auf Ungeheuer gestoßen und Dinge, deren bloße Existenz gewöhnlichen Menschen eine Heidenangst eingejagt hätte, aber für jedes Einzelne von ihnen hatte es eine wissenschaftliche Erklärung gegeben. Sie mochten widernatürlich gewesen sein, aber sicher nicht übernatürlich.

Doch da dieses Schiff tatsächlich in einem Berg verborgen gewesen war, lag zumindest der Verdacht nahe, dass einer der bekanntesten Mythen aller Weltreligionen einen wahren Kern enthielt. Walker hatte in Bezug auf seine Familie und sein Leben ein paar harte Entscheidungen getroffen, wegen denen er das Vertrauen in sich selbst verloren hatte. Und nun war er hier und suchte nach etwas, dem er wieder Glauben schenken konnte.

O Gott, dachte er. *Alles, was ich jetzt noch brauche, sind ein Bier und ein trauriger Countrysong aus der Jukebox*. Er richtete seine Aufmerksamkeit wieder auf die Archäologen, die die uralten Skelette zu erhalten versuchten.

Sie befanden sich viertausend Meter über dem Meeresspiegel. Es kursierten alle möglichen Theorien darüber, auf welchem realen Ereignis die Geschichte von der Sintflut basiert haben könnte. Einige stammten von fantasievollen Spinnern, andere hingegen von angesehenen Wissenschaftlern, aber Walker kannte keine einzige nichtreligiöse Theorie, die erklärte, wie die Arche in diese Höhe hatte gelangen können.

Und dennoch war sie hier gelandet.

Das Schiff war in Richtung Berg geneigt. Irgendwann war es auf einem Grat zum Liegen gekommen und dann im Verlauf vieler Jahrhunderte unter Erdrutschen begraben worden, die den Grat allmählich zugedeckt und das Schiff in Gestein und Erde eingehüllt hatten. Laut Meryam befürchtete ihr Team, unter der Arche könnte sich eine Felsspalte verbergen, weswegen alle behutsam auftreten mussten.

»Entschuldigung, darf ich fragen, wer Sie sind?«, fragte die Archäologin.

Als Walker sich ihr vorstellte, runzelte sie die Stirn. Vielleicht wunderte sie sich, warum die USA einen Mitarbeiter von der National Science Foundation herschickten – jemanden, der eingedenk seiner Unfähigkeit, alte menschliche Überreste zu identifizieren, ganz offensichtlich *kein* Archäologe war. *Oder vielleicht fragt sie sich auch nur, warum ihr niemand erzählt hat, dass das Projekt Verstärkung erhält.*

»Freut mich, Sie kennenzulernen, Dr. Walker«, sagte sie. »Mein Name ist Helen Marshall. Ich bin mehr oder weniger die Leiterin des Archäologenteams. Dafür haben sie mich von Oxford hierhergeschleppt. Das hier ist Polly Bennett, meine rechte Hand unter den Promotionsstudenten, die ich für dieses Projekt entführt habe.«

Polly war groß und muskulös. Im Nacken hatte sie ein Tattoo von einem fliegenden Vogelschwarm. Die linke Seite ihres Kopfes war kahl rasiert, auf der rechten reichten ihre grellgrün gefärbten Haare bis zur Schulter. Walker fand, dass sie gar nicht wie eine Doktorandin der Archäologie wirkte, doch dann wies er sich für diesen Gedanken insgeheim zurecht. Bei diesem Job ging es nicht darum, wie man aussah.

Polly blickte nur kurz von der Arbeit auf und grüßte knapp.

Professor Marshall hob eine Augenbraue. »Ich würde Ihnen ja gern die Hand schütteln, aber …« Sie hielt beide Hände hoch, die in staubigen Handschuhen steckten, und zuckte leicht mit den Schultern.

»Das verstehe ich, und es tut mir leid, dass ich Sie unterbrochen habe.«

»Aber nicht doch. Ich freue mich, dass Sie sich für unsere Arbeit interessieren. Schließlich kriegt man nicht jeden Tag etwas Unmögliches zu sehen.«

Walker nickte. »Da haben Sie recht. Aber wieso beschleicht mich das Gefühl, dass sie damit nicht nur die Höhe des Fundorts meinen?«

Professor Marshall breitete die Arme zu einer Geste aus, mit der sie die gesamte Umgebung einschloss. »Dieses Schiff ist meiner Schätzung nach mindestens fünftausend Jahre alt. Zu dieser Zeit hatten die Ägypter gerade herausgefunden, wie sie Bretter zu einem Bootsrumpf zusammenzurren können. Und das Schiff hier könnte sogar noch früher entstanden sein. Es …«

»Die Arche.«

»Wenn Sie so wollen. Die Arche ist größer und besser konstruiert als alles andere, was man in dieser Epoche gebaut hat. Das Khufu-Schiff ist erst fünfhundert Jahre später am Fuß der Cheops-Pyramide in Gizeh vergraben worden. Und das war zwar ungefähr genauso lang, aber nicht mehr als ein einfacher Nachen.«

Walker sah sie forschend an. »Sie wollen damit sagen, dass dieses Schiff eigentlich gar nicht existieren dürfte?«

»Verstehen Sie mich nicht falsch. Ich bin froh, dass es hier ist. Das Ganze ist wie ein Traum, und ich hätte mir nie vorgestellt, dass ich mal bei so etwas mitmache. Aber wenn ich Traum sage, meine ich damit auch etwas anderes. Es fühlt sich vollkommen surreal an. Aber wenn Sie noch mehr darüber hören wollen, wie unwahrscheinlich das alles hier ist, dann unterhalten Sie sich am besten mal mit Professor Olivieri.«

Er fragte nicht nach, wen sie meinte, weil er davon ausging, dass er den Professor noch früh genug kennenlernen würde. So groß war die Arche schließlich auch wieder nicht.

»Wie ist es?«, fragte Walker. »Halten Sie die Bibelgeschichte für authentisch? Dass Gott die Sintflut geschickt hat und …«

Professor Marshall bedachte ihn mit einem strengen Blick. »Lassen Sie doch Gott da raus, Dr. Walker. Wir sind hier, um Untersuchungen anzustellen. Für die Erklärungen sind andere zuständig.«

Als sie sich wieder ihrer Arbeit zuwandte, sah Walker die Wand an, vor der sich ihr Team versammelt hatte. Darin war eine Art Tür eingelassen, auf der er lange Furchen bemerkte. »Sind das etwa …?«

Sie blickte auf. »Wie bitte?«

Walker deutete auf die Kratzspuren an der Tür, die an das Felsgestein gepresst war, sodass niemand durch sie hatte hinausgehen können. »Bedeutet das da, was ich denke?«

Ihr Nicken wirkte bekümmert und nachdenklich, wie das einer Onkologin, die den schlimmsten Verdacht ihres Patienten bestätigte. »Wir vermuten, ja.«

»Aber wieso? Da waren doch noch andere Menschen an Bord. Sie müssen Nahrungsvorräte gehabt haben …«

Professor Marshall lächelte schwach und sah im grellen Licht der Arbeitslampen leichenblass aus. Nur ihre Augen, um die sich kleine Fältchen zogen, waren dunkel. »Als die letzten Passagiere starben, hat es immer noch Nahrungsvorräte gegeben«, sagte sie. »Ganz zu schweigen von den Tieren, die sie ja auch noch hätten essen können. Außerdem hätten sie auf anderen Wegen von hier entkommen können, wenn sie bereit gewesen wären, die Gefahren eines Abstiegs auf sich zu nehmen. Sie müssen gewusst haben, dass diese Tür blockiert war, und haben trotzdem versucht, sie aufzubekommen.«

»Wie lautet denn Ihre Theorie?«, fragte Walker.

Ihr Lächeln verblasste, und sie musterte ihre Doktorandinnen, die derweil weiterarbeiteten. Die eine machte Fotos, während die andere eifrig damit beschäftigt war, die Knochen für den Abtransport vorzubereiten.

»Dazu haben wir noch keine«, sagte sie und kehrte ihm den Rücken zu.

Walker spürte ihre Frustration und hakte nicht weiter nach.

»Ist bei Ihnen alles in Ordnung?«, hörte er hinter sich jemanden fragen.

Als er sich umdrehte, sah er, wie Adam Holzer mit zwei Bechern Kaffee zu ihm herüberkam. Einen davon hielt er ihm hin.

»Jetzt ja.« Walker zog einen Handschuh aus und stopfte ihn sich in die Tasche. »Ich nehme an, die Arche hat keinen eigenen Starbucks.«

Adam hob seinen Becher und prostete ihm zu. »Was soll ich sagen? Der Kaffee schmeckt scheußlich. Aber er ist heiß und randvoll mit Koffein.«

»Mit anderen Worten, genau das, was mir der Arzt verschrieben hat.« Walker nahm einen Schluck und versuchte, das Gesicht nicht zu verziehen. Türkischer Kaffee konnte ganz schön stark sein, aber was immer die KHAP-Crew hier trank, schmeckte vor allem nach Rost.

Adam lächelte und drehte sich zu den Archäologen um. »Ihr Team hat sich inzwischen schon ein bisschen eingelebt. Ms Kim hat ihren Kaffee abgelehnt – möglicherweise ist sie die Schlaueste von uns –, und Vater Cornelius wärmt sich gerade die Hände an seinem Becher. Wollen wir rasch noch die offizielle Begrüßungsrunde hinter uns bringen, bevor wir Ihnen die Begräbnistruhe zeigen?«

Bei Adams Worten breitete sich eine Kälte in Walkers Körper aus, die auch der grässliche Kaffee nicht vertreiben konnte.

Er folgte Adam tiefer in das Herz der Arche hinein und dann ein paar Stufen hinauf, die die Leute vom Arche-Projekt massiv verstärkt und an manchen Stellen sogar komplett ausgetauscht hatten. Auf der dritten Ebene gingen sie unter einem angebrochenen Türsturz hindurch, und Walker versuchte angesichts des klaffenden Risses nicht darüber nachzudenken, dass das Dach über ihnen jederzeit einstürzen und sie unter sich begraben könnte. Als ihm wieder die Furchen einfielen, die er unten auf der ersten Ebene gesehen hatte und die von den Fingernägeln der Menschen stammten, die dort verzweifelt nach einer Fluchtmöglichkeit gesucht hatten, gefiel ihm der beschädigte Sturzbalken noch weniger.

Von weiter vorn hörte er Stimmen, und Walker fühlte sich gleich ein bisschen besser, als ihm klar wurde, dass eine von ihnen Kim Seong gehörte. Sie hatte so eine Art, sich wie eine Königin in einem Raum voller Hofnarren aufzuführen, und besaß eine Arroganz, die einem ganz schön auf die Nerven gehen konnte, aber irgendwie erschien sie trotzdem recht liebenswert.

Am Ende des Ganges gelangten sie ganz hinten im Heck des obersten Decks in einen nach oben hin offenen Raum. In einer mit Seilen abgetrennten Ecke lag ein vertrocknetes Bündel auf dem Boden. Auf den zweiten Blick erkannte Walker, dass es keine Knochen hatte, und er vermutete, dass es vor fünftausend Jahren als Schlafmatte gedient haben musste. Allerdings konnte er sich nicht erklären, wieso ein Haufen Heu in der langen Zeit nicht zu Staub zerfallen war. An der hinteren Wand der Kammer entdeckte er die gleichen breiten Stützstreben, die er auch schon auf den unteren Decks bemerkt hatte. Sie bildeten das Skelett der Arche. Aus einem Loch im Boden ragte das obere Ende einer Leiter heraus, die nicht zur ursprünglichen Ausstattung des Schiffes gehört hatte, sondern erst vor Kurzem vom Arche-Projekt aufgestellt worden war.

Meryam erwartete ihn und Adam bereits. Sie stand in einer Gruppe von Menschen, unter denen er auch Kim und Vater Cornelius entdeckte.

»Hallo, Mr Walker«, sagte Meryam. »Oder muss es Dr. Walker heißen?«

»Walker genügt vollkommen.«

Sie deutete auf die übrigen Versammelten und ratterte rasch ihre Namen herunter. Zum Karga-Holzer-Team zählten Hakan, der Vorarbeiter bei dieser Ausgrabung, sowie sein Neffe Feyiz. Des Weiteren eine sehr hellhäutige blonde Frau, die eine Kamera auf der Schulter trug. Sie hieß Calliope Shaw und war eine Filmemacherin, die Adam für die Dreharbeiten über dieses Projekt mit an Bord geholt hatte. Außerdem machte Meryam ihn mit Professor Olivieri bekannt, auf den Helen Marshall ihn bereits hingewiesen hatte. Olivieri war ein etwa fünfzigjähriger Bibelwissenschaftler mit dichtem Bart und massiger Statur. Aus einiger Entfernung hätte man ihn für den Weihnachtsmann in einem Einkaufszentrum halten können, aber Walker fiel auf, dass Armando Olivieri nicht nur dick, sondern auch sehr kräftig war.

»Wir heißen Sie alle willkommen«, schloss Meryam.

Olivieri zog die Augenbrauen zusammen.

»Der Professor scheint nicht sehr erfreut, uns zu sehen«, bemerkte Walker.

Olivieri blickte noch finsterer drein. »Ich versichere Ihnen, Mr Walker, dass mein Unbehagen nichts mit Ihnen persönlich zu tun hat.«

»Aber Sie finden, dass wir nicht hier sein sollten.«

»Meiner Ansicht nach sollte keiner von uns hier sein«, korrigierte ihn Olivieri. »Ich habe mich schon immer leidenschaftlich für die Arche begeistert. Sie ist über viele Jahre hinweg einer meiner Forschungsschwerpunkte gewesen. Herauszufinden, dass es sie wirklich gibt … das war vielleicht der wichtigste Augenblick in meinem ganzen Leben. Inzwischen glaube ich jedoch, es wäre das Beste, wenn wir Sprengstoff am Berghang anbringen und diese Höhle für die nächsten paar Tausend Jahre wieder zuschütten würden.«

Vater Cornelius versteifte sich und funkelte Olivieri an. »Wenn das hier ist, was wir glauben, dann ist es der wichtigste Beleg für eine Bibelgeschichte, auf den wir je gestoßen sind. Und Sie wollen es wieder begraben? Es zerstören? Was für eine Art Bibelgelehrter sind Sie eigentlich?«

Olivieri schnaubte empört. »Die Art, die weiß, dass man manche Dinge besser ruhen lässt. Tun Sie doch nicht so, als würden Sie es nicht auch spüren.« Er blickte nacheinander in die Gesichter der Umstehenden. »Hier drinnen ist es so stickig, dass man kaum atmen kann, und ich versichere Ihnen, dass das nichts mit der Höhe zu tun hat…«

»Armando«, unterbrach ihn Meryam so leise, dass ihre Stimme beinahe vom Wind übertönt worden wäre, der heulend durch die Ritzen zwischen den Balken strich.

Olivieri winkte resigniert ab. »Genug, ich weiß. Na schön. Dann machen Sie eben so weiter, aber ich für meinen Teil möchte nichts mit alledem zu tun haben. Wäre ich nicht der festen Überzeugung, dass irgendjemand diese ganze schreckliche Angelegenheit im Auge behalten muss, wäre ich schon längst von hier verschwunden.«

Meryam sah aus, als würde sie jeden Moment die Beherrschung verlieren, doch Adam entspannte die Situation, indem er einen Schritt auf die Leiter zumachte.

»Es hat keinen Sinn, die Sache noch länger hinauszuzögern, oder?«, fragte er, während er die Leiter umfasste und den Fuß auf die oberste Sprosse setzte. »Folgen Sie mir, Walker. Wir haben gehofft, Ihre Ankunft würde helfen, ein paar der Konflikte auszuräumen, die sich hier während der letzten Tage zusammengebraut haben, aber anscheinend haben wir uns getäuscht.«

»Konflikte auszuräumen war zwar noch nie eine meiner Stärken«, sagte Walker und sah zu Olivieri hinüber, »aber es sollen ja schon merkwürdigere Dinge geschehen sein.«

Sichtlich angewidert von ihrem Leichtsinn marschierte Olivieri in die Richtung davon, aus der Walker mit Adam gekommen war. Die anderen Mitglieder des Karga-Holzer-Arche-Projekts wechselten noch ein paar leise Worte mit Meryam und kehrten dann zu ihren jeweiligen Aufgaben zurück. Als Letzte ging auch Calliope, nachdem sie Adam ihre Kamera gegeben hatte.

»Wo wollen die denn alle hin?«, fragte Walker, als vom KHAP-Personal nur noch Meryam bei ihnen war.

»Platzprobleme«, antwortete sie. »Außerdem wissen alle bereits, was da unten ist, und wollen es nicht noch einmal sehen.«

Walker lief ein Schauder über den Rücken. Möglicherweise legte Meryam es ja auf einen dramatischen Effekt an, aber nachdem ihr Verlobter bereits mit der Kamera vorausgegangen war, erschien es ihm sinnlos, die Neuankömmlinge abzuschrecken. Als Meryam nun ebenfalls die Leiter betrat, ließ Kim sie nicht aus den Augen. Wäre sie eine Katze gewesen, hätte sie in diesem Moment wahrscheinlich das Fell gesträubt und einen Buckel gemacht.

Walker trank den letzten Schluck Kaffee, faltete den Pappbecher zusammen und verstaute ihn in der Jackentasche. Anschließend drehte er sich zu Kim und Vater Cornelius um. »Spüren Sie irgendetwas?«

Kim stieß die Luft aus und entspannte sich. »Ja, eine leichte Klaustrophobie, aber wenn Sie wissen wollen, ob ich etwas Übernatürliches fühle, lautet die Antwort Nein. Ich bin kein Medium.«

»Glauben Sie denn an Medien?«, fragte Vater Cornelius neugierig.

»Natürlich nicht.«

»Na ja, ich bin auch kein Medium«, sagte Walker. »Aber an Ihrer Stelle würde ich das Übernatürliche nicht so leichtfertig abtun. Es gibt alle möglichen Dinge auf der Welt, die wir nicht verstehen.«

Kim nickte. »Ja, allerdings gibt es auch immer wieder Leute, die aus der Leichtgläubigkeit der Menschen Profit schlagen.«

Walker wusste, dass sie recht hatte, aber als er zur Leiter ging und mit dem Abstieg begann, sah er wieder Olivieris besorgten Gesichtsausdruck vor sich. Weltweit gab es Millionen von religiösen Fanatikern, doch Olivieri war ein Bibelwissenschaftler, und Walker hatte nicht das Gefühl, dass er sie verurteilte oder geringschätzte.

Nein, der Professor hatte Angst.

Sechs

Während Walker die Leiter hinunterkletterte, bemerkte er einen abgestandenen Geruch und rümpfte die Nase. Es roch irgendwie rostig. Als er durch die zweite Ebene kam und schließlich in die erste gelangte, fühlte er erneut die inzwischen vertraute Übelkeit in seinem Magen, aber er atmete gleichmäßig und sagte sich, dass seine Einbildungskraft die Kontrolle über sein Unterbewusstsein übernommen haben musste. Wenn das stimmte, hatte sie darin ziemliche tiefe Wurzeln geschlagen.

»Wonach riecht es hier?«, hörte er Kim von unten fragen.

Meryam gab zu, dass sie es nicht wussten und noch nicht mal eine Vermutung hatten. Während des folgenden Schweigens wunderte sich Walker. Leute wie Adam und Meryam wirkten eigentlich nie um eine Theorie verlegen. Auch wenn die Leute vom KHAP sein Team nicht gerade herbeigesehnt hatten, schienen sie sie zu brauchen. Immerhin hatten sie ein paar neue Sichtweisen im Gepäck.

Die Leiter endete an einer Stelle, bei der es sich um einen der hintersten Winkel in der Arche handeln musste. Hier stand ein Plastikzelt mit undurchsichtigen Planen, das einen quadratischen Bereich von ungefähr fünf Meter Kantenlänge abschirmte. Lichter flackerten, und die Plastikplanen flatterten in dem Luftzug, der zwischen den Balken hindurchpfiff. Die Gänge schienen hier zu enden. Ein Generator summte. Die Mehrzahl der Lichter, die er mit Strom versorgte, befand sich im Inneren des Zelts.

»Die Wetterbedingungen am Berg verschlechtern sich rapide«, sagte Adam und schwenkte mit der Kamera über die Gesichter um ihn herum. »Je weiter der Winter fortschreitet, desto schwerer wird es, Menschen und Material hin- und herzubefördern. Die Temperaturen werden unberechenbar. Ein Sturm kommt auf uns zu, und hier oben kann der Wind großen Schaden anrichten. Wir würden gern alles verpacken und gegen die Witterung sichern, bevor der Sturm mit geballter Kraft zuschlägt.«

»Wir verstehen schon«, sagte Walker. »Nur keine Sorge.«

Adam warf Meryam einen besorgten Blick zu. Er wirkte unentschlossen.

Vater Hughes seufzte vernehmlich. »Wenn es Ihnen nichts ausmacht, Mr Holzer. Wir haben die lange Strecke nicht auf uns genommen, um lediglich Plastik anzustarren.«

Meryam sah in die Kamera. »Nur fürs Protokoll: Adam und ich wissen zwar, wer Dr. Walker und Vater Cornelius Hughes sind, haben sie aber noch nie zuvor getroffen.«

Walker lächelte sie an. »Was? Haben Sie etwa Angst, dass die Leute glauben, wir wären alle Teil irgendeiner Verschwörung?«

»Davor habe ich nicht bloß Angst«, sagte Meryam. »Ich weiß, dass es die gibt. Denken Sie nur an die Menschen, die immer noch glauben, dass der Film mit den

Astronauten, die auf dem Mond spazieren waren, eine Fälschung ist.«

Kim lachte leise. »Wir sind hier doch nicht auf dem Mond.«

Meryam zog eine Plastikplane beiseite. »Genau genommen ist der Unterschied gar nicht so groß.«

Walker ging auf die Öffnung zu. Er hörte, wie Vater Cornelius seinen Namen sagte, schüttelte aber bloß den Kopf, als wäre die Stimme des Priesters eine Fliege, die an seinem Ohr vorbeisurrte. Das tiefe Summen in seinem Kopf schien immer lauter zu werden, wie eine Vibration in seinen Knochen. Er war kurz davor, die anderen zu fragen, ob sie es auch spürten – wollte sich gerade bei Meryam und Adam erkundigen, ob vielleicht der ganze Berg zitterte und sie mit einem Erdbeben rechnen mussten. Aber dann fühlte er, wie sich auf seiner Haut feine Schweißtröpfchen bildeten, und spürte ein schreckliches Kribbeln, als würden Hunderte Insekten auf ihm herumkrabbeln.

»Was zum Teufel?«, murmelte er und blieb unmittelbar vor der Plastikplane stehen.

»Ja«, sagte Meryam. »Wir kennen das.«

Sie war blass geworden und hatte plötzlich den kränklichen Teint einer Gelbsüchtigen.

Vater Cornelius fasste Walker am Ellbogen. Die Stirn des Priesters glänzte vor Schweiß, aber sein Griff war fest. »Wir dürfen nicht zögern«, sagte er.

Walker stimmte ihm zu. Sie hatten einen langen Weg auf sich genommen, um das zu sehen, was das Karga-Holzer-Team so gern unter der Decke gehalten hätte. KHAP war ein türkisches, amerikanisches und britisches Gemeinschaftsprojekt. Gesponsert wurde es von verschiedenen Museen und den Finanziers des Dokumentarfilms. Bis jetzt hatte nur eine Handvoll Vertreter von verschiedenen Regierungen den vorläufigen Bericht des KHAP und ein kurzes Video über den Sarkophag zu sehen bekommen. Aber auf eines hatten sie sich alle einigen können: Solange sie nicht ein paar Antworten hatten, durfte nichts davon nach draußen dringen.

Abergläubischer Schwachsinn, dachte Ben. Aber sie lebten ja auch in einer abergläubischen Welt.

»Walker«, sagte Kim. »Vielleicht sollten Sie …«

Er berührte mit einer Hand die Plastikplane. Das Kribbeln auf seiner Haut hatte nachgelassen, aber die Übelkeit war noch immer da, genau wie das Summen in seinem Kopf. Walker sah zu Kim zurück.

»Kommen Sie?«, fragte er und dachte, wie eigenartig es doch war, dass sie so viel Abstand hielt und immer noch mit einem Fuß auf der untersten Leitersprosse stand. Die UNO hatte sie doch als Beobachterin mitgeschickt.

Kim nickte.

»Dann los«, sagte er und trat durch die Öffnung zwischen den Plastikplanen. Vater Cornelius ging dicht hinter ihm, obwohl Walker seine Hilfe mittlerweile nicht mehr benötigte. Meryam folgte ihnen, und Adam blieb vor dem Eingang stehen. Das Licht seines Kamerascheinwerfers vermischte sich mit dem aseptischen grellgelben Schein der Arbeitslampen. Walker mutmaßte, dass die Vibration in seinen Zähnen von den Generatoren herrührte.

Nur das Rütteln der Generatoren. Er fühlte sich gleich ein wenig besser.

Walker stieß den Atem aus und musterte eingehend die vor ihm stehende uralte Holzkiste. Um sie herum lagen schwarze Pechbrocken verstreut, die wie dicke Glasscherben aussahen. Sie erinnerten ihn an die Amulette, die er an den Hälsen der Kadaver gesehen hatte, mit denen sich Professor Marshall beschäftigt hatte.

Walker betrachtete die harte Pechschale um den Sarg, dann die Symbole, die in das sichtbare Holz eingraviert waren, und wie sie sich im ekelhaften gelben Licht zu bewegen und ineinanderzufließen schienen. Erneut spürte er, wie ihm Insekten über die Haut krabbelten, hauptsächlich im Nacken, und er wischte sich mit einer Hand über den Mund.

Er zwang sich, näher heranzugehen und in das Innere der Kiste zu blicken.

Die Leiche sah erbärmlich aus und erinnerte ihn ein wenig an eine Attrappe aus einem billigen Horrorfilm. Zumindest redete er sich das im ersten Moment ein, denn es fiel ihm leichter, sich darauf zu konzentrieren, wie falsch dieses Ding aussah, und nicht, wie ungeheuerlich. Aber allmählich wurde ihm klar, dass dieser Kadaver keine Fälschung war. Der Anblick von Monstern war Walker nicht fremd. Unmenschlich bedeutete nicht unmöglich – und auch nicht zwingend böse. Das durfte er nicht vergessen.

Die Finger waren länger als menschliche und hatten sich in den Jahrtausenden, während dieses Geschöpf tot in der Kiste gelegen hatte, zu Klauen gekrümmt. Die grauviolette Haut, die sich straff über die Brust spannte, war vertrocknet und an ein paar Stellen, wo das Fleisch nachgegeben hatte, eingesunken. Am Schädel schimmerten hier und da die Knochen durch, und eine Wange war zu Staub zerfallen. Die Augen waren in ihren Höhlen auf die Größe vertrockneter Beeren zusammengeschrumpft.

Die Hörner waren von einem blassen, beinahe sandfarbenen Weiß, wie Elefantenstoßzähne, die mit dem Alter vergilbt waren. Die beiden Auswüchse waren sechs oder sieben Zoll lang und ragten aus Vertiefungen knapp über den Augen. Bei einem fehlte die Spitze, und die Bruchstelle erinnerte an einen zersplitterten Stein. Beide Hörner waren ganz leicht nach außen gebogen. Der Schädel des Kadavers war deformiert, oben an der Decke stark gewölbt und viel zu spitz am Kinn. Wenn er noch am Leben wäre, hätte dieser Mann einen sehr merkwürdigen Anblick geboten. Oder besser gesagt, einen hässlichen.

Wenn er denn ein Mann gewesen wäre.

Hinter ihm, am Eingang des Plastikzelts, gab Kim ein leises, wimmerndes Geräusch von sich. Sie hatte angefangen, in kurzen, abgehackten Zügen zu atmen, und schien am Rand einer Panikattacke zu stehen.

»Möchten Sie lieber wieder rausgehen, Kim?« Walker versuchte, seine Enttäuschung zu verbergen. Er hatte mehr Professionalität von ihr erwartet.

Sie sagte etwas auf Koreanisch und schien sich dann zu erinnern, dass keiner von ihnen ihre Sprache verstand. »Hört das irgendwer von Ihnen?«, wiederholte sie auf Englisch.

Walker hatte genug damit zu tun, seine eigenen Nerven im Zaum zu halten, und zwang sich, das Kribbeln auf der Haut zu ignorieren. Erneut sah er auf die Hörner an dem Leichnam und ließ den Blick dann weiterwandern zu den langen spitzen Zähnen, die in all den Jahren gelb geworden waren und an einigen Stellen dunkelbraune Flecken aufwiesen. Was immer das für ein Wesen sein mochte, sie würden es auf keinen Fall vollständig identifizieren können, solange sie es nicht von diesem Berg heruntergeschafft hatten.

»Was meinen Sie?«, fragte Adam.

Walker seufzte. Ein Windstoß, der durch das gesamte Wrack der Arche geweht war, kräuselte die Plastikplanen. Trotz des Luftzugs war die Luft schwül und extrem stickig. »Ich meine, dass Sie die Kiste auf gar keinen Fall in einer ungesicherten Umgebung wie dieser hätten öffnen dürfen.«

Meryam versteifte sich. »Soweit wir wussten, *war* das hier eine gesicherte Umgebung. Die anderen Skelette in der Arche waren bereits tagelang der Witterung ausgesetzt, bevor wir eintrafen. Und Sie sehen ja, in welchem Zustand sie sind. Wir hatten keinen Grund zu glauben …«

Vater Cornelius schob sich an Walker vorbei und ging zu der Kiste. Pech knirschte unter den Sohlen des Priesters, während er den Kadaver zum ersten Mal richtig betrachtete. Einen Moment schien es, als halte er die Luft an. Nach kurzem Zögern steckte er eine Hand in die Jackentasche, und als er sie wieder hervorzog, hielt er einen Rosenkranz um die Finger gewickelt. Er küsste ihn und begann, ein Gebet zu flüstern.

Walker seufzte. »Ach kommen Sie, Vater. Ich habe Sie auf diese Spritztour mitgenommen, weil ich mir mehr von Ihnen erwarte als das hier. Sie sind ein Gelehrter, nicht irgendein prähistorischer Schamane.«

Der Priester brachte ihn mit einem erhobenen Finger zum Verstummen und murmelte die letzten Zeilen des Ave Maria. Dann bedachte er Walker mit einem finsteren Blick. »Sicher ist sicher. Darum bin ich auch froh, dass sie die Kiste hier oben auf dem Berg geöffnet haben.«

»Glauben Sie etwa, dieses Ding wird von den Toten auferstehen und Amok laufen?«, fragte Walker. Er sah die unteren Enden der Hörner an, die trockene, lederartige Haut, wo sie aus der Stirn des Kadavers ragten. »Glauben Sie wirklich, das hier ist ein …?« Er ließ den Rest des Satzes unausgesprochen. Sie wussten beide, welches Wort Walker durch den Kopf gegangen war.

»Halten Sie das für ausgeschlossen?«, fragte Vater Cornelius. »Ich bestimmt nicht. Aber selbst wenn es nur irgendeine Abnormität sein sollte, gibt es genug Grund zur Sorge. Dieser Körper ist besser erhalten als die anderen. Womöglich steckt er voller Krankheiten, die wir nicht behandeln können. Das hier ist offensichtlich ein Sarg für einen Toten, gewiss, aber für uns könnte er die Büchse der Pandora sein.« Er sah Adam an. »Verstehen Sie mich nicht falsch, es grenzte an Idiotie, die Kiste hier aufzumachen, egal wie aufgeregt Sie oder die Produzenten Ihres Dokumentarfilms den Augenblick der Entdeckung herbeigesehnt haben. Aber es war immer noch besser, diesen Fehler hier zu begehen, als an einem zivilisierteren Ort.«

Als Meryam das Wort ergriff, sprach sie erneut in die Kamera. Walker verstand, dass es ihr wichtiger war, sich vor ihrem Publikum zu rechtfertigen, als vor den Leuten, die in diesem Moment um sie herumstanden. »Ursprünglich hatten wir geplant, die Grabstätte nicht zu öffnen, bevor Dr. Walker und sein Team von der National Science Foundation eintreffen. Wir haben alle eingravierten Symbole auf der Außenseite abfotografiert, dann die Pechhülle entfernt und in größtmöglichen Stücken zu erhalten versucht. Dabei ist ein Teil des Pechs abgebrochen, mit dem der Deckel des Sargs versiegelt war, und …« Meryam zeigte ein schüchternes Lächeln, das eindeutig für die Kamera bestimmt war. Sie wusste, dass die Zuschauer auf ihrer Seite sein würden. Schließlich hatten sie ihnen gegeben, wonach sie verlangten.

»Wir waren einfach neugierig«, gestand sie und richtete ihr scheues Lächeln nun auf Walker und Vater Cornelius. »Wir haben den Bereich abgeschottet und nur ausgewählte Mitglieder unseres Teams das Zelt betreten lassen. Ja, wir haben den Deckel geöffnet und Proben vom Holz genommen, aber den Körper hat keiner angefasst. Wir haben sämtliche Vorsichtsmaßnahmen ergriffen, die uns möglich waren. Können Sie reinen Gewissens behaupten, dass Sie ihn nicht geöffnet hätten, Dr. Walker, nachdem schon ein Teil der Versiegelung weggebrochen war?«

Was sollte er vor der Kamera darauf antworten? Natürlich hätte er den Sarg geöffnet, allerdings hatte er auch einige Erfahrung auf diesem Gebiet. Aber wenn er das sagen würde, klänge er wie ein herablassendes Arschloch. Ihm war zwar egal, ob er damit die Leute verprellte, die diesen Dokumentarfilm irgendwann Mal sehen würden, doch mit Meryam und Adam durfte er es sich nicht verscherzen. Nicht solange er ihre Unterstützung brauchte. »Manchmal lassen wir uns alle hinreißen«, sagte er in Richtung Objektiv. »Und wenn es dann auch noch um die Arche Noah geht …«

Alle Anwesenden schienen den Atem anzuhalten.

»Wollen Sie damit sagen, Sie glauben, dass das hier die Arche Noah ist?«, fragte Adam hinter der Kamera her.

Mist. »Nein, natürlich nicht. Die Arche Noah ist eine nette Legende, aus der sich auch hübsche Kinderspielzeuge machen lassen. Wer immer dieses Schiff gebaut hat, hieß bestimmt nicht Noah.«

Vater Cornelius wandte sich an Adam. »Jetzt schalten Sie mal Ihre Kamera ab, Junge, damit wir zum Geschäft kommen können.«

»Diese Kamera *ist* mein Geschäft«, erwiderte Adam gleichmütig und richtete die Linse auf das Gesicht des Priesters, um dessen Reaktion aufzuzeichnen.

»Walker«, sagte Kim mit leiser, kratziger Stimme.

Er drehte sich zu ihr um, aber sie sah ihn gar nicht an. Ihr Blick war fest auf den Sarg gerichtet. Sie zitterte am ganzen Körper, doch was ihn am meisten beunruhigte, war der verzweifelte Ausdruck auf ihrem Gesicht. Sie sah so tieftraurig aus, dass ihr Anblick ihn schmerzte.

»Was haben Sie?«, fragte er und ging einen Schritt auf sie zu.

»Nein!«, zischte sie und hob abwehrend die Hände. Sie sah ihn jedoch immer noch nicht an.

Vater Cornelius war dazu ausgebildet, Leidenden Trost zu spenden, aber als er begann, ruhig auf sie einzureden, fing Kim an, sich zu winden, als wollte sie sich aus einer unangenehmen Umarmung befreien.

»Was ist bloß los mit ihr?«, flüsterte Meryam.

Adam sagte nichts und zeichnete weiterhin alles auf Video auf. Walker hätte ihm am liebsten die Kamera aus der Hand geschlagen.

»Kommen Sie«, sagte er. »Ich bringe Sie raus. Der Anblick ist wirklich ganz schön überwältigend. Aber ich verspreche Ihnen, dieses Geschöpf ist nicht, wonach es aussieht. Jedenfalls müssen Sie nicht hier drinnen bleiben, während wir …«

Er fragte sich, warum die UNO eine Vertreterin ausgewählt hatte, die so leicht aus der Fassung zu bringen war. Als er die Hand nach ihr ausstreckte, murmelte sie etwas, wich kopfschüttelnd vor ihm zurück und verfing sich dabei in der Plastikplane hinter ihr.

»Walker, warten Sie«, sagte Vater Cornelius.

Da war wieder dieses Summen, die Vibration im Inneren seines Kopfes. Sein Magen rebellierte, und auf einen Schlag hatte er genug von diesem Affenzirkus. Er packte Kim an den Handgelenken und versuchte, sie von der Plane wegzuziehen.

Laut schreiend riss sie sich von ihm los und stolperte mit entsetztem Blick rückwärts, ehe sie im nächsten Moment losstürmte und dabei eine Ecke des provisorischen Zelts zum Einsturz brachte. Als er die schwere Plastikfolie von sich abstreifte, sah er Kim gerade noch in die Dunkelheit rennen.

»Die hat doch einen Knall«, murmelte Meryam und versuchte, die umgestürzte Zeltstange wieder aufzurichten.

Walker fluchte, riss sich die Taschenlampe vom Gürtel und knipste sie an, während er Kim in die Finsternis nachjagte. Nachdem er um eine Ecke gebogen war, kam er an der gleichen Art Lagerräume oder Viehställe vorbei, die er bereits anderswo auf dem Schiff gesehen hatte. Kim sprang durch den Lampenstrahl und krachte gegen eine Wand, ehe sie durch eine schwere Decke schlüpfte, die das KHAP-Team aufgehängt haben musste.

Nachdem er sich ebenfalls hindurchgewühlt hatte, fand Walker sich in einem langen, aufsteigenden Gang wieder, der an der Steuerbordwand des Schiffes entlangführte. Während er weiterrannte, schlug ihm ein eisiger Wind entgegen. Von irgendwo vor sich hörte er Stimmen. Er beugte sich nach vorn und lief das zerbrochene Deck hinauf, wobei er ein paar Stützbalken auswich, die erst vor Kurzem hier eingezogen worden waren.

»Kim!«, rief er und kam sich sogleich dumm vor, weil er wusste, dass es sinnlos war. Was immer es war, weswegen sie wegrannte, seine Stimme würde sie bestimmt nicht besänftigen.

Er schaltete die Taschenlampe aus. Vor ihm waren so viele Arbeitslampen, dass er sie nicht mehr brauchen würde. Bei Kims Verfolgung war er wieder zu der Stelle zurückgekehrt, wo Helen Marshall und ein paar andere sich darum bemühten, die sterblichen Überreste dreier Arche-Passagiere zu konservieren. Die britische Archäologin kniete auf dem Boden, als wollte sie die Knochen der Verstorbenen beschützen, aber die anderen waren zurückgewichen.

Alle beobachteten Kim.

Sie lief zu der am Berg festgekeilten Tür, durch die niemand hinauskommen konnte, und kratzte an ihr, grub die Fingernägel in das uralte Holz. Genau wie diese Toten es vor Tausenden von Jahren getan hatten. Dabei flüsterte sie unentwegt vor sich hin. Obwohl Walker ihre Sprache nicht beherrschte, verstand er das koreanische Wort für *bitte*.

Er hatte eine Ahnung, was sie sonst noch sagte, aber erst als er Kim erreicht hatte und ihr sanft eine Hand auf die Schulter legte, nachdem er sich hingekniet und sie einen Moment lang im Arm gehalten hatte, konnte er sich sicher sein, was es war. Denn als sie erneut die linke Hand ausstreckte und am Holz kratzte, flüsterte sie die Worte auf Englisch.

»Bitte«, wisperte sie und sah ihn unendlich traurig an. »Bitte, lass mich raus.«

Sieben

Meryam erklomm die Stufen, die zur dritten Ebene der Arche emporführten. Sie hatte sich bereits vor ihrer Entdeckung für einigermaßen gebildet gehalten, aber in den drei Wochen, seit Adam und sie hier heraufgeklettert waren, hatte sie noch einiges dazugelernt. Die Balken waren aus verschiedenen Hölzern gefertigt, aus Eichen, Pinien und Wacholderbäumen, die eigens importiert worden sein mussten, wenn die Arche irgendwo in dieser Region gebaut worden war.

Am meisten faszinierte sie an der Konstruktion dieses Schiffes, dass es mit geflochtenen Seilen zusammengenäht und zum Teil zusammengeschnürt worden war. Anschließend hatte man Schilf und Gras in die Nähte gefüllt, sie mit einem aushärtenden Harz überstrichen und wenn nötig mit Pech abgedichtet.

Sie hatten Helen Marshall von ihren Vorlesungen in Oxford weggelockt, und Meryam löcherte sie alle paar Tage mit Fragen. Genau wie die Amerikanerin Wynyfred Douglas, die in allen wichtigen Belangen Helens Stellvertreterin war und mit ihr gemeinsam den aus drei verschiedenen Nationen zusammengewürfelten Haufen Doktoranden beaufsichtigte.

Regelmäßig stellten sich Meryam, Helen und Wyn vor die laufende Kamera und diskutierten die aktuellen Funde, wobei Meryam dank der vorausgehenden Briefings wesentlich kundiger wirkte, als sie in Wirklichkeit war. Sie hatte sich nie als Fernsehmoderatorin gesehen, aber hier war ihr diese Rolle in gewisser Weise zugefallen.

Trotz ihrer Erschöpfung war sie immer noch sehr aufgeregt über ihren Fund. Inzwischen verbreiteten sich erste Gerüchte, und es war offensichtlich, dass man international die Bedeutung dieses Projekts erkannte. Überall auf der Welt wurde darüber debattiert und gestritten, und es war wohl sogar schon zu mehreren handgreiflichen Auseinandersetzungen über den wahren Ursprung dieses uralten Schiffes gekommen.

Das Wort *unmöglich* erfreute sich großer Beliebtheit. Selbst wenn man bereit war zu glauben, dass die ganze Region einmal von einer Flut überschwemmt worden sein sollte, die lange genug gedauert und sich Hunderte oder sogar Tausende von Meilen weit ausgebreitet hatte, blieb immer noch ein Aspekt, den nur die wirklich Gläubigen zu akzeptieren schienen. Wenn nicht irgendwer einen Ozean genommen und mal eben woanders abgesetzt hatte, wäre bei keiner Flut das Wasser so hoch angestiegen, dass es die Arche viertausend Meter hoch auf einen Berg hätte heben können.

Außer natürlich, Gott hatte es dort platziert. Aber sie glaubte nicht an Gott.

Ja, red dir das nur ein.

Es gab auch Geschichten über irgendeinen uralten Stamm, der die Arche auf den Berg geschleppt oder hier oben zusammengebaut haben sollte. Die Historiker wussten zwar von Schiffen, die zu Kriegszwecken über Land befördert worden waren, aber ein Objekt von dieser Größe auf den Berg Ararat zu transportieren erschien, wenn schon nicht unmöglich, dann doch zumindest sehr unpraktisch.

Daher glaubten auch viele, das Ganze wäre nichts als eine Falschmeldung.

Meryam hatte jedoch einen entscheidenden Vorteil vor all diesen Leuten mit ihren Theorien über die Arche: Sie hatte nun schon drei Wochen lang hier drinnen gelebt und gearbeitet. Ganz egal, wie es auf den Berg gekommen war, wenn man über seine abschüssigen Decks ging und den Geruch der uralten Balken einatmete, ließ sich kaum bestreiten, dass es wahrhaftig existierte.

Um die Fragen nach dem »wie« und »weshalb« drehte sich dieses ganze Projekt. Vielleicht würden sie sich sogar noch mit der Frage nach dem »wer« befassen. Aber über das »was« konnte es keinen Zweifel geben: ein Schiff, auf viertausend Meter Höhe in der Flanke eines Berges vergraben.

Und so lächelte sie ungeachtet ihrer Müdigkeit und der Nervosität, die dieser Vormittag gebracht hatte, über all die Fragen, um die ihr Verstand kreiste.

Viele aus dem KHAP-Team hatten sich auf dem ersten Deck einquartiert und in den Ställen ihr Lager aufgeschlagen. Als zusätzlicher Schutz dienten ihnen Plastikplanen, dicke Decken und provisorische Wände. Sie rechnete damit, dass die Ebene-Eins-Camper beim ersten richtigen Wintersturm, der ihnen bald blühte, aufs zweite oder dritte Deck umziehen würden, aber im Augenblick blieben sie lieber in der Nähe des Ausgangs, nur für den Fall, dass es dem Berg noch mal einfallen sollte, heftig zu beben.

Auf Ebene Zwei gab es weitere Personalunterkünfte, Lagerräume, die Krankenstation sowie den Arbeitsraum, der nicht betreten werden durfte, während darin Artefakte, sterbliche Überreste und Materialproben katalogisiert wurden. Damit blieben für Ben Walker und sein Team die Ställe auf Ebene Drei. Meryam hielt sich an den Wänden fest und setzte auf dem abschüssigen Deck vorsichtig einen Fuß vor den anderen, bis sie die beiden Verschläge erreichte, in denen sie ihre Zelte errichtet hatten.

Sie ging an dem Stall vorbei, der Kim Seong als Unterkunft dienen sollte, und blieb vor dem nächsten stehen. Darin befand sich ein großes Zelt, das etwa die Hälfte der Fläche einnahm, die sich Walker mit Vater Cornelius teilen würde.

Meryam schlug mit den Fingerknöcheln gegen die Holzwand. »Klopf, klopf.«

Es raschelte, und gleich darauf erschien Walkers Kopf im Zelteingang. Sie konnte nicht erkennen, ob er sich darüber freute, sie zu sehen oder nicht. Merkwürdig, dass sie überhaupt darüber nachdachte, wo sie und Adam doch eigentlich hatten verhindern wollen, dass die US-Regierung ihn hierherschickte. Vielleicht, weil Walker und Vater Cornelius souverän und kompetent zu sein schienen. Wyn Douglas würde wahrscheinlich sagen, sie wirkten beide, als hätten sie bereits »eine Menge Scheiß erlebt«.

Du magst sie doch vor allem, weil sie keine Angst haben.

Das war es wohl. Seit die Kiste geöffnet worden war und die ersten geflüsterten Gerüchte über den Kadaver die Runde gemacht hatten, wurden die Projektmitglieder immer ängstlicher. Einige fühlten sich nicht wohl oder hatten Albträume, und zu viele von ihnen erlagen der

Versuchung, die Gründe dafür bei der missgestalteten Kreatur in dem alten Sarg zu suchen. Während der letzten Woche hatte es bereits einige Turbulenzen gegeben, und die Lage wurde immer schlimmer. Die Religion verschlimmerte sie: der Glaube oder besser die Streitigkeiten von Anhängern verschiedener Glaubensrichtungen, sowohl untereinander als auch mit denjenigen, die keinem Glauben anhingen.

»Wie geht es Kim?«, fragte Walker.

Meryam lehnte sich einen Moment lang gegen die Wand. »Dr. Dwyer meint, es war eine Panikattacke.«

Walker hatte ein freundliches Gesicht, aber im Moment machte er alles andere als eine freundliche Miene. »Sie waren doch dabei. Sie hatte einen völligen Zusammenbruch mit Wahnvorstellungen. So etwas habe ich davor erst einmal erlebt. Damals hatte ein Mitschüler in meinem Mathekurs an der Highschool einen psychotischen Schub. Aber der litt an schwerer Schizophrenie.«

Meryam schnaubte genervt. »Ich dachte, Sie würden sich über diese Nachricht freuen. Der Doktor sagt, Klaustrophobie und ein unbestimmtes Angstgefühl hätten eine Panikattacke ausgelöst. Ich hatte erst auf die Höhenkrankheit getippt, aber Ihr Team hat sich ja ordentlich akklimatisiert.«

Walker zögerte und schien nicht überzeugt. »Also geht es ihr gut?«

»Na ja, das ist ein ziemlich dehnbarer Begriff, oder? Wenn sie zu Hause wäre, würde sie sich wieder erholen. Aber hier oben können wir nicht die Verantwortung für jemanden übernehmen, der zu Panikattacken neigt. Sie könnte sich selbst verletzen, die tierischen und menschlichen Skelette beschädigen oder schlimmer noch, anderen Schaden zufügen.«

»Sie haben doch keinen Grund, davon auszugehen …«, begann Walker.

»Ich werde den türkischen Aufpassern empfehlen, sie zu evakuieren und durch einen anderen UN-Beobachter ersetzen zu lassen«, schnitt Meryam ihm das Wort ab.

»Das können Sie nicht tun.«

Meryam richtete sich auf. »Das ist mein Projekt, Dr. Walker. Sie sind hier lediglich ein Gast.«

»Ich bitte Sie nur, ihre Entscheidung auf morgen früh zu vertagen«, entgegnete Walker. »Wenn Kim bis dahin keinen Anfall mehr hat und wieder ausreichend fit ist, dann lassen Sie sie hier. Es wäre ziemlich kompliziert, einen neuen UN-Beobachter hier heraufzuschaffen, und ich würde es gern vermeiden.«

Meryam hob eine Braue. »Das ist Ihr Problem? Deswegen wollen Sie nicht, dass ich sie wegschicke?«

»Dachten Sie etwa, es ginge mir um den Teamzusammenhalt?«, fragte er zurück. »Ich bin hier, um eine Aufgabe zu erledigen. Kim macht einen recht kompetenten Eindruck, aber ich kenne sie kaum. Der Leichnam in diesem Sarg ist faszinierend und auch ziemlich verstörend. Ich möchte auf keinen Fall untätig herumsitzen müssen, bis die UNO einen Ersatz für Kim auftreibt. Und Sie haben ja selbst gesagt, dass sich ein Sturm zusammenbraut und dass Sie den Kadaver transportfertig machen wollen, bevor er zuschlägt.«

Ein Schrei hallte von den Wänden der Arche wider. Meryam erstarrte nervös, bis ein Antwortschrei ertönte, gefolgt von schallendem Gelächter. Sie stieß die Luft aus und sah, dass Walker das Gleiche tat. Obwohl er erst seit ein paar Stunden in der Arche war, fühlte er bereits die Anspannung, die hier herrschte. Und das lag nicht nur an dem Berg oder dem Knarzen der Balken, wenn das Wetter umschlug.

»Geht es Ihnen gut?«, fragte Walker. »Sie sind ein bisschen zusammengezuckt.«

Meryam lächelte. »Ich war nur ein bisschen überrascht. In den letzten Wochen habe ich kaum jemanden lachen hören. Auf diesem Projekt lastet ein Druck, wie Adam und ich ihn noch bei keinem anderen erlebt haben.«

Walkers Gesicht wurde weicher. »Nun, das ist ja mal eine Untertreibung. Egal, was Sie hier oben entdecken und was für Schlüsse man daraus ziehen wird, Sie werden damit eine Menge Menschen sehr wütend machen.«

»Sollen wir stattdessen so tun, als wären wir nie hier gewesen? Wäre es besser, wenn wir auf Olivieri hören und alles in die Luft jagen?«

»So weit würde ich nicht gehen.«

»Freut mich zu hören«, erwiderte Meryam. »Denn ehrlich gesagt ist es egal, was die UNO sagt oder tut. Sie musste zwar zustimmen, dass Sie hier sein dürfen, Mr Walker, aber sie bestimmt nicht über den weiteren Verlauf unseres Projekts. Sie können sich uns gern anschließen, wenn wir den Kadaver heute aus der Kiste holen. Patil wird eine vollständige Untersuchung durchführen und Gewebeproben entnehmen, bevor wir ihn für den Abtransport fertig machen.«

»Also haben wir nur noch ein paar Stunden. Ihnen geht es doch nicht nur um den Sturm. Wieso haben Sie es so eilig?«

Meryam lehnte sich erneut an die Wand und vergrub

die Hände tief in den Hosentaschen. Die Kälte, die sie in ihrem Inneren spürte, und das unangenehme Übelkeitsgefühl in ihrem Magen waren ihr nicht neu. Sie plagten sie schon lange und wurden immer schlimmer.

»Sie haben es doch gesehen, Dr. Walker…«

»Einfach…«

»*Doctor* Walker. Sie haben es gesehen. Aus Höflichkeit Ihrer Regierung gegenüber habe ich auf Ihr Team gewartet. Aber jetzt möchte ich dieses Ding bloß noch da rausschaffen.«

Er schien mit ihr darüber diskutieren zu wollen, überlegte es sich jedoch anders. Vielleicht hatte er sich wieder daran erinnert, dass er und sein Team nur zu Gast hier waren. Dies hier war das Karga-Holzer-Projekt, und keine Veranstaltung, bei der seine National Science Foundation die Fäden in der Hand hielt.

»Wer ist diese Patil?«, fragte Walker. »Habe ich sie schon kennengelernt?«

»Ihn«, verbesserte sie. »Dev Patil ist unser Paläopathologe, den Professor Marshall von der Cambridge University…«

»Sie wollen mich doch jetzt nicht mit ihren Titeln beeindrucken, oder? Ich habe selbst ein paar akademische Abschlüsse.«

Meryam schüttelte den Kopf. »Ich bin nicht hier, um Ihre Männlichkeit infrage zu stellen oder ihre Qualifikationen zu überprüfen. Letzteres habe ich außerdem schon längst getan, sonst hätte ich Sie gar nicht hierherkommen lassen.«

Walker nickte bedächtig. »Das hier ist Ihre Show. Aber ich möchte Sie um einen Gefallen bitten. Behalten Sie den Leichnam noch so lange hier, bis Vater Cornelius genug Zeit hatte, die in die Hülle eingravierten Symbole zu untersuchen. Die Zeichen, die Sie weggebrochen haben, und das, was noch da ist. Und auch die Schrift auf dem Deckel. Zu viel davon ist bereits zerstört. Ich weiß, dass Sie Fotos gemacht haben, aber Vater Cornelius würde sich den Rest lieber an Ort und Stelle ansehen.«

Ein Verdacht regte sich in ihr, den sie beinahe belustigend fand ... nur, dass er kein bisschen amüsant war. »Sie glauben doch wohl hoffentlich nicht, Kim hatte diesen Anfall, weil sie in der Nähe der Kiste war«, sagte sie. »Ein paar Mitglieder meines Teams – Türken, Kurden, Amerikaner – sind auch so schon abergläubisch genug. Und wenn Sie ihnen jetzt noch einreden, dass Sie an uralte Flüche glauben ...«

Walker rümpfte die Nase. »Ich mache mir viel mehr Sorgen über alte Krankheiten als über alte Flüche.«

Meryam sah ihm forschend in die Augen. Sie wusste nicht, ob sie ihm das abnehmen sollte.

Adam stand mit Calliope an der Kante des Höhleneingangs und ließ den Blick über die Gebirgskette schweifen. Die stille Schönheit der Natur war atemberaubend. Es schien, als hätte der Rest der Welt aufgehört zu existieren und von der Zivilisation wären nur noch die paar Menschen übrig, die sich hinter ihnen in den Trümmern der Arche versammelt hatten.

Er hatte sich seine Wollmütze tief über die Ohren gezogen und darüber die Kapuze seiner Jacke gestreift. Eine Böe wehte ihm in den Kragen und glitt über seinen Rücken. Der Wind fand immer ein Schlupfloch und drang durch die Haut bis tief in die Knochen.

»Gott, ist das umwerfend«, sagte Calliope, die die Kamera hielt.

Da sie sich ausschließlich auf die Sicht durch den Sucher konzentrierte, glaubte er, sie unbemerkt beobachten zu können. Von allen Teilnehmern an dieser Ausgrabung, einschließlich des Teams, das mit Ben Walker gekommen war, schien allein Calliope wirklich guter Dinge zu sein. Nicht mal die Kälte machte ihr offenbar viel aus. Die Haare fielen ihr übers Gesicht und rahmten es ein wie das Kameraobjektiv den Bildausschnitt, den sie vom winterlich grauen Horizont gewählt hatte. Bei seiner Arbeit und als junger Amerikaner, der in London lebte, traf er viele schöne Frauen, aber so hübsch sie auch war, war es vor allem ihre Gelassenheit, die Calliope zu einer Schönheit machte.

Er liebte Meryam und hatte vor, sie zu heiraten. Nichts würde daran etwas ändern. Aber wenn er mit Calliope zusammen war, wurde ihm leichter ums Herz, und das brauchte er im Moment.

»Du bist so unheimlich still«, sagte sie, ohne die Kamera vom Auge zu nehmen.

»Ich bewundere bloß die Aussicht.« *Scheiße.* Er hatte es ganz unschuldig gemeint und hoffte, dass sie es nicht in den falschen Hals bekam.

»Ein bisschen beängstigend ist es aber schon«, sagte sie.

»Was meinst du?«

Sie hörte auf zu filmen und senkte die Kamera, um ihn anzuschauen. »Hier oben zu sein. Mit dem Sturm, der auf uns zukommt. Und dass wir ganz auf uns allein gestellt sind, wenn etwas schiefgeht.«

»Du wirkst gar nicht ängstlich.«

Calliope grinste. »Ich habe verborgene Tiefen.«

Sie begann wieder zu filmen und konzentrierte sich auf die wirbelnden Wolken in der Ferne. Der eigentliche Sturm würde wohl noch eine Weile auf sich warten lassen, aber der Himmel sah bereits recht Unheil verkündend aus und schien mit der gleichgültigen Gewalt der Natur zu drohen.

»Ihr wird schon nichts Schlimmes passieren«, sagte Calliope.

»Wie bitte?«

Sie schwenkte über die Landschaft. »Meryam. Auf ihr lastet großer Druck. Ich weiß, dass ihr euch das Projekt teilt, die Bücher, euren Film und all das. Aber wir wissen alle, dass sie die Zügel in der Hand hält. Wenn etwas schiefgeht, wird es sie am härtesten treffen, und sie wird sich Vorwürfe machen.«

Adam konnte kaum atmen. Entweder besaß Calliope eine außerordentlich gute Intuition, oder er und Meryam gehörten zu den am leichtesten zu durchschauenden Menschen aller Zeiten. »Da hast du recht«, gab er zu. »Und warum glaubst du, dass ihr nichts passiert?«

Lächelnd ließ sie die Kamera wieder sinken und sah ihn mit diesem ganz speziellen Blick an, mit dem eine Frau einem Mann zu verstehen gibt, dass seine Begriffsstutzigkeit beinahe bezaubernd ist … aber eben nur beinahe. »Du bist ein guter Kerl, Adam. Wenn Meryam zusammenbricht, wirst du ihr wieder auf die Füße helfen.« Calliope holte tief Luft. »Ihr wird nichts passieren, weil du dich um sie kümmerst, wenn etwas schiefgeht.«

Ich hoffe, du hast recht, wollte er antworten, doch gerade, als er den Mund öffnete, hörte er hinter sich scharrende Schritte und wie jemand seinen Namen rief.

Als er sich umdrehte, sah er Feyiz und Zeybekci auf sich zukommen, den jüngeren der beiden Aufpasser von der türkischen Regierung.

»Was ist denn jetzt schon wieder?«, murmelte Adam halblaut. Er nahm an, dass das Mikrofon von Calliopes Kamera seinen Stoßseufzer eingefangen hatte, aber das war ihm egal.

Zeybekci strich sich die Jacke glatt. Diese Geste ließ ihn sogar noch jünger erscheinen als normalerweise. Er sah wie ein Highschool-Schüler aus, der gleich vor seiner Klasse ein Referat halten würde. Die Pistole in dem Holster an seiner Hüfte wirkte an ihm fast wie ein Spielzeug, aber Adam wusste, dass sie absolut echt war. Adam und Meryam hatten anfangs zu verhindern versucht, dass er und sein älterer Partner bewaffnet kamen, aber die Regierung hatte darauf bestanden. Wenn sie sich zu irgendeinem Zeitpunkt der falschen Vorstellung hingegeben hätten, Zeybekci und Avci wären gewöhnliche Regierungsfunktionäre, dann hätten ihre Pistolen und die Beiläufigkeit, mit der sie sie trugen, diese Illusion schnell zunichtegemacht. Diese beiden Beobachter, die der Regierung Bericht erstatten sollten, waren zweifellos Armeeoffiziere.

Niemand sprach darüber. Die meiste Zeit taten alle so, als existierten die Pistolen nicht, und Adam verstand, warum. Jeder im Team wusste, dass sie nur mit Duldung der Türken hier waren und dass keiner von ihnen in der Position war, die Bedingungen der Regierung infrage zu stellen.

»Mr Holzer«, begann der Beobachter, »unter den Teilnehmern an diesem Projekt gibt es gewisse Befürchtungen, die ich Ihnen zur Kenntnis bringen muss.«

Adam war sicher, dass er in Istanbul irgendeine Privatschule mit britischem Lehrpersonal besucht hatte. Seine gewählte Ausdrucksweise und der Akzent, mit dem er Englisch sprach, ließen daran keinen Zweifel. Aber im Gegensatz zu seinem älteren Amtskollegen Avci hatte Zeybekcis Benehmen nichts Herablassendes. Und er schien für seinen Job wirklich zu brennen.

»Um was geht es?«, fragte Adam und sah zu Feyiz. Wieso war er mitgekommen? Die Bergführer waren alle Kurden, und als solche ließen sie sich traditionell nicht gern mit türkischen Regierungsvertretern ein.

»Sie sind sich natürlich darüber bewusst, dass es einiges Gemurre gegeben hat, seit sich die Gerüchte über den Inhalt dieser speziellen Kiste herumgesprochen …«

»Eine sehr feinfühlige Umschreibung«, brummte Adam. »Sagen Sie doch bitte einfach Sarg dazu. Es weiß sowieso jeder, dass eine Leiche darin liegt.«

Zeybekci schluckte. »In der Höhle gibt es mehrere Leichname, Mr Holzer. Viele Knochen. Aber Ihnen ist klar, dass es sich mit diesem ein wenig anders verhält und dass er ihre Mitarbeiter nervös macht. Sie haben deren Unbehagen nun schon eine ganze Weile als Aberglauben abgetan, aber das wird ihnen schwerfallen, wenn sie das Projekt hinschmeißen.«

»Hinschmeißen? Sie wollen dieses Unternehmen aufgeben? Wegen eines fünftausend Jahre alten Kadavers?«

»Ja, das könnte passieren«, bestätigte Feyiz.

Adam fing Zeybekcis Blick auf. Vor seinem inneren Auge stieg ein Bild aus seiner Kindheit auf: die hoch aufragende Großvateruhr, die im Haus seiner Großmutter im Salon gestanden hatte. Er erschauderte, als ihm einfiel, wie viel Angst sie ihm eingejagt hatte.

Er konnte Aberglauben nachvollziehen und wusste auch, wie viel Furcht ein Gegenstand verbreiten konnte. Selbst jetzt mit neunundzwanzig wusste er noch gut, wie er immer den Atem angehalten hatte, wenn seine Großmutter ihm die Geschichte von dem Dibbuk erzählte, der von ihrem Vater Besitz ergriffen hatte – und von dem kleinen Ritual, mit dem ihre Mutter den bösen Geist gebannt und in die Großvateruhr gesperrt hatte, nachdem der alte Mann gestorben war.

Hätten wir den Dibbuk mit dem Geist meines Vaters entkommen lassen, hatte seine Großmutter zu ihm gesagt, *wäre seine Seele niemals zur Ruhe gekommen.*

Adam hatte ihr angesehen, dass sie voll und ganz daran glaubte und dass dieser Glaube sie innerlich auffraß. Beides – der Glaube und ihre Furcht – hatte ihn als kleinen Jungen auch davon überzeugt, dass es stimmte. In diesem Winter war er sieben Jahre alt gewesen.

Seine Großmutter hatte ihm beigebracht, wie man diese Uhr aufzog. Wo der Schlüssel lag und in welchen Abständen es erledigt werden musste. Sollte die Uhr jemals stehen bleiben, sagte sie ihm … dann wäre der Dibbuk wieder frei.

Und er hatte es ihr verdammt noch mal geglaubt.

Es machte ihn immer noch wütend, dass er auf so einen Schwachsinn hereingefallen war. Ihre Furcht hatte ihn angesteckt, und er weigerte sich, so etwas noch einmal mit sich geschehen zu lassen – ganz egal, wie viele Mitglieder des Arche-Projekts diese absurde Angst teilten. Er glaubte an Gott und wollte auch an ein Leben nach dem Tod glauben, aber selbst wenn er sich auf die Vorstellung eingelassen hätte, dieses Ding in der Kiste könnte etwas anderes als ein Mensch sein, wäre es trotzdem immer noch tot. *Ehrlich ganz besonders tot*, wie es beim Zauberer von Oz wohl heißen würde. Machte ihn das Geschöpf nervös? Ja, zum Teufel. Aber er würde sich nicht vor etwas Totem fürchten, egal ob es ein Mensch war oder nicht.

»Ich verstehe Ihre Sorgen«, sagte er, »aber lassen Sie mich für einen Augenblick mal den…« Er unterbrach sich, ehe er *Advocatus Diaboli* sagen konnte, da ihm diese Formulierung im Moment nicht angebracht erschien. »Der Kadaver ist so alt, dass wir erst nach einer ordentlichen Untersuchung wissen werden, was seine Deformationen verursacht hat. Ich glaube keine Sekunde lang, dass diese Kreatur ein Monster oder ein Dämon ist, aber auch wenn das einige aus religiösen oder spirituellen Gründen anders sehen mögen… Verstehen diese Leute denn nicht, dass sie *tot* ist? Dass sie im Inneren eines Berges vergraben war? Und dass schon seit…«

»Mr Holzer, Sie hören nicht zu«, unterbrach ihn Zeybekci. Normalerweise war er durch nichts aus der Ruhe zu bringen, aber jetzt gab er sich keine Mühe, seine Frustration zu verbergen.

»Adam…«, fing Feyiz an.

»Sag mir nicht, dass *du* an diesen Unsinn glaubst.«

Feyiz zupfte an seinem Bart. »Ich tue mein Bestes, um alle zu beruhigen. Mein Onkel ist mir dabei keine große Hilfe, weil er im Grunde selbst glaubt, dass das Wesen ein Dämon ist. Denk dran, er hat es gesehen. Anders als die meisten im Grabungsteam. Und wir sprechen hier auch nicht nur von den Türken oder den Kurden. Mach nicht den Fehler zu glauben, wir wären nur ein Haufen geistloser Wilder, die Angst vor ihrem eigenen Schatten haben…«

»Ach komm, Feyiz, wann hätte ich dir je einen Grund gegeben zu glauben, ich wäre ein Mensch, der so denkt?«, fragte Adam.

»Ich weiß, dass du nicht so bist. Aber ich kenne die westliche Kultur gut genug, um zu wissen, dass ihr tief in eurem Innersten alle so denkt. Ein paar der Amerikaner und Briten sind genauso nervös. Was ich sagen will, ist, dass ich die Lage bis jetzt weitgehend im Griff hatte, aber mittlerweile spricht das gesamte Team nur noch über die UNO-Frau, die nach einem einzigen Blick auf den Kadaver völlig durchgedreht ist.«

»Es geht ihr wieder gut«, warf Calliope von hinter der Kamera ein.

Adam sah sie überrascht an. Sie sprach nie, während sie filmte. Dass sie sich jetzt zu Wort meldete, machte ihm erst klar, wie ernst die Lage wirklich sein musste.

»*Wieder*«, betonte Zeybekci. »Aber viele sahen sie eine Art Zusammenbruch erleiden, und es lässt sich nur mutmaßen, wie sehr das ihre Ängste verstärkt hat.«

Feyiz steckte die Hände tief in die Taschen. »Du und Meryam, ihr müsst mit ihnen reden. Am besten wäre es, wenn ihr dieses Ding so schnell wie möglich hier rausschafft.«

»Genau das haben wir vor«, erwiderte Adam.

Aus dem Augenwinkel sah er etwas in der Luft tanzen und stellte fest, dass es zu schneien begonnen hatte. Vereinzelt nur und ganz sacht, aber es waren eindeutig Schneeflocken. Ein Vorbote des kommenden Sturms.

Zeybekci hüllte sich enger in den Mantel und sah sehnsüchtig in die Höhle. Er wollte in die Arche zurück, wo es vergleichsweise geschützt war, mit den Wänden, Decken und tragbaren Heizgeräten.

»Meine Regierung wird jede Unterstützung bereitstellen, die nötig ist, um das zu bewerkstelligen«, sagte Zeybekci. »Wir möchten alles vermeiden, was uns dumm dastehen lässt.«

Adam traute seinen Ohren nicht. »Dann teilen Sie also diese Ängste?«

»Nicht im Geringsten, aber wenn sich das Karga-Holzer-Projekt als Peinlichkeit entpuppt, wäre das schlecht für alle beteiligten Parteien.«

»Hören Sie, ich werde mit Meryam darüber reden …«

Als er bemerkte, wie Calliope die Kamera herumschwenkte, drehte er sich um und sah, dass seine Verlobte gerade zu ihnen herüberkam.

»Worüber willst du mit Meryam reden?«

Mist. Das war kein Gespräch, das er vor anderen Leuten mit ihr führen wollte, besonders weil Meryam heute schon den ganzen Tag sehr angespannt wirkte. Sie sah müde aus und hatte dunkle Ringe unter den Augen. Um sie herum rieselte leise und wunderschön der Schnee, und Adam musste sich zusammenreißen, damit er sie nicht hier und jetzt darum bat, das Projekt sausen zu lassen und mit ihm heimzufliegen.

»Unsere Freunde hier«, sagte er, »verlangen, dass der Leichnam umgehend aus der Arche entfernt wird.«

»Nicht sofort«, korrigierte Feyiz. »Heute ist es schon zu spät …«

»Wir arbeiten daran«, fiel ihm Meryam ins Wort. »Glaub mir, ich will dieses Ding genauso schnell loswerden wie du.«

»Es geht nicht nur um mich …«

»Dann eben wie alle«, verbesserte sie sich selbst. »Aber es gibt etwas, was mich an diesem Gespräch stört.

Adam ist zwar mein Partner, aber ich leite dieses Projekt. Und ich werde das Gefühl nicht los, dass ihr zu ihm gegangen seid, um einer Konfrontation mit mir aus dem Weg zu gehen.«

Adam kniff die Augen zusammen und wurde rot. Eigentlich hätte es ihm nichts ausmachen dürfen – schließlich war er bereits zu demselben Schluss gekommen. Allerdings klang es, so wie sie es sagte, als glaubte sie genau wie die anderen, er wäre bloß so etwas wie ihr Lakai. Aber er war niemandes Lakai. Er holte tief Luft. *Das weiß sie auch,* redete er sich selbst gut zu. *Sie meint es nicht so*. Und trotzdem biss er fest die Zähne aufeinander.

»Entschuldige«, sagte Feyiz. »Wir wollten nicht respektlos sein. Du hast nur so erschöpft gewirkt, dass wir dich nicht damit behelligen wollten, bevor wir eine Chance hatten …«

»Natürlich bin ich erschöpft«, blaffte Meryam. Adam glaubte, ihre Lippen ein wenig zittern zu sehen, und meinte auch, ein Beben in ihrer Stimme zu hören. »Wir sind alle fix und fertig!« Sie schüttelte den Kopf und sah zu den Schneeflocken hoch, die im Dämmerlicht in den Abgrund hinuntertrudelten. »Glaubt ihr etwa, dass ich dieses verdammte Ding nicht loswerden will? Ich verspreche euch, dass der Leichnam vom Berg geschafft wird, sobald sein Transport gefahrlos möglich ist. Aber leider müssen wir bis dahin erst den Sturm abwarten. Ich danke euch, dass ihr eure Bedenken mit uns geteilt habt.«

Zeybekci machte den Eindruck, als wollte er ihr widersprechen, aber Feyiz legte ihm eine Hand auf den Arm, und einen Moment später kehrten sie beide in die Arche zurück. Meryam schaute Richtung Kamera und entschied dann offensichtlich, dass es sie nicht kümmerte, ob Calliope alles gefilmt hatte.

»Beim Abendessen werde ich mit allen sprechen und auf ihre Ängste eingehen«, sagte sie. »Wenn anschließend irgendwer vom Berg runterklettern will, bevor der Sturm aufkommt, dann lasst sie nur gehen. Da begnüge ich mich doch lieber mit der halben Mannschaft, bevor ich mich mit einem Haufen Kinder herumschlagen muss, die Angst davor haben, dass der verdammte schwarze Mann kommt, um sie zu holen.«

Acht

Walker und Vater Cornelius teilten sich einen grob gezimmerten Stall, und in dem daneben war Kim untergebracht. Sie hatten zwar Decken und dicke Schlafsäcke, aber an den Ställen waren keine Türen. Und so kalt, wie es hier bereits tagsüber war, würde es nachts noch viel eisiger werden. Nachdem er inzwischen jedoch ein paar der anderen Unterkünfte gesehen hatte, erschien ihm ihre Behausung gleich viel behaglicher. Einige Mitglieder des KHAP-Teams hatten notdürftige Wände aus Plastikfolie eingezogen, die von der Decke hingen und mit einer Nagelpistole am Boden befestigt worden waren. Bei jeder Böe spannten sich die Folien mit einem lauten Knall und raschelten leise, sobald der Wind wieder nachließ, doch die Kälte konnten sie nicht abhalten.

Nur die Krankenstation war massiver. Sie bestand aus vorgefertigten isolierten Kunststoffwänden. Walker nahm an, dass sie mit dem Hubschrauber heraufbefördert und dann zusammengesteckt worden waren. Die kleine mobile Einheit war ein kompletter Behandlungsraum mit Boden und Decke und verfügte über ein gutes Belüftungssystem. Sie sah wie ein Kinderspielzeug aus, das man mit einem Vergrößerungsstrahl beschossen hatte, aber Walker erfüllte sie mit Neid. In dem Raum standen mehrere Betten, und er war sicher, dass Dr. Dwyer in einem von ihnen schlief.

»Wie gemütlich«, kommentierte er beim Eintreten.

Dr. Dwyer blickte vom Laptop auf und musterte seine Neuzugänge.

Vater Cornelius kam direkt hinter Walker herein. »Wie geht es ihr?«, fragte er.

»Na ja, die Sterbesakramente werden wohl nicht nötig sein«, sagte der Doktor und lächelte Vater Cornelius an.

Der lachte leise. »Die könnte ich selbst benötigen, wenn ich allzu lange hier oben bleibe.«

Kim befand sich in dem am weitesten von der Tür entfernten Bett. Sie lag auf der Seite und folgte ihnen mit den Blicken, gab ansonsten jedoch nicht zu erkennen, ob sie von ihrer Ankunft Notiz genommen hatte.

»Geht es ihr denn gut?«, fragte Vater Cornelius noch einmal.

Dr. Dwyer klappte den Laptop zu, stand auf und verschränkte die Hände hinter dem Rücken, so wie Ärzte und Professoren es schon seit Anbeginn der Zeit taten. »Seong ist wach und bei Bewusstsein. Sie kann problemlos für sich selbst sprechen.«

Walker verstand, dass der Doktor seine Patientin mit Respekt behandeln wollte, aber Dwyer war auch nicht dabei gewesen, als Kim schreiend durch die Arche gerast war und unzusammenhängendes Zeug gestammelt hatte. Kein Wunder, dass alle ihr gegenüber eine gewisse Vorsicht an den Tag legten.

Er ging zu ihr hinüber, setzte sich auf das mittlere Bett und sah sie an. »Wie fühlen Sie sich?«

»Müde.« Sie strich sich eine Strähne aus dem Gesicht und klemmte sie sich hinters Ohr. »Und ich schäme mich.«

Vater Cornelius blieb in einigem Abstand neben dem Arzt stehen.

»Sie haben uns allen einen ganz schönen Schreck eingejagt«, sagte Walker.

Kims Gesichtszüge verhärteten sich. *Sie sieht schön aus,* schoss es Walker durch den Kopf. Doch er versuchte, den Gedanken gleich wieder zu vertreiben. Schließlich hatte er mit solchen Frauen schon früher zu tun gehabt. Unter ihrem kalten Äußeren lauerten Angst und Schmerz, und von beidem hatte er selbst zur Genüge. Er dachte an seine Exfrau, Amanda, und an die Schmerzen, die er ihr hatte ersparen wollen. Stattdessen hatte er ihr jedoch nur einen anderen zugefügt.

»Inzwischen geht's mir wieder gut«, erwiderte Kim. »Das ist alles, was ich Ihnen sagen kann. Das ist zwar nicht die erste Panikattacke meines Lebens gewesen, aber so eine habe ich noch nie erlebt.«

Ihre Stimme klang monoton, und Walker fragte sich, ob Dr. Dwyer ihr irgendwelche Medikamente verabreicht hatte. Er blickte Kim in die Augen und sah seinen Verdacht bestätigt, als er ihre stark vergrößerten Pupillen bemerkte. Kein Wunder, dass sie sich gut fühlte.

»Hier wird bald das Abendessen serviert«, sagte er. »Fühlen Sie sich dem gewachsen?«

Kims Oberlippe zuckte. Das kannte er schon an ihr – ein Zeichen der Verärgerung –, auch wenn er nicht hätte sagen können, ob sie es selbst bemerkte. »Ich sagte doch, mir geht's gut. Und ich habe Hunger.«

Walker drehte sich zu Vater Cornelius um und sah dann den Arzt an. »Doc?«

Dwyer nickte. »Miss Kim kann jederzeit gehen.«

»Gut.« Walker beugte sich vor, umklammerte die Bettkante, auf der er saß, und blickte Kim erneut tief in die Augen. »Das hier ist ein Ort, an dem man nicht die Kontrolle verlieren sollte. Wenn Sie merken, dass Sie wieder eine Attacke bekommen – wenn Ihr Herz auch nur für einen Schlag aussetzt –, dann geben Sie mir Bescheid.«

Einen Moment lang lag sie bloß da und sah ihn an. Dann setzte sie sich auf, blies sich in die Hände, um sie aufzuwärmen, und stieg aus dem Bett, sodass sie – trotz ihrer geringen Größe – über ihm aufragte. »Ich bin kein Kind, Walker. Und ich muss Sie wohl daran erinnern, dass ich Ihnen nicht unterstellt bin.«

Walker erhob sich ebenfalls, und nun füllten sie beide den gesamten Raum zwischen den Betten aus. Während er auf sie hinunterblickte, versuchte er, sich die Worst-Case-Szenarien auszumalen, die sich aus der momentanen Situation ergeben könnten. Sie standen so dicht voreinander, dass zwischen ihren Körpern kaum ein Lichtstrahl Platz fand. Kim stieß warmen Atem aus, und er sog ihn ein, eine ungewollte Intimität, die ihn blinzeln und den Kopf abwenden ließ. Mit einem Mal war er sich ihrer Gegenwart viel zu deutlich bewusst. Sie war ihm unter die Haut gekrochen, und er versuchte, nicht darüber nachzudenken, wieso.

»Ich weiß, dass Sie kein Kind sind«, sagte er und machte ein paar Schritte zur Seite. »Aber wenn Sie hier drinnen durchdrehen und durch die Gegend rasen, rennen Sie am Ende vielleicht über die Felskante.« Er suchte ihren Blick. »Ich würde der UNO nur ungern erklären müssen, warum Sie vom Berg gefallen sind.«

Er glaubte, den Anflug eines Grinsens um ihre Mundwinkel zu sehen.

Schließlich nickte sie. »Ich verstehe.«

Vater Cornelius lächelte freundlich. »Dann wollen wir mal zum Abendessen gehen, oder?«

Kim machte einen unsicheren Schritt und taumelte leicht. Was immer Dr. Dwyer ihr gegeben hatte, schien stark zu wirken.

»Kommen Sie«, sagte Walker und behielt sie im Auge, damit sie nicht hinfiel. »Vielleicht haben wir ja Glück, und heute ist Taco-Abend.«

Diesmal war Kims Lächeln deutlich zu sehen. Also verbarg sich unter ihrer harten Schale ein Sinn für Humor. Doch vielleicht lag es ja auch nur an den Medikamenten.

Als Walker aus der Krankenstation trat, wurde ihm plötzlich so schwindlig, dass er stehen bleiben und sich am Türrahmen festhalten musste. Er holte tief Luft und spürte, wie ihm kalter Schweiß ausbrach. *Nein, nein. Nicht schon wieder*. Beim ersten Mal hatte er noch geglaubt, es läge an der Höhe oder am Helikopterflug, aber vielleicht hatte er sich ja irgendein Virus eingefangen.

»Alles in Ordnung?«, fragte Vater Cornelius.

Nach einem weiteren tiefen Atemzug ließ Walker die Hand sinken und zwang sich zu einem Lächeln. »Es war einfach … ein ganz schön langer Tag.«

Der kalte Wind schlängelte sich durch die uralten Balken und überwand alle Versuche der Menschen, ihn auszusperren. Zu seiner Linken flatterten Plastikplanen im Luftzug, die sich von ihren Nägeln losgerissen hatten.

Aus dem Augenwinkel bemerkte er eine Bewegung, doch als er sich in die Richtung drehte, sah er nichts als Schatten.

»Darf ich Sie alle um ihre Aufmerksamkeit bitten?«

Das Stimmengewirr ging noch ein paar Sekunden

weiter, untermalt von Geschirrgeklapper und dem Klirren des Bestecks, und Meryam fragte sich schon, ob sie noch einmal um Ruhe bitten sollte, lauter diesmal. Aber dann wurden die Gabeln zur Seite gelegt und die Becher gesenkt, während sich die Anwesenden einer nach dem anderen herumdrehten, um sie anzusehen.

Ein Teil der Leute saß an einem halben Dutzend leichter und stapelbarer Plastiktische, die nur zu den Mahlzeiten herausgeholt wurden. Die Stühle waren ebenso leicht und stapelbar, aber sie reichten nicht aus, sodass sich die Teammitglieder beim Sitzen abwechseln mussten. Meryams Meinung nach konnten sie froh sein, dass sie überhaupt Tische und Stühle hatten und nicht mit bloßen Fingern kalte Bohnen aus der Dose essen mussten.

Bleib freundlich, ermahnte sie sich. Doch im Moment war sie nicht gerade in großherziger Stimmung. Ein Gefühl permanenter Verärgerung nagte an ihr, wie leichte Kopfschmerzen, die sie nicht loswerden konnte.

»Wie ich gehört habe, sind sich ein paar von Ihnen nicht sicher, ob Sie weiterhin beim Arche-Projekt mitarbeiten sollen«, begann Meryam. Sie ließ den Blick durch den Raum schweifen – über die Archäologen und Studenten, die Arbeiter, die Bergführer, die Ärzte, die türkischen Aufpasser, den Paläopathologen, über Olivieri und Adam. Walkers Trio saß am weitesten von ihr entfernt, ganz in der Nähe von Helen Marshall, die, wie Meryam wusste, den abgesperrten Bereich überwachen wollte, in dem sie tagsüber gearbeitet hatte, um zu verhindern, dass einer der Anwesenden hineinstolperte. »Einige von Ihnen sind religiös, andere hängen einem Aberglauben an, der oft noch aus Kindertagen stammt«, fuhr sie fort.

Über viele der Gesichter huschte Zorn. Zu ihrer Rechten löste Hakan die verschränkten Arme und zeigte sein vertrautes, abfälliges Grinsen. »Ich ziehe Ihre Frömmigkeit nicht in Zweifel und möchte Ihnen auch nicht Ihre Religion verbieten. Unter uns gibt es Juden, Christen, Muslime und auch Atheisten. Ich schreibe niemandem vor, was er glauben soll. Ich sage Ihnen nur, Sie haben nichts zu befürchten.«

Ein Amerikaner – ein NYU-Student namens Errick Noonan – richtete sich auf seinem Stuhl auf. »Wie können Sie uns das versprechen?«

Meryam entspannte sich. Das war die Frage, auf die sie gehofft hatte. Sie würden ihr viel aufmerksamer zuhören, wenn sie nicht nur ein Statement abgab, sondern auf eine Herausforderung reagierte.

»Sie sind alle intelligente Menschen. Viele von Ihnen sind Experten in ihren Forschungsbereichen oder auf dem besten Weg, welche zu werden. Andere kennen diesen Berg und die gesamte Region wie ihre Westentasche. Wir leben im Inneren eines antiken Schiffs – einer Arche. Es gibt vieles, was wir nicht wissen. Wer hat sie gebaut? Wie ist sie hier heraufgekommen? *Weshalb* wurde sie erbaut? Das sind die Fragen, mit denen wir es zu tun haben, und an Ihnen allen liegt es, die Antworten darauf zu finden.«

»Das sind nicht die Fragen, die *mich* heute Abend beschäftigen«, sagte Errick.

»Müssen wir uns wirklich mit diesem Schwachsinn aufhalten?«, meldete sich ein älterer türkischer Student zu Wort, ein Diplomand namens Kemal. »Ein paar von uns haben die Nase voll von diesem endlosen Geschwätz. Willst du etwas haben, wovor du dich wirklich fürchten kannst? Dann mach dir Sorgen über den Sturm, der sich zusammenbraut, oder darüber, dass deine Dummheit dich die Teilnahme am bedeutendsten Projekt deines Lebens kosten könnte.«

Errick stand so abrupt auf, dass sein Plastikstuhl nach hinten umkippte. »Willst du mich verarschen?« Er streckte den Finger aus und deutete auf Kemal. »Du kannst mir nicht erzählen, dass dir diese Sache geheuer ist. Keiner hier kann mir das erzählen.«

»Setzen Sie sich wieder hin, Errick«, sagte Wyn Douglas. »Meryam wollte …«

»Ich weiß, was Meryam will. Aber ich habe gehört, was Dr. Patil über den Leichnam gesagt hat, den Sie alle so verbissen beschützen wollen.« Er fuhr herum und deutete auf einige Studenten, von denen die meisten Amerikaner waren, die mit ihm zusammen in Wyns Team arbeiteten. »Dieses Ding hat Hörner. Es ist kein menschliches Wesen. Dr. Patil hat selbst gesagt, dass es wie ein Dämon aussieht …«

Dev Patil hob abwehrend eine Hand. »Moment, ganz langsam. Ich habe nie behauptet, dass es ein Dämon *ist*. Nur dass es Hörner wie ein Dämon hat.«

Errick zuckte resigniert mit den Schultern. »Da haben wir's doch!« Um ihn herum wurden nun auch andere Stimmen laut. Der eine oder andere pflichtete ihm bei, die Übrigen forderten ihn auf, sich wieder hinzusetzen. Doch Errick wandte sich an Meryam. »Doc Patil weiß mehr über dieses Wesen als sonst jemand hier, und er verwendet nicht mal die menschlichen Fürwörter ›er‹ oder ›sie‹, wenn er darüber spricht. Und wisst ihr, wieso? Weil es kein Mensch ist.«

»Ach, jetzt hör schon auf«, rief jemand.

Helen Marshall wies Errick an, sich hinzusetzen und weiter zuzuhören.

Kemal stand von seinem Stuhl auf. »Die einzigen Dämonen hier sind die kleinen Ängste, die einigen in den Köpfen herumschwirren und sie glauben machen wollen, es gäbe irgendetwas zu befürchten! Es gibt keinen Teufel! Das Böse existiert nicht! Es gibt …«

»Das habe ich auch immer geglaubt«, sagte Errick. »Aber das war vor diesem beschissenen Dämon, der keine achtzig Meter von dir entfernt in dieser Kiste liegt, Mann.«

»Es gibt keine …«

»Nein?«, erwiderte Errick. »Du beharrst darauf, dass es ›keine‹ gibt?«

Er sah in alle Richtungen, offensichtlich auf der Suche nach jemandem. Als er Kim Seong entdeckte, marschierte er auf sie zu.

Rasch stand Walker auf. »Schwirr ab, Junge.«

Errick zögerte, und an mehreren Stellen des Raums brachen hitzige Diskussionen aus.

»He!«, rief Meryam. »Jetzt reicht's aber!« So laut, dass ihr die Kehle wehtat. Ihr Wutausbruch war so schockierend – für sie selbst ebenso wie für alle anderen Anwesenden –, dass sämtliche Augen wieder zu ihr hersahen. *Na endlich.*

»Errick«, sagte sie, leiser diesmal, doch ihre Stimme war in der plötzlichen Stille gut zu hören. »Setzen Sie sich hin. Ich möchte Ihnen das nicht noch einmal sagen müssen.«

Meryam wartete ab und beruhigte sich wieder, während der Student zu seinem Platz zurückkehrte, den Stuhl aufrichtete und sich schwer darauf fallen ließ. Walker, Kemal sowie ein paar andere setzten sich ebenfalls wieder hin. Und diejenigen, die bereits die ganze Zeit über gestanden hatten, schienen sich zu wünschen, sie könnten ebenfalls irgendwo Platz nehmen. Und sei es nur, um zu verhindern, dass sich Meryam heiser schrie.

»Ich werde ehrlich zu Ihnen sein«, sagte sie und bemerkte, wie sich alle versteiften. Schließlich folgte auf so eine Aussage meistens eine Lüge. Aber es überraschte sie selbst, wie sehr ihr Herz pochte und wie ihr das Blut in die Wangen schoss, als sie weitersprach. Die Wahrheit, die ihr über die Lippen kam, fühlte sich überwältigend an. »Ich glaube weder an Teufel noch an Engel. Vielleicht existiert da draußen ja wirklich irgendeine große und weise Macht. Ehrlich gesagt glaube ich sogar, dass es eine gibt – vor allem, weil ich es arrogant finde anzunehmen, wir wären das Klügste, was das Universum zu bieten hat. Aber Dämonen und Geister, die Stimme Gottes, Himmel und Hölle? Ich bin mir absolut sicher, dass das alles Mist ist. Dennoch muss ich Ihnen ein Geständnis machen, weil es wichtig ist, dass Sie mich richtig verstehen: Ich möchte, dass es wahr ist. Denn wenn die Arche real ist, wenn Gott wirklich irgendeinem Kerl namens Noah gesagt hat, er solle diesen alten Kahn bauen, weil er vorhabe, die ganze Welt zu überfluten, dann gibt es auch einen Himmel. Und das bedeutet, dass der Tod nicht das Ende ist und wir auch danach noch weiterexistieren. Und vielleicht sehe ich dann eines Tages auch meine Oma wieder. Aus Gott hat sie sich zwar nie viel gemacht, aber kein anderer Mensch ist je wieder so gut zu mir gewesen wie sie.«

Ein paar der Anwesenden warfen Adam verstohlene Blicke zu und fragten sich offenkundig, wie er sich bei dieser Aussage fühlte, wo sie doch zugestimmt hatte, ihn zu heiraten. Aber in diesem Moment kümmerte es Meryam nicht, wie er darüber dachte.

»Was ich *weiß*, ist, dass die Leiche, die wir entdeckt haben, missgestaltet ist. Da wir ihr Geschlecht noch nicht kennen, ist das Pronomen ›es‹ für den Augenblick völlig angemessen. Sobald der Sturm vorbei ist, werden wir sie nach Istanbul schaffen. Wenn ihre Nähe Sie bis dahin nervös macht oder Ihr Aberglaube so groß ist, dass Sie wirklich Angst vor ihr haben, schlage ich vor, Sie konzentrieren sich auf Ihre Arbeit und halten sich von dem Zelt hinten auf Ebene Eins fern. Gut, wenn es sonst nichts …«

Hakan klatschte ein einziges Mal in die Hände, so laut, dass das Geräusch von den Wänden widerhallte.

Alle Köpfe drehten sich zu ihm um. Meryam hätte ihn am liebsten umgebracht. Er hatte geklatscht, um sie zu unterbrechen und die Aufmerksamkeit auf sich zu ziehen, aber auf die gleiche Art, wie auch ein Herrchen seinen Hund bei Fuß rief. Dabei war er der Vorarbeiter dieses Projekts. Und trotzdem hatte er sich ihr gegenüber schon die ganze Zeit unhöflich verhalten und sie wegen ihres Geschlechts nicht ernst genommen. Wenn auch noch nie so unverhohlen wie in diesem Moment.

»Haben Sie etwas zu sagen, Hakan?«

Er grinste spöttisch. »Sie sagen ›Aberglaube‹ so, wie andere Leute das Wort ›Hundescheiße‹ aussprechen.«

»Ich glaube nicht …«

»Es ist egal, was Sie glauben«, fuhr Hakan fort.

Feyiz fluchte und bahnte sich einen Weg durch die Höhle, als wollte er Meryam und seinen Onkel voneinander trennen. Hakan sah den jüngeren Bergführer kommen und warf ihm einen abschätzigen Blick zu. Feyiz zählte für ihn nicht.

»Vielleicht haben Sie recht«, sagte Hakan. »Vielleicht müssen wir nichts befürchten. Aber wenn doch, bringen Sie uns alle in Gefahr, weil Sie uns nicht frei entscheiden lassen, ob wir bleiben wollen oder nicht.«

Im nächsten Moment redeten wieder alle durcheinander und tauschten sich über ihre Sorgen und Zweifel aus.

Du Hurensohn, dachte Meryam. Sein Widerwille, einer Frau Rede und Antwort stehen zu müssen, hatte schon seit Wochen in ihm gebrodelt, und nun zeigte er sich ganz offen.

»Sie möchten gehen?« Sie starrte Hakan an. »Dann hauen Sie verdammt noch mal ab!«

In diesem Augenblick erreichte Feyiz seinen Onkel. Er versuchte, ihn am Arm zu fassen und fortzuführen. Doch Hakan stieß ihn von sich weg. Hakan taumelte und stürzte auf einen der Plastiktische, der unter ihm zerbrach.

Erneut senkte sich Schweigen über den Raum. Meryam war alles losgeworden, was sie auf dem Herzen gehabt hatte. Sie schaute sich um und wunderte sich, warum Adam nicht eingegriffen hatte. Sie brauchte zwar keinen Mann, der für sie Partei ergriff, aber gegen ein bisschen Unterstützung hätte sie nichts einzuwenden gehabt.

Dann entdeckte sie ihn zu ihrer Linken, wo er mit der Kamera beim Höhleneingang stand und alles filmte. Und ganz hinten rechts, unmittelbar hinter Hakan, sah sie Calliope, die diesen hässlichen Vorfall ebenfalls aufzeichnete. Die Illoyalität, die Verachtung ihr gegenüber, als Frau und als Führungsperson, die Ignoranz und die

Furcht… Wenn sie diese Aufnahmen im Dokumentarfilm verwendeten, würde sie wie eine jähzornige Idiotin ohne jedes Führungstalent rüberkommen.

Was zum Teufel denkst du dir dabei? Sie starrte Adam an.

Sein Kameraobjektiv starrte zurück.

Stunden nach Sonnenuntergang schlich Kim durch die Eiseskälte auf der obersten Ebene. Obwohl ihre Jacke und die restliche Kleidung zum Wärmsten gehörten, was man kaufen konnte, fror sie stärker, als sie sich jemals hätte vorstellen können. Sie bewegte sich so leise, als schliefen nur sie und die Arche noch nicht und als gälte es, die übrigen Bewohner der Höhle nicht zu stören. Doch sie wusste genau, dass auch die anderen noch wach waren und arbeiteten oder Wache hielten – beziehungsweise wie sie nach den Geschehnissen des Tages trotz all ihrer Erschöpfung nicht einschlafen konnten.

Trotz all des Irrsinns.

Ihr klapperten ein wenig die Zähne, und sie trank einen Schluck Tee aus der Plastiktasse, die sie im Küchenbereich bekommen hatte. Der Koch, ein Kurde, der – soweit sie wusste – mit dem Vorarbeiter Hakan verwandt war, hatte Mitleid mit ihr gehabt. Für Kaffee sei es zwar zu spät, hatte er ihr in gebrochenem Englisch erklärt, aber er könne ihr Teewasser aufkochen. Kim war ihm dafür immer noch sehr dankbar. Der Tee hatte zwar ein erdiges Aroma und schmeckte intensiv nach Kräutern, aber er wärmte sie ein wenig, und heute Nacht würde *ein wenig* genügen müssen.

Trotz der Beleuchtung und der Generatoren gab es auf dem Rückweg zu den Unterkünften längere stockfinstere

Abschnitte. Diese Schatten behagten ihr nicht. Wenn sie sich ihnen näherte, schienen sie dunkler zu werden, und ihr war, als ballten sie sich hinter ihr wieder zusammen, sobald sie vorüber war. Diese Schatten erinnerten sie an das Zelt auf der untersten Ebene, an den schwarzen Sarkophag und die vertrocknete Gestalt darin. Über den Kadaver wollte sie nicht nachdenken und genauso wenig darüber, wie ihr der Verstand entglitten war und ihr Herz in der Brust gehämmert hatte. Am Rand ihres Sichtfeldes – und in ihrem Bewusstsein – waren rote und schwarze Flecken ineinandergeflossen. Im nächsten Moment war es ihr erschienen, als würde sie in Schatten ertrinken, in denen sich etwas schlängelte, das nach ihr griff. Und wenn es sie zu fassen bekommen hätte …

Dann waren die Schreie in ihr aufgestiegen, und sie war losgerannt.

Was tue ich hier nur?, fragte sie sich zum wiederholten Mal.

Der Wind strich über den Boden und beschrieb an einer Stelle einen trägen Kreis, in dem er dahinjagenden Dreck aufwirbelte und davontrug. Kim ging an dem Stall vorüber, den sich Walker und Vater Cornelius miteinander teilten. Sie sah, dass Walker vor ihrem Zelt stand und ein paar Pillen einnahm, die er mit einem Schluck aus einer wiederverwendbaren Wasserflasche herunterspülte. Als er sie bemerkte, warf er ihr einen schuldbewussten Blick zu, als ob sie ihn bei etwas erwischt hätte, von dem er befürchtete, dass sie es missbilligte.

»Kopfschmerzen?«, erkundigte sie sich.

»Es war ein langer Tag«, wich er ihrer Frage aus. In seinem Gesicht glaubte sie Dankbarkeit zu erkennen, dass sie ihm eine Ausrede in den Mund gelegt hatte. Für

Kim war das gleichbedeutend mit dem Eingeständnis, dass es keine Kopfschmerztabletten gewesen waren.

Natürlich war sie neugierig, zögerte jedoch, weiter nachzubohren. Sollte sie den Eindruck gewinnen, Walker könnte sich wegen einer Medikamentenabhängigkeit nicht auf seine Arbeit konzentrieren, würde es sie etwas angehen. Wenn nicht, würde sie es nie wieder ansprechen.

Allerdings schien er ein bisschen nervös, und da sie nicht ignorieren konnte, was sie gerade gesehen hatte, beschlich sie ein leiser Zweifel an ihm. Sie war als reine Beobachterin hier – an was Walker forschte, war nicht ihre Angelegenheit. Trotzdem machte sie sich Gedanken.

Auch über sich selbst.

Das musste sie.

»Geht es Ihnen gut?«, fragte er, als das Schweigen zwischen ihnen allmählich unangenehm wurde.

»Ich konnte nicht schlafen«, sagte sie und hob ihre Reisetasse. »Der Koch hat mir einen speziellen kurdischen Tee aufgebrüht.«

Walker neigte den Kopf zur Seite und musste unwillkürlich lächeln, als wäre es zu spät und ihm zu kalt, um sich an die Spannungen zu erinnern, die zwischen ihnen beiden bestanden.

»Sie wissen, dass im Tee auch Koffein ist, oder? Wenn Sie Einschlafprobleme haben …«

»Er beruhigt mich«, erklärte Kim. »Und ich wollte etwas Warmes.«

»Das kann ich ihnen gut nachfühlen.«

Ein paar Sekunden blieben sie noch so stehen, bis sich das Schweigen zwischen ihnen zu sehr in die Länge zog, dann lächelte sie und sagte Gute Nacht.

»Schlafen Sie gut«, erwiderte Walker, machte aber keine Anstalten, in sein eigenes Zelt zurückzukehren.

Kim schlüpfte in ihres und setzte sich auf den Rucksack, wo sie an ihrem Tee nippte und lauschte, wie der Wind durch die uralte Holzkonstruktion blies. Es klang, als wäre die Arche eingeschlafen und würde nun atmen. Wie das Pfeifen einer riesigen Lunge. Einatmen. Ausatmen.

Einatmen. Ausatmen.

Sie nahm einen Schluck Tee.

In Gedanken sah sie wieder das Gesicht des Kadavers vor sich und hörte das Echo ihres eigenen verrückten Geschreis. Kim wusste, dass sie heute keinen Schlaf mehr finden würde.

Sie hatte sich noch nie so weit weg von zu Hause gefühlt.

Arjen war heute für die zweite Wache eingeteilt. Sie hatte um zwei Uhr morgens begonnen und würde enden, sobald die Sonne über der Bergkette aufging. Mit seinen zwanzig Jahren liebte Arjen es immer noch, lang zu schlafen, und jedes Mal wenn er turnusgemäß diese Schicht übernahm, verbrachte er die kalten Stunden in der Dunkelheit damit, sich über seinen Onkel Hakan zu ärgern. Seit dem Hangrutsch hatte sich das Leben auf dem Berg von Grund auf geändert, und Arjen wünschte sich nichts sehnlicher, als dass alles wieder so wäre wie zuvor. Aber während er nur ein paar Meter von der windumtosten Kante des Höhleneingangs entfernt auf seinem Posten stand, von wo aus er den trügerischen schneebedeckten Steinschlag unter sich und die stürmische Finsternis zu allen Seiten sah, wusste er, dass es nie mehr so sein würde wie früher. Damals, als er regelmäßig vor Morgengrauen aufgestanden war, um ausländische Besucher auf den Ararat zu führen. Als er den meisten Kunden zunächst das grundlegende Einmaleins des Kletterns hatte beibringen müssen und Tag für Tag das Lager aufgeschlagen und wieder abgebaut hatte, da hatte er sich ein anderes Leben gewünscht.

Mittlerweile verfluchte er sich für diesen Wunsch.

Nach dem Hangrutsch hatten sie ein paar Gräber ausheben müssen. Hauptsächlich für Vettern von ihm. Anschließend hatten sich Onkel Hakan und sein Cousin Baris darüber gestritten, wer von ihnen in Zukunft die Geschäfte leiten würde. Ihre weitverzweigte Familie führte schon ewig Touristen auf den Berg, und nun musste eine neue Generation die Zügel in die Hand nehmen. Dass er zum Team gehörte, das die Arche entdeckt hatte, und viele Verwandte für das Projekt anheuern konnte, hatte Hakans Position als Oberhaupt des Clans und des Familienunternehmens gestärkt. Arjen musste achtgeben, dass er es sich nicht mit Hakan verscherzte, aber mit jedem Tag, der verging, war auch er immer schlechter auf seinen Onkel zu sprechen.

Er kannte sich selbst gut genug, um zu wissen, dass das zum Teil an seiner angeborenen Trägheit lag, doch andererseits war er nicht zu faul gewesen, sich eine Meinung über seinen Onkel Hakan zu bilden, der immer schon arrogant und grausam gewesen war, manchmal sogar richtig brutal. Und sein jüngster Aufstieg innerhalb des Clans hatte diese Charakterzüge nur noch verstärkt. Zum Glück konnte Arjen auf Feyiz zählen. Ihre Mütter waren Schwestern, und Arjen bewunderte seinen älteren Cousin seit seiner Kindheit. Feyiz hatte Nachsicht mit ihm und seiner Bequemlichkeit. Und er nahm ihn vor Hakan in Schutz, solange er sich einigermaßen bemühte.

Aber mittlerweile hatte sich auch das Verhältnis zwischen Hakan und Feyiz verändert. Seit dem Tag, als Arjen für das Karga-Holzer-Projekt angeworben worden war, bekamen die beiden sich immer wieder in die Haare. Feyiz passte nicht, wie Hakan die Arbeiter behandelte, genauso wenig wie seine unentwegten Andeutungen über Meryam und Adam. Hakans Verachtung für die beiden hatte bereits auf ein paar der anderen abgefärbt. Arjen überraschte das nicht. Damit hatte er gerechnet. Schließlich lebte sein Onkel es den Clanmitgliedern, die für ihn arbeiteten, ja vor. Sie würden alle stets zupacken, wenn das Projekt es erforderte, und die Vorräte zur Arche hinaufbefördern, aber sie würden ihren Auftraggebern keinen Respekt entgegenbringen. Nicht, solange Hakan dabei ein Wörtchen mitzureden hatte.

Nur Feyiz und Arjen empfanden nicht so. Aber selbst Arjen sah Meryam und Adam nach heute Abend in einem anderen Licht. Meryam wirkte, als stünde sie kurz vor dem Zusammenbruch. Außerdem herrschte dicke Luft zwischen den Arbeitern, Studenten und Professoren in der Höhle.

Daran war nur diese Kiste schuld. Wieso hatten Meryam und Adam nicht erkannt, welchen Schaden die Gerüchte über das tote, gehörnte Ding darin anrichten würden – und wie sehr die Angst davor das gesamte Projekt vergiftete? Arjen hatte keine große Schulbildung genossen und war nie mehr als zwanzig Meilen von zu Hause weg gewesen, aber selbst er hatte es vorausgesehen. Meryam hätte es ebenfalls wissen müssen.

Wenigstens hatte sie heute Abend versucht, vernünftig mit ihnen allen zu reden, und er wusste, dass ihr einige auch zugehört hatten. Aber die allgegenwärtige Furcht hatte sie nicht ausräumen können, und sein Onkel Hakan war auch keine große Hilfe gewesen. Der Ausdruck, mit dem Feyiz ihn angesehen hatte, machte Arjen nervös, und er wollte nichts mit alledem zu schaffen haben.

Heute hatte es ihm zum ersten Mal nichts ausgemacht, als sein Onkel ihm die zweite Wache übertragen hatte. Vielleicht wäre es sogar eine gute Idee, Hakan zu fragen, ob er sie jede Nacht übernehmen und die zweite Schicht zu seiner Hauptaufgabe machen durfte. Dann würde er den größten Teil des Tages im Bett verbringen können und erst aufstehen, wenn der Rest der Gruppe schlief.

Es ist so friedlich hier, dachte er, während er die sanft fallenden Schneeflocken und den indigoblauen Nachthimmel betrachtete. In den frühen Morgenstunden schien es, als würde der Tag niemals anbrechen. Die Vorstellung, die anderen würden bis in alle Ewigkeit weiterschlafen, war ihm nicht unangenehm.

Endlich war die Anspannung aus seinem Nacken und den Schultern gewichen, und er konnte sich das Essen ausmalen, das seine Mutter ihm kochen würde, sobald er das nächste Mal vom Berg herabstieg … und darüber nachdenken, wie Navbahar, seine Cousine zweiten Grades, ihn immer anlächelte, wenn sie glaubte, keiner von den anderen würde es bemerken. *Wie Musik*, hatte er einmal, als niemand in der Nähe war, in den Bergwind geflüstert. Gleich darauf hatte er sich Vorwürfe gemacht, weil er so dumme Dinge dachte, als wäre er ein Poet, aber ihr Lächeln ließ ihn wirklich an Musik denken, weckte in ihm dieselben Gefühle wie der Klang von Musik.

Arjen seufzte und wandte sich von der Felskante ab. Die Wachposten sollten am äußeren Rand der Höhle auf und ab patrouillieren. Nicht, weil Hakan wirklich glaubte, dass mitten in der Nacht irgendein Journalist, religiöser Eiferer oder Terrorist den Berg heraufkommen würde – obwohl es tatsächlich einige Anschlagsdrohungen gegeben hatte. Nein, die Wachen sollten vor allem Meryam, Adam und den Archäologen die Angst nehmen, dass ihren Artefakten, Proben und staubigen Knochen etwas zustoßen könnte, während sie schliefen. Arjen wollte nicht ausschließen, dass eins der Teammitglieder einen Sabotageakt verüben könnte, sei es aus Fanatismus, Angst oder für Geld. Vielleicht würde einer von ihnen auch unerlaubt Fotos oder Videoaufnahmen machen und sie verkaufen. Doch während der zehn Nächte, in denen er für die zweite Wache eingeteilt gewesen war, hatte er nichts gehört, außer unzusammenhängendes Gestammel und halblaute Schreie, wenn jemand einen Albtraum hatte, oder das Stöhnen und Seufzen derjenigen, die sich gegenseitig Trost und Wärme spendeten. Niemand stand auf und wanderte nachts umher, außer er war krank oder wollte einen bösen Traum abschütteln. Manchmal rauchte jemand eine Zigarette. Meryam hatte das Rauchen zwar in der gesamten Höhle strikt verboten, aber Arjen verstand nicht, was hier an der Felskante dagegensprechen sollte, wo die Tabakglut kein Holz in Brand setzen konnte. Schließlich wurden die Zigarettenkippen über den Vorsprung in den Schnee geschnippt.

Der Wind frischte auf und blies einen Moment lang so stark, dass er ihn ein Stück nach hinten stieß. Arjen zwinkerte überrascht. Sein Herz raste, und er wich ein paar Schritte weiter von der Felskante zurück. Bei so heftigen Böen wäre nur ein Idiot unvorsichtig. Er zitterte und zog das Funktionstuch zurecht, das er um die untere Gesichtshälfte trug. Mit den Jahren hatte er sich an die brutale Winterkälte auf dem Ararat gewöhnt und wusste, wie er sich gegen sie schützen konnte. Aber wenn er zu lange hier draußen in der Eiseskälte blieb, fraß sie sich unweigerlich in seine Knochen.

Kaffee würde helfen. Eine Tasse, an der er die Finger wärmen könnte, und heiße Flüssigkeit, um die Kälte tief in seinem Inneren zu vertreiben. Ja, Kaffee wäre toll. Oder Navbahar. Als sie ihm in den Sinn kam, lächelte er – wenn auch ein wenig schuldbewusst.

Eine Zigarette wäre auch nicht schlecht. Er dachte an die Nächte zurück, als er Dr. Dwyer oder Avci hier draußen beim Rauchen ertappt hatte, und sehnte sich danach, die warmen Tabakschwaden in der Lunge zu spüren. Von ein paar Zügen in dieser eiskalten Nacht würde er schon keinen Krebs bekommen.

Als die nächste Böe zu ihm herüberblies, runzelte er kurz die Stirn und verzog die Lippen unter seinem Funktionstuch zum Lächeln. Hatte er wirklich gerade den Duft von Tabakrauch gerochen, oder war sein Verlangen derart stark, dass er es sich nur eingebildet hatte? Arjen hob den Kopf. Konnte es sein, dass oben auf Ebene Zwei jemand trotz Meryams ausdrücklichem Verbot eine qualmte?

Plötzlich drang links von ihm ein erstickter Schrei aus der Dunkelheit. Der Wind drückte frontal gegen ihn, als ob er ihn vertreiben wollte, aber Arjen blieb reglos stehen und spähte an der Felskante entlang in die Finsternis. Er glaubte, einen weiteren Laut zu hören. Eine Art Grunzen? Und war das etwa ein schlurfender Schritt auf der dünnen Schneedecke … gefolgt von einem dumpfen Aufprall auf dem Felsboden?

Arjen spürte, wie sein Mund trocken wurde. Er wollte laut rufen, besann sich jedoch eines Besseren. Schließlich musste er sich als Wache im Griff haben. Jemand hatte geraucht und war dabei hingefallen. Er konnte den Rauch riechen und sehnte sich mehr denn je nach einer Zigarette.

Arjen ging in die Richtung, aus der die Geräusche gekommen waren, und musste gegen den Wind ankämpfen, um nicht zurückgedrängt zu werden. Die eisigen Böen rüttelten an ihm, aber er richtete sich auf und weigerte sich, klein beizugeben. Wenn keiner zuhörte, nörgelte er zwar oft vor sich hin, aber im Grunde seines Herzens fühlte er sich stark. Das war das Vermächtnis seiner Familie. Hätte Arjen nicht den Winden standhalten können, die über die Hänge des Ararat fegten, dann wäre er besser nie geboren worden.

Da ihm das Schneetreiben die Sicht nahm, schob er sich die Schutzbrille über die Augen.

Dort drüben.

Zehn Meter vor ihm lag etwas Dunkles auf dem Felssims. Auf dieser Seite schien die Höhle, in der die anderen alle schliefen, nur aus drohenden Schatten zu bestehen, und ihm war, als wäre die Finsternis vor ihm der Atem der stürmischen Nacht. Erneut stieg ihm Rauch in die Nase, und er fragte sich, ob die Zigarette wohl in den Schnee gefallen war.

Der dunkle Umriss auf dem Boden fing an zu stöhnen.

Arjen fluchte. Da er dem Wind hier draußen nicht traute, sank er auf die Knie und zog die Gestalt von der Kante weg. Obwohl es stockfinster war, bemerkte er sofort die schwarzen Blutspritzer im Schnee. Er wälzte die Gestalt herum, drehte ihr Gesicht ins schwache Licht, das aus dem Höhleneingang drang, und versuchte zu erkennen, wen er da vor sich hatte. Er hatte sich nie die Mühe gemacht, sich die Namen und Gesichter der Studenten einzuprägen, die für das Arche-Projekt tätig waren. Doch seit dem Streit heute Abend wusste er, dass der hier Kemal hieß.

»He«, sagte er leise. »Geht es Ihnen gut?«

Was für eine dämliche Frage. Die Antwort lag schließlich auf der Hand. Doch Arjen konnte sich nicht erklären, was Kemal zugestoßen war. War er gestolpert und hatte sich den Kopf angeschlagen? Hatte er einen Anfall gehabt? War er krank? Der Archäologiestudent drehte den Kopf zur Seite und ließ ein weiteres Stöhnen hören. Seine Lippen bewegten sich, doch er brachte kein Wort heraus, während er benommen das dunkle Schneegestöber absuchte. In seinen Augen stand eine primitive Furcht, die Arjen einen kälteren Schauer über den Rücken jagte, als irgendein Sturm es je vermocht hätte.

Er starrte auf die dunklen Blutspritzer im Schnee und vergaß zu atmen. Was, wenn Kemal gar nicht hingefallen war?

Arjen rutschte von ihm weg. Seine Knie erzeugten ein knirschendes Geräusch im Schnee. Als er über die Schulter zurückschaute, flaute der Wind einen Moment lang ab, und er hörte den zischenden Atem des Schattens, noch ehe er ihn heranstürzen sah. Ein schwacher Lichtschein aus der Höhle spiegelte sich auf der gekrümmten Spitze des Eispickels, als sie pfeifend durch die Luft sauste und ihn direkt unter dem Herzen traf. Der Schlag war so hart geführt, dass der Pickel alle Kleiderschichten durchbohrte, bevor er Fleisch und Muskeln zerriss und ihm zwischen die Rippen drang.

Als er auf das Werkzeug hinunterstarrte, das ihm aus der Brust ragte, versuchte er zu schreien, doch stattdessen holte er keuchend Luft. Erst als sich der Schmerz in ihm ausbreitete, stieß er ein lautes Wimmern aus. Doch der heulende Wind riss ihm den Schrei von den Lippen und wehte ihn ungehört in den Nachthimmel davon.

Als die Beine unter ihm wegsackten, packte ihn der Schatten. Da hoffte er für einen Augenblick, dass alles nur ein Missverständnis gewesen war und dass er bloß irgendwie in einen Kampf geraten war, der gar nichts mit ihm zu tun hatte. Dass er Navbahar wiedersehen würde. Und dass er alle Schuldgefühle, weil sie seine Cousine zweiten Grades war, vergessen und ihr seine Liebe gestehen würde. Er bewahrte das Bild ihres Lächelns im Herzen.

Doch dann stießen ihn die Hände über die Felskante, und er merkte, dass er fiel. Der Wind brauste an ihm vorüber. Kurz schlug er im Schnee und losen Geröll auf, ehe er abprallte und weiter in die Tiefe stürzte. Alles, was er fühlte, war abgrundtiefe Trauer. Schließlich krachte er mit dem Kopf gegen einen Felsvorsprung.

Navbahar sollte niemals von seiner Liebe erfahren.

Einen Moment später flog Kemal über die Felskante, er wurde weiter von der Höhle fortgeschleudert, sauste schneller in den Abgrund und schlug härter auf. Immer wieder überschlug er sich und brach sich alle Knochen, ehe er mit grotesk verdrehten Gliedern rund tausend Meter unterhalb der Höhle zum Liegen kam.

Der Schnee fiel noch immer, leicht aber stetig. Bei Tagesanbruch würde er sämtliche Spuren von Arjen und Kemal verdeckt haben.

Und der eigentliche Sturm ließ nach wie vor auf sich warten.

Neun

Adam erwacht im Gästezimmer im Haus seiner Großmutter aus einem Albtraum. In der Sockelleiste tickt die Heizung, und hin und wieder knackt der harte Holzboden. An den Albtraum kann er sich nicht mehr erinnern, aber sein Herz trommelt immer noch wie wild. Also bleibt er eine Zeit lang wach, während er auf die Heizung und die anderen Geräusche des Hauses lauscht. Ein pudrig-süßer Duftkissengeruch erfüllt das Haus seiner Großmutter.

Er besucht seine Oma Evie alle paar Wochen und ist gern bei ihr. Aber nicht, wenn er nachts wachliegt und seine Oma schläft. Und am wenigsten mag er es aufzustehen, wenn es im ganzen Haus so still ist. Aber jetzt muss er pinkeln. Er hat zwar versucht, den Gedanken zu verdrängen – wenn er sich nicht darauf konzentriert, verschwindet das Gefühl manchmal –, doch es ist ihm nicht gelungen. Wenn er nicht aufsteht, wird er ins Bett machen.

Mit einem Seufzer schlägt er die Decke zurück und lässt die Beine über die Bettkante baumeln. Er zögert, mit den Zehen den geflochtenen Teppich zu berühren, zwingt sich dann jedoch, aus dem Bett zu steigen. Jetzt, da er sich entschieden hat, will er auch schnell machen. Er huscht aus dem Zimmer und den kurzen Flur entlang. Dabei kommt er an Oma Evies Zimmer vorbei. Eigent-

lich müsste er sie schnarchen hören. Er bemerkt, dass sie wie immer auf der Seite schläft, aber ohne ihr gewohntes Schnarchen sieht sie fast…

Nein, daran will er gar nicht denken.

Als er beim Badezimmer ankommt, scheinen alle Geräusche im Haus zu verstummen. Er streckt den Arm durch die offene Tür und kann sein Herz schlagen hören, während er nach dem Lichtschalter tastet.

Nein, das ist nicht sein Herz.

Adam sieht nach links. Am Ende des kurzen Korridors, wo das Wohnzimmer beginnt, steht die Großvateruhr. Er blinzelt. Irgendetwas stimmt nicht.

Ganz und gar nicht.

Die Uhr ist in seine Richtung gedreht, sodass er vom Flur aus das Zifferblatt sehen kann. Sie sollte aber ins Wohnzimmer schauen. Das ergibt überhaupt keinen Sinn. Oma Evie hat sie bestimmt nicht so herumgedreht. Das hätte sie ohne seine Hilfe gar nicht geschafft. Sie nennt ihn ihren großen, bärenstarken Jungen, und deswegen weiß er, dass sie die Uhr nicht verschoben hat.

Aber sie sieht ihn an.

Ticktack macht das Pendel. Allerdings ganz langsam. Tick. Tack. Tick. Tack. *Es schwingt hin und her, wie die Taschenuhr eines Hypnotiseurs aus einer der Krimiserien, die ihn Oma Evie anschauen lässt.*

Mit klopfendem Herzen, aber merkwürdig ruhig jetzt, als stünde er wirklich unter Hypnose, lässt Adam die Hand sinken und geht durch den Flur in Richtung Wohnzimmer, zur Uhr, die ihn eigentlich nicht ansehen dürfte. Oma Evie lässt immer ein Licht brennen, eine antike Lampe mit drei Glühbirnen, die auf der niedrigsten Stufe leuchten und mit einer Milchglaskugel voll handgemal-

ter Rosen bedeckt sind. Die Rosen färben das Licht rot, und es sieht aus, als würde im Wohnzimmer ein kleines Höllenfeuer brennen.

Die Heizung in den Sockelleisten klickt nicht mehr, und die Dielenbretter unter seinen Füßen haben aufgehört zu knarzen. Er hört nur noch das Pendel der Großvateruhr. Tick. Tack. Tick. Tack. *Sein Herz schlägt im selben langsamen Rhythmus.*

Seine Füße sind kalt auf dem langen geflochtenen Teppich im Flur. Oma Evie hat ihn selbst geknüpft.

Tick. Tack. *Das Pendel zieht ihn an. Mit seinem Rhythmus. Außerdem will er herausfinden, wie es dazu kam, dass die Uhr zum Flur statt zum Wohnzimmer gedreht ist.*

Adam denkt an die Geschichte, die Oma Evie ihm so oft erzählt hat. Die Geschichte vom Dibbuk, jenem bösen Geist, von dem ihr Vater besessen gewesen war und der nun in dieser Uhr hauste. Und ihm fällt Oma Evies Warnung ein, dass die Uhr niemals stehen bleiben dürfe, weil der Dibbuk sonst entkommen und die Seele desjenigen vergiften würde, in den er als Nächstes fuhr.

Adams bloße Füße gleiten über den Boden. Wie viel lieber läge er jetzt in seinem Bett… Doch die Stille des Flurs hüllt ihn ein und raubt ihm den Atem, während er einen weiteren Schritt auf die Uhr zugeht. Und noch einen. Renn los, *sagt er sich selbst,* und versteck dich unter der Decke. *Doch dann hört er in Gedanken die Stimme seines Vaters:* Das ist nur das Ammenmärchen einer alten Frau.

Der rote Lichtschein der mit Rosen bemalten Lampe schimmert auf dem immer langsamer schwingenden Pendel. Tick. Tack. Tick. Tack. Tick…

Es kommt kein Tack mehr.

Das Pendel hat aufgehört zu schwingen.

Auch Adams Herz setzt aus. Der Atem gefriert ihm in der Lunge. Aus seinem Inneren steigt ein Schrei auf… und erstirbt, ehe er die Lippen erreicht. Entsetzt blickt er geradeaus und starrt zitternd in die Dunkelheit hinter dem stillstehenden Pendel.

Adam wartet. Eine Sekunde oder zwei oder fünf. Jetzt, da die Uhr steht, haben Sekunden keine Bedeutung mehr.

Irgendetwas da drinnen bewegt sich, hinter dem Pendel.

Hände erscheinen. Lange, spindeldürre Finger mit verkümmerten Knochen. Hinten im dunklen Uhrgehäuse glitzern Augen. Sie gehören der dunklen Gestalt aus seinem Traum. Adam weiß, was das für ein Wesen ist. Und dass es wegen ihm hier ist. Die skelettierten Finger greifen hinter dem Pendel hervor. Sie packen die Seiten des Uhrgehäuses. Schließlich taucht ein Gesicht aus der Dunkelheit auf und drückt das Pendel zur Seite.

Es hat Hörner.

Adam hat es schon einmal gesehen. Das kann gar nicht sein, aber er weiß, dass es stimmt. Er kennt dieses böse Geschöpf. Kennt es gut.

Er schreit…

Und wachte auf. Anscheinend hatte er nur im Traum geschrien. Er setzte sich aufrecht hin. Während er seinen dicken Schlafsack zurückschlug, sah er sich hastig im Inneren des Zelts um und suchte nach der Großvateruhr. Er war sicher, dass sie hier bei ihm war – in der Arche, im Stall, im Zelt – und ihn mit ihrem reglosen Pendel ansah.

Einen Moment lang roch er noch die Duftkissen aus dem Haus seiner Großmutter und hörte nichts außer seinem eigenen dröhnenden Herzschlag, aber dann weckte ihn die eiskalte Luft vollends auf, und der Traum verflog. Ein leises Schnarchen ließ ihn herumfahren, weil er dachte, Oma Evie läge neben ihm, aber es war nur Meryam. Sie lag auf der Seite, und ein wenig Speichel glitzerte in ihrem Mundwinkel. Sie hatte die Augenbrauen zusammengezogen und schlief unruhig. Offenbar wurde sie ebenfalls von schlimmen Träumen geplagt.

»Verdammte Scheiße«, flüsterte Adam.

Die kalte Luft, die durch die Arche fuhr, ließ die Balken knarzen. Getrieben von der Paranoia aus seinem Albtraum überlegte er kurz, vor dem Zelt nach dem Rechten zu sehen und sicherzugehen, dass auch draußen im Gang nichts lauerte, das ihm Böses wollte. Aber das würde er nicht tun.

Allerdings würde er genauso wenig versuchen, wieder einzuschlafen. Bis zum Morgen würde es nicht mehr lange dauern, und Adam fand, dass er für eine Nacht genug geträumt hatte. Dass er in seinem Leben schon genügend Albträume gehabt hatte.

Der Tag war angebrochen, auch wenn man davon kaum etwas mitbekam. Der Himmel war erdrückend und dunkel, Wolken hüllten den Berg ein, und über die Felskante wehte Schnee herein, der sich in der Höhle aufhäufte und das Holz der Arche bedeckte. Das war nicht der Sturm, auf den sie warteten, nur ein Vorgeschmack auf das, was noch kommen würde. Im ersten spärlichen Sonnenlicht war es dem Team gelungen, neue Plastikplanen aufzuspannen, die den Schnee abhielten und die Bereiche schützten, wo sich die Archäologen auf ihre Arbeit konzentrierten.

Feyiz war der Schnee egal. Er stand einen Meter von der Felskante entfernt und sah Meryam an. Eigentlich hätte ihr Gesicht vom unbarmherzigen Wind gerötet sein müssen, doch sie war ganz blass.

»Das würde er nicht tun«, sagte Feyiz. »Arjen wäre nie einfach verschwunden.«

Meryam blickte sich um, wie um sich zu versichern, dass ihnen keiner zuhörte. Feyiz nahm an, dass sie nach den Kameras Ausschau hielt, aber Adam und Calliope waren hinten in der Höhle bei Vater Cornelius und Walker. Um sie herum gab es keine Kameras.

»Ich sage dir …«, fuhr er fort.

»Ich habe dich schon verstanden«, erklärte sie kurz angebunden.

Feyiz zuckte zusammen. Ihm war klar, dass sie unter großem Stress stand, aber sie verhielt sich nun schon seit Wochen so barsch. Er wünschte, er wüsste, wie er sie besänftigen könnte. »Meryam …«

»Kemal wäre auch nicht einfach so abgehauen«, sagte sie und begegnete seinem Blick. Zum ersten Mal sah er, wie ängstlich und verwundbar sie war. »Er ist gefestigt. Ein Denker. Ich will nicht behaupten, dass er niemals gegangen wäre, aber vor dem Ausbruch eines Sturms …«

Feyiz wischte sich Schnee aus den Augen. »Arjen hätte ihn sicher nach unten führen können.«

»Ohne sich zu verabschieden?«, fragte Meryam.

Feyiz antwortete nicht. Aus dem Inneren der Arche drangen Rufe. Eine der Plastikplanen hatte sich losgerissen, und das Team tat sein Bestes, um die Ausgrabung zu schützen. Feyiz wusste, dass auch er und Meryam hätten helfen sollen, doch angesichts des Rätsels, mit dem sie heute Morgen konfrontiert waren, hatten sie alles stehen und liegen lassen. Er hatte Angst um Arjen – und um Kemal, auch wenn er den Studenten nur vom Hallo-Sagen kannte.

»Mist.« Meryam schüttelte den Kopf. Feyiz war klar, dass sie nicht wusste, was sie sagen sollte, weil es ihm ebenso erging.

Sie blickte an ihm vorbei, und er wandte den Kopf, um zu sehen, was ihre Aufmerksamkeit erregt hatte. Durch das Schneegestöber kam Hakan auf sie zugestapft. Hinter ihm folgten ein paar Arbeiter, die jedoch gut sieben Meter von Meryam und Feyiz entfernt stehen blieben. Der jüngere türkische Aufpasser Zeybekci und ein paar der Archäologen stellten sich dazu und beobachteten, wie Hakan weiter auf sie zuging.

Als er sprach, war er über den Wind hinweg zunächst nicht zu verstehen.

»Was ist los?«, rief Meryam lauter zurück.

Hakan kam dichter zu ihnen heran – näher an die Felskante. Feyiz spürte den Drang zurückzuweichen, aber er fühlte auch die morbide Anziehungskraft des Abgrunds, der ihn erwartete, wenn er an der Kante nicht aufpasste. So erging es ihm mit Gefahren immer. Sein Herz zog es zu ihnen hin, auch wenn sein Verstand ihm sagte, er müsse sie meiden.

»Sie haben sich unerlaubt entfernt!«, sagte Hakan.

Feyiz sah zu den Leuten hinüber, die sich ein Stück entfernt im Schutz der Höhlenwand versammelt hatten. Konnten sie dort drüben trotz des Windes etwas verstehen? Vermutlich nicht.

»Woher wissen Sie das?«, fragte Meryam. »Hat sie jemand gehen sehen?«

Hakan schüttelte den Kopf. »Es gab keine Zeugen. Aber ich habe mich in ihren Schlafquartieren umgesehen. Sie haben sie komplett leer geräumt.« Er drehte sich zu Feyiz um. »Du und Arjen, ich weiß, dass ihr euch nahesteht. Er gehört genauso zu meiner Familie wie du, aber er war schon immer faul und feige. Ich kann mir gut vorstellen, dass er sich lieber im Dunkeln davonstiehlt ...«

»Das würde er nie tun«, sagte Feyiz.

»... als vorher mit mir darüber zu sprechen«, beendete Hakan seinen Satz.

Feyiz zögerte. Er spürte, wie sich eine Frostschicht über seine Nasenschleimhaut legte, während er einatmete. War es wirklich so unvorstellbar, dass Arjen sich eher heimlich aus dem Staub gemacht hätte, als Hakan vorab zu beichten, dass er gehen würde?

Vielleicht nicht.

Doch er glaubte es trotzdem nicht.

Meryam und Hakan diskutierten weiter – beide noch immer angespannt und argwöhnisch nach ihrer Konfrontation vom vergangenen Abend –, aber Feyiz hörte ihnen nicht mehr zu. Ein Gefühl der Angst krabbelte ihm wie mit Spinnenbeinen über den Rücken, die Arme und den Hals hinauf, und er schauderte, als er über die Kante in den gähnenden Abgrund blickte. Es würde eine Weile dauern, bis sie sicher wussten, ob Kemal und Arjen unversehrt nach unten gelangt waren – vermutlich bis nach dem Sturm, wenn sie wieder ein besseres Handynetz hatten. Bis dahin würde er sich einreden, dass sie dem Projekt Hals über Kopf den Rücken gekehrt hatten und im Dunkeln den Ararat hinabgeklettert waren. Trotz Schnee und Wind.

Vorläufig wollte Feyiz sich gestatten, daran zu glauben. Er würde sich sogar dazu zwingen, daran zu glauben. Über die Alternative – dass sie Opfer eines heimlichen Gewaltaktes geworden waren – wollte er auf keinen Fall nachdenken. Doch als er sich umdrehte und Meryam und seinen Onkel musterte, wusste er, dass er sie ab jetzt genauer im Auge behalten würde. Jeden in dieser Höhle.

Zu ihrer Sicherheit und auch zu seiner eigenen.

Vater Cornelius saß auf einem Plastikstuhl an einem Tisch, der nur wenige Meter von dem Zelt mit dem Kadaver und dem Sarg entfernt aufgestellt worden war. Obwohl ein Heizstrahler die schlimmste Kälte vertrieb, taten ihm die Knochen weh. In seinem Alter war die Arthritis zu einem ständigen Begleiter geworden, manchmal so vertraut, dass es schien, als würde sie nie mehr nachlassen. Und in dem eisigen Wind, der hier niemals abflaute, wirkte der Schmerz durchdringender denn je. Aber er hatte eine Arbeit zu erledigen. Also betrachtete er sein Leiden als Opfer an Gott und untersuchte weiter die Pechsplitter aus der Hülle um den Sarg.

Um den Tisch herum waren helle Scheinwerfer aufgebaut. Der Deckel des Sarges – den das KHAP-Team meistens als »Kiste« bezeichnete – lehnte aufrecht an der gekrümmten Wand. Vater Cornelius nahm die Brille ab und rieb sich die Augen, ehe er sie wieder aufsetzte und sich erneut auf die größeren Pechbrocken konzentrierte. Professor Marshall – Helen – hatte ihm dabei geholfen, sie wie Puzzlesteine auf dem Tisch auszulegen. Sie sagte ihm, sie habe Fotografien der unbeschädigten Hülle, aber er wollte das Pech mit eigenen Augen sehen, die Finger über die glatte glasartige Oberfläche gleiten lassen und die hineingeritzten Striche und Bogen fühlen, aus denen die altertümliche Sprache bestand.

»Was haben Sie gefunden?«

Vater Cornelius hob den Kopf und zwinkerte, als erwachte er aus einem Traum. Auf der anderen Seite des Tisches sah er Walker stehen, und es schien, als wäre er aus dem Nichts aufgetaucht. Doch der erwartungsvolle Ausdruck in Walkers Augen verriet ihm, dass er ihn vermutlich schon länger beobachtete.

»Geht es Ihnen gut, Vater?«

Der Priester nickte, aber es stimmte nicht. Trotz der Kälte, die sich in seinen Knochen eingenistet hatte, spürte er auf seinem Gesicht und im Nacken prickelnde Wärme. Seine Haut fühlte sich klamm an, beinahe fiebrig, und er fragte sich, ob er sich wohl ein Virus eingefangen hatte.

Walker kam um den Tisch herum und ging neben ihm in die Hocke. »Vater?«

»Entschuldigen Sie. Ich bin nur überwältigt. Das verstehen Sie doch sicher.« Er setzte die Brille ab und deutete mit ihr auf den Holzdeckel, der an der Wand lehnte. »Sehen Sie die Inschriften dort?«

»Ja, ich sehe sie«, erwiderte Walker und schaute ihn eigenartig an. Unruhig und besorgt.

»Sie beinhalten Elemente, die mich an das Nesische erinnern, die Sprache der Hethiter. Andere Symbole sind Varianten akkadischer Schriftzeichen. Und dann gibt es noch einen dritten Sprachanteil, der mir nicht vertraut ist. Ich glaube aber, er ist zwingend nötig, um die morphologischen, syntaktischen und phonologischen Besonderheiten der Inschriften auf dem Deckel und in den Bruchstücken der Pechhülle zu verstehen. Es kann sogar sein, dass die Sprache, in der sie verfasst wurden, mit den anderen drei nicht nur verwandt ist, sondern die Ursprungssprache, von der sie alle abstammen.«

Vater Cornelius rieb die Hände in den dünnen Handschuhen aneinander, um seine schmerzenden arthritischen Finger aufzuwärmen, ehe er eines der größeren Bruchstücke verschob, damit es besser mit seinem Nachbarn zusammenpasste.

»Vielleicht sollte er einen Moment Pause machen«, meldete sich eine andere Stimme zu Wort, »und sich ein wenig ausruhen.«

Verärgert drehte sich Vater Cornelius nach ihr um. Er zuckte zusammen, als er erkannte, wie viele Menschen sich hinter ihm versammelt hatten. Er sah Helen und Wyn Douglas mit einem ihrer türkischen Studenten. Ein paar Meter entfernt entdeckte er Calliope, die das Gespräch mit der Kamera aufzeichnete. Wie lange war sie bereits da? Wie lange waren alle schon hier?

»Reden Sie nicht über mich, als wäre ich nicht da«, sagte er und war sich nicht sicher, wer von ihnen gesprochen hatte.

»Vater …«, begann Helen und sah ihn freundlich an.

»Junge Frau, ich bin kein Kind, das sie zum Mittagsschlaf zwingen können«, sagte er und spürte, wie sich auf seinen Wangen, der Brust und den Armen Hitze ausbreitete. »Vielmehr bin ich Ihre einzige Hoffnung, diese Schrift zu entziffern. Und eins kann ich Ihnen jetzt schon sagen …« Er drehte sich um und sah direkt in Calliopes Kamera. »Ausgehend von dem wenigen, was ich bislang verstehen konnte, habe ich keinen Zweifel, dass dieses Schiff die biblische Arche ist, die von einem Mann erbaut wurde, dessen Name sich mit ›Noah‹ übersetzen lässt.«

Vater Cornelius bemerkte die Schweißschicht auf seiner Stirn und wischte sie mit dem Ärmel weg. Seine Kehle fühlte sich trocken an. Er sah von Walker zu Helen und war sich bewusst, dass die Kamera auf ihn gerichtet war.

»Vater.« Walker legte ihm eine Hand auf den Arm und runzelte die Stirn. »Ich dachte, Sie sind kein Verfechter der wortgetreuen Übersetzung …«

»Das war ich auch nicht!« Vater Cornelius riss den Arm zurück. Galle stieg ihm in die Kehle, doch er schluckte sie herunter und wischte sich erneut über die Stirn. »Sie haben mich für dieses Unternehmen angeheuert. Sie wissen, wer ich bin. Ich sage nicht, dass wir die Geschichte von der Flut wörtlich nehmen müssen, aber …«

»Vater«, unterbrach ihn Wyn und hockte sich auf seiner anderen Seite hin, sodass Walker und sie nun seinen Stuhl flankierten. »Sie müssen sich etwas hinlegen. Ich mache mir Sorgen, dass die Höhenluft Ihr Gehirn beeinträchtigt. Sie sehen nicht gut aus.«

Er schnaubte verächtlich und stieß sich vom Tisch zurück. »Machen Sie sich doch nicht lächerlich. Ich habe gerade damit angefangen, eine Sprache zu übersetzen, die bislang noch niemand auf der Welt dokumentiert hat. Könnte ich das tun, wenn ich … wenn ich …?«

Schwankend stand Vater Cornelius auf. Er wollte sich selbst ebenso sehr wie den anderen beweisen, dass er voll auf dem Damm war. Übelkeit wand sich wie eine

Schlange in seinem Bauch und glitt erneut zu seiner Kehle hinauf, aber er zwang sie wieder zurück.

Vielleicht fühlte er sich ja wirklich nicht so besonders, aber das war noch lange kein Grund für die anderen, ihn anzustarren, als hätte er den Verstand verloren. Der Bau der Arche wurde in dem Text ebenso erwähnt wie Gottes Warnungen vor einer Flut und das Zusammentreiben der Tiere. Es gab auch andere Stellen, ein paar Sätze hier und da, bei denen es um irgendeine schreckliche Finsternis ging. Vermutlich bezogen sie sich auf den Sturm, der die Flut vor sich hergetrieben hatte. Mit genügend Zeit würde er ganz sicher eine grobe Übersetzung hinbekommen.

»Cornelius«, sagte Walker sanft und stand auf. »Alles, was Sie uns gerade erzählt haben … das haben Sie uns nun schon zum dritten Mal erklärt.«

Erst grinste er spöttisch, doch im nächsten Moment runzelte er die Stirn. Er erkannte die Sorge in Walkers Gesicht und drehte sich zu Wyn um, die ihn ebenfalls mit skeptischer Neugier ansah. »Das ist doch absurd.«

Aber löste der vertraute Klang seiner Worte nicht auch bei ihm selbst eine Art Déjà-vu aus? Vater Cornelius schüttelte den Kopf und umrundete den Tisch, um den aufrecht stehenden Sargdeckel anzustarren. Er betastete die eingravierten Symbole, die ihm zum Teil sehr vertraut erschienen und doch eine eigenständige Sprache bildeten – wie eine vertraulich kodierte Nachricht aus grauer Vorzeit.

Ihm kam ein schrecklicher Verdacht. Nein, kein Verdacht, sondern eine Gewissheit, auch wenn er sie den anderen nicht vermitteln konnte. Noch nicht. Zahlreiche frühere Forschungsarbeiten wirbelten ihm durch den Kopf. Er wich vom Sargdeckel zurück, drehte sich um und starrte auf das Plastikzelt, das die Kiste beherbergte – und die Überreste der schrecklichen Kreatur darin.

Seine rechte Hand zitterte, als er den Reißverschluss seiner Jacke aufzog, mit den Fingern unter sein Hemd glitt und das Kruzifix hervorholte, das er an einer Kette um den Hals trug. Ein paar Sekunden lang schloss er die Augen und ging dann auf das Zelt zu. Calliope trat näher an ihn heran, ihr sichtbares Auge zusammengekniffen, während sie mit der Kamera seine Schritte verfolgte.

»Vater?«, hörte er Helen sagen.

Der türkische Archäologiestudent, ein junger Mann mit Zottelbart, fragte sie etwas. Erst in seiner eigenen Sprache, bevor er zu gebrochenem Englisch wechselte. »Was tut er da?«, stieß er hervor.

Aus dem Augenwinkel sah Vater Cornelius, dass Walker und Wyn zunächst noch zögerten, aber als er die Zeltklappe öffnete, eilten sie ihm nach. Er ließ die Plastikplane hinter sich zufallen und wusste, dass er nur ein paar Sekunden allein im Zelt sein würde. Allein mit dem gehörnten Leichnam. Irgendjemand hatte sich die Zeit genommen, dieses missgestaltete Wesen in eine mit Pech versiegelte Holzkiste zu stecken. Es würde noch dauern, bis er alle Inschriften auf dem Sarg verstand, aber bis dahin konnte er nicht die bedrohlichen Passagen außer Acht lassen, die er bereits übersetzt hatte.

Er küsste das Kruzifix und hielt es über das gehörnte Geschöpf in der Kiste. Wo in dem Gesicht einst Augen gewesen sein mussten, waren jetzt nur noch leere Höhlen, aus denen ihn schwarze Schatten anstarrten.

Hinter ihm knisterte die Plastikplane, als die anderen eintraten.

»Der Herr ist mein Licht und mein Heil. Vor wem sollte ich mich fürchten!«, betete er. »Der Herr ist meines Lebens Kraft. Vor wem sollte mir grauen! So die Bösen, meine Widersacher und Feinde, an mich wollen, mein Fleisch zu fressen, müssen sie anlaufen und fallen …«

Der türkische Student schrie etwas. Vater Cornelius nahm es kaum wahr. Helen fing an, mit dem jungen Mann zu diskutieren, aber der stieß sie zur Seite und stürzte sich auf den Priester. Vater Cornelius hob das Kruzifix und küsste es, kurz bevor der Student seine Hand nach unten schlug. Er spürte, wie sich eine merkwürdige Ruhe in ihm ausbreitete, während er sich zu dem wütenden Mann umdrehte, in dessen Augen er eher Furcht als Zorn entdeckte.

Walker packte den Studenten, drehte ihm die Arme auf den Rücken und führte ihn aus dem Zelt.

»Verdammt, lassen Sie ihn los!«, fuhr Helen ihn an und folgte den beiden hinaus. »Er ist nur wütend über das Gebet. Wir haben uns darauf geeinigt, die Fundstücke hier für keine Glaubensrichtung zu vereinnahmen.«

Draußen vor der halb durchsichtigen Plastikplane sah Vater Cornelius fünf Gestalten auf- und ablaufen und fühlte sich ganz mit sich im Reinen. Am Rande bekam er mit, wie der Student verlangte, mit Avci, dem ranghöheren der beiden türkischen Regierungsbeobachter, sprechen zu können.

»Na schön, gehen Sie!«, blaffte Helen. »Und sagen Sie Avci, dass ich auch gleich mit ihm reden will, sobald sie beide fertig sind.«

Der Student stürmte davon.

»Ist der denn *übergeschnappt*?«, fragte Walker. »Hier oben dreht wohl jeder durch.«

»Auch ihre eigenen Teammitglieder«, entgegnete Helen. »Und die sind gerade mal vierundzwanzig Stunden hier.«

Vater Cornelius schob die Plastikplane zur Seite. »Es tut mir leid, wenn ich daran schuld sein sollte. Aber Gebete sind eine Möglichkeit, unsere Umgebung zu reinigen. Und das war hier erforderlich. Ganz gleich, welchen Namen Sie diesem toten Geschöpf geben wollen, nach allem, was ich bislang herausgefunden habe, war es wirklich böse. Ob es natürlichen oder übernatürlichen Ursprungs war, spielt eigentlich keine Rolle.«

»Für mich schon«, kommentierte Calliope hinter der Kamera hervor.

»Was immer Sie vorhaben, Professor Marshall – und Sie, Dr. Walker –, lassen Sie auf keinen Fall zu, dass Meryam diesen Leichnam wegbringt, bevor ich mit der Übersetzung fertig bin.«

Walker, Wyn und Helen starrten ihn an.

Schließlich seufzte Helen. »Gehen Sie und sprechen Sie mit Mr Avci, Dr. Walker. Wenn er nicht vernünftig ist, kann vielleicht Zeybekci weiterhelfen. Noch mehr Aufruhr können wir bei diesem Projekt wirklich nicht gebrauchen.«

Vater Cornelius umklammerte sein Kruzifix. »Möchten Sie, dass ich mitkomme?«

Walker warf Wyn einen Blick zu.

Sie schüttelte den Kopf. »Ich glaube, das wäre keine gute Idee.«

Walker drehte sich um und eilte in die Richtung davon, in die zuvor der Student verschwunden war.

»Also gut, Vater«, sagte Wyn. »Dann wollen wir mal zu Ihrer Unterkunft gehen. Vielleicht sind Sie ja bloß übermüdet, aber ich möchte, dass Dr. Dwyer einen Blick auf Sie wirft.«

Vater Cornelius widersetzte sich nicht. Er ließ die Plastikplane zurückfallen, ertrug die wohlmeinenden besorgten Blicke der drei Frauen um ihn herum und ließ zu, dass Wyn ihn wegführte. Aber während sie davongingen, spürte er, wie das gehörnte Wesen ihm hinterhersah. Er fühlte das Gewicht seines gehässigen Blickes aus den dunklen Augenhöhlen. Er hatte nie an echte und wahrhaftige Dämonen geglaubt, doch das hatte sich geändert, auch wenn er es nicht laut zugeben wollte.

Den Kadaver umgab eine bösartige Aura, die die Luft um ihn herum vergiftete – genau wie die Menschen, die sie einatmeten. Vater Cornelius wusste, dass es so war. Er merkte es am Zittern seiner eigenen Hände und dem Schweiß auf seiner Stirn.

Gott sei Dank ist diese Kreatur tot, dachte er, *und nur noch eine böse Erinnerung. Gott sei Dank.*

Zehn

Walker fuhr sich mit einer Hand durch die Haare und massierte sich mit dem Daumen die Schläfe. Schon seit dem Aufwachen hatte er leichte Kopfschmerzen, und nichts was bislang an diesem Morgen geschehen war, hatte dazu geführt, dass sie nachließen. Die Feindseligkeit, die bei fast jeder zwischenmenschlichen Begegnung in der Höhle zu spüren war, hatte eine ganze Reihe von Gründen. Die meisten dieser Leute waren bereits seit Wochen in der Arche zusammengepfercht, ohne dass es jemals warm oder bequem genug gewesen war, um sich mal richtig auszuschlafen. Die kurdischen Bergführer und Arbeiter beäugten einander misstrauisch; durch ihre Gruppe verlief irgendeine Art Riss. Hakan, der Vorarbeiter des Projekts, schien schon aus Prinzip so gut wie jeden zu hassen. Und als wären all diese Anfeindungen nicht schon schlimm genug gewesen, ging es jetzt auch noch um Religionsfragen.

»Das darf nicht sein«, belehrte Avci ihn. Walker fand, dass er wie ein Privatschulrektor aus den 1950ern aussah. Er trug eine Brille mit kleinen rechteckigen Gläsern und einen Schnurrbart, der an eine grauhaarige Raupe erinnerte. Die Pistole, die er an der Hüfte trug, hätte an einem Mann wie ihm eigentlich lächerlich aussehen müssen, doch tatsächlich wirkte sie wie ein fester Bestandteil seiner Garderobe. Ein Teil von ihm selbst.

Walker kannte viele solche Männer. Genau genommen war er selbst so einer. Seine eigene Pistole steckte in einem Holster, das er bequem am Rücken, unter Jacke und Pullover verborgen, an der Innenseite seines Hosenbundes trug. Seit er am Ararat angekommen war, hatte er sie kaum noch abgelegt, aber er würde sie nicht offen zeigen. Vor allem, weil es Fragen und Einwände provozieren würde und er nicht seine Aufenthaltsgenehmigung hier in der Arche riskieren wollte. Offiziell war er im Auftrag der National Science Foundation hier. Sollten die Türken erfahren, dass er in Wahrheit für die DARPA arbeitete, würden sie ihn sofort nach Hause schicken.

»Haben Sie etwa vergessen, Ihrem Priester mitzuteilen, dass er als Sprachwissenschaftler und Historiker in Ihr Team aufgenommen wurde und nicht wegen seiner spirituellen Vorlieben?«, fragte Avci. »Haben Sie etwa nicht unsere eindeutige Anweisung an ihn weitergegeben, dass außerhalb der Privatunterkünfte keine Gebete und Riten erlaubt sind? Und dass alle Behauptungen, die eigene religiöse Doktrin sei einer anderen überlegen, unerwünscht sind?«

Walker hielt die Arme verschränkt und lehnte sich in demselben Stuhl zurück, auf dem Vater Cornelius gesessen hatte, während er die Bruchstücke der Pechhülle untersucht hatte. Er sah den Sargdeckel an, der nach wie vor an der Wand lehnte. Meryam hatte sie alle in den hintersten Winkel der Arche geführt, wo sich sonst keiner aufhalten durfte – eindeutig, weil es hier ruhig war und sie einander ungestört anschreien konnten.

»Etwas hat ihm Angst eingejagt. Das ist alles, was ich dazu sagen kann.« Walker löste die Arme und hielt die Hände in die Höhe. »Ob ich ihm die Bedingungen genannt und ihn vorgewarnt habe? Sie wissen genau, dass ich das getan habe. Aber hören Sie, Avci … im Moment streiten überall auf der Welt die Menschen darüber, ob das hier die echte Arche Noah ist. Haben Sie geglaubt, Sie könnten dieses Projekt über die Bühne bringen, ohne dass es im Team die gleichen Diskussionen gibt?«

Avci hob das Kinn und sah ihn fest an. »Mehrere der türkischen Archäologiestudenten haben Bedenken angemeldet. Es stört sie, dass Vater Cornelius hier ist. Denn damit sieht es so aus, als diente ihre Arbeit einem christlichen und nicht einem rein archäologischen Ziel. Sie fordern, dass der Priester weggeschickt wird.«

Meryam brach in lautes Gelächter aus. »Ach, kommen Sie«, sagte sie. »Wohin soll er im Moment denn gehen?«

Die Nasenlöcher des Aufpassers bebten, als hätte er gerade den Gestank einer Jauchegrube gerochen. »Zum Beispiel dahin, wo die beiden Männer von gestern Nacht abgeblieben sind. Obwohl ich nicht annehme, dass er dazu in der Lage wäre, den Berg hinunterzuklettern.« Avci drehte sich zu Walker um. »Erinnern Sie Vater Cornelius daran, dass er nur auf Erlaubnis der türkischen Regierung hier ist. Wenn er es nicht schafft, sich auf nichtreligiöse Nachforschungen zu beschränken, werden Sie beide uns verlassen müssen, sobald der Sturm weitergezogen ist.«

Mit diesen Worten machte Avci auf dem Absatz kehrt und marschierte davon. Nach ein paar Metern knipste er seine Taschenlampe an, um die Schatten zu erhellen, die sich zwischen den an der Wand aufgehängten Arbeitslampen ausdehnten.

»Er ist ein sehr wütender Mann«, sagte Walker, sobald Avci nicht mehr zu sehen war.

Zeybekci schnaubte lachend, riss sich aber gleich wieder zusammen und sah Walker streng an. »Wenn sie irgendwem erzählen, dass ich darüber gelacht habe, werde ich es abstreiten.«

»Verstanden.«

Meryam lächelte. »Obwohl wir Sie dafür ein klein wenig mehr mögen.«

Zeybekci verdrehte die Augen und ging zu dem Plastikzelt mit dem Sarg. Er streckte die Hand aus, zögerte dann jedoch und ließ sie wieder sinken, ohne den Eingang geöffnet zu haben. »Egal, zu welchem Gott wir beten, wir wollen wohl alle unbedingt glauben, dass das Wesen da drinnen nicht das ist, was es zu sein scheint.«

Die Sekunden verstrichen, während die drei die dicken Plastikplanen und den dunklen Schatten dahinter anstarrten.

»Ich muss Ihnen da widersprechen«, sagte Walker schließlich. Er verschränkte wieder die Arme und lehnte sich im Stuhl zurück.

Zeybekci sah ihn stirnrunzelnd an. »Wie bitte?«

Meryam neigte den Kopf zur Seite. »Wollen Sie damit sagen, Sie fänden es gut, wenn das Ding wirklich ein Dämon ist?«

Walker lächelte. »Ja, genau wie Sie. Das haben Sie selbst gesagt. Ich war zwar Zeit meines Lebens Agnostiker, aber ich muss zugeben, mir gefällt die Vorstellung, dass es einen Beweis für die Existenz Gottes geben könnte.«

Danach verfielen sie wieder in Schweigen. Walkers Kopfschmerzen hatten ein wenig nachgelassen. Jetzt wünschte er sich nur noch etwas frische Luft, einen kurzen Windstoß des angekündigten Sturms. Und anschließend ein paar Gläser Schnaps – egal welchen man hier oben auftreiben konnte. Aber auch ohne Frischluft und Hochprozentigen fühlte er sich eindeutig schon ein bisschen besser.

Bei all dem Durcheinander konnte man leicht den Überblick verlieren. Seine Vorgesetzten von der DARPA wollten herausfinden, ob das Geschöpf im Sarg etwas anderes als ein Mensch war. Sie verlangten nach Blut- und Gewebeproben und einer Übersetzung der Inschrift auf der Kiste. Sollte es in irgendeiner Hinsicht nicht menschlich sein – ein Ungeheuer oder ein künstlich verändertes menschliches Wesen –, wollten sie feststellen, ob sich seine Monstrosität in irgendeiner Weise als Waffe verwenden ließe und gegen die USA eingesetzt werden könnte – oder von *ihnen* gegen die Feinde ihres Landes.

Bislang hatte Walker noch keinen blassen Schimmer, was er in seinem Bericht über die Arche und das gehörnte Ding in der Kiste schreiben sollte. Er hoffte, dass Vater Cornelius noch lange genug bei Verstand blieb, um alles zu übersetzen.

Walker drehte sich um und wollte gerade aufbrechen, doch Meryam rief ihn noch einmal zurück. »Wenn uns der Sturm wirklich so hart trifft wie angekündigt, lässt sich nicht vorhersagen, was hier oben passiert. Die Vorräte könnten knapp werden. Außerdem gehen vielleicht die Planen und die Zelte kaputt. Es könnte sein, dass hier jede Menge Schnee hereinweht. Morgen Nachmittag soll es richtig übel werden. Bis dahin möchte ich unseren Freund sorgsam verpackt wissen, damit er gleich nach dem Sturm heil abtransportiert werden kann.«

Walker nickte. »Wie lange haben wir dann Zeit, bevor sie ihn aus der Kiste holen? Bis morgen Mittag?«

»Keine Minute später als elf Uhr vormittags. Und ich möchte, dass Professor Olivieri mit dem Priester zusammenarbeitet. Vater Cornelius darf keine Zeile transkribieren, ohne dass Olivieri ihm dabei über die Schulter schaut.«

Walker salutierte lässig. »Verstanden.«

Einen Moment lang blickte sie ihn forschend an, als wäre sie sich nicht sicher, ob er ihr zustimmte oder sie verspottete. Offensichtlich zufrieden mit dem, was sie sah, nickte sie. »Also gut, dann gehen Sie die beiden mal holen.«

Walker kniete auf dem Boden und inspizierte die Gravuren auf dem Sargdeckel. Im grellen Schein der Arbeitslampen musste er die Augen zusammenkneifen. Mehrere Schlieren verunstalteten den Deckel, ein ganzes Muster aus Flecken, das in die Oberfläche des Holzes eingezogen war. Sie waren ihm schon beim ersten Blick auf den Sarg aufgefallen, aber erst jetzt hatte er Zeit, sie näher zu betrachten.

»Ich verstehe nicht, wieso Sie diese gewagte Schlussfolgerung ziehen«, hörte er Olivieri hinter sich sagen.

Walker drehte sich nicht um. Olivieri hatte nicht mit ihm gesprochen. Der Professor saß nun bereits seit zwei Stunden neben Vater Cornelius und ließ ihn nicht aus den Augen. Dabei meldete er immer wieder seine Zweifel an und redete vorwurfsvoll auf den älteren Mann ein, in einem pausenlosen, nervtötenden Gemurmel. Aber Vater Cornelius hielt Wort. Ihm war bewusst, wie viel Überzeugungsarbeit nach seinen jüngsten geistigen Aussetzern und dem ängstlichen Gebet über dem Kadaver nötig war. Daher hatte er gelobt, mit Olivieri zu kooperieren, solange der ihm nicht bei seiner Arbeit in die Quere kam. Walker war dabei, um aufzupassen, dass sie auch schön miteinander spielten.

Zumindest hatten sie einander bislang noch nicht die Köpfe eingeschlagen.

Doch in Vater Cornelius' Augen hatte nicht seine übliche sanfte Geduld gestanden, als er zugesagt hatte, sich ordentlich zu benehmen. Stattdessen hatte sein linkes Augenlid unentwegt gezuckt und sein Blick war unruhig hin- und hergegangen, als rechnete er jeden Moment damit, von irgendwoher angegriffen zu werden. *Halten Sie mich auf jeden Fall auf dem Laufenden*, hatte Vater Cornelius gesagt. *Wenn ich wieder anfange, mich zu wiederholen, oder sonst was Merkwürdiges tue, geben Sie mir sofort Bescheid.*

Walker hatte es ihm versprochen. Und jetzt hörte er ihm zu, während er arbeitete, und achtete auf jede Veränderung im Verhalten des Geistlichen. Das Versprechen war ihm leichtgefallen, aber die Bitte des Priesters hatte ihm Angst gemacht, da sie zeigte, dass Vater Cornelius an seinem eigenen Verstand zweifelte und sich selbst nicht vertraute. Auf wen oder was sollte irgendwer von ihnen sich noch verlassen können, wenn sie schon sich selbst misstrauten?

»Und was soll das hier?«, fragte Olivieri herablassend. »Sie können doch nicht einfach die Syntax einer Sprache erfinden, die sie nie zuvor gesehen haben. Ich stimme Ihnen ja zu, dass diese Wortgruppe wahrscheinlich ›Regentage‹ bedeutet und diese dort ›Finsternis‹. Aber die Logik gebietet es, dass dieses Symbol mit so etwas wie ›ewig‹ oder ›unendlich‹ übersetzt werden muss …«

»Die Sprache der Hethiter kannte keine feste Satzstellung«, entgegnete Vater Cornelius geduldig. »Und die beiden Sprachen sind verwandt, das erkennen Sie doch sicher auch. Die Übersetzung lautet nicht ›Viele unendliche Regentage‹. Warum sollte man ›viele‹ einfügen, um Begriffe wie ›unendlich‹ oder ›endlos‹ näher zu bestimmen? Der Autor will uns damit sagen, dass viele Tage lang Regen vom Himmel fiel und dass er heraufbeschworen worden war, um eine unendliche Finsternis fortzuschwemmen.«

Olivieri fluchte laut und schob seinen Stuhl zurück. »Und ich sage es noch einmal: Sie können nicht einfach Ihre eigene Syntax erfinden! Ihre Übersetzung basiert auf reinen Vermutungen! Sie lesen genau die Botschaft heraus, die Sie darin erkennen wollen!«

»Das ist keine Erfindung, Professor Olivieri«, erwiderte der Geistliche leise, fast traurig. »Sondern Intuition. Bei unserer Arbeit ist das manchmal alles, was wir haben. Schreiben Sie Ihre Übersetzungen nieder, und ich mache das Gleiche mit meiner. Später werden andere sie untersuchen und entscheiden, wer von uns beiden recht hatte.«

Olivieri schnaufte. »Man hat mich wegen meiner Expertise zu diesem Projekt geholt, Sie dagegen bloß aus Gefälligkeit. Meine Notizen werden als die offizielle Ansicht des Arche-Projekts gelten.«

»Wie schön für Sie«, sagte der Priester mit einem leichten Zucken der Oberlippe. »Können wir jetzt bitte weiterarbeiten? Mit diesem Hickhack verschwenden wir bloß Zeit.«

Olivieri schäumte vor Wut und suchte offenkundig nach einer Möglichkeit, den ziemlich einseitigen Streit fortzusetzen. Als ihm – zumindest für den Moment – keine einfallen wollte, schüttelte er den Kopf und begann wie wild auf einen Notizblock zu kritzeln. Dabei drehte er Vater Cornelius halb den Rücken zu, als hätte er Angst, der Priester wollte wie bei einer Matheprüfung in der Schule von ihm abschreiben.

Trotz seiner Kopfschmerzen musste Walker lächeln. Vater Cornelius schien im Moment ganz bei sich zu sein. Gewiss beunruhigt, aber auf keinen Fall kurz vor einem Zusammenbruch.

Als er sich erneut auf seine Arbeit konzentrierte, verging ihm das Lächeln. Von dem gekrümmten Boden stieg Kälte auf. Sie drang durch die Balken, als wäre der Berg selbst das Herz des Winters.

Walker beugte die Finger in den dünnen Handschuhen und nahm sein Skalpell. Dazu holte er aus seiner Werkzeugtasche einen kleinen Probenbehälter aus Kunststoff. Ganz vorsichtig, um die Gravur auf dem Deckel nicht zu beschädigen, stach er in das Holz, wo eine der Schlieren besonders dunkel war. Er schnitt einen Splitter heraus und dann noch einen an der gleichen Stelle, überrascht, wie tief der Fleck ins Holz eingedrungen war.

Nachdem er das Skalpell beiseitegelegt hatte, verschloss er den Probenbehälter und hielt ihn in die Höhe, um die beiden Splitter zu begutachten. Sie stammten vom Äußeren des Deckels und nicht aus dem Inneren, sodass die Flecken keine Körperflüssigkeiten des Kadavers sein konnten.

Er ging davon aus, dass es sich um Blutflecken handelte, aber wenn das stimmte, musste das Blut, das über den Deckel verspritzt worden war, von jemandem stammen, der dabei geholfen hatte, den Sarg zu verschließen oder mit Pech zu umhüllen. Walker wusste, dass er dieses Rätsel ganz bestimmt niemals lösen würde, aber es beunruhigte ihn beinahe genauso sehr wie Kims kurzer Ausraster vom Vortag oder der Kontrollverlust, den Vater Cornelius an diesem Morgen erlitten hatte. Es schien, als hätte es bereits von Beginn an um das gehörnte Wesen in der Kiste herum Gewaltausbrüche gegeben.

Das würde der DARPA sicher gefallen. Aber seine Vorgesetzten würden wissen wollen, wie und warum es passiert war.

»Was machen Sie denn *jetzt*?« Olivieri seufzte. »Sie können doch nicht vier verschiedene Sprachen als Grundlage für Ihre Übersetzung verwenden.«

Walker drehte sich um und sah, wie der Geistliche Olivieri einen Moment lang unnachgiebig und mit zitternden Lippen anblickte. »Nein, Professor«, entgegnete er schließlich. »*Sie* können es nicht. Und das ist Ihr eigentliches Problem, oder? Oh, natürlich verstehen Sie das eine oder andere von dem, was ich hier entwirre, aber können wir nicht einfach festhalten, dass Ihnen das Ganze zu hoch ist?«

Walker zuckte zusammen.

Olivieri sprang auf und stieß dabei seinen Stuhl um. »Sie arroganter Mistkerl. Seit Jahrzehnten bringe ich Studenten sämtliche Feinheiten der klassischen Philologie bei. Und meine Studien zur Bibelgeschichte sind die Grundlage für Hunderte von Universitätsseminaren in mehr als zwanzig Ländern. Wie können Sie es …?«

Vater Cornelius legte den Stift auf sein aufgeschlagenes Notizbuch und sah zu Olivieri hoch. Er machte sich nicht die Mühe, ebenfalls aufzustehen. »Ganz recht. Ihr Talent besteht darin, die Informationen anderer aufzubereiten und an diejenigen weiterzugeben, die weniger kundig und versiert sind als Sie selbst.«

Walker ließ den Kopf hängen. Er war sicher, Olivieri würde gleich explodieren. Als jedoch alles ruhig blieb, öffnete er ein Auge und sah, dass der Professor vor Wut kochte. Sprachlos schüttelte er den Kopf und wich einen Schritt zurück. Dann drehte er sich um und eilte so rasch davon, dass Walker hinter ihm einen Luftzug zu spüren glaubte. Nachdem Olivieri hinausgestürmt war, drehte er sich zu Vater Cornelius um.

Der Priester winkte ab. »Ich weiß, was Sie sagen wollen.«

»Sie sollten doch nett bleiben.«

Vater Cornelius' Gesicht verdunkelte sich, und er zog die Augenbrauen so fest zusammen, dass er wie ein Raubvogel aussah. »Ich glaube nicht, dass ausgerechnet Sie mir Vorträge über Freundlichkeit halten sollten. Kim ist hier, um ihren Job zu erledigen, genau wie Sie, aber Sie haben sie von Anfang an wie einen Eindringling behandelt.«

»Kann ich was dafür, wenn ich nicht gern eine Babysitterin habe?«

Der Priester blickte noch finsterer drein, wie ein Raubvogel kurz vor dem Zuschlagen. »Sie ist nur Ihre Babysitterin, solange Sie sich auch wie ein Baby aufführen. Kim ist ein Profi und als Beobachterin für den Rest der Welt hier. Machen Sie Ihr das doch nicht zum Vorwurf. Oder um es mit Ihren eigenen Worten zu sagen: Seien Sie nett zu ihr. Eigentlich möchte man doch meinen, dass Sie aus dem katastrophalen Ende ihrer Ehe etwas gelernt haben und jetzt wissen müssten, wie man mit anderen Menschen umgeht.«

Walker klappte der Mund auf. »Was?«

»Ich spreche über Amanda.«

»Herrgott noch mal, ich weiß, wie meine Exfrau heißt.« Walker schüttelte den Kopf und fühlte sich, als hätte er gerade einen schweren Kinnhaken eingesteckt. »Für wen zum Teufel halten Sie sich?«

Vater Cornelius erhob sich immer noch nicht. »Für Ihren Kollegen und außerdem im Moment für Ihren einzigen Freund in einem Umkreis von viertausend Meilen. Sie drehen sich so sehr um sich selbst, dass Sie nie die Bedürfnisse der Menschen um sich herum wahrnehmen. Ändern Sie Ihr Verhalten gegenüber Kim, und wenn Sie heimkommen, schließen Sie Frieden mit Ihrer Exfrau. Seien Sie Ihrem Sohn ein Vorbild.«

Walker zog scharf den Atem ein und stieß im nächsten Moment ein leises, ungläubiges Lachen aus. Alles, was Vater Cornelius gesagt hatte, war ihm unter die Haut gegangen, aber die Erwähnung seines Sohnes Charlie hatte ihn tief getroffen. Er wusste, dass der Priester schon den ganzen Tag nicht er selbst gewesen war, dass irgendetwas sie alle beunruhigte … und quälte. Dennoch verwandelte sich das dumpfe Pochen in seinem Schädel in einen grell brennenden Schmerz, und er spürte, wie sich die Wut in seinem Inneren regte – wie eine Viper, die ihr Nest verteidigte.

»Vater …«, sagte er mit zusammengebissenen Zähnen und geballten Fäusten.

»Hören Sie, Ben …«

»Lecken Sie mich.«

Zitternd drehte Walker sich um und ließ den alten Mann stehen. Es war ihm egal, was Meryam über gebrochene Versprechen sagen würde oder darüber, dass der Priester nun uneingeschränkten Zugang zu dem Kadaver, der Kiste und der Pechummantelung hatte. Welchen

Schaden konnte er schon anrichten? Es war besser, wenn man ihn heute Nacht seiner Arbeit überließ und er Zeit mit einem Leichnam verbrachte.

Für den Umgang mit lebenden Menschen war er jedenfalls völlig ungeeignet.

Elf

Walker sehnte sich nach Musik. Er stand im Stall vor seinem Zelt und wunderte sich, wie man sich gleichzeitig derart ungeschützt und klaustrophobisch fühlen konnte. Mit Ohrhörern hätte er zwar mehr Privatsphäre gehabt und sich seine Lieblings-Playlist mit Indie-Rock aus den 80ern anhören können, aber er wollte die Geräusche um sich herum nicht ausblenden. Alles, was er im Moment hörte, war der Wind, der wie eine hereinströmende Flut durch die oberen Gänge der Arche wehte, aber er traute dem Frieden nicht. Er traute der Nacht nicht. Weil alle so angespannt waren und insbesondere wegen der zwei Vermissten von letzter Nacht. Vermutlich waren sie einfach nur von dem Projekt desertiert. Aber was, wenn nicht?

Er fühlte das erdrückende Gewicht des Berges über sich, als würde der Ararat nur darauf warten, die Höhle wie ein gigantisches Maul zu schließen und sie alle zu verschlingen. Diese spezielle Klaustrophobie ließ sich nur schwer abschütteln, da sie ein sehr vernünftiges Gefühl war. Der Ararat war zwar kein lebendiges Felsmonster, aber schließlich hatte es hier erst vor wenigen Monaten ein kleines Beben und einen Erdrutsch gegeben. Ein weiteres würde sie möglicherweise alle einschließen und töten.

Walker lachte leise in sich hinein. *Was für ein fröhlicher Gedanke.*

Er steckte eine Hand in die Tasche und zog ein kleines weißes Pillenfläschchen hervor. Seine Kehle war trocken, und sein Kopf fühlte sich wattig an. Außerdem spürte er das vertraute Pochen in der linken Schläfe. Eine Folge der eigenartigen Neuropathie, unter der er schon seit Jahren litt. Die Schmerzen in seiner Wirbelsäule und überall im Bauch erinnerten ihn daran, dass er dringend Zeit für seine Dehnübungen finden musste. Er befeuchtete die Lippen mit der Zunge, öffnete das Fläschchen, schüttelte ein paar staubgraue Tabletten in seine Hand und verschloss es dann wieder.

Als er den Kopf zurücklegte, um die Pillen zu schlucken, nahm er aus dem Augenwinkel eine Bewegung wahr. Kim erstarrte, als er sich zu ihr umdrehte. War sie eben erst aus ihrem Stall gekommen, oder hatte sie schon eine Weile dagestanden und gerade beschlossen, sich zurückzuziehen, als sie sah, wie er seine Medikamente einnahm?

»Probleme beim Einschlafen?«, fragte er.

»Das wollte ich Sie auch gerade fragen.«

Walker hatte das Gefühl, als würde sich der Berg noch enger um ihn schließen. Hitze durchströmte ihn, wie bei einem Fieberschub, und drängte einen Moment lang sogar die Kälte der Höhle zurück. Kim sah immer noch müde und blass aus, aber ihre Augen wirkten konzentriert und wachsam. Nichts an ihr erinnerte mehr an die Frau, die gestern für einen kurzen Moment völlig die Fassung verloren hatte. Wie schaffte sie es nur, so selbstsicher zu wirken, wo sie doch jeden Moment losrennen und blanken Unsinn schreien könnte? »Ist das wirklich die Frage, die Sie mir stellen möchten?«, erwiderte er.

Ihre Lippen verzogen sich zu einem schmalen Lächeln.

»Ich fühle mich nicht so besonders, Walker, und im Moment steht mir nicht der Sinn nach Diplomatie. Sie haben die Anwesenheit eines UN-Beobachters akzeptiert, weil Sie keine andere Wahl hatten. Ich habe den Auftrag angenommen, weil es ja irgendwer tun musste. Außerdem erschien es mir wie eine gute Gelegenheit, meine Vorgesetzten zu beeindrucken. Gestern ist mir irgendetwas zugestoßen, dass ich nicht verstehe, und seither kann ich nicht mehr richtig freundlich sein.«

»Waren Sie denn vorher freundlich?«

Über Kims Gesicht huschte kurz ein Ausdruck von Ärger, doch dann lächelte sie erschöpft. »Na gut. Vielleicht verwechsle ich ja höfliches Benehmen mit Freundlichkeit.«

Walker lachte nicht. Er hielt die Pillenflasche noch einen Moment lang umklammert, dann warf er sie ihr zu. Kim fing sie mit einer Hand. »Na los, Kim. Machen Sie Ihren Job. Fragen Sie mich, was Sie eigentlich wissen wollen.«

Sie studierte das Etikett. »Zohydro?«

»Ein Schmerzmittel. In Teilen der USA verboten, aber nicht da, wo ich es herhabe. Extrem süchtig machend. Dagegen sind Oxycontin-Tabletten bloß bessere Pfefferminzbonbons.«

Kim schüttelte das Fläschchen und lauschte dem Klappern der rund dreißig Tabletten, die es noch enthielt. »Extrem süchtig machend. Also sind Sie danach süchtig?«

Walker streckte eine Hand aus. »O ja, absolut. Ich bräuchte sie also bitte wieder.«

Überrascht von seiner Offenheit gab sie sie ihm zurück. Und dann war es an ihr, ihn zu überraschen.

»Nehmen Sie die wegen der Verletzungen, die Sie in Guatemala erlitten haben, oder damit Sie nicht mehr an ihre Exfrau denken müssen?«

Sogar der Wind schien einen Moment lang zu verstummen. Walker holte tief Luft und roch das Alter der Holzbalken. Das Gefühl der Enge schnürte seine Brust noch stärker ein.

Er hatte Amanda Nemeth bei einer Konferenz der National Science Foundation kennengelernt, wo sie ihre Forschungsarbeiten über bislang unbekannte Arten präsentierte, die man in Höhlensystemen entdeckt hatte. Nach dem Vortrag hatte er sie angesprochen, herausgefunden, dass sie als Professorin an der Columbia lehrte, und sich selbst mit der Frage überrascht, ob sie mit ihm einen Kaffee trinken gehen wolle. Eigentlich etwas ganz Normales, aber für ihn äußerst ungewöhnlich. Seit dem College hatte er keine Frau mehr angesprochen. Das hatten wohlmeinende Freunde für ihn übernommen und immer wieder versucht, ihn mit irgendjemandem zu verkuppeln.

Aber Amanda hatte einen trockenen Humor und besaß zudem große Leidenschaft für ihre Arbeit. Er hatte wirklich gedacht, sie würden einander verstehen. Doch nach drei Jahren Ehe zwang sie ihn eines Tages dazu, sich mit ihr hinzusetzen und ihr aufmerksam zuzuhören. Damals erklärte sie ihm, dass es ihr jedes Mal ernst gewesen sei, als sie ihm gesagt hatte, sie könne nicht mit einem Mann zusammenleben, dem ihre Ehe nicht wichtiger war als alles andere. Und der ihr nicht mal ehrlich sagen könne, was genau er beruflich machte, wohin er reiste und welche Risiken er dabei einging. Der ihr nicht erzählte, woher er seine Narben hatte. Die Verletzungen, die ihn fast das Leben gekostet hätten.

Sie wollte nicht, dass die Kindheit ihres Sohnes von den Geheimnissen seines Vaters und den Ängsten seiner Mutter überschattet wurde.

Noch während dieses Gespräches hatte er den telefonischen Befehl erhalten, sich nach Nordkanada zu begeben, wo das abschmelzende Eis ein System unterirdischer Katakomben freigelegt hatte, voller Artefakte und menschlicher Knochen, die gar nicht dort hätten sein dürfen. Danach waren er und Amanda wochenlang umeinander herumgetanzt, denn ihnen war klar gewesen, dass ihre Beziehung nur noch an einem seidenen Faden hing. Doch als Walker ihr eröffnet hatte, dass er gehen würde und ihr nicht sagen konnte, wohin, hatte Amanda ihn an der Hand genommen und sich mit ihm auf das Wohnzimmersofa gesetzt.

Dann hatte sie sich zu ihm vorgebeugt und ihm tief in die Augen gesehen. »Wenn du gehst, werde ich wissen, dass ich mit dem falschen Mann zusammen bin.«

Als er anschließend aus der Arktis zurückgekehrt war, hatte er sie nicht mehr vorgefunden, dafür aber eine Nachricht, die für eine College-Professorin ungewöhnlich knapp gehalten war: *Für Charlie würde ich mir wünschen, jemand anderer wäre sein Vater.*

Nun hatte sie ihren Freund George, den Künstler. Walker würde zwar immer ein Teil von Charlies Leben bleiben, aber George war für seinen Sohn da, wie ein richtiger Vater. Dieses Glück wollte er Charlie nicht vorenthalten.

Um sie herum fing der Berg wieder zu atmen an. Der Wind blies in die Ställe hinein und brachte die Zeltwände zum Knattern. Walker starrte das Pillenfläschchen an, dann umfasste er es fest und sah Kim in die

Augen. Die Kälte fuhr ihm in die Knochen, als stellten die dicken Kleiderschichten überhaupt kein Hindernis für sie dar.

»Wenn Sie gesehen hätten, was damals in Guatemala hinter uns her war, würden Sie sich so viele Drogen wünschen, wie Ihr Körper überhaupt nur verkraften kann«, sagte er leise. Er schüttelte die Pillen noch einmal und steckte sie in seine Jackentasche zurück. »Ein Teil meiner Wirbelsäule ist versteift, und die Narben, wo mein Bauch aufgerissen war, ziehen und zwicken immer noch, wenn ich mich bewege. Außerdem habe ich Schmerzen im Inneren meines Bauchs, wo die Chirurgen meine Organe wieder zusammengeflickt haben. Und wenn es so kalt ist wie hier, fühlen sich die Stifte in meinem rechten Bein an, als würde mir dort jemand ein Messer reinstechen. An guten Tagen habe ich höllische Schmerzen. Jetzt gerade hier oben … na ja, wir wissen beide, dass es kein besonders guter Tag war.«

Kim wurde noch blasser. Alle Zurückhaltung war aus ihrem Blick gewichen. »Es tut mir leid. Ich hatte keine Ahnung, wie …«

»Aber um ehrlich zu sein«, unterbrach er sie, »kommt die Hälfte meiner Abhängigkeit trotz all der Schmerzen von den Problemen mit meiner Exfrau. An manchen Tagen ist dieser Teil meines Lebens sogar noch schlimmer, denn mein Rückgrat und meine anderen Verletzungen … das waren Ungeheuer. Aber den Schmerz darüber, dass ich meine Ehe gegen die Wand gefahren habe, kann ich mir nur selbst zuschreiben.«

Sie schenkte ihm ein Lächeln, und er erwiderte es. Sie waren beide nicht glücklich, aber sie verstanden einander.

»Was ist mit Ihnen?«, fragte Walker. »Geht es Ihnen gut? Haben Sie das Gefühl, dass Sie demnächst wieder ausflippen?«

Jetzt lachte sie. »Die Angst ist noch da«, sagte sie dann und trat von einem Fuß auf den anderen. »Und ich hatte ein paar schlimme Albträume von dem Leichnam …«

»Die Hörner sind auch ziemlich verstörend.«

»… aber ansonsten geht's mir gut.«

Er hörte das Stocken in ihrer Stimme und fühlte mit ihr. Alle in der Höhle fühlten sich heimgesucht, von den Geistern, die sie selbst mitgebracht hatten, und von dem Schrecken, dem sie hier begegnet waren. Zudem ging ihm die Erwähnung ihrer Albträume unter die Haut, da auch er eine sehr unruhige Nacht hinter sich hatte.

»Unser gehörnter Freund ist tot«, sagte er. »Und ich bleibe dabei, dass er ein Mensch war. Es gab Zeiten, in denen jemand, der mit körperlichen Defekten auf die Welt kam, als verdorben oder unrein galt, als eine Abscheulichkeit.«

Kim erschauderte und schlang zum Schutz gegen die Kälte die Arme um sich. »Glauben Sie wirklich, dass es das ist, was sie hier gefunden haben? Irgendeine menschliche Scheußlichkeit?«

»Zumindest will ich das glauben«, sagte Walker, und mit einem Mal wich die Distanz zwischen ihnen einem stillen Gefühl der Verbundenheit, das ihm einen Moment lang den Atem raubte.

»Aber …?«, fragte sie.

»Die Art, wie sich die Menschen hier benehmen – Sie und ich eingeschlossen –, ist nicht normal, sogar in einer angespannten Situation wie dieser. Ich bin mir sicher, dass selbst die Studenten ein gewisses Maß an Erfahrung vorweisen mussten, um für das hier ausgewählt zu werden. Und die Arbeiter sind allesamt Kurden, die schon ihr ganzes Leben auf diesem Berg verbracht haben.«

»Unterschätzen Sie nicht den religiösen Faktor«, sagte Kim und schaute sich um, als hätte sie Angst, jemand könnte sie hören. »Wenn alle derart angespannt sind, ist das auch nicht wirklich überraschend, oder?«

Walker betrachtete ihr Gesicht, den Schwung ihrer Wangenknochen, das Glitzern in ihren Augen, und merkte, dass sie Verbündete geworden waren. Sie saßen beide im gleichen Boot.

»Ich habe das Gefühl, dass das nicht alles ist«, sagte er. »Manchmal begegnet man jemandem und *weiß* einfach, dass er es nicht gut mit einem meint. Man kann es fühlen. Und manchmal wacht man nachts auf, weil man auf die Toilette muss oder Durst hat. Es ist dunkel im Haus, und man hat das Gefühl, dass irgendjemand bei einem ist, den man nicht sehen oder hören kann. Ich bin noch nie einem Gespenst begegnet, aber ich kenne das Gefühl, wenn ich mitten in der Nacht allein bin und sich etwas in der Dunkelheit ausbreitet, wie Luft, die in einen Ballon geblasen wird. Wenn Sie mich morgen, während andere Leute dabei sind, danach fragen sollten, werde ich alles abstreiten, aber genau dieses Gefühl hatte ich hier von der ersten Sekunde an. Es sind zwei Dinge. Diese verrückte Enge in der Luft, obwohl da vielleicht nur Klaustrophobie aus mir spricht, vielleicht aber auch nicht … Und dann ist da noch …«

»Diese Bösartigkeit«, sagte Kim.

Walker nickte bedächtig. Er sah sie an und genoss das überraschende Gefühl, dass er mit dieser Empfindung nicht allein war. »Ja, genau. *Bösartigkeit.*«

Adam rieb sich den Schlaf aus den Augen und merkte, dass er sich denselben zweiminütigen Filmausschnitt nun schon zum fünften Mal hintereinander ansah. Er hatte PLAY gedrückt und die Aufnahmen von dem Streit beim Abendessen laufen lassen, und jedes Mal waren seine Gedanken abgeschweift. Leise fluchend und frustriert über sich selbst drückte er auf PAUSE und starrte das eingefrorene Bild auf seinem Laptop an – Meryam, die wütend Hakan anschnauzte. Adam kannte sie besser als jeder andere hier, aber für ihn sah die Frau auf diesem Standbild überhaupt nicht wie seine Verlobte aus. Meryam hatte eine sarkastische Ader, und gelegentlich ging ihr Temperament mit ihr durch, aber das hier war nicht sie. Noch dazu wirkte sie irgendwie krank. Ihr Gesicht war verhärmt, und sie hatte dunkle Ringe unter den Augen. Ihr Teint, der normalerweise die Farbe von Milchkaffee hatte, schien fast gelb.

Schluss damit, sagte er sich und klappte den Laptop zu. Als er das Zelt verließ, wünschte er sich sofort, er hätte Handschuhe und Mütze übergestreift. Doch anstatt umzukehren, stellte er den Kragen auf und zog den Reißverschluss seiner Jacke bis oben zu. Während er sich zwischen den Holzwänden, Zelten und Plastikplanen bewegte, aus denen das Lager auf der zweiten Ebene bestand, rieb er die Hände aneinander. Ein Großteil des Teams hatte hier die Unterkünfte aufgeschlagen, aber solange sie nicht schliefen, hielten sich die meisten woanders auf. Meryam machte da keine Ausnahme.

Die meiste Zeit verbrachte sie in einem Stall auf Ebene Eins, nicht weit von der Stelle entfernt, wo Helen und ihr Team mit ihrer Arbeit am Projekt begonnen hatten. In dem Stall hatten sie Überreste einer Gitterkonstruktion gefunden, die Helen für Vogelkäfige hielt. Nachdem die Käfige verpackt und mit anderen Artefakten von der Ausgrabungsstätte weggeschafft worden waren, hatte Meryam den nun leeren Verschlag zu einer Art Büro umfunktioniert.

Als Projektleiterin beanspruchte sie es für sich allein. Meryam hatte sich mit derart großem Eifer in die Arbeit gestürzt, dass Adam sich mittlerweile nur noch wie ein Beobachter vorkam … ein Außenseiter bei seinem eigenen Projekt. Und es besorgte ihn, dass sich Meryam mit ihrem Ehrgeiz total verausgabte, aber wenn er versuchte, mit ihr darüber zu reden, wechselte sie jedes Mal das Thema.

Von Tag zu Tag fühlte er sich immer mehr ausgeschlossen, und inzwischen wirkte das Ganze, als wäre es gar nicht mehr sein Projekt. Offiziell lief es zwar unter der Bezeichnung Karga-Holzer-Arche-Projekt, aber wenn die Leute KHAP laut aussprachen, blieb das H stumm. Als ob Holzer überhaupt nichts zu alledem beitrüge.

Als er die Leiter hinabstieg, fuhr ihm die Kälte in die Glieder. Wenn er das Holz nur anfasste, wurden seine Finger gefühllos.

Nachdem er den Fuß der Leiter erreicht hatte, blies er sich in die Hände und rieb sie aneinander. Mit ihrer Rolle als Projektleiterin tat sie sich keinen Gefallen, und er musste ihr das sagen. Aber er kannte Meryam, und sie würde nie akzeptieren, dass sie es vermasselt hatte. Sie wussten beide, dass sie die Arbeit mehr liebte als ihn, und sie würde davon ausgehen, dass er sie nur aus Verbitterung kritisierte.

Die seligen Tage kurz nach ihrer Verlobung schienen bereits eine Ewigkeit zurückzuliegen, und eine glückliche Hochzeit war kaum noch vorstellbar.

Adam blieb stehen und wiederholte den Gedanken. *Kaum vorstellbar*. Glaubte er das wirklich?

Etwa dreißig Meter zu seiner Linken öffnete sich die Höhle zur Dunkelheit. Schnee war hereingeweht und hatte eine mehrere Zoll hohe Decke gebildet. Der Wind trug Stimmen zu ihm herüber, und als er sich umdrehte, sah er ein paar Gestalten an der Felskante stehen – zu nah am Abgrund für seinen Geschmack. Sie rauchten, und in der Finsternis glühten drei orange Zigarettenspitzen. Doch er würde sie ganz bestimmt nicht an Meryam verpfeifen. Bei diesem Schnee würde schon kein Feuer ausbrechen.

Hinter ihnen war alles finster, und es sah aus, als wären diese drei brennenden Zigaretten die letzten Zeichen von Leben in dieser Welt, jenseits derer es keine Menschen mehr gäbe. Hier oben im Sturm hätten sie sich genauso gut auf einem anderen Planeten befinden können.

Mit tauben Fingern eilte er gebückt auf den Gang zu, der an der linken Außenwand der Arche entlangführte. Als er ein Stück weiter hinten ein warmes goldenes Licht brennen sah, wusste er, dass er richtig getippt hatte – Meryam war wirklich in ihrem »Büro«. Er senkte den Kopf, um sich so gut wie möglich gegen die Kälte zu schützen, und sah auf die Fußabdrücke im Schnee hinab. Als er den Blick wieder hob, konnte er sechs Meter vor sich die offene Seite des Stalls sehen.

Adam hielt an. Von seinem Platz in der Dunkelheit aus erkannte er die zwei Menschen, die im warmen Licht des Bürostalls standen – Meryam und Feyiz. Es war nicht weiter ungewöhnlich, die beiden zusammen zu sehen. Und sie standen etwa einen Meter auseinander – vielleicht ein bisschen nah, aber nicht gerade in inniger Umarmung. Sie waren Kollegen. Freunde. Meryam verließ sich auf den kurdischen Bergführer, und Adam war auf die Vertrautheit der beiden nie eifersüchtig gewesen, weil er ebenso für Feyiz empfand.

Doch etwas an diesem Anblick störte ihn. Er konnte nur den dringlichen Ton in ihren Stimmen hören und nicht, was sie sagten, aber er bemerkte den aufrichtig bekümmerten Blick in Feyiz' Augen und auf der anderen Seite Meryams verletzlichen Gesichtsausdruck – eine authentische Empfindung, die sie wochenlang hinter einer undurchdringlichen Maske verborgen hatte.

Adams Kopfkino setzte ein. Während er die beiden beobachtete, fragte er sich, ob nicht vielleicht Feyiz der Grund für die Kluft war, die sich zwischen ihm und Meryam aufgetan hatte.

Mit geballten Fäusten drehte er sich um und ging geräuschlos durch den Gang zurück. Seinen eigenen Fußstapfen im Schnee folgend kam er zur Leiter beim Höhleneingang, wo er im ersten Moment kaum die Gestalt bemerkte, die wie aus dem Nichts neben ihm auftauchte. Ein dunkler Umriss vor dem finsteren Hintergrund.

Als sie auf ihn zukam, schreckte er mit klopfendem Herzen zurück.

»O Gott«, zischte er. »Kannst du das bitte lassen!«

Im sanften Licht der Arbeitslampe, das vom oberen Ende der Leiter herabschien, sah er Calliope lächeln.

»Entschuldige. Ich wollte dir keine Angst einjagen.«

»Das passiert nun mal, wenn du dich im Dunklen an jemanden heranschleichst.«

Calliope legte eine Hand an die Leiter. »Vor allem hier. Warum bist du überhaupt wach? Stimmt etwas nicht?«

Adam dachte darüber nach, ob er lügen sollte. Sie stand dicht bei ihm, und er konnte den Zigarettenrauch an ihrer Kleidung riechen. Sie war also eine von den dreien, die an der Felskante gestanden und die Regeln gebrochen hatten. Dafür mochte er sie sogar noch mehr. Schließlich waren ein paar Regeln im Leben nur dazu da, gebrochen zu werden.

»Überhaupt nichts stimmt«, erwiderte er. »Hier geht doch alles den Bach runter, oder?«

Sie sah ihn voller Mitgefühl an, doch schon im nächsten Moment erhellte wieder ein Lächeln ihr Gesicht. Es war das Gesicht einer Freundin. Sie nahm seine Hand. Seine Finger waren so taub, dass er die Berührung kaum spürte.

»Nicht zwangsläufig«, sagte sie.

Adam glaubte es ihr fast.

Helen wachte ruckartig auf und schnappte nach Luft. Hatte sie beim Schlafen etwa die Luft angehalten? Einen Moment lang riss sie die Augen weit auf, ehe sich ihre Lider flatternd wieder schlossen. Sie blinzelte und glitt in den Dämmerzustand zwischen Traum und Wachheit, wohlig in die dick gefütterte Wärme ihres Schlafsacks gekuschelt. Ihr Atem beruhigte sich, und sie spürte, wie ihre Muskeln sich immer mehr entspannten, bis ihr Körper fast zu zerfließen schien. Das Geräusch des Windes war ein behagliches Hintergrundrauschen. Ihr Kopf sank zur Seite.

Im nächsten Moment schreckte sie wieder auf und versuchte mit zusammengezogenen Augenbrauen zu erlauschen, was sie geweckt hatte. In dem provisorischen Lager um sie herum schlief ein gutes Dutzend Menschen – einige in Zelten, andere in wetterfeste Schlafsäcke eingemummelt. Ein paar kleine Heizöfen sorgten zwar für Wärme, aber sie reichten nicht für all die Leute in den Ställen und dem großen Raum, dessen Zweck sie bislang noch nicht bestimmt hatten. Wahrscheinlich war es eine Art Frachtraum gewesen, doch Helen wollte sich dazu nicht festlegen. Noch nicht.

Seufzend kuschelte sie sich tiefer in den Schlafsack und spitzte die Ohren. Manchmal hatte sie nachts mitbekommen, wie sich Leute unterhielten oder miteinander schliefen und sich so gut wie möglich gegenseitig trösteten. Sie hatte es ihnen nie übel genommen, auch wenn sie für sich selbst jede Art von sexueller oder romantischer Verwicklung als viel zu große Ablenkung empfunden hätte. Obwohl sie merkte, dass der Paläopathologe Dev Patil etwas in ihr auslöste und sie bei seinem Anblick manchmal am liebsten wie eine Katze geschnurrt hätte.

Bei diesem lüsternen Gedanken umspielte ein Lächeln ihre Lippen. Doch das vertraute ziehende Gefühl, das ihre Schwester Kristen immer als die »Mutter allen Juckens« bezeichnete, machte sie nur unzufrieden. Es hatte hier einfach keinen Sinn, sich in einen Erregungszustand hineinzusteigern. Denn dann müsste sie entweder gegen ihre eigene Regel verstoßen und sich mit einem Kollegen einlassen oder aber eine dunkle Ecke finden, wo sie es sich selbst besorgen und hoffen musste, dass niemand sie dabei erwischte.

Ihr Herz schlug etwas schneller. Sie hörte die Leute um sich herum atmen und fragte sich, ob irgendwer von ihnen wach lag. Würden sie es mitkriegen, wenn sie es einfach jetzt und hier tat? *Das ist die falsche Frage, Helen,* dachte sie. *Eigentlich müsste sie lauten: Wie leise kannst du sein?* Die Antwort war, das wusste sie: nicht leise genug.

Sie seufzte erneut, aber eigentlich war die Situation auch amüsant. Sie drehte sich auf die Seite und genoss die Mutter allen Juckens noch einen Moment lang, ehe sie versuchte, wieder einzudösen. Helen hatte den größten Teil ihres Erwachsenenlebens an irgendwelchen Grabungsstätten verbracht, von denen immer wieder welche so abgelegen gewesen waren, dass sie und ihre Kollegen eng aufeinander hatten hocken müssen. Meistens störte sie sich nicht daran und fand es sogar irgendwie tröstlich.

Aber jetzt konnte sie nicht einschlafen.

Ihr Herz flatterte. Nicht vor Aufgeregtheit oder wegen des Juckens. Es war ein Gefühl, das sie nicht kannte und sie beunruhigte. Eine Art Druck auf ihrem Rücken – keine körperliche Last, sondern das Bohren eines Blickes, der Eindruck, dass da jemand war. Direkt hinter ihr. Ihr Herz begann zu galoppieren, und sie schluckte, war sich plötzlich sicher, dass da wirklich jemand war, ganz nahe.

Da. War das das Rascheln von Kleidung, oder hatte sich bloß jemand im Schlaf bewegt? Und dieses Atemgeräusch … War es nicht näher gekommen? Lauter geworden?

Die Sekunden verstrichen, während Helen dalag und lauschte. Mit einem Mal wurde es ihr in ihrem Schlafsack zu warm. Das Gefühl, nicht allein zu sein, nahm zwar nicht ab, aber je mehr Zeit verging, desto absurder erschien ihr ihre Furcht. Ihre nächsten Nachbarn lagen nur zwei Meter entfernt von ihr und gleich dahinter noch weitere. Wenn wirklich irgendein gruseliger Arsch sie beim Schlafen beobachtete, musste sie sich nur umdrehen und ihm ins Gesicht blicken. Es war fast todsicher ein Mann. Manche Männer hatten ganz gewisse Wesenszüge, die man bei einer Frau so gut wie nie antraf.

Okay. Genug jetzt.

Während sie sich herumdrehte, musste sie kurz über ihre kindische Angst kichern.

Der erste Hieb traf sie an der Nase, und Schmerz schoss ihr durchs Gesicht – so überwältigend, dass sie aufkeuchte und den Atem anhielt. Die Gestalt, die über ihr aufragte, packte sie an den Haaren, riss ruckartig ihren Kopf hoch und schlug erneut zu. Nach diesem zweiten Hieb wimmerte sie und schnappte nach Luft. Sie war desorientiert, konnte aber deutlich spüren, wie wütend und ängstlich sie war. Als sie den Mund zu einem Schrei aufriss, traf sie der dritte Schlag so fest an der Schläfe, dass ihr schwarz vor Augen wurde. Dann der vierte. Und der fünfte.

Falls sie noch einen sechsten Schlag einstecken musste, bekam Helen nichts mehr davon mit.

Dunkelheit. Eine pulsierende und schmerzerfüllte Finsternis, die mit Schlaf so viel Ähnlichkeit hatte wie lautes Kreischen mit Lachen. In kleinen Wellen kehrte ihr Bewusstsein zurück, und dann merkte sie, wie sie in ihrem Schlafsack über die verschneiten Balken geschleift wurde. Das einzige Geräusch, das ihre Verschleppung erzeugte, war ein leise flüsternder Laut, und ein paar Sekunden lang konnte Helen nichts anderes tun, als zu blinzeln und diesem schönen leisen Zischen zu lauschen. Diesem brutalen Flüstern. Sie wurde entführt.

Sie zwinkerte und fragte sich, wohin ihr Angreifer sie bringen wollte. Hier konnte man doch nirgends hin.

Schnee peitschte ihr ins Gesicht, wie eisige Nadeln prasselten die Flocken auf ihr blutig geschwollenes Fleisch ein. Es tat so schrecklich weh, dass sie glaubte, ihr Wangenknochen müsse gebrochen sein, vielleicht auch das Jochbein am rechten Auge.

Als der Wind den Schlafsack aufblähte, klärte sich ihr verschwommener Verstand, und ihre Gedanken begannen zu rasen. Während sie sich im Schlafsack wand und versuchte, die Arme freizubekommen, beschleunigte ihr Angreifer seine Schritte.

»Stopp«, krächzte sie. Ihre Stimme war von den Schlägen geschwächt, und der Wind riss sie ihr von den Lippen. Der Schmerz in ihrem zerschmetterten Gesicht explodierte hinter ihren Augen wie grellbunte Feuerwerksraketen. »Irgendjemand …«

In der eigentümlichen blauweißen Finsternis des Sturms sah sie aus dem Augenwinkel einen Körper auf dem Boden liegen. Darvill, einer ihrer Studenten. Sie erkannte ihn auf den ersten Blick an seinen langen Armen und Beinen und dem ungepflegten Bart. Er hatte heute Nacht Wache gehabt.

Wenn ihr Verstand von den schweren Schlägen nicht so benebelt gewesen wäre, hätte sie es schneller kapiert. Aber *jetzt* war es ihr klar.

Sie beschleunigte und glitt plötzlich seitwärts, zischte über den Schnee, bis der Schwung sie vom Boden hob. Einen kurzen Augenblick lang fühlte Helen sich schwerelos und japste erschrocken nach Luft.

Als sie über die Kante stürzte, schrie sie endlich.

Aber es war zu spät.

Zwölf

Walker steht mit einem AR-15 in der Hand am Seeufer und sucht die dunstige Wasseroberfläche ab. Sie kräuselt sich unter einem leichten Wind. Mit angehaltenem Atem beobachtet er jede kleine Welle. Das Wasser ist immer warm, auch wenn die Luft kühl ist. Er befindet sich auf einem Vulkanberg in Guatemala, dreitausend Meter über dem Meeresspiegel, und diese Lagune ist ein Paradies aus Wasser und Urwald im Inneren des Kraters. Der Dunst über dem See könnte Dampf sein. Walker hat das bislang noch nicht mit seinem Geologen abgeklärt. Im Moment spricht er vorrangig mit dem Biologen, über die Geschöpfe, die sich nachts aus dem See schlängeln und die Einheimischen ins Wasser zerren.

Zeugen beschreiben sie als Albtraumgeschöpfe mit schlangenartigen Körpern, langen Armen, gebogenen Klauen … Und diese Zähne. Alle, die sie gesehen haben, erwähnen die Zähne.

Wenn ihre Opfer nach einiger Zeit wieder ans Ufer gespült werden, sind sie blass, aufgedunsen und blutleer. Ein paarmal hat schon das Wort »Vampire« die Runde gemacht, aber Walker hat klargestellt, dass er jeden aus dem Team werfen wird, der es noch einmal in den Mund nimmt. Für immer.

Also sprechen sie es nicht mehr laut aus, aber aus ihren Gedanken kann er es nicht verbannen. Das wird nur gelingen, wenn sie eines dieser Wesen fangen oder töten. Vorzugsweise fangen. Es ist faszinierend, in einer so abgeschiedenen Gegend eine bislang unbekannte Spezies zu entdecken, und es wird eine großangelegte Studie geben, die klären soll, woher sie stammt. Walker vermutet, dass diese Geschöpfe aus dem Vulkan selbst kommen, durch einen Riss am Grund des Sees, und dass das Wasser tiefer hinabreicht, als irgendwer weiß. Aber nichts davon spielt im Moment eine Rolle. Das Einzige, was zählt, ist, dass sie bereits drei Teammitglieder verloren haben.

Es ist kurz vor Morgengrauen. Er flüstert die Namen der Teammitglieder, die zu Beginn dieser langen Nacht an seiner Seite waren. Mittlerweile hat er sie aber schon seit vier Stunden nicht mehr zu Gesicht bekommen. Soweit er es beurteilen kann, ist er allein. Die kalte Brise und der Nebel über dem See lassen ihn an die einsamen Nächte zurückdenken, in denen er als kleiner Junge ängstlich in seinem Bett gelegen hat. Damals hat ihm sein Vater eingebläut, dass nur Babys mitten in der Nacht ihre Mami brauchen. Träume seien nicht real, hat er gesagt, und dass Ben lernen müsse, sich wie ein Mann zu benehmen.

Im Laufe seiner Karriere ist er schon häufiger nur knapp mit dem Leben davongekommen. Walker hat keine Angst. Trotz der Kälte und des Nebels und ungeachtet der Tatsache, dass sein Team verschwunden ist und ihn ganz allein zurückgelassen hat, fürchtet er sich nicht. Aber der kleine Ben – seine Mutter hat ihn Benny genannt – hat Todesangst. Jeder Atemzug, den er macht, scheint Krallen zu haben, die seine Brust von innen aufschneiden und die Wunden mit Entsetzen füllen.

»Ist hier irgendwer?«, fragt er und ist erschüttert, wie kläglich seine Stimme im Nebel klingt.

Ein Plätschern draußen auf dem See lässt ihn erstarren. Er verengt die Augen zu Schlitzen, um besser sehen zu können, und macht einen Schritt ins Wasser. An dieser Stelle ist es nur knöcheltief, so flach, dass sich diese Kreaturen nicht darin verbergen können. Trotzdem rast sein Puls. Die Dunkelheit ist dem schimmernden Blau gewichen, das in dieser Gegend das Morgengrauen ankündigt.

Im Dunst bilden sich Wirbel, und er lichtet sich so weit, dass Walker auf der Seeoberfläche ein Objekt ausmachen kann.

Er kneift die Augen zusammen und erschaudert, als er erkennt, was er da sieht.

Kein Objekt, sondern einen Kopf, der gerade aus dem Wasser herausragt.

Ein Gesicht mit Augen, die im Nebel glitzern.

Menschlich.

Der Nebelvorhang zieht sich zurück, und Walker kann den Blick nicht von dem Gesicht losreißen.

»Nein«, flüstert er und geht noch einen Schritt tiefer ins Wasser. An die Risiken verschwendet er nun keinen Gedanken mehr.

Bislang hatte er auf Licht verzichtet, weil er sie nicht anlocken wollte, aber jetzt schaltet er den Scheinwerfer an seinem Gewehr an, und der gebündelte Strahl erfasst das Gesicht. Die Augen zwinkern, aber die Angst, die er in ihnen erkennt… im ganzen Gesicht… diese Angst bringt ihn beinahe um.

»Papa?«, ruft der kleine Charlie. Seine Stimme gleitet über das Wasser zu ihm herüber.

Der kleine Charlie. Genau wie der kleine Benny. Zwei kleine Jungs, die große Angst haben.

»Ich bin's, Papa.« Charlies Stimme ist ein zittriges Wimmern. »Ich kann es da unten fühlen. Es hält mich fest. Meine Beine sind verletzt. Es… Ich glaube, es beißt mich.«

Walker will den Namen seines Sohnes schreien, aber kein Ton kommt über seine Lippen. Er fühlt sich wie zu Stein erstarrt. Trotzdem zwingt er sich zu einem weiteren Schritt und hält den Lichtstrahl auf Charlies Gesicht gerichtet… Er zielt mit seiner Waffe auf Charlies Gesicht!

Der Junge wimmert erneut und zuckt kurz im Wasser, die Bewegung verursacht ein leises Plätschern, als hätte etwas von unten an ihm gezerrt. Erneut ruft Charlie nach seinem Vater, und jetzt kann Walker die Tränen auf seinen Wangen glitzern sehen. Aber schlimmer noch als der Anblick der Tränen und der Angst ist, dass er mit ansehen muss, wie die Hoffnung in den Augen seines Sohnes erlischt. Der Kleine, er ist erst neun, weiß, dass er jetzt sterben wird.

Und dass es jeden Moment so weit sein wird.

»Ich liebe dich, Papa«, flüstert Charlie, und die Worte gleiten wieder übers Wasser herüber.

Aber Walker hört nicht »Ich liebe dich«, sondern »Leb wohl«.

Und daran zerbricht er.

»Charlie, nein!«, stößt er hervor und rennt weiter in den See hinein.

In dem Moment steigt eine tropfende Hand aus dem Wasser, und lange Finger legen sich um Charlies Gesicht. Walker kann jetzt nur noch eines seiner Augen sehen.

Charlie beginnt zu schreien. Die Hand zieht ihn so langsam in die Tiefe, dass der Junge noch einmal die Zeit hat, nach seinem Vater zu rufen, bevor ihm das Wasser in den Mund schwappt und er daran erstickt. Er ertrinkt. Diese schreckliche Hand auf seinem Kopf…

Noch während es seinen Sohn ertränkt, taucht das Wesen aus dem See auf. Seine Augen leuchten orange wie glühende Kohlen. Das hier ist keines der Ungeheuer aus dem Wasser. Es ist etwas anderes… etwas noch Schlimmeres.

Durch den Nebel bemerkt Walker seine Hörner…

Trotz der Kälte erwachte er schweißgebadet. Sein Schrei schreckte Vater Cornelius auf, der auf der anderen Seite des Zeltes lag. Fluchend drehte er sich auf die Seite, die Beine fest an die Brust gezogen.

Dreimal hintereinander flüsterte Walker den Namen seines Sohnes und dankte allen Göttern, dass der Junge zu Hause und in Sicherheit war – und nicht hier bei ihm in der Arche, zusammen mit dem gehörnten Wesen, das sich in seine Träume geschlichen hatte.

Irgendwie war es in Walkers Verstand eingedrungen, und er hatte es gefühlt, sogar im Schlaf. Es kannte ihn jetzt, und auch Walker wusste nun ein bisschen über die Kreatur Bescheid. Er hatte ihre Boshaftigkeit gefühlt und wusste, dass er sie unter keinen Umständen von diesem Berg herunterkommen lassen durfte. Das Böse hatte zwar bereits sein hässliches Haupt erhoben, aber noch konnte es im Zaum gehalten werden.

Eine Zeit lang lag er noch wach und wälzte panisch immer wieder diesen einen Gedanken. *Das Wesen darf nicht entkommen*. Bis er ihm irgendwann lächerlich vorkam. Als er eine Stunde vor Sonnenaufgang endlich wieder einschlief, wusste er, dass er sich nicht von seiner Angst steuern lassen durfte. Dennoch wurde er das Gefühl nicht los, dass der Dämon auf irgendeine Weise wach war und von ihrer Anwesenheit hier wusste. Dass er sie hierhaben wollte.

Am nächsten Morgen kroch graues Tageslicht in die Höhle. Irgendwann während der Nacht hatte der Schneefall aufgehört … zumindest für eine Weile. Und es hatte sich schnell herumgesprochen, dass erneut jemand verschwunden war. Helen Marschalls Team hatte sich zu einem privaten kleinen Trauerkreis um die Stelle auf Ebene Eins herum versammelt, wo sie während der letzten Tage Proben entnommen und Fundstücke konserviert hatten. Sie besprachen sich miteinander und achteten darauf, dass niemand sie hörte. Als Meryam an ihnen vorübergegangen war, waren ihre Gespräche verstummt, und ein paar von ihnen hatten betreten zur Seite geschaut. Meryam wusste, dass sie darüber nachdachten, das KHAP zu verlassen.

Inzwischen befand sie sich ganz hinten auf Ebene Zwei, bei der Leiter, die zu dem Zelt mit dem gehörnten Leichnam hinunterführte. Obwohl er seit Tausenden von Jahren tot war, beherrschte er die Gedanken und das Verhalten aller Menschen in seiner Umgebung.

»Ich hätte gute Lust, dieses Ding in Brand zu stecken und so aus der Welt zu schaffen«, sagte sie.

Adam hob die Hand. »Moment mal …«

»Ich habe nur gesagt, ich *hätte* Lust dazu, Schatz. Ich werde es schon nicht tun.« Sie verdrehte die Augen und schüttelte den Kopf, ehe sie die Menschen um sich herum einen nach dem anderen ansah. Adam, den Mann, den sie liebte. Ben Walker, über dessen Ankunft sie sich anfangs gefreut hatte, den sie nun jedoch am liebsten wieder los wäre. Hakan, der sie hasste.

»Ich wünschte nur, er würde nicht für alles verantwortlich gemacht«, erklärte sie. »Wenn du mir gesagt hättest, dass wir einen toten Kerl mit Hörnern finden werden, hätte ich eine Party geschmissen. Als wir den Sarg geöffnet haben, habe ich mich total gefreut. Das Videomaterial für unseren Dokumentarfilm ist Gold wert, aber inzwischen schiebt hier jeder alles, was schiefgeht, darauf, dass wir einen gottverdammten Dämon in der Arche haben.«

Adam lehnte sich gegen die trockene Holzwand. »Es ist kein gottverdammter…«

»Ich weiß, dass es kein Dämon ist!«, fuhr sie ihn an. »Aber versuch mal, diese ganzen abergläubischen Schwachköpfe davon zu überzeugen…«

Sie erstarrte. Hinter Hakan, an der Ecke des Korridors, durch den sie hierhergekommen waren, bemerkte sie einen Schatten, den die helle Arbeitslampe über ihren Köpfen an die gegenüberliegende Wand warf. Dort stand jemand und lauschte.

»Ach, du verdammter…«, zischte sie und stürmte an Hakan vorbei.

Der Schatten bewegte sich und quiekte wie eine Maus, aber da der Lauscher keine Chance hatte, sich davonzumachen, beschloss er stattdessen, ans Licht zu treten. Es war Olivieri, der vor Kälte und aus Scham tiefrote Wangen hatte.

»Hauen Sie ab«, verlangte Meryam, jedes einzelne Wort betonend.

»Ich…«

»Ich mache keine Witze, Armando«, sagte sie. »Hauen Sie augenblicklich hier ab. Sie sind zu diesem Treffen nicht eingeladen. Und Sie wissen sehr gut, dass wir hierhergekommen sind, um ungestört zu sprechen, sonst hätten Sie ja nicht gelauscht.«

»Ich wollte nicht …«

Meryam legte ihm eine Hand auf die Brust und schob ihn sanft aber nachdrücklich ein paar Schritte zurück.

»Ich hätte eingeladen werden müssen«, sagte Olivieri. »Wie überhaupt das gesamte Führungspersonal. Ich weiß nicht, wieso Dr. Walker hier ist und …«

»Dr. Walker will ich dabeihaben, weil er Erfahrung mit schwierigen Situationen hat«, erklärte sie. »*Sie* möchte ich nicht hierhaben.«

Nachdem Olivieri sich verzogen hatte, drehte Meryam sich um und ging schweigend zur Leiter zurück, wo sie einen Moment auf die schattige Öffnung hinunterblickte, die zur Ebene Eins führte. Zu der Kiste und der Kreatur mit den Hörnern.

»Was für Erfahrungen soll ich haben?«, fragte Walker.

Sie sah ihm forschend ins Gesicht. Eine dünne Narbe zog sich über die linke Seite seiner Stirn, und er hatte noch ein paar kleinere links an seinem Hals. Der eindeutige Beweis, dass er bereits mit vielen üblen Problemen zu kämpfen gehabt hatte, stand ihm jedoch in die Augen geschrieben.

Meryam schniefte. »Adam ist hier, weil er mein Partner ist. Hakan, in seiner Position als Vorarbeiter. Wenn ich Vertreter der Politik bei diesem Meeting hätte dabeihaben wollen, hätte ich Kim und Avci hinzugezogen. Bevor man Ihnen grünes Licht für das Arche-Projekt erteilt hat, habe ich mich ein bisschen über Sie schlaugemacht, Walker.

Sie waren schon bei ein paar ziemlich engen Kisten dabei, und obwohl ich nicht ganz begreife, wer Sie wirklich sind oder was Sie bei der National Science Foundation arbeiten, habe ich nach allem, was ich über Sie herausfinden konnte, das Gefühl, dass Sie recht gut wissen, was zu tun ist, wenn ein Projekt gegen die Wand zu fahren droht.«

»Heißt das, Sie wollen meinen Standpunkt hören?«, fragte Walker.

Meryam spürte, wie ihr Ärger auf Olivieri abflaute. Stattdessen machte sich wieder die allgegenwärtige Kälte in ihr breit. Die grellen Arbeitslichter vertrieben nicht ihre Müdigkeit, und sie hatte auch nicht das Gefühl, dass bereits der Tag angebrochen war. Ihr war, als hätte sie schon seit Monaten nicht mehr geschlafen und würde nun allmählich von den Schatten verschlungen.

»Ja, Dr. Walker. Genau das will ich damit sagen.« Sie hatte Kopfschmerzen.

Walker rieb sich über die dunklen Ringe unter seinen Augen. Er hatte offensichtlich auch nicht viel Schlaf abbekommen.

»Sie haben bereits vorgestern Nacht zwei Männer verloren«, sagte er und sah dabei Hakan an. »Einer der beiden war ein Bergführer, der den Abstieg vom Berg auch bei Schneefall hätte bewältigen können. Da der angekündigte Schneesturm noch nicht da ist, war ich bereit, dieser Theorie zu folgen. Bis zu einem gewissen Grad ergab sie Sinn. Aber jetzt sind noch mal zwei Leute verschwunden. Eine Archäologin in mittleren Jahren und einer ihrer Studenten, von denen beide keine Klettererfahrung haben. Was ist mit denen?«

Erneut fühlte Meryam, wie die Leiter ihren Blick anzog, und sie drehte sich bewusst weg. Stattdessen wandte sie sich zu Hakan um. »Hätten die beiden den Abstieg schaffen können?«

Hakan verfiel wieder in alte Gewohnheiten und sah von ihr weg. Stattdessen schaute er Adam an, als wartete er auf dessen Erlaubnis zu antworten. Was zum Teufel sollte das denn?

»Möglich.« Hakan nickte langsam. Aber dann blickte er sie doch noch an, mit zusammengekniffenen Augen und einem Blick, in dem eine Art dunkle Weisheit lag. »Aber Sie wissen, dass sie es nicht getan haben.«

Meryam zuckte zusammen. »Was wollen Sie damit sagen?«

Hakan rümpfte die Nase. »Sie sind keine dumme Frau, egal wie sehr Sie sich auch bemühen, das Gegenteil zu beweisen. Professor Marshall hatte gegen Ihre Führung nichts einzuwenden und auch keine Angst vor toten Kreaturen.«

»Das stimmt«, meldete sich Adam leise zu Wort. Da fiel Meryam erst auf, dass er gar keine Kamera dabeihatte. »Diese Leute sind nicht freiwillig gegangen. Es gibt hier zwar keine Dämonen, aber das bedeutet nicht, dass wir es nicht mit einem Ungeheuer zu tun haben. Vielleicht sogar mit mehr als einem.«

Walker ging zur Leiter, legte eine Hand an die oberste Sprosse und blickte in die Tiefe hinunter. Alle sahen ihm zu. Meryam bemerkte, unter welcher Anspannung er stand. Und auch sie fühlte den Impuls, irgendetwas zu tun – davonrennen, schreien oder kämpfen.

»Mord«, sagte sie. »Das ist es, wovon wir hier reden, oder?«

»Ja«, erwiderte Hakan. »Etwas anderes kommt nicht infrage.«

»Mord, genau«, stimmte Walker zu. Dann blickte er sich um, um sicherzugehen, dass niemand mehr lauschte. »Und Sabotage.«

Meryams Hände zitterten, und sie spürte, wie ihr das Blut in die Wangen schoss. »Hakan, sagen Sie Patil, er soll alle Werkzeuge zusammensuchen, die er braucht. Danach wählen Sie diejenigen von Helens Studenten aus, die im Moment noch zu etwas zu gebrauchen sind. Anschließend treffen wir uns bei der Kiste.«

Walker hob die Hand. »Meryam …«

»Sie haben hier kein Stimmrecht, Dr. Walker. Falls Sie und der Priester dabei sein wollen, während wir das erledigen, bin ich damit einverstanden, solange Sie nicht im Weg herumstehen. Aber wenn wir diesen beschissenen Dämonen nicht bald aus der Höhle schaffen, wird sich dieses Projekt endgültig in seine Bestandteile auflösen.«

Hakan und Adam nickten und machten sich auf den Weg.

»Meine Herren«, sagte Walker, »eins noch. Seien Sie vorsichtig. Von jetzt an sollte niemand mehr allein hier herumlaufen. Selbst wenn wir den Kadaver loswerden, haben wir immer noch ein echtes Monster, mit dem wir uns auseinandersetzen müssen.«

Meryam stieg auf die Leiter und kletterte nach unten. »Immer schön ein Monster nach dem anderen.«

Das Plastikzelt um den Sarg herum war abgebaut worden. Helle Scheinwerfer beleuchteten das gehörnte Wesen mit ihrem buttergelben Licht und zeichneten seltsame Schattenmuster auf das Skelett, die Wand sowie den Boden um die Kiste herum. Walker versuchte, sich so gut wie möglich aus allem herauszuhalten. Er wusste, sollte jemand über ihn stolpern, hätte Meryam jedes Recht, ihn wegzuschicken.

Adam und Calliope schafften es irgendwie, sich unauffällig im Hintergrund zu halten und sich ohne anzuecken mit ihren Kameras durch die Anwesenden zu schlängeln. Hakans Arbeiter waren von dieser speziellen Operation ausgeschlossen. Stattdessen würden Wyn Douglas und die Archäologiestudenten für den Abtransport des Leichnams sorgen – unter der Aufsicht von Dev Patil und Zeybekci.

Olivieri stand in der Nähe und ließ den Toten nicht aus den Augen. Meryam hatte ihn bereits zweimal angeschnauzt und sogar schon einmal von dem Paläopathologen weggeschoben, als Pavil seine Frustration über den Professor nicht mehr verbergen konnte.

»Ist das üblich?«, fragte Olivieri, als er sich neben Walker stellte. Sein Missfallen war ihm deutlich anzumerken. »Ich habe so eine Prozedur bisher noch nie beobachtet, aber es muss doch einen methodischeren Weg geben, den Kadaver herauszuholen, besonders wenn man ihn erhalten will.«

Auf Patils Anweisung hin hatten die Studenten eine neue Packung mit dicken Plastikfolien geöffnet. Sicher gab sich niemand der Illusion hin, die halb durchsichtige Plane wäre steril, aber zumindest war sie sauber.

»Keine Ahnung«, antwortete Walker leise und sah zu Calliope und ihrer Kamera hinüber. Er wollte nicht, dass seine Worte aufgezeichnet wurden. »Ich weiß nicht, ob das Meryam im Moment so wichtig ist.«

Die Studenten schoben die Plane unter den Kopf des Leichnams. Als sich der gehörnte Schädel dabei bewegte, hörten sie alle ein trockenes Rascheln, wie von gefallenem Herbstlaub bei einem Waldspaziergang. Nein, das hier war ganz sicher keine Standardprozedur unter Archäologen. Das war mehr die *Scheiß-drauf-und-lass-uns-schnell-machen*-Methode.

Walker fragte sich, ob der Körper wohl am Holz festklebte. Vielleicht war das ausgetrocknete Fleisch ja über die Jahrtausende hinweg mit dem Sargboden verschmolzen. Aber während die Archäologen die Plane behutsam unter die Leiche bugsierten, stießen sie auf keinen nennenswerten Widerstand. Der Körper wippte leicht hin und her. Auf den Knochen waren immer noch Hautrückstände zu sehen, die Walker an Spinnweben erinnerten. Während der Leichnam sich bewegte, zerfielen sie zu Staub, und die Luft im hinteren Bereich der Arche füllte sich allmählich mit einem abgestandenen Geruch. Dev Patil nieste in seine Armbeuge und wich einen Augenblick zurück, während die Studenten die Plane vollständig unter den Körper schoben.

»Sind wir bereit?«, fragte Meryam.

Patil zog sich eine Chirurgenmaske übers Gesicht. Dann beugte er sich über den Leichnam und bestastete ihn mit seinen behandschuhten Fingern seitlich am Kopf. Die kleinen Falten um seine Augen verrieten, wie unglücklich er über diese Situation war. »Wir haben schon genug kaputtgemacht«, sagte er schließlich und seufzte. »Also, ich erkläre den Ablauf noch einmal. Mit den Händen an beiden Kanten der Plane werden Sie den Kadaver vorsichtig Richtung Seitenwand kippen. Dann schiebe ich die Platte darunter – auch ganz vorsichtig. Und anschließend lassen wir den Körper wieder zurückkippen. Damit werden wir bestimmt weitere Schäden anrichten, aber unser Ziel muss sein, sie so gering wie möglich zu halten.«

Bei diesen Worten blickte Patil gereizt zu Meryam hinüber. Walker konnte den Unmut des Paläopathologen deutlich spüren.

Von rechts drang Stimmengemurmel an sein Ohr. Walker blickte auf und sah Vater Cornelius, der am anderen Ende des Ganges stand und leise mit Zeybekci diskutierte.

»Nein, das werden Sie nicht«, erklärte Zeybekci nachdrücklich.

»Sie haben mir nichts zu sagen«, erwiderte der Geistliche und zog seine buschigen Augenbrauen zusammen. »Jetzt lassen Sie mich durch!«

Walker fluchte leise.

»Dr. Walker…«, sagte Meryam.

Mit erhobener Hand schnitt er ihr das Wort ab, während er sich gleichzeitig an Olivieri und einem der Archäologiestudenten vorbeischob. Adams Kamera folgte ihm, als er sich Zeybekci und dem Priester näherte.

»Vater, Sie dürfen nicht hier sein«, sagte Walker.

»Sie haben mir auch nichts zu sagen«, entgegnete Vater Cornelius.

»Wenn Sie mir jetzt erklären, dass Sie nur Gott verpflichtet sind, werfe ich sie eigenhändig vom Berg«, erwiderte Walker, ohne nachzudenken. Erst als er spürte, wie die versammelten Teammitglieder erstarrten, wurde ihm bewusst, was er gesagt hatte. Die meisten hier machten sich Sorgen, dass die Vermissten Opfer eines Gewaltverbrechens geworden waren. Und wenn das stimmtc, hatte der Täter sie so gut wie sicher von der Felskante geworfen.

Vater Cornelius schenkte ihm jedoch keine Beachtung und wandte sich an Meryam. »Sie sind die Einzige hier, auf die alle hören, Miss Karga, also richte ich meine Bitte an Sie. Ich bin noch mal alle Notizen zu meinen Untersuchungen der Pechhülle und des Sargdeckels durchgegangen, und ich habe überhaupt keinen Zweifel, dass die Inschrift eine Warnung beinhaltet – eine, die mehrfach und eindringlich wiederholt wird.«

Olivieri schnaubte und verdrehte die Augen.

Calliope schwenkte die Kamera herum und richtete sie auf Meryams Gesicht.

»Ganz ehrlich, Vater«, sagte Meryam, »ich respektiere Ihren Glauben …«

»Hier geht es nicht um meinen Glauben. Diese Inschriften haben nichts mit dem Christentum zu tun. Sie sind rein historisch. Dabei spielt es überhaupt keine Rolle, ob man Katholik, Jude, Muslim oder Angehöriger irgendeiner anderen Konfession ist.«

»Das denke ich aber doch«, entgegnete Meryam. »Sie unterstellen, dass es dabei um etwas übernatürlich Böses geht. Dass diese Kreatur« – sie zeigte auf den gehörnten Kadaver – »tatsächlich ein Dämon ist. Ich bestreite ja nicht, dass Ihre Übersetzung richtig ist …«

»Ich schon«, murmelte Olivieri.

»… aber ich behaupte, dass es ganz egal ist, ob die Leute, die diese Warnung verfasst haben, sie für notwendig hielten. Allein entscheidend ist, dass *wir* es nicht tun.« Meryam machte eine umfassende Geste, bei der ihre Hand im grellen Industrielicht lange Schatten warf. »Niemand von uns, außer Ihnen. Und auch wenn Sie ein Priester sind, überrascht es mich trotzdem, dass ein Mann mit ihrem akademischen Hintergrund an solche Hirngespinste glaubt.«

Vater Cornelius ging zum Rand des Sargs. Einer der

Studenten wollte sich ihm in den Weg stellen, aber Meryam winkte ihn fort und gestattete dem Priester, sich neben die Kiste zu stellen und auf das gehörnte Gesicht des »Dämons« hinunterzuschauen. Insgeheim gestand sich Walker ein, dass das Wesen in den Schatten im Inneren des Sarges wirklich Furcht einflößend aussah.

»Zu Hause in meinem Büro, inmitten von Büchern, würde ich es vielleicht nicht glauben«, sagte Vater Cornelius. »Aber ich habe es gespürt. Und ich weiß, dass Sie alle es ebenfalls gespürt haben…«

»Jetzt machen Sie endlich mal einen Punkt«, fiel Olivieri ihm ins Wort. »Sie haben nur Fragmente übersetzt, und wegen Ihrer Methoden ziehe ich sogar diese Bruchstücke in Zweifel. Bei allem nötigen Respekt, Vater Cornelius, Sie sind ein ängstlicher alter Mann, der von seinen Priesterkollegen zu viele Geschichten über das Böse zu hören bekommen hat.«

»Die Übersetzung ist im Moment ohne Bedeutung.« Walker sah Vater Cornelius an und bemühte sich um einen möglichst sanften Ton, damit seine Worte nicht ganz so unhöflich klangen. »Selbst wenn dieser hässliche Kerl ein Dämon gewesen sein sollte… sehen Sie ihn sich doch an. Dieses Wesen ist lange vor Christi Geburt gestorben. Es ist mausetot.«

Zeybekci schob sich vor den Geistlichen. »Bitte treten Sie zurück.«

Vater Cornelius wich ein paar Schritte zurück, mit blassem Gesicht und angespanntem Körper.

»Legen Sie los«, sagte Meryam.

Die Studenten bezogen ihre Positionen am Fuß- und am Kopfende des Geschöpfs, während Patil die dünne Kunststoffplatte hochhob und auf der Kante des Sarges ablegte. Nachdem er bis drei gezählt hatte, nickte Patil. Die beiden Studenten hoben langsam die Plastikplane an und drehten den Körper auf die Seite. Patil senkte die Platte ab und schob sie unter den Leichnam. Es sah aus, als versuchte er, ihn aus dem Sarg zu schaufeln.

Als er sich vorbeugte, um die Platte in die richtige Position zu schieben, drang ein trockenes Knistern aus der Leiche, wie von Zunder, der Feuer fing. Im nächsten Augenblick tat sich in der Brust ein Riss auf, aus dem Staub aufstieg, gefolgt von einer kleinen Wolke aus uringelbem Gas, die Patils Kopf einen Moment lang wie Nebel einhüllte.

»Treten Sie zurück!«, rief Walker.

Adam sprang vor und zog Patil mit der freien Hand vom Sarg weg; die Kamera in der anderen Hand hatte er vergessen. Der Paläopathologe wandte sich um und fiel auf die Knie. Im ersten Augenblick glaubte Walker, das Weiße in den Augen des Mannes in einem ekelhaften Orange leuchten zu sehen. Dann drehte sich Patil ruckartig von ihnen weg und begann zu würgen. Beim ersten Mal kam nichts, aber in der nächsten Sekunde erbrach er einen ganzen Schwall Flüssigkeit in die gekrümmte Ecke der Höhle. Das Erbrochene sickerte durch die Ritzen, die sich unter dem jahrtausendelangen Druck zwischen den Balken gebildet hatten.

»Wickeln Sie dieses Ding ein und schaffen Sie es hier raus!«, wies Meryam das Archäologenteam an.

An ihrem jeweiligen Ende legten die Studenten die Plastikplane so um den Kadaver, dass Wyn Douglas sie mit Klebeband fixieren konnte. Als sie die Platte anhoben, sahen sie wie Rettungssanitäter an einem Unfallort aus. Binnen weniger Sekunden hatten sie das Geschöpf zum Fuß der Leiter getragen, wo sie es mit geringerem Aufwand vollständig einwickeln konnten.

Meryam kniete sich neben Patil und legte ihm eine Hand auf die Schulter. »Dev, sind Sie …?«

Doch er schüttelte ihre Hand ab und krümmte sich erneut. Er atmete mehrmals hintereinander tief ein und versuchte offenbar, seinen Magen wieder unter Kontrolle zu bringen.

Walker schob sich an einem der Studenten vorbei. »Meryam, gehen Sie weg von ihm. Treten Sie alle zurück.«

Adam zwinkerte, während sein anfänglicher Schock nachließ. »Er hat recht. Komm, Schatz. Was immer das war, es ist vielleicht ansteckend.« An einen der Studenten gewandt sagte er: »Holen Sie schnell den Doc her. Und alle anderen bleiben weg.«

Das ließ sich niemand zweimal sagen. Calliope hielt auf Film fest, wie Adam Meryam aufhalf und sie beide ein Stück von Patil weggingen. Doch einer widersetzte sich der Aufforderung: Vater Cornelius drängte sich an Calliope vorbei und ging auf Patil und die mittlerweile leere Kiste zu.

»Vater …«, ermahnte ihn Walker.

Doch der Blick des Geistlichen war fest auf das hell ausgeleuchtete Innere des Sarges gerichtet, in dem der Gehörnte gelegen hatte, und nun sah Walker die Markierungen ebenfalls. Die Körperflüssigkeiten des Kadavers hatten vor langer Zeit Flecken auf dem Holz hinterlassen, aber neben diesen Verunreinigungen waren auch Wörter zu erkennen – Symbole wie auf dem Deckel und der Pechhülle, die vor Tausenden von Jahren ins Holz geschnitzt oder gebrannt worden waren. Weitere Botschaften aus der Vergangenheit, die sie übersetzen mussten.

»Nicht jetzt«, sagte Walker. »Ernsthaft. Wir können nicht riskieren …«

Zeybekci schrie den Priester auf Türkisch an, zuerst nur ein paar knappe, zornig klingende Worte, doch im nächsten Moment wurde daraus ein kehliger Redeschwall, bei dem sich das Gesicht des Aufpassers vor Wut verzerrte.

»Warten Sie«, sagte Meryam, während sie sich zusammen mit Adam zu Zeybekci umdrehte. Doch zu spät: Der Mann hatte bereits zum Sprung angesetzt.

Mit zu Krallen gekrümmten Fingern stürzte sich Zeybekci auf Vater Cornelius, packte ihn an der Kleidung und schleuderte ihn zu Boden. Von allen Seiten ertönten Rufe. Calliope suchte die beste Position für die Kamera und zeichnete alles auf, während die anderen versuchten, den Mann von dem Geistlichen herunterzuziehen. Zeybekci schrie immer weiter und schlug mit den Fäusten auf Vater Cornelius' Kopf und Hals ein.

Dann zog er die Pistole.

Adam griff schnell nach seinem Arm, drehte ihn auf den Rücken und entwaffnete ihn, doch dann traf ihn einer von Zeybekcis Schlägen am Kopf und schleuderte ihn zurück.

»Kommen Sie, helfen Sie uns!«, rief Meryam zu den Studenten hinüber.

Walker bekam den Mann zu fassen. Mit Meryams Hilfe riss er Zeybekci vom Priester zurück und rang ihn nieder. Dann waren auch die Studenten da und hielten Zeybekcis Arme am Boden fest, während er brüllte und gegen sie ankämpfte. Seine Raserei machte ihn so stark, dass sich Walker auf seine Brust knien und ihn anschreien musste, er solle aufhören.

Zeybekci sah wütend zu ihm auf. Die Arbeitslampen ließen seine Augen leuchten, aber Walker konnte auch Schatten in ihnen erkennen, und einen Moment lang glaubte er, sie in dem gleichen Orangeton glitzern zu sehen wie die Augen von Patil, nachdem das Gas seinen Kopf umhüllt hatte.

Von einer Sekunde auf die andere wurde Zeybekci ruhig. Er seufzte, und aus seinen geschlossenen Augen quollen Tränen. »Was ist mit mir passiert?«, fragte er leise.

Walker traute dem Frieden nicht. Noch nicht. Er und die Studenten ließen sich Zeit, um sicherzugehen, dass sich Zeybekci auch wirklich beruhigt hatte. Schließlich stand Walker auf, stieß den Atem aus und merkte, wie sich die Muskeln in seinem Rücken entspannten. Als er sich umschaute, sah er Patil, der sich aufrecht hinsetzte und gegen den Sarg lehnte. Der Paläopathologe wischte sich mit angewiderter Miene über den Mund, aber ansonsten schien er in guter Verfassung zu sein.

»Was zum Teufel?«, sagte Adam und rieb sich den Kopf.

Meryam sah sich derweil im Gang um und ließ die Folgen des Chaos auf sich wirken.

Walker schaute auf die Waffe in Adams Hand.

Zeybekci folgte seinem Blick. »Die nehme ich wieder an mich«, sagte er und streckte die Hand danach aus.

»Das glaube ich nicht«, entgegnete Walker und stellte sich zwischen die beiden. »Jedenfalls im Moment nicht.«

Er streckte selbst die Hand nach der Pistole aus. Adam zögerte und warf einen kurzen Blick zu Meryam hinüber.

Doch Walker hatte nicht vor, auf ihre Erlaubnis zu warten. Nicht, wenn es um eine Schusswaffe ging. Vorsichtig, aber bestimmt nahm er sie Adam aus der Hand. »Wenn mit Avci alles in Ordnung ist, gebe ich sie *ihm*«, sagte er. Den anderen schien das fürs Erste zu genügen.

Vater Cornelius räusperte sich, und die anderen beobachteten, wie er sich zitternd auf die Beine kämpfte. Aus seiner Nase floss Blut. Die Oberlippe war aufgeplatzt, der Mund geschwollen, und an der linken Wange klaffte ein Riss, der sicher genäht werden musste. »Sofern Sie keine Einwände mehr haben«, sagte er, »würde ich gern versuchen, die Inschriften im Inneren des Sarges zu entschlüsseln. Vielleicht war diese widerliche kleine Wolke bloß ein Körpergas. Aber falls sich Ihre Behauptung, all dies sei vollkommen natürlich, als falsch erweisen sollte, wüsste ich gern, womit wir es hier zu tun haben.«

Von seinem verletzten Gesicht tropfte Blut auf den Holzboden.

Diesmal widersprach ihm niemand.

Der Sturm war von einer Flaute unterbrochen worden. Als nachmittags ungefähr eine Stunde lang überhaupt kein Wind mehr wehte, wurde es um den Berg herum ganz still. Trotz des ruhigeren Wetters waren auch die Aktivitäten im Inneren der Arche zum Stillstand gekommen, doch es wirkte, als würden sowohl der Sturm als auch die Arbeiten schon bald mit unverminderter Energie weitergehen. Und tatsächlich setzte zumindest der Sturm eine Stunde vor Sonnenuntergang wieder ein.

Adam stemmte die Füße in den Boden und trotzte den Böen, die gegen den Höhleneingang tosten. Es war zwar noch nicht Nacht, aber die Dunkelheit hatte früh eingesetzt. Die Schneefälle der vergangenen Tage waren nur ein leichtes Gestöber gewesen, im Vergleich zu der tosenden weißen Wand, mit der sie es jetzt zu tun hatten. Mit dem Rücken zum Wind hielt er die Kamera umklammert und filmte den heulenden weißen Mahlstrom. Er hoffte, dass die Aufnahmen so umwerfend sein würden, wie er es sich vorstellte. Die meisten Menschen waren zwar mit dem Anblick von Schneefällen vertraut, aber die wenigsten wussten, wie ein Schneesturm aussah, der über einem mehrere Tausend Meter tiefen Abgrund tobte.

Er dachte an die vier Vermissten und fragte sich, ob sie wohl in diese gähnende Leere hinuntergestürzt waren. Und ob ihre Körper dort unten lagen, verborgen unter der immer weiter anwachsenden Schneedecke. Falls ja, würden ihre Liebsten nicht vor dem Frühjahrstauwetter erfahren, wo sie abgeblieben waren. In letzter Zeit behielt Adam Sorgen wie diese immer häufiger für sich. Meryam schien sie jedenfalls nicht hören zu wollen. Natürlich machte ihn das traurig, doch Adam rief sich immer wieder ins Gedächtnis, welcher Druck auf ihr lastete.

Druck, den sie sich selbst macht, dachte er. Er hätte ihr gern einen Teil der Last abgenommen, aber das ließ Meryam ja nicht zu. *Sie will ihre Sorgen nicht mit mir teilen. Und vielleicht auch nicht ihr Glück. Ist das wirklich die Frau, die ich heiraten will?*

Sofort fühlte er sich schuldig. Er liebte sie und bedauerte nicht, dass er so für sie empfand. Aber manchmal machte Meryam es ihm nicht gerade leicht. Adam hatte in ihr immer die perfekte Lebensgefährtin gesehen, eine Frau, an deren Seite er seine Träume leben konnte, während sie ihre eigenen verfolgte – von der er Kraft bekam und der er selbst Kraft geben konnte.

Alle, die bei Verstand waren, suchten sich im Moment einen Unterschlupf, drehten die Heizgeräte auf und drängten sich eng aneinander. Doch Adam musste allein sein. Er brauchte Zeit, um den Kopf freizubekommen. Auch wenn er wusste, dass derzeit ein paar wichtige Treffen stattfanden und einige Entscheidungen gefällt werden mussten.

Nachdem Dr. Dwyer Vater Cornelius wieder zusammengeflickt hatte, versuchte der Priester nun – unter Hakans wachsamen Blicken –, die Inschriften im Inneren des Sarges zu enträtseln. Walker und Kim assistierten ihm, während Calliope die ganze Prozedur auf Film festhielt. Dev Patil und Zeybekci befanden sich dagegen noch immer in Dr. Dwyers Obhut, obwohl beide beteuerten, es gehe ihnen gut.

Adam verstaute die Kamera in seiner großen Jackentasche und zog dann den Reißverschluss wieder zu. Er wollte gerade hineingehen, als er sah, wie eine Gestalt aus der Arche eilte. Mit gesenktem Kopf und seitlich angelegten Armen rannte sie durch den Schneesturm, direkt auf die Felskante und den tiefen Abgrund zu, der dahinter lauerte.

»Wer zur Hölle…?«, sagte Adam und lief los, bevor die Worte seinen Mund verlassen hatten.

Seine Füße rutschten durch den Schnee, und er spreizte die Arme ab, wie ein Kind, das Flugzeug spielte. Sein Herz pochte wild, aus Angst, er könnte einen falschen Schritt machen und über die Kante schlittern. Im unwirklichen blauen Licht des Schneesturms legte die Gestalt einen Zahn zu, und Adam tat es ihr nach. Allmählich fand er den richtigen Rhythmus für seinen Lauf durch den Schnee und glaubte, dass er es schaffen konnte – dass er dieses eine Leben retten würde.

Doch im nächsten Augenblick trat er mit dem linken Fuß auf eine zugeschneite Eisplatte und rutschte aus. Im Fallen warf er sich so herum, dass er auf die rechte Seite krachte. Der Aufprall presste ihm den Atem aus der Lunge und jagte einen schmerzhaften Stich durch seine Rippen. Der Schwung ließ ihn noch ein Stück weitergleiten, und er fühlte die Nähe der Kante so deutlich, dass er sicher war, er würde darüber hinwegsegeln, wenn er auch nur zuckte.

Nein, dachte er und reckte seinen Hals nach der Gestalt. Er wusste, dass er es nun nicht mehr rechtzeitig schaffen würde. Das Gefühl, versagt zu haben, legte sich bleischwer auf seine Schultern, als er sich langsam hochrappelte.

Eine zweite Gestalt jagte der ersten nach. Wie eine Erscheinung tauchte sie zwischen zwei Böen aus dem Sturm auf, als sich der Schneevorhang teilte. Panik ergriff Adam, als er sich vorstellte, dass die beiden vielleicht nur die Vorboten eines plötzlichen Exodus waren, für einen Massenselbstmord, bei dem sich die Teammitglieder nacheinander vom Berg stürzten.

Dann sah er, dass die zweite Gestalt Hakan war, und hielt den Atem an. Hakan brüllte, als er sich von hinten auf den ersten Mann stürzte. Er packte ihn an der Jacke und riss ihn zu Boden. Sie überschlugen sich, und Adam murmelte ein Stoßgebet, als sie an der äußersten Kante zum Liegen kamen. Eins von Hakans Beinen baumelte über dem Abgrund, während sich der erste Mann gegen ihn zur Wehr setzte. Mit weit aufgerissenen Augen, in denen animalische Furcht um sein eigenes Leben stand, schlug Hakan dem anderen zweimal ins Gesicht.

In diesem Moment kam Adam bei ihnen an. Er reichte

Hakan die Hand, sodass dieser sich von der Kante wegziehen konnte. Dann schleppten sie den anderen Mann gemeinsam in Richtung Höhle. Hakan schlug ihn noch einmal und zog ihm dann den Schal vom Gesicht.

»Sie hätten uns beide umbringen können!« Kleine Speicheltropfen spritzten aus Hakans Mund.

Als Armando Olivieri zu ihnen aufschaute, waren in seinem Blick weder Angst noch Scham zu erkennen; stattdessen sah er enttäuscht aus. Nun wurde auch Adam wütend. Er packte Olivieri am Mantel und zerrte ihn an eine geschütztere Stelle. Der Professor schrie auf, schlug Adam auf den Arm und verlangte, losgelassen zu werden.

Adam schleuderte ihn erneut in den Schnee. »Wollen Sie mich verarschen? Sie ziehen so einen Scheiß ab und regen sich dann auf, weil ich Sie anfasse? Wir haben gerade ihr erbärmliches Leben gerettet!«

Olivieri versteifte sich, und Tränen quollen ihm aus den Augen. Adam fragte sich, ob sie bei diesen Temperaturen auf seinem Gesicht festfrieren würden.

»Sie verstehen das nicht«, sagte Olivieri. Der Wind war so laut, dass Hakan, der ein Stück entfernt stand, vermutlich schon gar nicht mehr verstand, was er sagte. »Ich habe es in mir gefühlt, wie Gift, das durch meine Adern floss. Verstehen Sie? Gott ist nicht mehr hier bei uns. Er kann uns nicht helfen.«

Der Klang von Olivieris Stimme jagte Adam einen Schauer über den Rücken, der kälter war als jeder Schneesturm. Aus dem Mund eines Mannes, der sein ganzes Leben lang die Bibel erforscht hatte, klangen diese Worte erschütternd. Und seine Augen … Adam hatte noch nie so große Hoffnungslosigkeit gesehen. Gehetzt rutschte Olivieri auf seinen Knien zurück und sah zu Hakan auf.

»Bringen Sie ihn zu Dr. Dwyer und fesseln Sie ihn, wenn nötig«, sagte Adam. »Die Situation ist völlig außer Kontrolle. Ich muss mit Meryam darüber sprechen.«

Um sicherzustellen, dass er nicht mehr zur Kante rennen würde, packte Hakan den Mann an den Schultern. »Warten Sie besser noch ein bisschen, bevor Sie zu ihr gehen«, sagte er voller Verachtung. Es klang, als würde er die Worte ausspucken. »Sonst sehen Sie noch etwas, das Ihnen gar nicht gefallen wird.«

Während die beiden davongingen, starrte Adam Hakan nach. Ein enger Knoten in der Brust, den er bislang hartnäckig ignoriert hatte, wuchs sich zu einem Gefühl zwischen Angst und gespannter Ruhe aus.

Sein Wachdienst war vergessen, und sogar an Olivieris Selbstmordversuch verschwendete er kaum noch einen Gedanken, als er den tosenden Wind hinter sich ließ und in den Korridor auf der ersten Ebene ging, in dem die meisten der Projektmitarbeiter hausten. Ein paar waren inzwischen eine Ebene höher gezogen, wo Wind und Wetter nicht so stark wüteten; die Übrigen hatten lediglich ihre klapprigen Unterkünfte verstärkt. Adam und Meryam hatten ihr Quartier auf Ebene Zwei eingerichtet, aber der Stall, der ihr als Büro diente, befand sich hier unten, und er war sicher, dass sie noch arbeitete.

Das Innere des Stalls wurde von einem warmen orangefarbenen Licht erhellt, das von einer generatorbetriebenen Laterne und einem Heizstrahler stammte.

Auf der dünnen Schneeschicht, die bis hier hereingeweht war, verursachten Adams Schritte kaum ein Geräusch. Und als er schließlich in den Stall hineinschauen konnte, fühlte er weder seinen Herzschlag, noch wie sich seine Brust hob und senkte.

Er entdeckte Meryam, wie er es geahnt hatte. Allerdings hatte er nicht vorausgesehen, dass sie nicht allein war. In dem warmen Lichtschimmer hielt sie die Arme um Feyiz geschlungen. Ihr Gesicht war an seiner Brust vergraben. Adam konnte ihren Gesichtsausdruck nicht erkennen, aber Feyiz hatte die Augen geschlossen und sah auf herzzerreißende Weise zufrieden aus.

Kopfschüttelnd begann Adam zurückzuweichen. Im ersten Augenblick war er verwirrt gewesen und hatte nicht wahrhaben wollen, was er da sah, aber als er sich auf den Rückweg durch den Gang machte, fühlte er Ärger und Verbitterung in sich aufsteigen. Und gleich darauf heftigen Zorn – auf Meryam, weil sie ihn betrog, und auf sich selbst, weil er derart blind gewesen war. Eine Redewendung wirbelte ihm durch den Kopf, die er aus Hunderten von Büchern und Filmen kannte. *Ein liebeskranker Trottel. Das ist es, was du bist. Du verfluchter Idiot.*

Einen Moment später fand er sich dort wieder, wo er gerade eben noch gestanden hatte – auf der Felskante, wo der Blizzard um ihn herumtoste und ihm Schnee ins Gesicht peitschte. Die Kälte brannte ihm auf den wenigen Fleckchen Haut, die er nicht unter seiner Kleidung versteckt hatte.

Er starrte auf die Stelle, wo sie Olivieris Selbstmordversuch verhindert hatten. Der Wind und die Schneeflocken schienen kleine wirbelnde Geister zu erschaffen, die sich von der Kante stürzten, wie Olivieri es vorgehabt hatte.

Adam machte einen weiteren Schritt auf den Abgrund zu.

Eine Hand berührte ihn am Rücken. Wut flammte in seinen Eingeweiden auf und drohte ihn mit Haut und Haaren zu verschlingen, als er sich umdrehte und erwartete, Meryam vor sich zu sehen. Sie musste ihn gehört haben und ihm hierher gefolgt sein.

Aber es war gar nicht Meryam.

Calliope erschrak unter seinem heftigen Blick. »He … Was hast du?«, fragte sie.

Schmerz und Scham befeuerten seinen Zorn noch weiter, aber er riss sich zusammen und schüttelte den Kopf. »Nichts Wichtiges. Brauchst du was von mir?«

Calliope ließ sich nicht so leicht abspeisen. Sie sah ihm forschend in die Augen und griff nach seiner Hand. »Adam«, sagte sie voller Mitgefühl. »Bitte. Was ist denn los?«

Und dann, mitten in der Finsternis und dem heulenden weißen Sturm, nur einen Schritt vom Abgrund entfernt, küsste er sie. Calliopes Lippen waren warm und weich, und in ihrem Atem lag ein schwacher Duft von Wintergrün.

Sie stieß ihn von sich. »Stopp.«

Adam atmete schwer und wich zurück. Dann sah er die Sorge in ihrem Gesicht und verstand.

»Nicht hier«, sagte sie.

Also gingen sie woandershin.

Dreizehn

Es gab Bereiche in der Arche, zu denen der Schnee keinen Zugang fand. Im Heck, wo immer noch der Sarg auf dem gekrümmten Boden stand und ein paar Heizstrahler zumindest für ein bisschen Wärme sorgten, hatte Walker keine Ahnung, wie stark der Schneesturm inzwischen tobte. Dafür wusste er, dass sich heute Nacht niemand davonschleichen würde. Wenn bei diesem Wetter irgendwer verschwand, gäbe es nicht den geringsten Zweifel, wie es passiert war.

Mord.

Die einzige Frage wäre dann noch, wer ihn begangen hatte.

Derweil ging die Arbeit in diesem hintersten Winkel weiter voran. Alle anderen hatten sich bis zum Morgen eingeigelt und in so viele wärmende Schichten wie möglich gehüllt, aber es galt auch, ein paar dringende Dinge zu klären. Und die konnten nicht warten, bis die Sonne aufging oder der Sturm sich legte.

Vater Cornelius hatte sich über den mittlerweile leeren Sarg gebeugt, dessen Inneres von hellen Lampen ausgeleuchtet war. Kim stand neben ihm und machte Notizen in ein Heft, das der Geistliche ihr gegeben hatte. Vater Cornelius in dieser Weise zu assistieren war zwar nicht Teil ihrer Aufgaben als UN-Beobachterin, aber zwischen Walkers Team und den Leuten vom KHAP hatte es schon seit ihrer Ankunft gewisse Vorbehalte gegeben, die sich mittlerweile zu regelrechtem Misstrauen ausgewachsen hatten.

Polly Bennett und ein paar der anderen Archäologen standen bei ihnen und sahen zu. Der Argwohn in den Gesichtern der jungen Leute sprach Bände, aber Walker konnte es ihnen nicht verdenken. Sowohl Kim als auch der Priester hatten sich in der Nähe des Sarges und seines Insassen merkwürdig verhalten. Er selbst war auch nicht hier, um dem Priester und Kim zu helfen, sondern aus dem gleichen Grund wie die Archäologiestudenten: um sicherzugehen, dass keiner der beiden ausflippte und den Sarg beschädigte oder, schlimmer noch, sich selbst und andere verletzte.

In unmittelbarer Nähe, am Fuß der Leiter, die zu Ebene Zwei hinaufführte, war der Kadaver präpariert und fest eingewickelt worden. Anschließend hatte man ihn erst in einen Leichensack gepackt und dann zusätzlich noch in eine Segeltuchtasche mit Reißverschlüssen, die leichter zu tragen sein würde. Das Wesen war bereit für den sofortigen Abtransport, sobald der Sturm abflaute.

Walker riss den Blick von der Segeltuchtasche los und zwang sich, nicht weiter über den deformierten Leichnam darin und die abscheulichen Hörner an seinem Schädel nachzudenken.

»Na, das ist ja *sehr* freundlich von Ihnen«, sagte Kim und wich stirnrunzelnd einen Schritt von Vater Cornelius zurück.

Walker begann innerlich zu beben. *Nein, nein,* dachte er, *bitte nicht schon wieder.*

Aber dann sah Kim zu ihm herüber, und er erkannte, dass sie nur einen Witz gemacht hatte.

»Er hat gerade gesagt, er wünschte, Professor Olivieri wäre hier.« Sie schlug spielerisch nach dem Priester. »Ich fühle mich ehrlich beleidigt.«

Der Geistliche rang umständlich nach Worten. »Es ist nur, weil… Wissen Sie, Olivieri würde verstehen, wie kompliziert diese Übersetzung…«

»Er ist doch bisher bei allem, was Sie gesagt haben, anderer Meinung gewesen«, warf Walker ein. »Außerdem ist er psychisch angeschlagen und – verzeihen Sie, Vater, wenn ich das so offen sage – ein Arsch.«

»Das will ich gar nicht bestreiten. Aber er ist ein fachkundiger Arsch.«

Die Archäologistudenten glotzten ihn an. Kim hob eine Augenbraue und tat, als hätte sie ihn nicht gehört, aber Walker lachte. Es war nicht das erste Mal, dass er Vater Cornelius etwas Anstößiges sagen hörte. Tatsächlich schloss er daraus, dass sich der alte Mann wieder besser unter Kontrolle hatte.

Polly Bennett gesellte sich zu Kim und dem Priester an den Sarg. Seit Helen Marshall nicht mehr da war, war Polly die Erfahrenste unter den Archäologen und praktisch ihre Chefin.

»Inwiefern unterscheidet sich diese Inschrift von der auf dem Sargdeckel?«, fragte sie Vater Cornelius.

Als der Priester statt zu antworten zu Walker hinübersah, drehte Polly sich ebenfalls zu ihm um und beobachtete ihr wortloses Zwiegespräch. Die Botschaft war eindeutig. Das Ganze hier mochte zwar das Karga-Holzer-Projekt sein, aber Vater Cornelius war jemand anderem Rechenschaft schuldig.

Walker nickte zustimmend. Die drei Doktoranden sahen ihn noch einen Moment lang an – offensichtlich gefiel ihnen die Vorstellung nicht, dass ihnen Informationen vorenthalten werden könnten.

»Es gibt keinen Unterschied.« Vater Cornelius deutete in den Sarg. »In welcher Sprache der unbekannte Verfasser den Deckel und die Pechhülle auch immer beschrieben haben mag, die gleichen Symbole finden sich auch im Inneren. Ich habe ein paar Dinge entdeckt, die sich wiederholen. Das sumerische Element scheint in diesem Sprachgemisch der Dreh- und Angelpunkt zu sein. Ich habe das Gefühl, dass ich es bloß nicht richtig betrachte und dass ich alles verstehen werde, sobald ich erkenne, warum bestimmte Phrasen in dieser oder jener Sprache geschrieben wurden.«

Obwohl Polly nicht für Walker arbeitete, wandte sie sich zu ihm um. »Sprachen sind mein Fachgebiet. Ich könnte helfen.«

Walker erwartete, den Priester schnauben zu hören. Bis vor Kurzem hätte er das sicher noch getan. Doch stattdessen neigte Vater Cornelius den Kopf zur Seite und musterte die junge Frau mit ihren halb abrasierten grünen Haaren.

»Das wäre mir sehr recht«, erklärte er, aber angesichts der Art, wie er es sagte – mit leicht zittriger Stimme und nervös hin und her huschendem Blick – fragte sich Walker, ob es Pollys Hilfe war, die er sich wünschte, oder ob er sie bloß in seiner Nähe haben wollte, weil sie ruhig und gefasst blieb, während so viele andere mit den Nerven am Ende waren.

Kim ging einen Schritt zur Seite, um Polly Platz zu machen. Walker dachte, sie würde vielleicht eine witzige Bemerkung machen, so etwas wie, dass sie wusste, wenn sie nicht erwünscht war. Doch stattdessen schrieb sie nur etwas in das Heft und ließ dann den Blick ein paar Sekunden lang in die Ferne schweifen. Sie schien ein wenig zu schwanken. Besorgt ging Walker zu ihr.

»Augenblick mal.« Polly starrte in den Sarg. »Diese Markierungen hier …«

»Die Flecken?«, fragte Vater Cornelius. »Was ist mit ihnen?«

»Sie haben geglaubt, sie stammen von Körperflüssigkeiten.«

»Das denke ich noch immer.«

Die anderen Studenten traten ebenfalls näher. Kim erwachte aus ihrer Grübelei und reckte den Hals, um besser in den Sarg sehen zu können. Walker stellte sich hinter Polly und den Priester und schaute zwischen ihnen hindurch auf die eingravierten Symbole und die dunklen Linien, wo der Körper gelegen hatte. Sie erinnerten ihn an die Kreidezeichnungen, mit denen Polizisten an einem Tatort die Stelle markierten, wo die Leiche gelegen hatte.

»Um sicherzugehen, muss ich eine Probe entnehmen«, sagte Polly. »Aber meines Erachtens sind die Umrisse zu präzise, um Flecken zu sein.«

Kim hielt ihren Stift bereit, wie eine eifrige junge Journalistin. »Was wollen Sie damit sagen?«

Walker merkte, wie seine Zweifel schwanden. Bislang hatte er sich immer wieder neue Erklärungen für all die Geschehnisse um ihn herum zurechtgelegt, nicht nur für das eigenartige Benehmen der Menschen, die hier arbeiteten, sondern auch für das Unwahrscheinlichste von allem – den Fundort der Arche.

Im Laufe seiner Karriere hätte er sich das Leben oft wesentlich leichter gemacht, wenn er an das Übernatürliche geglaubt hätte. Doch das tat er nicht, und bei jeder dieser Gelegenheiten war er schließlich auf handfeste, naturwissenschaftliche Erklärungen gestoßen, die zwar außergewöhnlich und oft erschreckend gewesen waren – aber niemals übernatürlich. Walker war zwar auf der Suche nach einem höheren Sinn – das war ihm inzwischen bewusst, auch wenn er es sich nicht gern eingestand –, doch okkulte Geschichten vom wahren Bösen waren ihm immer wie Kindermärchen vorgekommen.

Aber nun starrte er in den Sarg, und betrachtete, was Polly gesehen hatte. Den dunkleren Bereich des Sargbodens, wo ein Großteil der Inschrift vom Kadaver verdeckt gewesen war … Der dunkle Umriss war nicht nur entstanden, weil der Leichnam während des Verwesungsprozesses Körperflüssigkeiten verloren hatte.

»Das Holz hat gebrannt«, sagte er.

Polly hatte gerade zu einer Erklärung ansetzen wollen, aber jetzt sah sie ihn an und nickte. »Ja, das glaube ich auch.«

»Wie kann das sein?«, fragte einer der anderen Studenten.

»Dafür sind verschiedene Gründe denkbar«, erwiderte Polly.

Und damit hatte sie recht. Wer immer den Toten in den Sarg gelegt hatte, könnte das Muster zuvor ins Holz eingebrannt haben, als Teil der Botschaft. Doch er sah, wie sich Vater Cornelius bekreuzigte; anschließend holte er sein Kruzifix unter dem Kragen hervor und küsste es rasch, ehe er es wieder unter dem Gewand verschwinden ließ.

»Ich verstehe nicht …«, begann Kim. Dann ließ sie den Kopf sinken und atmete schwer.

Walker trat zu ihr. »Kim?«

Sie sah zu ihm auf und legte den verschlossenen Stift ins Heft. »Ich bin sehr müde. Wäre es okay, wenn ich gehe und mich hinlege? Ich würde gern schlafen.«

»Natürlich«, sagte Walker. Er blickte zu Vater Cornelius hinüber. »Außer Sie benötigen Kim noch.«

»Wir werden es schon irgendwie schaffen«, sagte der Priester und sah Kim nur kurz besorgt an, ehe er seine Aufmerksamkeit wieder Polly zuwandte. »Vielleicht erkenne ich ja den Gesamtzusammenhang, wenn ich Ihnen alle sprachlichen Elemente erkläre, die ich bislang entdeckt habe.«

Während Vater Cornelius erneut begann, seine Beobachtungen vorzutragen, fasste Walker Kim am Ellbogen und führte sie davon. Dabei kamen sie an dem verpackten Kadaver vorbei. Obwohl Walker die Segeltuchtasche kaum eines Blickes würdigte, spürte er sie deutlich neben sich, während er wartete, bis Kim die Leiter zur zweiten Ebene erklommen hatte. Dann stieg er ebenfalls hinauf, und dabei war ihm, als bohrte sich der Blick einer verschmähten Geliebten zwischen seine Schulterblätter. Und dieses Gefühl verschwand erst, als er oben von der Leiter wegtrat. Gleichzeitig schwirrten ihm so viele Fragen durch den Kopf, von denen sich kaum eine befriedigend beantworten ließ.

»Walker«, sprach Kim ihn leise an, während sie nebeneinander hergingen. »Fühlen Sie sich gut?«

»Nein«, platzte es aus ihm heraus, und er musste über seinen düsteren Tonfall lachen. »Aber wie sollte ich mich sonst fühlen?«

Kim stieß gegen ihn. Sie ging schnell, drängte sich jedoch bei jedem Schritt an ihn. »Verfroren, würde ich sagen. Aber Sie wissen natürlich, dass ich das nicht meine.«

Tat er das?

»Beobachtet«, sagte er, obwohl er diese ungreifbare Angst nur ungern eingestand. »Ich fühle mich beobachtet.«

Kim nickte und blickte sich um, als lauerte besagter Beobachter in den düsteren Abschnitten zwischen den Lampen, die ungefähr alle drei Meter entlang des Korridors aufgespannt waren. Obwohl sie sich im Moment in den Schatten zwischen zwei Glühbirnen befanden, konnte Walker die Atemwolke vor ihrem Gesicht sehen. Der Winter war hier oben nicht einfach gekommen, sondern wie eine Invasionsarmee einmarschiert.

»So geht es mir auch«, sagte sie. »Um genau zu sein, fühle ich mich markiert.«

»Als Ziel?«

Kim schüttelte den Kopf. »Nein, nicht auf diese Weise. Ich meine in der Art, wie ein Hund sein Revier markiert und überall seine Duftmarke setzt, um anderen Hunden zu zeigen, dass sie sich fernhalten sollen. Ich fühle mich… vereinnahmt. Und obwohl ich weiß, wie dumm das ist, möchte ich von hier weg. Ich weiß, dass ich mich freiwillig auf diese Mission eingelassen habe. Aber jetzt… jetzt muss ich von hier weg.«

»Der Schneesturm…«

»Ich weiß«, sagte sie mit zusammengezogenen Augenbrauen und packte ihn am Arm. »Bis das Wetter aufklart, kann ich nirgendwohin. Und ich schäme mich, weil mir das so große Angst macht.« Kim ließ die Hand auf seinem Arm ruhen, während sie auf die Balken unter ihren Füßen starrte und tief Luft holte. Offensichtlich wollte sie nicht mehr dazu sagen. Oder vielleicht konnte sie es auch nicht.

Als sie sich zum ersten Mal begegnet waren, hatte er sie nicht sonderlich sympathisch gefunden, doch damals war sie eine andere Frau gewesen. Attraktiv, sicher, aber nicht auf seiner Seite. Keine Freundin. Doch nachdem sie nun beide ihr professionelles Gehabe abgelegt hatten, sah er in ihr eine kluge, geradlinige und neugierige Person – jemanden, der ihm selbst nicht unähnlich war.

»Sie sind nicht die Einzige, die Angst hat«, sagte er leise. »Das kann ich Ihnen versprechen, Seong. Sie sind nicht allein.«

Ohne richtig zu merken, was er tat, berührte er sie an der Wange. Sie schmiegte sich an seine Hand und dann in seine Arme. Und das war etwas, was er vor Kurzem auch noch nicht für möglich gehalten hätte. Sie hielten sich eng umschlungen und fanden beim anderen Wärme und Stärke.

Und für den Augenblick war keiner von ihnen beiden allein.

Der Sims am Höhleneingang sah wie der schlecht geschnitzte Mund einer Kürbislaterne aus. Auf der westlichen Seite hatte der Felsrutsch die Hülle der Arche zu einem Gutteil freigelegt und weite Bereiche des Innenraums den Elementen preisgegeben. Das Archeprojekt hatte auf dieser leichter zugänglichen Seite begonnen. Sie hatten geplant, die Artefakte dort so schnell wie möglich zu untersuchen und einzusammeln und alle nötigen Materialproben zu entnehmen, um anschließend auf der besser geschützten östlichen Seite der Arche weiterarbeiten zu können.

Doch sie hinkten hinter dem Zeitplan her. Der Sturm war zu früh losgebrochen.

Auf der Westseite der Höhlenkante beziehungsweise des Kürbismauls kauerte Adam hinter einem Felsvorsprung, der ihm als Windbrecher diente. Doch auch an dieser Stelle war die Temperatur drastisch gefallen, und er wusste, dass es dumm gewesen war hierherzukommen. Besonders in der Dunkelheit. Aber weiter als hier hätte er sich von den restlichen Projektmitgliedern – und insbesondere von Meryam – nur fernhalten können, wenn er sich an den Abstieg vom Berg gemacht hätte.

»Idiot«, raunte er sich selbst zu. Unter der Sturmhaube, die er trug, fühlten sich seine Lippen trocken und rissig an. Als der Wind kurzzeitig drehte, presste er ihm einen Moment lang die Schutzbrille ins Gesicht.

Er versuchte, sich einzureden, dass er nur hier draußen an der Kante saß, weil er zugesagt hatte, heute Nacht die erste Wache zu übernehmen. Aber er konnte sich nichts vormachen. Nicht eine Sekunde lang. Seine Hände kribbelten noch immer von der Erinnerung an Calliopes warmen und geschmeidigen Körper, an ihre kräftigen Arme und Rückenmuskeln, als sie sich an ihn gepresst hatte – und er sich an sie. Er hatte den Duft ihres Parfüms, das nach Vanille und Zimt roch, nach wie vor in der Nase und konnte sie auch immer noch auf den Lippen schmecken.

Schuldgefühle nagten an ihm, aber das war es nicht allein. Wenn er die Augen zumachte und sie fest vor der Realität verschloss, schossen ihm Bilder von Feyiz und Meryam durch den Kopf. Wie sie sich innig umarmten … und von Feyiz' zufriedener Miene. Aber sie vermischten sich mit anderen Bildern, wie Karten aus einem zweiten

Stapel. Mit den Momenten, die er gerade mal vor einer Stunde mit Calliope erlebt hatte, dem *O*, das ihre Lippen geformt hatten, als sie auf ihm lag, und wie sie beide angestrengt versucht hatten, leise zu sein.

Er hasste sich selbst ein bisschen für das, was geschehen war. Vielleicht sogar mehr als nur ein bisschen. Aber er musste sich auch eingestehen, dass er sich stärker für den Verrat an seinen Grundsätzen verabscheute als für den Betrug an Meryam. Im Moment verdiente sie weder seine Schuldgefühle noch seine Selbstvorwürfe.

Er war ganz allein dort draußen im Sturm. »Scheiße!«, krächzte er.

Er musste von diesem Berg herunter.

Die widerstreitenden Gefühle in ihm verbrannten alles, was sich ihnen in den Weg stellte, und hinterließen nichts als verbrannte Erde. Und Adam hatte seine Gefühle noch nie gut verbergen können. Wie sollte er auch nur noch eine weitere Stunde mit Meryam verbringen können? Seiner Partnerin. Seiner zukünftigen Braut. Schlimm genug, dass sie ihn mit Feyiz betrog. Wenn ansonsten nichts vorgefallen wäre, hätte er zumindest noch seine Würde behalten. Mit gebrochenem Herzen, aber hoch erhobenen Hauptes hätte er sich sagen können, dass ihm Unrecht geschehen war. Jetzt blieb ihm nicht mal mehr das.

Und für was? Calliope liebte ihn nicht. Sie waren Freunde und Kollegen, die gelegentlich miteinander flirteten, aber ohne dass etwas Ernstes dahintersteckte. In dem Augenblick, als sie seine Hand genommen und er die Zärtlichkeit in ihren Augen gesehen hatte, war es gewesen, als hätte jemand anders die Kontrolle übernommen, als würde sich sein Körper unabhängig von seinem Verstand bewegen.

Aber das konnte er niemandem sagen. Sein ganzes Leben hatte er auf Leute hinuntergeschaut, die sich einredeten, sie hätten irgendwie die Kontrolle verloren. Und so würde er sich den Konsequenzen stellen, auch wenn er noch immer ihren Duft in der Nase hatte und ihren Körper unter den Fingerspitzen zu spüren glaubte.

Resigniert stieß er sich von der Wand ab und ging an der Felskante entlang zurück. Schnee bedeckte seine Kleidung, und er musste ihn sich auch von der Schutzbrille wischen, während er auf den Höhleneingang zuhielt. Einen Moment lang war er versucht, zum Verschlag zurückzukehren, den er sich mit Meryam teilte, um noch etwas Schlaf zu bekommen, ehe sie ebenfalls zu Bett ging. Vielleicht war es gar keine schlechte Idee, die Konfrontation bis zum Morgen zu verschieben. Das wäre auch nicht ängstlich, sondern praktisch gedacht. Schließlich mussten sie beide schlafen.

Aber nein. Das Gebräu aus Schuld und Zorn brodelte in ihm, und er wusste, dass er ihr jetzt gegenübertreten musste. In Gedanken ließ er die vergangenen Monate Revue passieren und wunderte sich, warum er es nicht schon früher bemerkt hatte. Seit ihrem Trip hierher war sie ständig mit Feyiz zusammen gewesen. Sogar während sie ihre Hochzeit geplant hatten, musste sie mit ihm aus der Ferne in Kontakt gestanden haben.

Kein Wunder, dass sie so distanziert gewesen war und so wenig Interesse an seinen Hochzeitsvorbereitungen gezeigt hatte. Und dann der Tag, als sie zu spät zur Besichtigung der Hochzeitslocation gekommen war und ihm berichtet hatte, was Feyiz ihr über den Felsrutsch, die Höhle und die Arche erzählt hatte … Kein Wunder, dass sie unbedingt so schnell wie möglich hierher zurückkehren und ihre Hochzeit hatte verschieben wollen.

Es war ihr nie wirklich um die Arche gegangen.

Der Schnee knirschte unter seinen Stiefeln, und der Wind schob ihn von hinten, als wollte ihn der Sturm selbst auf die hässliche Situation zutreiben, die vor ihm lag. Am meisten tat ihm Calliope leid. Seine Freundschaft zu ihr sollte nicht darunter leiden müssen, ebenso wenig wie ihre berufliche Beziehung, doch natürlich würde es sich nicht vermeiden lassen. Wenn jetzt alles zu Bruch ging, würden sie ja vielleicht irgendwann später ihre Freundschaft aus diesem Scherbenhaufen retten können, aber Adam wollte nicht darauf wetten.

Eine weitere Böe wehte ihn zwei Schritte zur Seite – näher an die Kante heran –, und er beugte sich nach vorn, um gegen den Sturm anzukämpfen. Als er erneut den Schnee von der Schutzbrille wischte, bemerkte er überrascht, dass eine Gestalt ins Freie trat. Im schwachen Schimmer der Höhle blieb sie stehen und sah sich um, offenbar auf der Suche nach jemandem. *Etwa nach mir?* Adam fragte sich, ob es Meryam war oder vielleicht auch Calliope. Doch als die Gestalt ihn erspähte und auf ihn zukam, erkannte er Feyiz.

Er ballte die Fäuste. Er konnte kaum noch die Finger in den Handschuhen spüren, aber die Knochen schmerzten, als er die Hände krümmte. Seine eigene Schuld mochte heute Nacht zwar seine Gefühle für Meryam trüben, aber seine Empfindungen für Feyiz waren kristallklar.

»Gott sei Dank«, sagte Feyiz und trat zitternd von einem Fuß auf den anderen. »Ich konnte dich nicht finden, bis Calliope mir verraten hat, dass du Wache schiebst. Ich dachte noch: *Heute Nacht?* Und als ich dich hier draußen nicht gleich sehen konnte, habe ich befürchtet … Na ja, egal. Ich muss mit dir reden.«

»Besser nicht«, erwiderte Adam leise.

Feyiz schien ihn nicht zu verstehen. Adam wollte ihn niederschlagen, auf sein Gesicht einprügeln, bis das Blut in den Schnee spritzte, und ihn dann über die Kante werfen.

»Es geht um Meryam«, sagte Feyiz.

Adam verschlug es den Atem. Dieser Scheißkerl wagte es auch noch, ihn hier damit zu konfrontieren. Während des Projekts, auf diesem Berg, mitten in einem verdammten Schneesturm? Er wollte über die Frau sprechen, die Adam hatte heiraten wollen? Allein für seine Visage, diesen scheinheiligen Ausdruck, der besagen sollte, er kenne Meryam besser als Adam, hatte Feyiz ein paar gebrochene Knochen verdient.

»Spuck's aus«, stieß Adam zwischen zusammengebissenen Zähnen hervor. Er wollte, dass Feyiz seine Sünden gestand, bevor er ihn verprügelte.

»Ich wäre fast nicht zu dir gekommen«, gab Feyiz zu. »Ich habe ihr versprochen, dir nichts zu sagen, aber ich kann es nicht für mich behalten. Ich finde es nicht in Ordnung, Geheimnisse zu kennen, die eine Frau vor dem Mann hat, den sie heiraten will.«

Heiraten will, dachte Adam. *Glaubt Meryam etwa immer noch, dass wir heiraten werden?*

Adam hatte sich seit der achten Klasse mit niemandem mehr geprügelt. Als Junge war er sehr aufbrausend gewesen und hatte deswegen auch oft Schwierigkeiten gehabt. Damals kam er häufig mit Kratzern, blauen Flecken und geschwollenen Fingerknöcheln nach Hause.

Irgendwann hatte er sich dann selbst ein zivilisierteres Benehmen beigebracht und wie man Konflikte auf andere Art löste. Aber heute dachte er gar nicht daran, sich zivilisiert zu benehmen. Er wusste genau, wie er diesen Konflikt lösen wollte. Seine Schuldgefühle, weil er mit Calliope Sex gehabt hatte, fielen von ihm ab. Und es schien, als wären sie das Einzige gewesen, was seine Wut bislang im Zaum gehalten hatte.

»Du hast echt Mut, das muss ich dir lassen«, murmelte er.

Der Wind wehte seine Worte davon. Feyiz runzelte die Stirn und sah ihn forschend an. Er hatte Adam zwar sprechen gehört, aber nicht verstanden, was er gesagt hatte.

»Sie wird fuchsteufelswild sein«, fuhr Feyiz fort. »Aber es ist trotzdem besser, wenn du es weißt. Sie glaubt, dass sie dich so irgendwie beschützt, aber ich kann doch sehen, wie es einen Keil zwischen euch beide treibt.« Er hob die Hände. »Ich sollte aufhören, um den heißen Brei herumzureden. Es tut mir leid. Ich will ihr Vertrauen nicht verletzen, aber ich muss dir einfach sagen, dass sie krank ist. Das muss dir doch auch schon aufgefallen sein, oder? Vielleicht ist dir ja bloß nicht klar, *wie* krank sie ist.«

Es dauerte ein paar Momente, bis sich die Worte einen Weg durch seinen Ärger gebahnt hatten und Adam verstand, was Feyiz gerade gesagt hatte. Als er es begriff, erlosch sein brennender Zorn, und er spürte den tiefen Biss des eiskalten Windes. Verwirrt und vor Kälte erstarrt glotzte Adam Feyiz an. »Was hast du gerade gesagt?«

»Sie ist krank, Adam. Meryam hat es dir nicht gesagt,

weil sie Angst hat, dass sich dann alles ändert. Mir hat sie sich anvertraut, weil ich meinen Vater und meine Schwester auf die gleiche Weise verloren habe und sie eine Schulter zum Anlehnen gebraucht hat. Aber jetzt… nach allem, was passiert ist, und mit dem Druck, der auf ihr lastet… da ist es einfach nicht gerecht, dass sie…«

»Wie krank?«

»… es weiter vor dir verbergen muss. Ich wollte sie dazu überreden, es dir zu sagen, aber…«

Adams Hände bewegten sich ganz von allein. Sie schossen vor und packten Feyiz an der Jacke. Adam zog ihn so dicht an sich heran, dass sich ihre Nasenspitzen fast berührten. »Was fehlt ihr?«, verlangte er zu wissen.

Feyiz stieß ihn nicht von sich weg, versuchte nicht einmal, Adams Griff von seiner Jacke zu lösen. Und das machte Adam mehr als alles andere begreiflich, wie schlimm es um Meryam stehen musste.

Feyiz stieß einen traurigen Seufzer aus. »Sie hat Krebs, Adam. Sie wird sterben.«

Als er in die Arche stapfte, fühlte sich Adam selbst wie eine Art Gespenst. Wie ein Wiedergänger aus einem alten Film, der untermalt von Unheil verkündender Musik aus dem Mahlstrom heraustrat. Er hatte das Gefühl, hilflos von außen mit ansehen zu müssen, wie der Adam Holzer, den er aus dem Spiegel kannte, am Schlaflager vorüberging, wo die Wärme innerhalb der Plastikwände dafür sorgte, dass der herangewehte Schnee rasch schmolz und in kleinen eisigen Rinnsalen an den Planen herunterlief.

Er betrachtete sich selbst und sah nichts als eine Marionette. Letzten Endes war der menschliche Körper bloß eine Puppe, nicht wahr? Bei der der Verstand – oder vielleicht sogar die Seele – an den Fäden zog. Adam wusste nicht, wer im Moment an seinen Fäden zog. Seine Füße bewegten sich, aber er konnte sie kaum fühlen. Als er die Schutzbrille abnahm und das Unterteil der Sturmhaube herunterzog, um sein Gesicht der Kälte auszusetzen, die von den Felsen, dem Holz und dem Schnee ausging, erkannte er diese Handgriffe fast nicht als seine eigenen.

Benommen blieb er vor dem Stall stehen, den Meryam als Büro nutzte. Im Inneren rasselte der Heißlüfter, und er sah sie am Plastiktisch sitzen. Das grelle Licht warf ihren Schatten an die Wand. Er wirkte wie ein seltsam verformter Zwilling von ihr. Unmenschlich. Ihm wurde klar, dass keine von beiden Meryams die Frau war, die er zu kennen geglaubt hatte.

Seine Stiefel scharrten im Schnee und über die Holzbalken darunter.

Ungeduldig blickte Meryam von ihrer Arbeit auf und wirkte im ersten Moment über die Störung verärgert, bis sie erkannte, wer er war, und ihm vom Gesicht ablas, was er wusste. Ihre Unterlippe zitterte, und einen Moment lang schien sie zornig, als hätte sie schon lange einen heimlichen Vorrat an Wut gehütet, den sie nun an ihm auslassen wollte. Oder an Feyiz, weil er ihm ihr Geheimnis verraten hatte. Doch der Moment ging vorüber, und sie ließ zitternd den Kopf sinken. »Verdammt.«

Der Wind fuhr in den Gang hinter Adam und stieß ihn beinahe zu ihr in den Stall hinein. Schnee wehte von seiner Kleidung auf, als er nach vorn stolperte.

»Stimmt es?« Zwei Wörter. Mehr brachte er nicht zustande.

Meryams Blick begegnete seinem. Stolz drückte sie

den Rücken durch und nickte. Es war dieser Moment, in dem sie offensichtlich all ihren Mut zusammennahm, der ihm das Herz brach. Adam machte drei Schritte auf sie zu und sank vor ihr auf die Knie. Als Meryam die Arme nach ihm ausstreckte, zog er sie vom Stuhl, und sie hielten sich eng umschlungen. Obwohl seine Augen nicht in der Lage schienen, Tränen zu produzieren, wurde Adams Körper von schweren Schluchzern geschüttelt. Er heulte auf.

»Es tut mir leid«, sagte sie.

Adam machte einen tiefen Luftzug und merkte, dass er nach wie vor Calliopes Duft in der Nase hatte. Erschrocken stellte er fest, dass er zwar immer noch auf sich selbst und Meryam wütend war, doch das schlimmste Gift, das sich jetzt in ihm ausbreitete, war, was er über sich selbst herausgefunden hatte. Sein ganzes Leben hatte er sich für einen von den Guten gehalten. In alten Western hätte er einen weißen Hut getragen. Nun war er ebenso gebrochen wie alle anderen auch. Genauso verdorben. Vielleicht war er immer noch keiner von den Bösen, aber zu den Guten gehörte er sicher nicht mehr.

Was habe ich getan?

»Erzähl mir alles«, sagte er.

Mit erhobenem Kinn sah sie ihm fest in die Augen. »Es ist eine besondere Form. Akute myeloische Leukämie. Sie haben zwar ein paar Behandlungsmethoden ausprobiert, aber ich habe den Ärzten von Anfang an angesehen, dass es hoffnungslos war. Sie haben mir gesagt, ich solle meine Angelegenheiten in Ordnung bringen.«

Zitternd hob Adam eine Hand zum Mund. Die Trauer schien ihn innerlich aufzufressen.

»Es tut mir so leid«, wiederholte Meryam, der nun Tränen über die Wangen strömten. »Es tut mir leid, dass ich dir nicht das Leben bieten kann, das du dir gewünscht hast.«

Adam hielt sie auf Armeslänge von sich und starrte sie eindringlich an, als könnte er so den Krebs in ihrem Inneren sehen. »Das ist es, was dir leidtut? Nicht, dass du es mir nicht gesagt hast? Nicht, dass du mich hast glauben lassen, dass dir plötzlich alles gleichgültig ist und du mich nicht mehr heiraten willst? Das tut dir nicht leid?«

Meryam wiegte sich vor und zurück. »Mir tut das alles leid. Aber es wäre doch nicht fair gewesen, dich an eine sterbende Frau zu fesseln. Ich habe dafür gebetet, dass die Diagnose falsch ist, und als die Ärzte sie bestätigt haben, habe ich dafür gebetet, dass wir noch *ein* Abenteuer miteinander erleben würden – und dann noch eins. Adam und Eve erobern die Welt. Aber ich wusste nicht, wie viele gemeinsame Abenteuer uns noch blieben.«

Adam starrte die dunklen Ringe unter ihren Augen an. Jetzt erst fiel ihm auf, wie deutlich ihre Wangenknochen hervortraten, wie dünn sogar ihr Hals geworden war. *Das kommt nicht von der Höhenkrankheit,* hatte sie ihm gesagt, als es ihr bei ihrer Ankunft hier oben so schlecht gegangen war. Kurz bevor sie die Arche entdeckt hatten. Damals hatte er gespürt, dass etwas nicht stimmte, aber ihre Beziehung war auch da schon angespannt gewesen, und er hatte nicht weiter nachhaken wollen.

Jetzt fielen ihm allerdings zahlreiche Momente ein, in denen sie gestolpert war oder sich übergeben hatte. Wie oft war sie erschöpft gewesen, und immer hatte er gedacht, das läge nur an diesem aufreibenden Projekt.

Wie habe ich all das bloß übersehen können? Wieso

habe ich sie nicht dazu gezwungen, mir die Wahrheit zu sagen?

»Wir sind doch Partner«, sagte er und nahm ihr Gesicht in die Hände, damit sie seinem Blick nicht ausweichen konnte. »Wir sollten so eine Bürde gemeinsam tragen.«

Meryam sah ihn finster an. »Und wie soll das funktionieren, Adam? Wie können wir gemeinsam Krebs haben? Du bist nicht derjenige, der sterben wird.«

»Ach, verdammt! Glaubst du etwa, ich weiß nicht, dass ich den Krebs nicht mit dir teilen kann? Aber du musst dich dem doch nicht allein stellen. Aber das war schon immer das Problem, oder? Du hast nie richtig verstanden, was es heißt, jemanden zu lieben und sein Leben mit diesem Menschen zu teilen …«

Sie riss seine Hände von ihrem Gesicht und stieß ihn so fest von sich, dass er auf dem Hintern landete. Zitternd stand sie auf, wich einen Schritt zurück und starrte böse auf ihn herunter. »Wenn du damit meinst, dass ich nie verstanden habe, warum sich Menschen in ihren Beziehungen selbst verlieren, dann hast du recht. Aber das wusstest du schon lange, bevor du mir einen Antrag gemacht hast. Ich wollte einen Partner, einen Verbündeten und nicht diesen albernen romantischen Schwachsinn, wie ihn sich kleine Mädchen ausmalen und Frauen, die dazu erzogen wurden, einem Mann sein verfluchtes Abendessen hinzustellen. Ich bin nicht auf der Suche nach meiner anderen Hälfte, nach jemandem, der mein beschissenes Puzzle komplettiert. Ich bin auch allein vollständig, Adam. Und ich wollte jemanden, der genauso vollständig ist.«

Adam stieß einen bebenden Seufzer aus und merkte,

wie er wieder wütend wurde. Er rappelte sich vom Boden hoch. »Soll ich mich etwa dafür entschuldigen, dass ich dich brauche? Dass ich dich liebe? Dass ich dir helfen will, mit dieser Krankheit zu leben?«

»Was hättest du denn getan?«, schrie Meryam und marschierte auf ihn zu. Er ging rückwärts aus dem Stall. Der Wind toste durch den langen Gang und wirbelte Schnee um ihn herum. Aus den Unterkünften lugten Köpfe hervor. Er sah die Gesichter einiger Archäologiestudenten und auch das von Avci. Außerdem erkannte er in dem dunklen Gang die Silhouette von Feyiz, der wie ein stummer Aufpasser dastand und ihnen zusah – wie ein von Gott gesandter dunkler Engel, dessen Aufgabe es war, alles zu beobachten, aber nicht einzugreifen.

Alles beobachten, dachte er. Seine Kamera steckte in der Jackentasche, und Calliope war nirgends zu sehen. Von diesem Moment würde es keine Aufnahmen geben, und zur Abwechslung war Adam froh darüber, kein Filmmaterial zu haben.

»Was zum Teufel hättest du getan?«, schrie Meryam und folgte ihm in den Gang. »Du hättest mich wie ein zerbrechliches Porzellanpüppchen behandelt, mich eingesperrt, um mich zu beschützen, und das hätte mich schneller umgebracht als dieser verdammte Berg.«

Adam wusste, dass sie recht hatte. »Zumindest hätte ich diesem Projekt ganz sicher niemals zugestimmt.«

Meryam wischte sich die Tränen aus dem Gesicht und nickte beinahe höhnisch. »Das ist genau das, was ich meine.« Sie blickte sich unter den Umstehenden um und entdeckte schließlich Feyiz' Silhouette ein Stück den Gang hinunter. »Bist du jetzt stolz auf dich, Feyiz? Siehst du, was du angerichtet hast?«

Die gesamte Arche schien vor bitterer Trauer und Feindseligkeit zu vibrieren.

»Hör auf«, sagte Adam.

Meryam wischte sich erneut durch das verheulte und zornesrote Gesicht. »Er hatte kein Recht, es dir zu verraten! Es ist mein Leben. Nicht seines und auch nicht deines!«

Adam hatte nun schon seit einer Weile das Gefühl, als wären sie alle mit einem Gift verseucht worden, das die Seele angriff und sich allmählich immer weiter ausbreitete. Aber jetzt schien es noch viel schlimmer, so als würde er mit jedem Atemzug, den er ausstieß, ein weiteres Stück von sich selbst verlieren. Und immer, wenn er Luft holte, hatte er den Eindruck, als mache sich jemand anderer in ihm breit. Ein wütenderer, hässlicher Adam.

Sogar als er das dachte, fühlte er, wie etwas in ihm zupfte. An seinen Fäden. Er war wirklich eine Marionette.

»Es *ist* mein Leben«, sagte er, aber die Worte stammten gar nicht von ihm. Zwar sprachen seine Stimme und seine Lippen, aber er war nicht er selbst. »Wie kannst du nur so selbstsüchtig sein?«

Einer ihrer Mitarbeiter fluchte, schockiert von diesem Wortwechsel. Von irgendwo außerhalb seines Körpers konnte Adam, in dessen Verstand sich Übelkeit und Schrecken ausbreiteten, bei alledem nur zusehen und zuhören.

Meryam lachte. »Ich? Du nennst *mich selbstsüchtig*?«

Feyiz rief seinen Namen. Adam hörte zwar die Warnung, aber er konnte nicht darauf reagieren.

Seine Beine bewegten sich. Sein Körper drehte sich herum. Sein Arm holte aus.

Im nächsten Augenblick versetzte er Meryam eine so heftige Ohrfeige, dass sie halb herumwirbelte. Das Echo des Schlags hallte im gesamten Gang von den Wänden wider. Dann herrschte ein paar Augenblicke lang Stille, die nur vom Heulen des Windes durchbrochen wurde.

Die Arche selbst schien den Atem anzuhalten.

Irgendetwas in Adams Innerem fing an zu lachen.

Vierzehn

Walker wachte auf, weil er seinen Namen hörte und jemand ihn fest schüttelte. Als einer seiner Füße unter der dicken Klappe des Schlafsacks hervorrutschte, kratzte er sich das Schienbein am Reißverschluss auf und fühlte, wie kalte Luft hereinströmte und über seine nackte Haut strich.

»Was zum Teufel?« Stöhnend schlug er die Augen auf.

Vater Cornelius kniete neben ihm. Er sah wütend aus, als er Walker noch ein letztes Mal nachdrücklich schüttelte. Polly stand hinter ihm, unmittelbar vor dem Zelteingang.

Walker sah sich um und erinnerte sich schlagartig an die vergangenen Stunden. Das war nicht sein Zelt, und der strapazierfähige Schlafsack war zwar warm und bequem, aber er gehörte ihm ebenso wenig. Kim lag an ihn gekuschelt und hatte ein Bein über ihn gelegt. In diesem Moment öffnete sie langsam die Augen.

Als sie den Priester sah, schlug sie sie sofort wieder zu und murmelte etwas auf Koreanisch, das vermutlich entweder ein Fluch oder ein Gebet war. Dann rutschte sie tiefer in den Schlafsack und zog ihn sich über den Kopf.

»Stopp.« Vater Cornelius ergriff ihre Ecke des Schlafsacks und riss sie mit einem Ruck herunter. Dabei entblößte er Kims Gesicht und den oberen Teil ihrer Brust.

Sie schrie vor Schreck auf.

»Moment mal, Vater«, schnauzte Walker. »Ich weiß, wonach das hier aussieht …«

»Uns ist egal, wonach es aussieht«, sagte Polly, während sie den Zelteingang weiter aufmachte und zu ihnen hereinblickte.

»Sie hat recht.« Vater Cornelius klopfte ihm auf die Schulter. »Dass Sie beide miteinander schlafen, ist mein geringstes Problem. Ziehen Sie sich was an, und zwar schnell.«

Der Priester streckte Polly eine Hand hin, und sie half ihm auf. Dann rieb er sich kurz über eines seiner arthritischen Knie und verließ das Zelt. Nachdem die Zeltklappe hinter ihm zugefallen war, sammelte Walker vom Schlafsack aus seine verstreute Kleidung zusammen und zog sich rasch an. Kim warf ihm einen kläglichen Blick zu und versteckte sich erneut im Schlafsack.

»Komm schon«, sagte er.

»Ich bin Katholikin«, erklärte sie. Das dicke Thermomaterial dämpfte ihre Stimme.

»Hast du nicht seinen Gesichtsausdruck gesehen? Das gerade eben hatte nichts mit uns zu tun.«

Adam warf Kim ihre Kleidungsstücke zu. Sie nickte und zog mit schnellen Bewegungen ihren BH an, ehe sie ihn einen Augenblick später zu sich heranzog und so intensiv küsste, dass Walker sich von ihr lösen musste, um wieder zu Atem zu kommen.

»Was …?«

Kim lächelte. »Ja, ich habe seinen Gesichtsausdruck bemerkt – hier geht offensichtlich gerade alles den Bach runter. Also wollte ich, dass du weißt, zumindest das hier … also, das war gut.«

Er küsste ihre Finger so lange, bis sie lächelnd die Hand zurückzog, um sich fertig anzukleiden.

Nachdem sie in ihre Stiefel geschlüpft waren, verließen sie das Zelt und sahen, dass Vater Cornelius und Polly vor dem Zelt warteten, das sich Walker mit dem Priester teilte. Polly streckte den Kopf in den Gang hinaus. Sie blickte zuerst nach links, dann nach rechts und nickte schließlich.

»Was immer auf dem Sargboden steht«, sagte Walker. »Mir schwant, Ihre Übersetzung verheißt nichts Gutes.«

Vater Cornelius sah aus, als müsste er sich übergeben, und kratzte sich über seinen grauen Zweitagebart. »Zum Teil ist der Text eine Warnung«, antwortete er. Sein Gesicht war aschfahl, und mit einem Mal wirkte er auf Walker sehr alt. »Und ich will nicht behaupten, dass ich alles entschlüsselt habe.«

»Sie haben genug entschlüsselt«, warf Polly ein. »Erzählen Sie es Ihnen.«

Der Priester räusperte sich. »Das meiste von dem, was der Leichnam verdeckt hat, ist geschichtliches Zeug. Eine apokryphe Schrift. In dem Zeitalter, bevor Noah seine Arche baute …«

»Er hieß wirklich Noah?«, fragte Walker.

Vater Cornelius bedachte ihn mit einem schneidenden Blick. »Natürlich nicht. Aber ich kann seinen wahren Namen nicht aussprechen und habe auch keine Zeit, mir darüber Gedanken zu machen. Belassen wir es bei Noah, in Ordnung? Aber zurück zum Anfang der Geschichte. In der Antike haben viele Gelehrte geglaubt, dass die frühzeitliche Welt von Dämonen bevölkert war. In der Genesis Rabba aus dem vierten Jahrhundert nach Christus haben hebräische Autoren bestimmte Passagen aus frühen Bibelversionen so interpretiert, dass Noah Dämonen an Bord der Arche genommen hat. Und das ist nur eine der zahlreichen altertümlichen Quellen, in denen behauptet wird …«

»Ja, ja, Vater, und …?« Walker klopfte das Herz bis zum Hals. Er glaubte nichts von alledem. Aber warum spürte er dann so ein merkwürdiges Kitzeln im Nacken? Warum wünschte er sich, überall zu sein, nur nicht hier?

»In der Genesis Rabba steht auch geschrieben, dass wir Menschen bis zu den Tagen von Enosch nach Gottes Ebenbild geschaffen wurden. Danach haben wir uns verändert. Ehrlich gesagt fand ich keine der Übersetzungen, die ich gelesen habe, wirklich schlüssig. Sie bleiben alle ziemlich vage, aber sie deuten an, dass Dämonen die Menschheit auf fundamentale Weise verwandelt haben. Darin lassen sich gewisse Parallelen zum Mythos der Nephilim erkennen, die angeblich aus einer Vereinigung von Engeln und Menschen hervorgegangen sind, oder gefallenen Engeln und Menschen.«

»Gefallene Engel?«, wiederholte Kim. »Mit anderen Worten: Dämonen.«

Vater Cornelius schnitt eine Grimasse. »Die Gelehrten konnten sich darüber nie einigen. Aber heute Nacht ist das ohne Bedeutung. Das einzig Wichtige ist, dass die Inschrift im Sarg die Geschichte einer Welt erzählt, in der die Dämonen begannen, die Menschen mit ihrer Bösartigkeit zu vergiften. Irgendein Seher prophezeite die Flut … ein Priester oder Magier, den Noah in seinen Träumen gesehen hat. In dieser Hinsicht ist der Text ziemlich schwammig, aber Noah ließ sich überzeugen. Er baute die Arche für sich selbst und seine Sippe. Sie brachten Pflanzen, Samen und alle Tiere mit, die sie für nötig hielten, um wieder sesshaft zu werden, wo immer die Arche letztlich landen würde. Und als die Flut kam, waren sie bereit. Aber ein Dämon namens Shamdon schlich sich an Bord. Er ermordete zwei von Noahs Söhnen und eine Enkelin, bevor sie ihn schließlich einfangen und töten konnten.«

Walker wartete ab, weil er glaubte, die Geschichte ginge noch weiter. Dann wurde ihm klar, dass er bereits wusste, wie sie endete. Kim und Polly, die bislang den Priester angesehen hatten, drehten sich nun beide zu ihm um.

»Die Inschrift in dem Sarg … sie erwähnt wirklich den Namen des Dämons?«

Vater Cornelius nickte. »Shamdon.«

Walker fuhr sich mit den Händen durch die Haare und ließ den Kopf hängen. Er fühlte, wie ihm der Puls in den Schläfen pochte. »Ihnen ist schon klar, dass ich nichts davon glaube, oder?«

Kim trat näher zu ihm heran und fing seinen Blick auf. »Ich glaube schon, dass du das tust.«

»Ist die Leiche immer noch dahinten?«, fragte er und sah Polly an.

»Ja, und nach wie vor eingepackt. Dieses Ding ist nur eine leere Hülle. Es ist auf keinen Fall herumgelaufen und hat irgendwem wehgetan.«

»Das sehe ich genauso«, sagte Vater Cornelius. »Der Kadaver ist bloß eine Schale. Aber der Dämon … Ich glaube, dass er immer noch hier ist. In der Arche … in einem von uns.«

»Reden wir jetzt von Besessenheit?«, fragte Walker.

Der Priester sah ihn ernst an. »Ganz genau.«

Kim fand ihre Handschuhe und schlüpfte hinein.

»Komm, Walker. Meryam und Adam müssen davon erfahren. Wir werden es ihnen sagen, ganz gleich, ob sie daran glauben oder nicht.«

Er errötete. Musste er selbst an alles glauben, was Vater Cornelius herausgefunden hatte, um es weiterzugeben? Vielleicht nicht. Als Polly und der Priester gefolgt von Kim in den Gang hinaustraten, wurde ihm bewusst, dass seine eigenen Gefühle hierbei keine Rolle spielten. Vater Cornelius und Polly würden so oder so berichten, was sie herausgefunden hatten. Er konnte sich bloß entscheiden, ob er ihnen den Rücken stärken wollte.

Rasch holte er seine eigenen Handschuhe und setzte sich seine dicke Wollmütze auf. Als er die anderen drei einholte, waren sie bereits bei den Stufen angelangt, die zur zweiten Ebene hinunterführten. Windböen wehten Schnee die Treppe herauf, und Walker hörte den Sturm. Sie kamen am überhängenden Abschnitt der äußeren Höhlenwand vorbei und gelangten ins Freie, während sie in die erste Ebene hinabstiegen. Er klapperte mit den Zähnen und bereute, dass er nicht dicker angezogen war, aber als Vater Cornelius ihn geweckt hatte, hatte er ja nicht damit rechnen können, dass er sein Quartier verlassen musste.

Anfangs klangen die Schreie von unten, als kämen sie aus weiter Ferne, wie ein Echo aus den Bergen. Kim war als Erste die Stufen hinuntergestiegen und beschleunigte nun ihre Schritte. Polly versuchte, Vater Cornelius am Arm zu fassen, aber er blaffte sie an, sie solle vorausgehen und herausfinden, was das für ein Trubel sei.

Immer wieder riefen verschiedene Stimmen Adams Namen und befahlen ihm zurückzuweichen. Jemand rief etwas auf Türkisch. Es klang sehr eindringlich.

Walker legte ebenfalls einen Zahn zu. Mit einer Hand an der Wand nahm er immer zwei Stufen auf einmal, sodass die ganze Treppenkonstruktion unter seinen Füßen erzitterte.

Vater Cornelius ließ sich Zeit, aber so alt er auch war, er brauchte niemanden, der ihn stützte. Er hatte das Wort »Trubel« verwendet, doch was immer auf Ebene Eins gerade vor sich ging, war damit ganz sicher nur unzureichend beschrieben.

Eine weitere Stimme ertönte. Meryams. Sie schrie: »Nimm deine verdammten Finger von mir!«

Walker rannte, noch bevor er die unterste Stufe erreicht hatte. Polly und Kim liefen ein Stück vor ihm, aber als sie an der Stelle ankamen, wo sich die meisten Projektmitglieder versammelt hatten, hatte er sie fast eingeholt. Kim forderte die Leute auf, ihr Platz zu machen, während Polly ihr half, sich einen Weg durch die Menge zu bahnen.

Durch die so entstandene Lücke sah Walker, wie Meryam rückwärts in die Schatten taumelte, doch bereits im nächsten Moment trat sie wieder ins Licht. Aus ihrer Nase und von ihrer aufgeplatzten Unterlippe tropfte Blut.

»Kommt ihm nicht zu nahe«, wies sie die Umstehenden an. »Er hat den Verstand verloren.«

Polly drängelte sich nach vorn und schien bereit zu kämpfen. Feyiz stellte sich vor Adam und versperrte ihm den Weg zu Meryam. Unter dem Auge hatte er einen Riss, der bereits anschwoll, und hielt beschwichtigend die Hände in die Höhe. »Hör auf, Adam«, sagte er. »Das willst du doch gar nicht. Du liebst sie doch.«

Walker schob sich durch die vorderste Reihe und ging

neben Kim in Stellung. Mehrmals hintereinander ballte er die Fäuste, und auch ein paar andere schienen bereit einzuschreiten.

Doch Adam bewegte sich zu schnell für sie alle. Mit wutverzerrtem Gesicht stürmte er auf Feyiz los und verpasste ihm einen so heftigen Kinnhaken, dass der Bergführer im Schnee zusammensackte. Adam setzte sich rittlings auf ihn und schlug auf ihn ein. Immer wieder fanden seine Fäuste ihr Ziel und verursachten dabei jedes Mal ein Übelkeit erregendes Geräusch. Als ihn schließlich vier Leute zu fassen bekamen, waren seine Fingerknöchel blutverschmiert. Einer der Studenten riss ihn an den Haaren zurück, doch schon im nächsten Moment sprang er mit geweiteten Augen und wild knurrend auf und packte Polly an der Kehle. Sie riss einen Arm hoch und durchbrach seinen Griff, ehe sie ihm zweimal fest gegen die Brust schlug, mit einer Geschwindigkeit, die sie als Kampfsportlerin auswies. Dann schnappte sie sein Handgelenk, verdrehte es und trat ihm in die Achselhöhle. Ihr nächster Tritt schickte Adam auf die Bretter.

Sofort stürzten sie sich auf ihn. Walker eilte zu ihnen hinüber und kniete sich auf Adams linken Arm, während Polly auf der anderen Seite das Gleiche tat und zwei Doktoranden ihn an den Beinen festhielten. Kim stand über ihm und rief, er solle sich beruhigen. Im nächsten Moment erschien Meryam und wischte sich das Blut aus dem Gesicht. Adam brüllte und bemühte sich, sie abzuschütteln. Alle starrten ihn sprachlos an.

Während der peitschende Wind eine kurze Pause einlegte, vernahm Walker ein vertrautes Klicken, und als er sich umdrehte, bemerkte er, dass Hakan mit einer Pistole auf Adam zielte.

Walker hätte ebenfalls seine Waffe ziehen können, aber nicht ohne Adam loszulassen.

»Nein!«, stieß Meryam hervor und stellte sich schnell in die Schusslinie.

»Sehen Sie es denn nicht?«, fragte Hakan. »Schauen Sie doch mal genau hin. Das ist nicht ihr Mann.«

Jemand half Feyiz auf die Füße. Auf die Schulter eines Studenten gestützt versuchte er aufrecht stehen zu bleiben. »Tu es nicht, Onkel.«

Hakan lachte leise. »Ich werde den Mann nicht töten. Nicht wenn er sich zusammenreißt. Fesselt ihn an Händen und Beinen, und zwar ordentlich, damit ich ihn nicht erschießen muss.«

Andere kamen herbei, um Adam zu übernehmen. Irgendwo hatten sie Kabelbinder aus Plastik aufgetrieben, wie sie die Polizei oft anstelle von Handschellen verwendete. Walker stand auf, behielt Adam jedoch wachsam im Auge, um sicherzustellen, dass er sich nicht zur Wehr setzte.

Polly drehte ihm den Arm auf den Rücken, aber Adam lächelte bloß kalt. Blutiger Speichel lief ihm seitlich am Kinn herunter. Vielleicht hatte er sich in die Zunge gebissen.

»Ganz in der Nähe gibt es einen leeren Stall«, sagte Hakan und deutete mit der Pistole in die entsprechende Richtung. »Bringt ihn dorthin, und dann überlegen wir uns, wie wir ihn am besten festhalten können. Und wir brauchen Licht.«

Nachdem seine kurdischen Arbeiter herbeigeeilt waren, ließ Polly Adam los und begann, einen Teil der Lagerbeleuchtung abzumontieren und wie von Hakan gefordert zum Stall zu bringen.

Walker musterte Hakan. »Ist das Zeybekcis Waffe?«

»In meinen Händen ist sie heute Nacht besser aufgehoben als in seinen«, erwiderte Hakan.

Walker widersprach nicht, obwohl er momentan niemandem traute, der eine Waffe trug. Sogar seine eigene, deren Gewicht er über dem Steißbein spürte, kam ihm gefährlich vor; es konnte ganz schnell passieren, dass sie für alle hier zur Bedrohung wurde. Adam war nicht er selbst, und Walker wollte gar nicht darüber nachdenken, was passieren würde, wenn er selbst ebenfalls die Kontrolle verlor.

Kim stand bei Meryam, redete leise auf sie ein und untersuchte ihre Verletzungen. Als er näher kam, sah Walker, dass Meryam angefangen hatte zu weinen. Der Anblick von Tränen auf dem Gesicht dieser Respekt einflößenden Frau erschütterte ihn. Die ganze Situation hatte etwas Surreales gehabt, wie eine Szene aus einem schrecklichen Albtraum. Aber jetzt erkannte er, wie müde Meryam war. Sie sah erschöpft, traurig und verwirrt aus, während ihr das Blut immer weiter über Mund und Kinn lief. Walker zitterte.

»Hakan hat recht«, sagte Meryam. »Adam würde nie die Hand gegen mich erheben. Und schon gar nicht jetzt.«

Walker bemerkte, wie sich Vater Cornelius durch die Leute schob.

»Erzählen Sie es ihr«, sagte der Priester und kniff die Augen so fest zusammen, dass sich in den Winkeln tiefe Falten bildeten. »Es geht alles zu schnell.«

Meryam wischte sich das Blut vom Kinn, unternahm jedoch nichts gegen ihre Tränen. »Was sollen Sie mir erzählen?«

»Was Sie sowieso bereits wissen«, erwiderte Walker. »Was Sie und Hakan gerade selbst gesagt haben. Das war nicht Adam. Es war etwas anderes … Und wir glauben, dass wir seinen Namen kennen.«

Meryam sog zischend Luft ein, als Dr. Dwyer die Nadel durch ihre Gesichtshaut stach und auf der anderen Seite den Faden wieder herauszog.

»Entschuldigung«, sagte der Arzt. »Ich dachte, die Oberflächenanästhesie, die ich aufgetragen habe, würde den Schmerz lindern.«

»Das tut sie sicher auch«, erwiderte Meryam. »Aber es fühlt sich trotzdem nicht angenehm an, das Gesicht durchlöchert zu bekommen. Wie schlimm wird die Narbe?«

Dr. Dwyer zog am Faden und verknotete ihn. »Vier Stiche. Wirklich keine besonders große Narbe, und sie verleiht Ihnen Charakter. Aber wenn es Sie stört, dann kann sie später ein guter Schönheitschirurg bestimmt fast komplett verschwinden lassen.« Er trat einen Schritt zurück und begutachtete sein Werk. »Wollen Sie darüber reden?«

Er sah sie freundlich an, aber Meryam konnte mit Freundlichkeit im Moment nichts anfangen, denn in der jetzigen Situation musste sie hart und unerbittlich sein.

»Ich wüsste gar nicht, wo ich anfangen sollte.«

Dr. Dwyer nickte. »Versuchen Sie, sich etwas auszuruhen. Die Schmerzmittel, die ich Ihnen gegeben habe, sollten Sie schläfrig machen, und ich bin sicher, dass Ihr Körper auch so schon erschöpft ist. Alle weiteren Entscheidungen können bis morgen warten.«

Meryam brachte ein angedeutetes Lächeln zustande. »Sie sollten sich ebenfalls ausruhen.«

Der Arzt hatte dunkle Ringe unter den Augen und soweit Meryam wusste, litt *er* nicht an Krebs. Sie fand, dass sie sich unter den gegebenen Umständen ziemlich gut gehalten hatte. Ja, sie hatte mit ihren Kräften Raubbau betrieben, aber die würden ihr so oder so früh genug ausgehen. Da hatte es doch keinen Sinn, mit ihnen zu haushalten.

Sie legte sich seitlich auf dick zusammengerolltes Bettzeug und zog eine Decke über sich. Die Heizstrahler in der Krankenstation funktionierten gut, doch gegen den eisigen Wind, der durch die Gänge der Arche wehte, konnten auch sie nicht viel ausrichten.

Der Arzt hatte Patil und Zeybekci gestattet, zum Essen in die Messe hinunterzugehen. Er hatte eine der Studentinnen, eine junge Frau namens Belinda, mitgeschickt und ihr aufgetragen, sie wieder in die Krankenstation zurückzubringen, sobald sie fertig waren.

Doch dass sie weg waren, bedeutete nicht, dass Meryam allein war. Einen guten Meter von ihr entfernt lag Armando Olivieri mit dem Kopf auf einem kleinen Kissen. Dr. Dwyer hatte ihm Beruhigungsmittel verabreicht, aber selbst im bewusstlosen Zustand runzelte der Professor noch immer die Stirn und schien aufgewühlt.

Schläfrig ließ sie die Augen zufallen … und ein Bild von Adam schoss ihr in den Kopf, wild und grausam, mit Augen, die vor Bosheit funkelten. Sie fühlte wieder den brennenden Schmerz des Schlages, als er zum ersten Mal Hand an sie gelegt hatte. Hatte sie da nicht ein eigenartiges Feuer in seinen Augen flackern sehen und eine Farbe aufblitzen, die dort nicht hingehörte? Sie stellte sich vor, wie er lächelte, und sah eine wilde Ansammlung spitzer schwarzer Zähne in seinem Mund. Als sie zurückzuckte, blieb ihr Blick an den Hörnern hängen, die ihm aus dem Kopf wuchsen und durch die Haare ragten …

Stöhnend schreckte Meryam aus dem Schlaf. Ihr Herz trommelte in der Brust und schlug bis in den Hals hinauf, sodass sie kaum noch atmen konnte. Sie sah zur Seite und betrachtete die reglose Gestalt von Professor Olivieri. Er hatte sich auf seinem Bett umgedreht und wandte ihr nun den Rücken zu. Während sie um Atem rang, blickte sie sich um und bemerkte, dass das Licht in der Krankenstation heruntergeregelt war. *Ein Traum*, dachte sie, aber es hatte sich eher wie eine Geistererscheinung angefühlt.

Meryam lauschte Olivieris regelmäßigen Atemzügen und beobachtete, wie sich sein Rücken hob und wieder senkte. Irgendwie kam ihr sein Atem fast zu gleichförmig vor, und sie hatte das Gefühl, dass er gar nicht schlief, sondern abwartete. Lauschte.

Sie schlang unter der Decke die Arme um sich, rutschte ein Stück von ihm weg und wurde sich der Dunkelheit um sie herum bewusst. Meryam zwang sich dazu, nicht über die Schlüsse nachzugrübeln, die Walker und Vater Cornelius gezogen hatten. Im Moment wollte sie nur, dass es Adam gutging und dass das, was sich seines Verstandes bemächtigt hatte, wieder verschwand.

Und das bedeutet, dass du daran glaubst, sagte sie sich. *Du glaubst an den Dämon*. Sein Körper mochte tot sein, aber seine Essenz war geblieben. Walker hatte von einer uralten Krankheit gesprochen, irgendeiner Seuche, mit der sich seit Tausenden von Jahren niemand mehr angesteckt hatte, und Meryam erkannte jetzt, dass es genau das war … nur nicht so, wie es sich irgendwer von ihnen hatte ausmalen können.

Ihr Gesicht tat weh, und direkt über dem linken Auge fühlte sie einen stechenden Schmerz im Kopf. Meryam schlug die Decke zurück und stieg steifbeinig aus dem Bett. Ihre Stiefel und die Jacke waren in Reichweite. Während sie sie vorsichtig überstreifte, verzog sie immer wieder das Gesicht.

Dr. Dwyer war nirgends zu sehen. Olivieri hielt ihr immer noch den Rücken zugewandt, aber sie rechnete halb damit, dass er sie gleich ansprach. Einen Moment lang wartete sie ab, ob er wirklich etwas sagen würde. Ein wenig Unterstützung wäre gut gewesen, und sie wusste, dass Olivieri sie verstünde. Andere würden vielleicht versuchen, sie aufzuhalten. Bevor sie die brutale Bosheit in Adams Augen gesehen hatte, das Funkeln von etwas, das sie aus seinen Augen anstarrte und – wie sie wusste – nicht er war, hätte sie auch selbst versucht, sich aufzuhalten.

Aber jetzt nicht mehr.

So geräuschlos wie möglich schlich sie aus der Krankenstation. Rechterhand hörte sie im Gang Stimmen flüstern und leise Schritte, die sich näherten, also bog sie eilig nach links und wurde gleich darauf von den Schatten der Arche verschluckt. Mitten in der Nacht würde sich abgesehen von ein, zwei Wachen niemand in diesem Bereich aufhalten. Keiner würde dort hinten sein wollen. Ganz besonders nicht jetzt.

Denn *er* war da. Der Dämon. Shamdon.

Meryam ging schneller.

Walkers Wangen brannten vor Kälte. Mit zunehmender Erschöpfung erschien ihm die eisige Temperatur immer unerträglicher. Seine alten Verletzungen schmerzten, und er fühlte sich wie ein Greis, als er neben Kim herlief. Dr. Dwyer eilte ihnen voraus, ganz aufgeregt in seiner Entrüstung. Das Schlusslicht bildete Vater Cornelius, dessen Alter sich mittlerweile massiv bemerkbar machte.

»Lassen Sie sie doch bis morgen früh schlafen«, sagte der Arzt, der immer empörter wirkte, weil sie ihn so hartnäckig ignorierten.

Als er schließlich stehen blieb und versuchte, ihnen den Weg zu versperren, legte ihm Kim bloß eine Hand auf die Schulter und schob ihn sanft beiseite. »Das ist Meryams Projekt«, sagte sie. »Wenn ihr Partner auch nur annähernd dazu in der Lage wäre, Entscheidungen zu treffen, würden wir uns Ihren ärztlichen Anweisungen beugen. Aber Meryam muss leider alle Entscheidungen abnicken, außer Sie glauben, das Team findet es gut, wenn Dr. Walker und ich die Kontrolle über die Arche an uns reißen.«

»Morgen früh«, flüsterte der Doktor mit heiserer Stimme, als sie sich der Krankenstation näherten.

Walker fand es sehr sympathisch, dass er seine Patienten schützen wollte. »Hören Sie, Doc…« Er gab Dr. Dwyer einen Moment, um sich zu fassen und seinen rasenden Puls zu beruhigen. »Was vorhin auf Ebene Eins mit Adam passiert ist, hat allen eine Höllenangst eingejagt. Das ist schlecht, weil da unten jetzt viel geweint und gebetet wird und einige sich wünschten, sie wären nie hier heraufgeklettert. Aber das Gute ist, dass es plötzlich keine Streitereien mehr gibt. Hakans Arbeiter helfen dabei, Adam zu bewachen. Die Archäologiestudenten diskutieren nicht mehr darüber, ob das hier tatsächlich die Arche Noah ist, ob sie an Engel und Dämonen glauben und ob wir wirklich einen Dämon bei uns in der Höhle haben. Schon bald werden sie sich fragen, ob Adam die vier Menschen getötet hat, die während der letzten beiden Nächte verschwunden sind. Und wenn nicht, wer es dann getan hat. Denn Sie können verdammt sicher sein, dass sie die vier für tot halten. Vielleicht ist es ja bald schon wieder vorbei, aber zum allerersten Mal ziehen alle am selben Strang. Sie arbeiten eng zusammen, sammeln alle bisherigen Forschungsergebnisse ein, und sobald der Schneesturm vorüber ist, verschwinden wir von diesem Berg.«

Dr. Dwyer nickte vehement und sah von Walker zu Kim. »Okay, das sind doch gute Neuigkeiten, oder? Keine Streits mehr. Und wir evakuieren die Höhle so bald wie möglich.«

Walker hoffte, dass man ihm seine Angst nicht ansah. »Das ist der Plan.«

»Aber warum müssen Sie Meryam behelligen? Lassen Sie sie doch eine Weile schlafen«, flehte Dr. Dwyer.

Kim zuckte resigniert mit den Schultern. »Die Streitigkeiten werden schon früh genug wieder losgehen. Das Dämonengift ist bereits in uns.«

»Ich glaube nicht…«, begann Dr. Dwyer.

»Und es ist jetzt schon klar, dass sich die Leute als Nächstes darüber in die Haare kriegen werden, wie wir mit Adam verfahren sollen.«

Vater Cornelius räusperte sich. »Und auch über die Frage, wer von uns besessen ist. Alle werden ihre Vermutungen anstellen und mit dem Finger auf irgendjemanden zeigen, den sie nicht leiden können. Wir werden schon bald eine ziemliche Paranoia erleben.«

Walker betrachtete Dr. Dwyer eingehend. »Deswegen müssen wir dafür sorgen, dass auch weiterhin alle an einem Strang ziehen. Wenn wir das schaffen, wird es möglicherweise ohne Verletzungen abgehen.«

Als Walker den Eingang zur Krankenstation erreichte, lief Dr. Dwyer ihm nach. »Aber seien Sie bitte …«

»… leise«, vollendete Kim seinen Satz. »Danke, wir wissen Bescheid.«

Walker trat in den Behandlungsraum. Irgendwo in seinem Inneren hatte er genug Energiereserven gefunden, um bis jetzt weiterzumachen. Aber nun fühlte er, wie ihn aller Antrieb verließ. Im trüben Licht der Krankenstation sah er allein Professor Olivieri. Alle anderen Betten waren leer.

»Scheiße«, murmelte Dr. Dwyer.

»Wo ist sie hin?«, fragte Kim aufgebracht. »Wir dürfen im Moment niemanden aus den Augen lassen, Dr. Dwywer. Und schon gar nicht jemanden, der mit dem …«

»… Dämon in Kontakt gekommen ist«, fiel ihr Vater Cornelius ins Wort.

Das Rascheln von Kleidung erregte ihre Aufmerksamkeit, und gleich darauf ertönte eine raue Stimme. »Sie dürfen das Pech nicht vergessen, Vater.«

Erneut hörten sie Kleidung knistern. Olivieri rollte sich herum und blickte sie im Halbdunkel an. Walker hatte keine Ahnung, wieso der Mann auf der Krankenstation gelandet war, aber sein Kopf kippte leicht zur Seite. Es war offensichtlich, dass Olivieri unter Beruhigungsmitteln stand. Auf seiner Wange glitzerte ein dün ner Speichelfaden.

»Armando, dafür haben wir jetzt keine Zeit«, sagte Vater Cornelius.

Olivieris Gesicht verzog sich zu einer wütenden

Fratze. »Die sollten Sie sich aber dringend nehmen. Mit Ihrer Arroganz riskieren Sie hier oben Leben, vielleicht sogar Ihr eigenes. Sie sind nicht der einzige Gelehrte an Bord der Arche, Vater.«

Walker sah verwirrt zum Priester und unternahm keinen Versuch, seine Neugier zu verbergen.

Kim blickte in den Gang hinaus und hielt nach Meryam Ausschau.

»Vater?«, drängte Walker.

Der Priester lockerte seinen Schal. »Na gut, Armando. Was soll mit dem Pech sein?«

Olivieri hustete rasselnd und bekam einen kurzen Krampfanfall. Im nächsten Moment ließ er sich aufs Kissen zurücksinken und fixierte den Geistlichen mit trübem Blick. »Helen Marshalls Team hat die Gerippe von mehreren Passagieren der Arche untersucht. Viele von ihnen trugen Lederhalsbänder mit Amuletten – Splitter aus dem gleichen schwarzen Pech, mit dem sie den Sarg versiegelt haben.«

»Worauf wollen Sie hinaus?«, fragte Walker.

»Haben Sie den Historiker Berossos gelesen?«

»Für so etwas haben wir jetzt wirklich keine Zeit«, sagte Walker und blickte nervös zu Kim hinüber, die draußen im Gang stand und den Kopf schüttelte. Keine Spur von Meryam.

»Drittes Jahrhundert vor Christi Geburt?«, fragte Vater Cornelius. »Ich habe *über* ihn gelesen und ein paar Zusammenfassungen seiner Texte, aber ich hatte nie Gelegenheit, die Originale zu studieren.«

»Kein Wunder. Er war kein besonders bedeutender Geschichtsschreiber, und er hat viele Ereignisse, die er nur vom Hörensagen kannte, so aufgeschrieben, als wäre er selbst dabei gewesen. Ich bin überhaupt nur wegen meiner Arche-Studien auf ihn gestoßen. Schon zu seiner Zeit hat es Gelehrte gegeben, die sich nicht sicher waren, ob es Noah und die Arche wirklich gegeben hat. Sie haben nach Beweisen für ihre Existenz gesucht, sind dabei aber nur auf immer neue Geschichten gestoßen. Berossos berichtet, er sei in seiner Jugend einem Mann begegnet, der behauptete, er habe das Wrack der Arche auf einem der Berge hier entdeckt. Und Berossos schreibt weiter, dass die Menschen, die im Schatten dieses Berges gelebt haben, Pechsplitter um den Hals getragen haben sollen, zum Schutz gegen das Böse.«

»Wie die Passagiere der Arche«, bemerkte Vater Cornelius.

Kim strich sich eine Haarsträhne aus den Augen. »Wie müssen wir das verstehen? Soll das Pech irgendwelche magischen Kräfte gehabt haben? Oder vollzogen sie ein Ritual, um es mit einem Schutzzauber aufzuladen?«

»Als Helen mir die Amulette gezeigt hat, habe ich mir dieselben Fragen gestellt. Aber nach allem, was in der Zwischenzeit geschehen ist, habe ich dann nicht mehr weiter darüber nachgedacht. Bis jetzt. Ich kann mich nicht mehr an den genauen Wortlaut erinnern. Es kann sein, dass Berossos irgendetwas dazu gesagt hat, vielleicht auch nicht, aber wenn sich die Familie, die diese Arche gebaut hat, die Zeit genommen hat, den Sarg mit Pech zu ummanteln …«

»Sie haben ihn mindestens sechs Zoll dick mit dem Zeug eingestrichen«, sagte Walker. »Warum hätten Sie sich die Mühe machen sollen, wenn sie nicht daran geglaubt hätten, dass es sie irgendwie schützt?«

»Sie müssen gewusst haben, dass ein Teil des Dämons

noch gelebt hat«, sagte Vater Cornelius nachdenklich. »Dass seine Essenz immer noch eine Bedrohung darstellte.«

»Für immer«, fügte Kim in finsterem Ton hinzu. »Wie Atommüll, den man in Fässer steckt und dann in Zement gießt oder in Stahlbunkern einlagert.«

In der Krankenstation breitete sich Schweigen aus.

Walker sah die Leute an, die hier versammelt waren – den Priester und den Arzt, dann Kim und Olivieri –, und wusste, dass es möglicherweise keinen Unterschied machte. Aber vielleicht doch. Vielleicht bedeutete Olivieris Entdeckung den Unterschied zwischen Leben und Tod. »Vater, können Sie diese Aufgabe zusammen mit Professor Olivieri übernehmen? Finden Sie alle Amulette, die Professor Marshall entdeckt hat. Dann brechen Sie weitere Splitter aus der Hülle. Wir brauchen genügend für alle.«

Dr. Dwyer schnaubte. »Glauben Sie das etwa? Das ist doch nur ein zweitausend Jahre altes Volksmärchen.«

Walker sah ihn an und grinste freudlos. »Ja? Und worin befinden wir uns Ihrer Meinung nach gerade?«

Der Arzt wollte etwas entgegnen, aber Kim zischte, er solle leise sein, und hob eine Hand. Sie stand im Eingang und lauschte den Geräuschen aus der Höhle. »Da schreit irgendwer.«

Walker befiel eine schreckliche Melancholie, und er konnte an Kims Gesicht ablesen, dass es ihr genauso erging. Gerade eben hatten sie noch versucht, ein Fünkchen Hoffnung zu einem Feuer anzufachen, doch nun war es bereits wieder erloschen. »Vater, Sie und der Professor machen sich an die Arbeit«, sagte er. Und an Kim gewandt: »Dann mal los.«

Sie folgten den Schreien. Mit all den Ställen, Gängen und Öffnungen zwischen den Ebenen war die Akustik der Arche oft verwirrend, und hin und wieder ertönten wispernde Stimmen in dunklen Ecken, wo niemand war. Doch als sie bei der Heckwand anlangten, wurden die Schreie lauter und vielstimmiger. Walker bestieg zuerst die Leiter und dachte darüber nach, wie sein Team allein von dem Berg herunterkommen sollte. Wie viel Vorbereitungszeit würden sie benötigen? Konnte Vater Cornelius im Sturm klettern? Würde einer der Kurden sie führen? Vielleicht sogar Hakan selbst? Immerhin schien er sehr erpicht darauf, das Projekt zu beenden.

Sobald Walker den Boden erreicht hatte, drehte er sich um und rannte weiter zur nächsten Leiter, die zur ersten Ebene hinunterführte. Durch die Öffnung sah er Feuerschein. Und dort stand Meryam. Auf ihrem Gesicht flackerte das orange Licht, und um sie herum tanzten die Schatten, als befände sie sich in einer Art Unterwasserhölle.

»Kim«, rief er. »Feuer.«

Sie antwortete mit einem Schwall englischsprachiger Flüche. Walker war bereits auf halbem Weg die Leiter hinunter. Kim folgte ihm.

»Gehen Sie zurück!«, blaffte Meryam.

Walker sprang von der drittletzten Sprosse und wirbelte herum, um sie anzusehen, aber Meryam hatte gar nicht mit ihm gesprochen. Polly war mit einem Feuerlöscher in den Händen aus einem der Gänge gekommen, und Meryam lief zu ihr, um sie aufzuhalten.

»Sind Sie denn völlig durchgeknallt?«, schrie Polly. »Hier drinnen gibt es nichts als trockenes Holz, und Sie zünden ein beschissenes Feuer an!«

Meryam hielt einen Finger in die Höhe, so als könnte sie allein damit Polly Einhalt gebieten. »Dann ist es Ihre Aufgabe zu verhindern, dass es sich weiter ausbreitet, aber lassen Sie es ja brennen! Verstehen Sie mich? Sie lassen das verdammte Ding brennen!«

Kim tauchte neben Walker auf. Und es waren auch noch ein paar andere da – Feyiz, Avci und eine Doktorandin namens Chloe. In einer Ecke stand Calliope und hielt alles auf Film fest. Walker sah den Widerschein der Flammen auf der Kameralinse.

»Meryam«, sagte Feyiz und ging mit flehentlich ausgestreckten Händen auf sie zu.

»Nein«, erwiderte sie und kämpfte offensichtlich mit den Tränen. »Du nicht. Du bist der Letzte, mit dem ich jetzt gerade reden möchte.«

Danach herrschte erst einmal Schweigen.

Meryam hatte den Leichnam des Dämons ausgepackt und ihn vermutlich mit irgendeinem Brandbeschleuniger übergossen, bevor sie ihn angezündet hatte. Die trockenen Knochen knackten, und die dünnen Fetzen uralter papyrusartiger Haut knisterten und kräuselten sich. Mit dem Rauch stieg Asche auf. Flammen tanzten im Inneren des Schädels, der mit seinem aufgeklappten Unterkiefer wie eine böse grinsende Halloween-Kürbislaterne aussah. Die Hörner wurden immer schwärzer, schienen ansonsten jedoch vom Feuer unberührt, als wollten sie mit aller Macht beweisen, dass sie aus der Hölle stammten.

Walker erkannte, dass sich die Flammen allmählich durch die Balken unter dem Leichnam fraßen und zur Wand hin ausbreiteten. Polly, Chloe und Feyiz machten alle gleichzeitig einen Schritt nach vorn, als ob sie auf das Feuer zustürmen wollten.

»Warten Sie«, sagte Walker und schob sich an Meryam vorbei.

Sie machte Anstalten zu protestieren, als er nach dem Feuerlöscher in Pollys Hand griff. Polly hielt ihn zunächst umklammert und schien verwirrt, doch dann überließ sie ihm den Metallkanister. Walker nahm ihn und drehte sich zu den berstenden und immer schwärzer werdenden Knochen des Dämons um.

»Meryam hat recht«, erklärte er. »Wir lassen ihn verbrennen.«

Fünfzehn

Meryams Haut prickelte noch immer von der Hitze. Der Kadaver lag auf dem schrägen Boden, ganz hinten auf dem untersten Deck der Arche, und bestand nur noch aus verkohlten Knochen, Asche und Glutstückchen. Sie leuchteten orange und knackten und zischten, ehe sie eines nach dem anderen verloschen. Die Hörner ragten immer noch aus dem Schädel, aber der größte Teil des Skeletts war verbrannt, und ein paar der Knochen waren zu Staub zerfallen.

Nach nur einer halben Stunde, vielleicht hatte es nicht mal so lange gedauert, war von den sterblichen Überresten des Dämons fast nichts mehr übrig.

Der Dämon, dachte sie, während sie in die Glut starrte. Sie hatte das merkwürdige Gefühl, das müsste gefeiert werden. Sie glaubte an dieses Geschöpf, an seine Bösartigkeit, und wenn das Böse tatsächlich existierte, warf das viele weitere Fragen auf, die sie sich schon seit Jahren nicht mehr gestellt hatte.

Adam hatte als Junge in Angst und Schrecken gelebt, weil seine Großmutter der Überzeugung gewesen war, dass sich ein böser Geist in ihrer Standuhr versteckt hielt. Er hatte sich selbst und Meryam immer vorgemacht, er hätte gar nicht wirklich an diese Geschichte geglaubt. Es stimmte, dass Adam nicht daran hatte glauben *wollen* – aber nur, weil er sich ansonsten damit hätte konfrontieren müssen, was damals in den langen Nächten im Haus seiner Großmutter wirklich geschehen war.

Nun war das Böse in ihn hineingeschlüpft, beinahe so, als hätte der Dibbuk vor all den Jahren die Tür zu seiner Seele aufgebrochen und als wäre dieses Wesen, Shamdon, nun durch diese Öffnung eingedrungen.

Als sie ihre rußverschmierten Hände hob, um sich die Tränen aus dem Gesicht zu wischen, begann sie am ganzen Körper zu zittern.

Eine der dunklen Gestalten hier im Heck der Arche ging auf die zerbröckelnden, rauchenden Überreste des Dämons zu. Sie sah, dass es Walker war. Mit finsterer Miene näherte er sich dem Wesen, hob einen seiner festen Stiefel und zertrat mit dem Absatz das Gesicht des Dämons. Der Schädel brach auseinander und zerfiel zu schwarzem Pulver. Funken stoben auf.

Ein Teil des Feuers leckte nach der Wand hinter den Knochen, aber Walker hob den Feuerlöscher und erstickte es. Er hatte den Brandherd die ganze Zeit kontrolliert. Die Leiche war erstaunlich schnell verbrannt, eigentlich kein Wunder, da sie doch nur aus trockener Haut und Knochen bestanden hatte, aber es war ziemlich viel Rauch aufgestiegen. Meryam roch ihn in ihren Haaren, an ihrer Kleidung und fühlte ihn im Hals. Den Gestank würde sie noch tagelang mit sich herumtragen. Vielleicht sogar für immer.

Sie verzog das Gesicht und blickte nacheinander die dunklen Gestalten um sie herum an. Zum ersten Mal wurde ihr bewusst, dass für sie »für immer« vielleicht schon hier in der Arche zu Ende gehen würde. Nein, das würde Meryam nicht zulassen.

»Was meinen Sie, wie viel davon können wir auf den

Dämon schieben?«, fragte sie und musterte die Gesichter der Umstehenden. Wyn Douglas und Polly Bennett. Kim und Walker. Avci und Vater Cornelius. Und nicht zu vergessen: Calliope mit ihrer verdammten Kamera.

Nein, das darfst du ihr nicht vorwerfen. Du kannst sie hassen, aber nicht dafür. Adam wird das bestimmt alles auf Film haben wollen.

»Ich verstehe nicht, was Sie meinen«, sagte der alte Priester.

»Natürlich tun Sie das. Ich meine unser Verhalten, meins eingeschlossen. In meinem Leben läuft es zwar auch abgesehen von diesem Albtraum ganz schön beschissen, aber ich frage mich trotzdem, ob es mich beeinflusst, ob es uns alle manipuliert.«

Walker streifte seinen Stiefelabsatz am Holzboden ab. »Vielleicht, vielleicht auch nicht. Aber das spielt keine Rolle. Von jetzt an müssen wir uns gegenseitig im Auge behalten und uns auch selbst wachsam beobachten. Was Adam zugestoßen ist, war nicht nur Manipulation. Er ist…«

Als sie sah, dass er das Wort nicht aussprechen wollte, sagte sie es für ihn: »Besessen.«

»Vater«, sagte Kim, »haben wir das bewirkt, als wir ihn aus der Kiste geholt haben? Kann er sich deshalb inzwischen… freier bewegen?«

»Möglich«, erwiderte Vater Cornelius. »Er scheint mutiger geworden zu sein. Aber wir müssen davon ausgehen, dass die vier Vermissten umgebracht worden sind und dass er einen von uns dazu missbraucht hat, sie zu töten. Und das bedeutet, dass entweder Adam oder irgendwer anders, schon bevor wir den Leichnam bewegt haben, von ihm besessen gewesen sein muss.«

»Wir können niemandem trauen«, sagte Walker. »Ich könnte Sie in diesem Moment ansehen und mit Ihnen sprechen, ohne zu merken, dass Sie der Dämon sind.«

Meryam atmete die rauchgeschwängerte Luft ein. Ein kalter Wind strich durch den Korridor. Einen Moment lang schätzten sie alle einander ab.

»Nein«, sagte Wyn Douglas. »Im Moment wissen wir Bescheid. Es kontrolliert Adam. Also lassen Sie uns jetzt beschließen, was wir tun werden.«

Avci pflichtete ihr bei. Und auch Polly und Kim nickten.

Vater Cornelius hustete. Der eingeatmete Rauch hatte ihnen allen zugesetzt. »Ich muss Ihnen widersprechen. Der Dämon wird uns auch weiterhin plagen. Und wir haben keine Ahnung, wozu er sonst noch imstande ist.«

»Meryam hat seine Überreste beseitigt«, sagte Gwyn. »Es ist nichts mehr übrig.«

»Aber vergessen Sie nicht Adam«, entgegnete Vater Cornelius. »Er ist inzwischen auf der Krankenstation. Ich war bei ihm. Seine Augen sind offen, und er grinst. Als ich ihn fragte, wer er ist, hat er mich angespuckt.«

Walker fluchte leise, oder vielleicht betete er auch.

»Was schlagen Sie also vor?«, fragte Polly und erschauderte. »Und machen Sie bitte einen Vorschlag, denn nichts zu tun …«

»Ich habe durchaus vor, etwas zu tun«, unterbrach sie Vater Cornelius. »Es ist das Einzige, was mir einfällt. Aber zuvor müssen Sie alle zustimmen, dass es getan werden muss, dass es dafür keine Alternative gibt und dass Sie alles tun werden, was Sie können, um die anderen Teammitglieder zu beruhigen, wenn sich jemand daran stören sollte. Wir dürfen uns jetzt nicht in irgendwelchen Glaubensstreitigkeiten verheddern. Dieser Dämon ist älter als meine Konfession, und wenn er wirklich das ist, wofür ich ihn halte, ist er älter als jede Religion. Aber wenn wir irgendetwas unternehmen wollen, um Adam zu helfen und den Rest von uns zu schützen, dann scheint mir ein Exorzismus die einzige Möglichkeit zu sein.«

Avci begann sofort, den Kopf zu schütteln. »Das halte ich für eine schlechte Idee. Eine sehr schlechte. Unter den türkischen Studenten herrscht jetzt schon genug Aufruhr. Und die Bergführer, Hakans Arbeiter …«

»Sprechen Sie nicht für die«, unterbrach ihn Polly. »Sie haben alle gerade erst miterlebt, was Adam zugestoßen ist. Wenn Sie selbst damit Probleme haben, dann sagen Sie das, aber mittlerweile arbeiten wir alle schon seit mehreren Wochen zusammen. Die Muslime und Juden im Team müssen ja nicht gleich an das Christentum glauben und wollen vielleicht trotzdem, dass wir alles tun, um sie zu beschützen.«

Avci schnaubte, schwieg ansonsten jedoch. Meryam nickte Polly dankbar zu.

»Sind Sie mit dem Ritual vertraut?«, fragte Walker und sah den Priester an. »Ich habe das immer für absoluten Blödsinn gehalten, aber ich weiß, dass Priester eine strenge Ausbildung durchlaufen müssen, bevor sie Austreibungen vornehmen dürfen.«

»Ich habe diese Ausbildung nicht absolviert«, sagte Vater Cornelius. »Aber ich habe bei dem Ritual zugesehen und kenne seine Bestandteile. Dem Pontifex würde das bestimmt nicht reichen, doch ich weiß nicht, was wir sonst für eine Wahl haben. Die Gefahr, die von dem Dämon ausgeht, wiegt viel schwerer als alle Risiken, die ich persönlich bei dem Ritual auf mich nehme.«

Walker massierte sich den Nacken, als wollte er gegen eine beginnende Migräne ankämpfen. Meryam verstand, dass er sich bei der Sache nicht wohlfühlte, aber sie hatte selbst einen Punkt erreicht, an dem sie wusste, dass bestimmte Dinge einfach getan werden mussten. Den Leichnam anzuzünden war notwendig gewesen, genau wie das, was Vater Cornelius vorhatte.

»Wir können nur herumsitzen und darauf warten, dass der Dämon sein nächstes Opfer tötet, oder zumindest versuchen, etwas dagegen zu unternehmen«, sagte sie.

»Oder wir klettern mitten in einem Schneesturm vom Berg herunter«, fügte Wyn Douglas hinzu.

Meryam drehte sich zu Polly um. »Gehen Sie zur Krankenstation und bitten Sie Hakan und Feyiz, dass sie Adam hierherbringen. Und sorgen Sie dafür, dass er gefesselt ist.«

Avci wollte noch etwas sagen, aber Meryam bedachte ihn mit einem vernichtenden Blick. »Ihre Einwände sind zur Kenntnis genommen, Avci. Falls Sie es lebend von diesem Berg runterschaffen, können Sie sie ja noch mal Ihrer Regierung vortragen.«

Die Luft in dem Gang war stickig und roch muffig. Außerdem war es hier eigenartig warm. Meryam redete sich ein, dass das an ihrer aller Körperwärme liegen musste, jetzt, da sich auch Feyiz und Hakan zu ihnen gesellt hatten. Polly hatte erzählt, dass draußen immer noch der Sturm tobte. Sie hatte nach den übrigen Teammitgliedern gesehen, die sich größtenteils nicht weit von der Krankenstation entfernt auf der zweiten Ebene zusammendrängten. Eine Handvoll hielt sich im Lager auf Ebene Eins auf. In wenigen Stunden würde der Morgen anbrechen, aber die Temperatur fiel beständig weiter, und auf der Außenseite der Plastikplanen hatte sich eine Eisschicht gebildet.

Anders als hier, wo zwischen den verbrannten Überresten des Dämons immer noch vereinzelt Glut zu sehen war. Kim stand neben Vater Cornelius. Der alte Geistliche kniete auf einem Kissen, das man ihm gebracht hatte. Vor ihm auf dem Holzboden lag Adam auf dem Rücken. Seine Hände waren mittlerweile vor dem Körper gefesselt, die Fußknöchel mit einem weiteren Kabelbinder verschnürt. Er trug immer noch das gleiche entnervende Grinsen und war auch noch genauso schweigsam wie vorhin, als sie ihn hierhergeführt hatten. Schweißperlen glitzerten auf seiner Stirn. Auf seiner Haut lag ein öliger Glanz, und sie wirkte so vergilbt wie altes Pergament.

Als sie ihn ansah, stieg etwas in Meryams Kehle auf. Sie wusste nicht, ob es ein Schrei oder ihr Mageninhalt war. Was es auch war, es gelang ihr, es wieder herunterzuschlucken.

»Er ist doch Jude«, flüsterte Feyiz neben ihr.

»Und ich bin eine Muslima«, entgegnete sie.

Aber sie wusste, dass weder das eine noch das andere stimmte. Adam war vielleicht mehr jüdisch als sie muslimisch, aber Religion hatte für sie bisher keine große Rolle gespielt. Sie suchten beide nach der Wahrheit. Sie hatte immer gehofft, dabei ein paar verborgene Mysterien zu enthüllen, und Adam hatte sich das Gegenteil gewünscht. Und jetzt war sie hier und bekam genau das, was sie sich erhofft hatte, in der schlimmsten Weise, die man sich nur vorstellen konnte.

Es ist so warm hier hinten, dachte sie. Der Wind

schien im Moment nicht bis hierher wehen zu wollen, und auch die Kälte hielt sich fern. *Wegen der Körperwärme,* sagte sie sich, doch sie wusste, dass das nicht der Grund war.

Vater Cornelius bemühte sich nun schon seit über einer Stunde, mit einem Gebet nach dem anderen. Bei ein paar von ihnen hatte er sich von Kim Seong unterstützen lassen, der einzigen anderen bekennenden Katholikin an Bord der Arche. Hakan und Walker flankierten Adam, bereit, etwas zu unternehmen, wenn der Dämon um sich schlagen sollte. Polly und Wyn bewachten die Gänge, die zum vorderen Bereich der Höhle führten, und stellten sicher, dass niemand störte. Avci und Feyiz standen neben Meryam und sahen zu.

Eine merkwürdige Gruppe, um einen Exorzismus vorzunehmen. Aber da sich schon das Wort so lächerlich anhörte, wenn sie es sich in Gedanken vorsagte, warum sollte die Gruppe dann weniger lachhaft sein?

So warm, dachte sie. Sie sah auf die kleinen Brandherde, die immer noch in der Asche des verbrannten Dämons flackerten. Der Wind, der durch die Höhle blies, hatte den Rauch fortgeweht, bevor er aufgehört hatte, durch den Gang zu streichen. Sogar der Rauchgeruch, der an allem haftete, hatte nachgelassen und war zum Teil durch etwas anderes ersetzt worden. Etwas, was Meryam nicht gleich einordnen konnte. Dann fiel es ihr ein. Der Geruch erinnerte sie an den intensiven Duft von schwarzem Tee, an das Aroma der ganzen Blätter, wenn man zum ersten Mal die Dose öffnete. Trocken, alt und erdig.

»Hier hinten riecht es merkwürdig«, sagte Calliope hinter der Kamera, als hätte sie Meryams Gedanken gelesen.

Meryam runzelte die Stirn. Weinte Calliope etwa? Sie blickte von der Kamerafrau zu Adam und dann wieder zu ihr zurück. Sie bemerkte, wie Calliope ihn ansah. Es war das erste Mal, dass es ihr wirklich auffiel.

Oh, du Schlampe, dachte sie, bevor sie den Gedanken unterdrückte und ihre Aufmerksamkeit erneut auf Adam richtete. Ihre Eifersucht musste warten. Jahrelang hatte sie immer sich selbst als die Person im Rampenlicht gesehen, diejenige, die die Aufmerksamkeit auf sich zog, und Adam hatte sie in dieser Haltung stets bestärkt. Er war zwar ihr Partner und Co-Autor, aber er war der Mann hinter der Kamera. Hatte ihre Fixierung auf das Rampenlicht sie etwa für andere Dinge blind gemacht, die sie eigentlich hätte sehen müssen?

Schluss damit, sagte sie sich selbst. *Das bringt jetzt nichts. Über deine Beziehung zu Adam kannst du dir immer noch Gedanken machen, sobald er wieder frei ist.*

»Bist du sicher, dass du das willst?«, fragte Feyiz sie leise, während die Gebete weitergingen.

Meryam weigerte sich, ihm in die Augen zu schauen. »Ich will nichts von alledem. Und jetzt sei still.«

Vater Cornelius tauchte die Finger in eine Tasse voll Wasser, das er zuvor geweiht hatte, und spritzte ein bisschen davon auf Adams Gesicht. Der holte geräuschvoll Luft, grinste noch breiter und fuhr zu Meryam herum.

»Ich sollte es dir wirklich erzählen«, sagte er.

Die Stimme, die aus seinem Mund drang, war nicht seine eigene. Sie war seiner *ähnlich* … ähnlich genug, dass den meisten um sie herum der Unterschied wahrscheinlich gar nicht aufgefallen wäre. Aber in ihr schwang etwas Höhnisches mit, das nicht zu Adams Stimme passte.

»… erhöre rasch unsere Bitte um Beistand«, betete

Vater Cornelius wie zur Antwort nun lauter. »Befreie diesen Menschen, der als dein Ebenbild erschaffen worden ist, aus den zerstörerischen Klauen dieses mittäglichen Teufels. Erfülle diese Bestie, die deinen Rebberg verwüstet, mit Schrecken, o Herr. Gib deinen Dienern den Mut, diesem verdorbenen Drachen aufrecht die Stirn zu bieten …«

Er betete weiter und beträufelte Adams Gesicht und seinen Körper erneut mit Weihwasser. Zum ersten Mal geriet dieses schmerzhaft anzuschauende starre Grinsen ins Wanken. Adams Nasenlöcher blähten sich, und er sah den Priester höhnisch an. Als Kim »Amen« flüsterte, um eine Stelle im Gebet des Priesters zu unterstreichen, lachte er leise.

Das ist nicht echt, dachte Meryam. *Das ist nur ein Spiel, etwas, das sich Adam für die Kamera ausgedacht hat.*

Meryam hatte Schmerzen in der Brust. Zitternd hob sie die rechte Hand vor den Mund und fühlte sich, als stecke tief in ihrem Bauch ein Widerhaken, an dem nun jemand fest zog. In diesem Augenblick hätte sie zu jedem Gott gebetet und alles gegeben, wenn sich im Gegenzug herausgestellt hätte, dass das alles nur ein Streich war, irgendein Schwindel, in den Adam nicht mal sie eingeweiht hatte.

In ihren Augen brannten Tränen, die jedoch nicht fließen wollten. Calliope hatte kein Problem zu weinen, aber Meryam konnte es nicht.

»Vertreibe ihn mit deiner mächtigen Hand aus Adam, deinem Diener«, fuhr Vater Cornelius fort.

Meryam zwang sich zu atmen und die unnatürlich warme Luft des Korridors zu inhalieren, den Geruch von Tee und Rauch, der ihr immer mehr zusetzte. Hinter dem Priester sah sie die verbrannten Hörner, in denen sich nach wie vor das Licht spiegelte.

Adam begann zu zittern. Die grinsenden Lippen zuckten, und sein Kopf schlug mehrmals auf den Holzboden. Eine einzelne Fliege summte an Meryams Kopf vorbei. Im ersten Moment dachte sie sich nichts dabei, schließlich war es nur ein Insekt. Doch dann landete es auf Adams Wange, und sie hörte, wie Feyiz neben ihr in seiner Sprache fluchte.

»Kann mir mal jemand verraten, wo diese verdammte Fliege herkommt?«, fragte Walker flüsternd.

Zum ersten Mal hörte sie Furcht in der Stimme dieses unerschütterlichen und klugen Mannes. Nicht nur nervöse Unruhe, sondern echte Furcht. Und das jagte ihr Angst ein. Ja, wo war diese Fliege bloß hergekommen, hier oben auf dem Berg? Mitten in einem Schneesturm?

Das Tier krabbelte mit zuckenden Flügeln auf Adams Nasenrücken entlang. Calliope wimmerte und ließ die Kamera sinken.

»Film weiter«, blaffte Meryam sie an, und Calliope hob die Kamera wieder ans Auge.

Adam lachte, und Vater Cornelius sprach weiter seine Gebete. Adam drehte erneut den Kopf und starrte Meryam voll brennender Verachtung an.

»Ich sollte es dir erzählen«, sagte der Dämon. »Und ich werde es dir jetzt erzählen, damit ich dein Gesicht sehen kann, wenn du es aus meinem Mund hörst.«

Meryam trat vor. Die stickige warme Luft schien sie zurückhalten zu wollen, aber das ließ sie nicht zu. Hakan stellte sich ihr in den Weg, beinahe so, als würde er sie nicht hassen und als wollte er sie beschützen. Doch sie stieß ihn zur Seite, ließ sich auf die Knie fallen und fixierte das Wesen hinter den Augen ihres Geliebten.

»Er hat es mit ihr getrieben. Ist das deine große Überraschung? Das weiß ich schon, auch ohne dass du es mir sagst.«

Das Grinsen wurde so breit, dass sie sah, wie Adams Unterlippe aufplatzte, und dann begannen ihre Tränen doch zu fließen.

»Du weißt es also schon?«, flüsterte der Dämon. »Nein. Du hast es vermutet, aber gewusst hast du es nicht. Bis gerade eben. Der Schmerz in deinen Augen ist köstlich.«

»Du hast an den Fäden gezogen«, flüsterte Meryam zurück. »Du hast dafür gesorgt, dass es passiert.«

Der Dämon feixte. »Natürlich habe ich das getan. Aber ich kann dir sagen, er hat es mir leichtgemacht.«

Meryam erstarrte. Sie fühlte, wie sich Hände auf sie legten, schüttelte sie jedoch ab.

Sie dachte, es wäre Hakan gewesen, aber dann hörte sie Feyiz' leise Stimme an ihrem Ohr, und als er sie erneut berührte, ließ sie zu, dass er sie wegzog, damit der Priester wieder freie Bahn hatte. Sie blickte auf und sah das Mitgefühl in Walkers Augen und Kims Angst, aber in die Kamera schaute sie nicht mehr. Sie wollte Calliope nicht ansehen.

»Film weiter«, sagte sie, nur für den Fall, dass Calliope erneut die Nerven verlor. Möglicherweise wollte sie ja den Blick abwenden, aber Meryam würde es ihr nicht gestatten. Adam zuliebe würden sie alles auf Film festhalten. Nach ihrem Tod würde er berühmt werden. Und wohlhabend. Er würde sich immer daran erinnern, dass sie ihn geliebt hatte.

Natürlich würde sie ebenfalls berühmt sein. Aber eben auch tot.

Die Stimme des Priesters lullte sie ein. Alles, was sie tun konnte, war dastehen und zuschauen. Die Lichter flackerten, und der Wind frischte zum ersten Mal seit mehreren Minuten wieder auf. Nach einer gefühlten Ewigkeit. Aber der Wind war warm. Die Fliege summte Adam vor dem Gesicht herum und setzte sich auf seine Unterlippe. Sie krabbelte auf seine schrecklich grinsenden Zähne.

»Ich beschwöre dich, du alte Schlange, im Namen des Richters über die Lebenden und die Toten, im Namen deines Schöpfers, der die Macht hat, dich in die Hölle hinabzuschleudern. Beuge dich nicht mir als Person, sondern als Gesandtem Christi. Denn es ist die Macht Christi, die dich verdammt, die Macht des Heilands, der dich durch seine Kreuzigung zu Fall …«

Adams Körper zuckte noch immer unkontrolliert, und immer wieder schlug er den Kopf auf die Balken. Als er lachte, erhob sich die Fliege in die Luft und landete dann auf seinem glänzenden Augapfel. Er zwinkerte nicht einmal.

Avci begann auf Türkisch zu beten, zu seinem eigenen Gott. In einiger Entfernung rechts von Meryam, im Schatten eines der Gänge, schluchzte Wyn Douglas und verleugnete lauthals, was sie sah. Sie beharrte darauf, dass nichts davon wirklich geschah.

Wie lange noch bis zum Morgengrauen?

Meryam fühlte sich, als wäre sie von sich selbst losgelöst, als sie Adams Namen sagte. Dann schrie sie ihn an, als sähe sie dabei zu, wie seine Finger sich von der Kante einer hohen Klippe lösten und er in einen tiefen Abgrund stürzte. Und genauso war es ja auch, oder? Meryam kannte die Antwort und schrie erneut seinen Namen.

Adam lachte, und sein ganzer Körper erbebte, während er begann, die übelsten Beschimpfungen auszustoßen. Erneut drehte er sich zu ihr herum und starrte sie an, als er den Kopf anhob und auf den Holzboden donnerte, als wollte er ihre Augen sehen, während er sich selbst den Schädel einschlug. Meryam war sich nicht sicher, aber sie glaubte, dass sie immer noch schrie.

Walker und Hakan ließen sich auf die Knie fallen. Vielleicht hatte Vater Cornelius ihnen befohlen, es zu tun. Sie packten Adam an den Schultern und drückten ihn nieder, während Walker zugleich auch seinen Kopf fixierte, damit er ihn nicht mehr auf das Holz schlagen konnte. Blut floss aus Adams Haaren und den Hals hinunter, wo es ihm in den Kragen sickerte.

Als Meryam das nächste Mal den Atem ausstieß, bildete er Dampfwölkchen. Sie fühlte zwar immer noch die Wärme, doch die Luft war eisig geworden. Hinter dem Priester und seinen Helfern bewegte sich etwas, und sie sah, dass der Schädel des Dämons zur Seite gekippt war, als hätte sich sein eingeschlagenes Gesicht ihr ebenfalls zugewandt, um sie mit seinen verkohlten und zerschmetterten Augenhöhlen anzustarren.

»Weiche nun, du Sünder. Weiche, du lügnerischer und hinterlistiger Verführer, du Feind der Tugend, du Verfolger der Unschuldigen. Hinfort, du abscheuliche Kreatur, hinfort mit …«

Die Lichter erloschen. Jemand schrie. Sekunden verstrichen, in denen Meryams Herz galoppierte, und dann gingen die Lichter flackernd wieder an.

Adams Augen waren geschlossen. Seine Brust hob und

senkte sich mit einem Seufzen. Seine Gesichtsfarbe hatte sich verbessert, doch noch immer standen ihm Schweißtropfen auf der Stirn. Er schnappte nach Luft, und seine Augen öffneten sich flatternd. Gleich darauf fielen sie wieder zu. Meryam war sicher, dass er sie angesehen hatte. Dass es *Adam* war, der sie angesehen hatte, nicht dieses andere Wesen.

Hinter der Kamera bedankte sich Calliope flüsternd bei irgendeiner höheren Macht, zu der sie gebetet hatte.

»Hat es funktioniert?«, fragte Kim. »Ist er … Hat es geklappt, Vater? Ist er verschwunden?«

Vater Cornelius tauchte die Finger in die Tasse mit Weihwasser und machte das Kreuzzeichen auf Adams Stirn. Meryam beobachtete es mit einem Anflug von Widerwillen, doch vor allem empfand sie Hoffnung.

Adam seufzte erneut unter der Berührung.

»Cornelius«, sagte Walker. »Verdammt noch mal. *Ist er verschwunden?*«

»Ich glaube, ja.«

Hakan nörgelte leise, aber Feyiz zischte ihm zu, er solle die Klappe halten, und wandte sich an den Priester. »Sie haben es geschafft.«

Vater Cornelius sah ihn nicht an. Stattdessen wandte er sich zu Meryam um. Einen Moment lang sah sie wieder vor sich, wie Adams Kopf sich zur Seite geneigt und der verbrannte Schädel des Dämons diese Bewegung nachvollzogen hatte. Dann bemerkte sie den Kummer in den sanften Augen des Priesters.

»Ich habe gar nichts geschafft«, sagte er. »Ich war noch nicht mal fertig. Keine Ahnung, ob meine Gebete überhaupt etwas bewirkt haben. Es kann sein, dass ich nicht genug Kraft habe.«

Kim wich vor ihm zurück. »Aber sie haben doch gesagt, dass er verschwunden ist.«

»Das glaube ich auch«, erwiderte er mit entschuldigendem Blick. »Aber ich habe ihn nicht ausgetrieben… und ich weiß nicht, wo er jetzt ist.«

Dr. Dwyer keuchte erschrocken auf, als sich seine Augenlider hoben, aber nicht, weil er mitten in der Nacht geweckt worden war. Vor allem bestürzte ihn, dass er es überhaupt geschafft hatte einzuschlafen. Als er das letzte Mal auf die Uhr in der Krankenstation geblickt hatte, war es kurz vor zwei gewesen, und seine Haut hatte vor Nervosität gekribbelt. Vater Cornelius hatte zugegeben, dass sie einen Exorzismus durchführen wollten, was ihm ebenso unwirklich wie beängstigend vorgekommen war. Er hatte auf einem der Krankenbetten gelegen und es dort bestimmt wärmer und sicherer gehabt als die anderen Teammitglieder, aber er hatte sich weder warm noch sicher gefühlt. Irgendwie war er trotzdem eingenickt.

Jetzt stöhnte er und versuchte, eine embryonale Haltung einzunehmen, um seine verknoteten Muskeln zu lockern. Vielleicht konnte er so ja sogar noch mal einschlafen.

Irgendetwas schabte hinter ihm über den Boden.

Er erstarrte, mit dem Gesicht zur Wand und dem Rücken zur Krankenstation. Der Muskelschmerz in seinem Rücken wanderte hinauf zum Nacken, und er wusste, dass er bewusst ausatmen und sich dehnen musste, aber er konnte nur daliegen und lauschen. Außerhalb der Krankenstation ließ der Wind die Plastikplanen flattern. Nicht zum ersten Mal stellte er sich vor, wie die ganze Höhle Luft holte und wieder ausstieß, wie die Arche atmete.

Er kniff die Augen zu. Leise drangen entfernte Stimmen an sein Ohr. Sie stammten von Teammitgliedern, die heute Nacht in den Gang umgezogen waren. Sie wollten dichter zusammen sein und gleichzeitig weiter entfernt von dem Sturm, der vor dem Höhleneingang tobte.

Hinter sich hörte er das Rascheln von Kleidung. Er wollte gerade fragen, wer da war, als ein intensiv erdiger Geruch die Krankenstation erfüllte, in den sich ein fauliges Aroma mischte. Plötzlich war er wieder acht Jahre alt und versuchte tapfer zu sein, jetzt da er und sein Bruder endlich getrennte Zimmer hatten. Aber er fürchtete sich … fürchtete sich so sehr vor der knochigen Hand der Esche, deren an Finger erinnernde Äste bei jedem Windstoß übers Fenster kratzten.

Dr. Dwyer stieß den Atem aus und verdrängte die Erinnerung aus seinen Gedanken. Einen Moment lang war sie so lebhaft gewesen, und er hatte die vertraute Angst aus seiner Kindheit so deutlich gespürt, dass er sich wieder in das Bett im Haus seiner Eltern zurückversetzt gefühlt hatte. In manchen Nächten hatte er so große Angst gehabt, dass er ins Zimmer seines Bruders Teddy gegangen war, um ihn aufzuwecken. Teddy, der zwei Jahre älter war als er, hatte ihn dann immer in den Arm geboxt und gesagt, er solle nicht so ein Schisser sein.

Sei kein Schisser, dachte er.

Heute Nacht hätte Teddy jedes Recht gehabt, ihn so zu nennen. Dr. Dwyer stieß erneut den Atem aus. In seinem umnebelten Zustand hatte er ganz vergessen, dass Patienten bei ihm hier drinnen waren. Sie hatten Adam abgeholt, und Professor Olivieri war inzwischen auch gegangen, aber Zeybekci und Dev Patil waren immer noch hier.

Idiot. Leise lachend versuchte er, den letzten Rest Angst abzuschütteln. Dann drehte er sich herum und beobachtete, wie Zeybekci auf der anderen Seite der Krankenstation gerade aus dem Bett aufstand. Im trüben Licht der einzigen Lampe, die in einer Ecke der Station brannte, sah es beinahe so aus, als würde der junge türkische Aufpasser schlafwandeln. Zeybekci ließ den Kopf hängen, schniefte einmal und wischte sich dann die Hände an seinem Pullover ab.

»Fühlen Sie sich gut?«, flüsterte Dr. Dwyer. Er wollte Patil nicht wecken, dem er Antibiotika und eine starke Dosis eines angstlösenden Medikaments gegeben hatte, das ihm beim Schlafen helfen würde. Was immer Patil eingeatmet hatte, als sie den Kadaver bewegten, hatte bei ihm Übelkeit verursacht, aber obwohl er erst noch ein paar weitere Untersuchungen anstellen musste, glaubte Dr. Dwyer nicht, dass der Paläopathologe irgendeinen bleibenden Schaden davontragen würde. Immerhin hatte er schon gemeinsam mit Zeybekci in die Messe hinuntergehen und eine Kleinigkeit essen können. Jetzt benötigte er nur noch Ruhe und weitere ärztliche Beobachtung.

Zeybekci dagegen konnte gehen, wann immer ihm danach war.

»Die Nacht ist noch nicht vorbei«, sagte Dr. Dwyer und versuchte einen Blick auf sein Gesicht zu erhaschen. Vielleicht schlafwandelte der Mann ja wirklich. »Bis zum Morgengrauen dauert es noch ein paar Stunden. Am besten bleiben Sie bis morgen früh hier und versuchen, noch ein wenig zu schlafen.«

»Das waren die Hände, die ich am Anfang benutzt habe«, sagte Zeybekci und betrachtete seine Finger, als sähe er sie zum ersten Mal. »Ich habe so leise in seinem Kopf geflüstert, dass er meine Gegenwart gar nicht bemerkt hat. Er hat nie erfahren, was er getan hat. Aber jetzt muss ich nicht mehr flüstern.« Zeybekci machte zwei Schritte und sah dann auf Patil hinab.

»Mr Zeybekci?«, versuchte Dr. Dwyer es noch einmal. *Vielleicht muss er ja pinkeln,* dachte er. Aber warum hatte er dann gerade …?

Zeybekci beugte sich über Patil … Vermutlich ging es ganz schnell, aber die Bewegung wirkte so langsam, als wäre die Krankenstation ein mit Wasser gefülltes Aquarium. Zeybekci legte Patil eine Hand aufs Gesicht und drückte ihn aufs Bett. Die Finger der anderen stieß er dem Schlafenden tief in den Mund. Dann packte er seinen Unterkiefer und riss ihn ab. Knochen krachten, Fleisch zerriss, und Blut spritzte über Bett und Boden.

»Jesus Christus!«, schrie Dr. Dwyer und wich stolpernd zurück.

Bei diesen Worten zuckte Zeybekci zusammen. Aber er grinste höhnisch, als er zu Dr. Dwyer aufsah. Im nächsten Moment legte sich ein wütender Ausdruck auf sein Gesicht, und er begann auf Patils Gesicht einzuhacken – mit dem abgebrochenen Knochen, der aus dem blutigen Unterkiefer herausragte. Patil hob die Hände und versuchte sich zu schützen. Und das war das Schlimmste. Sogar noch schlimmer als die brutale Attacke: Eine Zeit lang war Patil wach und bei Bewusstsein. Sein wortloses Stöhnen war die einzige Art, wie ein Mensch ohne Unterkiefer schreien konnte.

Dann fielen seine Hände herab, und sein Körper erschlaffte. Stoßweise floss Blut, über den Boden, seine Kleidung und das Bettzeug. In wenigen Augenblicken würde Patil tot sein.

Zeybekci blickte wieder zu Dr. Dwyer auf, schüttelte sich vor offenkundiger Wonne und ging einen Schritt auf ihn zu.

Der heiße Gestank von Urin stieg dem Arzt in die Nase. Erst als er spürte, wie sie warm an seinem Bein hinabfloss und von innen die Hose durchnässte, merkte er, dass es seine eigene Pisse war.

Daran zerbrach der kleine Junge in ihm. Und diesmal war sein großer Bruder Teddy nicht da, um ihn zu beschützen.

Schreiend rannte er aus der Krankenstation und geriet in der Urinlache ins Rutschen. Zeybekci sprang auf ihn zu… und verfehlte ihn. Dr. Dwyer krachte gegen den Türstock und stolperte dann in den Gang hinaus, in den eisigen Wind, der durch die Arche wehte.

»Verflucht… verdammte Scheiße«, krächzte er.

Von rechts hörte er die Stimmen der anderen Teammitglieder. Zitternd und benommen vor Schock taumelte er in diese Richtung und wurde mit jedem Schritt schneller. Zeybekci kam in den Gang gestürmt und brach durch ein paar der Plastikplanen. Dr. Dwyer rief um Hilfe.

Vor ihm blockierte eine dicke geschlitzte Plastikfolie den Durchgang. Nachdem er sich hindurchgeschoben hatte, schienen die Stimmen plötzlich weiter entfernt zu sein. Er knirschte mit den Zähnen, und eine grelle Glühbirne an der Wand zu seiner Linken brachte ihn zum Blinzeln. Als ihn plötzlich jemand am Arm ergriff, schlug er um sich und stieß den Mann weg.

»Doc! Hey! Beruhigen Sie sich doch.«

Erneut packten ihn Hände mit einem festen Griff um beide Handgelenke. Er riss den Kopf hoch und begegnete dem Blick des anderen Mannes. Es war einer der amerikanischen Doktoranden, ein junger gut aussehender Typ mit einem italienischen Namen. Bellucci. Nein, Belbusti. Steve.

»Er steckt in Zeybekci«, sagte Dr. Dwyer. »Wir müssen los. Wir brauchen Waffen. Irgendwas, mit dem wir uns schützen können.«

Ein Stück den Gang hinunter streckten nun auch andere die Köpfe aus ihren Zelten, Männer wie Frauen, die müde waren und Angst hatten, sich aber in der Gemeinschaft sicher fühlten. Dr. Dwyer sah Zelte und ein paar Grüppchen, unter anderem vier Leute, die mitten im Gang um einen Heizlüfter herum knieten und Karten spielten.

»Stehen Sie auf!«, schrie Dr. Dwyer sie an. Ihm fiel ein, dass sie ihn vielleicht nicht verstehen konnten, aber seine Angst mussten sie doch sehen. Hielten sie ihn etwa bloß für ein weiteres Mitglied des Teams, das vorübergehend den Verstand verloren hatte? »Verdammt, hören Sie mir zu! Er kommt! Wir müssen …«

»Doc!«, sagte Belbusti und deutete auf die anderen. »Dämon hin oder her. Wir sind nicht blöd und haben uns bewaffnet.«

Belbusti löste einen Eispickel von seinem Gürtel und schwang ihn ein bisschen vor Dr. Dwyer herum. Der silberfarbene Metallstiel glitzerte in dem grellen Licht, und an dem dunkleren Stahlkopf prangten ein paar bösartig aussehende Zacken … schreckliche Reißzähne. Dwyer nickte, ein wenig ruhiger angesichts dieses furchtbaren Werkzeugs, und drehte sich dann gemeinsam mit Belbusti zu dem geschlitzten Plastikvorhang um, der den Weg hierher blockierte. Der Arzt runzelte die Stirn. Wo war Zeybekci?

»Er war unmittelbar hinter mir«, sagte Dr. Dwyer. »Er hat Helen und die anderen umgebracht. Und jetzt gerade…«

»Vielleicht ist er Richtung Höhleneingang gegangen«, sagte Belbusti. »Wir sollten die anderen auf Ebene Eins warnen.«

Mit erhobenem Eispickel und energischer Miene schob Belusti furchtlos die Plastikstreifen beiseite und machte sich bereit loszugehen. Aber er war erst einen halben Schritt weit gekommen, als Zeybekci durch die Folie stürmte – so unvermittelt, als wäre er gerade noch ein Teil der Schatten auf der anderen Seite gewesen. Er packte Belbusti mit einer Hand an der Kehle, und der Amerikaner holte mit dem Eispickel aus, stöhnend, aber immer noch wild entschlossen und ohne Furcht. So viel Mut hatte Dr. Dwyer in seinem ganzen Leben noch nie gesehen.

Zeybekci entriss Belbusti den Eispickel, und es sah aus, als nähme er einem bockigen Kind einen Zweig aus der Hand. Das einzige Licht im Gang flackerte und erlosch einen kurzen Moment lang, doch davor sah Dr. Dwyer noch, wie Zeybekcis Augen in einem widerwärtigen Orange aufleuchteten. Wie das Licht, das in den verrottenden Innereien einer Kürbislaterne flackerte.

»Bitte, Gott«, wimmerte Dr. Dwyer. »Bitte.«

Zeybekci hackte Belbusti die Spitze des Eispickels ins Gesicht. Sie durchbohrte sein linkes Auge und fuhr ihm sechs Zoll tief ins Gehirn. Belbusti brach tot zusammen, noch während die Pickelspitze mit einem schmatzenden Geräusch aus seinem Auge glitt.

Dr. Dwyer war bereits in Bewegung. Er rannte und sah in die entsetzt aufgerissenen Augen vor sich. Alle

Gesichter waren ihm zugewandt. Ein paar griffen nach ihren Waffen, andere schrien. Eine Frau war bereits losgerannt und auf dem Weg tiefer in die Arche hinein, fort von dem Grauen und der Menschenansammlung, von der sie sich Schutz versprochen hatte.

Dr. Dwyer wollte ihr hinterherrufen, dass es in der Arche keinen einzigen sicheren Fleck mehr gab. Doch dann fühlte er, wie ihn etwas Hartes am Hinterkopf traf, und hörte seinen Schädelknochen brechen.

Dann starb er, inmitten eines Chors aus Schreien.

Sechzehn

Olivieri stand in dem Stall, den er sich als Unterkunft ausgesucht hatte. Sein Bett hatte er zusammengerollt und in einer Ecke verstaut, um für die drei Plastikstühle und den Tisch in der Mitte des Raums Platz zu schaffen. Auf dem Boden waren Pechbrocken aus der Hülle um den Sarg verstreut. Ein Dutzend kleinerer Stücke lag auf dem Tisch, glatt wie Glas, aber mit scharfen Kanten. Ein paar von ihnen stammten von den Leichen, die Professor Marshalls Team untersucht hatte, doch den Rest würden sie selbst präparieren müssen.

Auf einem der Stühle saß Chloe und bohrte mit einem Akkuwerkzeug Löcher in die neuen Pechstücke, durch die Errick anschließend Paketschnur fädelte. Olivieri wählte die Splitter nach ihrer Größe aus und griff bevorzugt nach Stücken, in die Schriftzeichen jener uralten unverständlichen Sprache eingraviert waren, die Vater Cornelius angeblich übersetzen konnte. Olivieri wollte nicht darüber nachdenken, dass der Priester tatsächlich in der Lage zu sein schien, diesen Symbolen einen Sinn abzuringen. Für Neid hatte er keine Zeit.

»Dieses hier«, sagte er und hob ein weiteres Stück auf. Vom ständigen Hinunterbeugen taten ihm allmählich der Rücken und die Knie weh.

Wegen des laut kreischenden Bohrers hatte Chloe ihn nicht verstanden.

Als Olivieri ihr auf die Schulter tippte, nahm sie den Finger vom EIN-AUS-Schalter des Werkzeugs.

In der plötzlichen Stille hörten sie Schreie.

Olivieri riss den Kopf hoch und flüsterte: »Nein.«

Errick sprang so schnell auf, dass sein Stuhl nach hinten umkippte. Er fluchte, als ihm auffiel, dass er keine Waffe hatte. »Chloe«, sagte er und streckte die Hand nach dem Bohrer aus.

Sie runzelte die Stirn und kehrte ihm den Rücken zu. Olivieri verstand sie. Auf keinen Fall würde sie ihre Waffe hergeben, nur damit er eine hatte. Chloe starrte auf die Stallöffnung und behielt den Finger am Knopf.

Olivieri wich zurück, bis er mit dem Rücken an der Wand stand. Die Schreie aus dem Gang wurden immer lauter und zahlreicher. Er hörte einen dumpfen Schlag, der nur von einem Körper stammen konnte, der auf dem Boden aufkam, und dann rannten Leute an der Stallöffnung vorüber. Sie schienen vor irgendetwas zu fliehen, und Olivieri wusste, dass sie verschwinden mussten. »Laufen Sie!«, rief er. »Alle beide. Los!«

Ehe er in den Gang hinaustrat, ging Errick zum Haufen auf dem Boden und bewaffnete sich mit dem größten und scharfkantigsten Pechbrocken. Der Wind trug einen Schrei zu ihnen herein, und Olivieri sah, wie Errick mit einem der Fliehenden zusammenstieß. Olivieri beobachtete, wie der Student das Gleichgewicht wiederfand und sich zum Kampf bereitmachte, als in dem trüben Licht plötzlich ein Eispickel herabsauste und sich in den Oberkörper des jungen Mannes bohrte. Gerade noch rechtzeitig war es Errick gelungen, seitlich auszuweichen, sodass der Hieb nur seine Schulter und nicht die Brust getroffen hatte. Als er zu Boden ging, stürzte sich der Angreifer auf ihn und hob den Eispickel zum nächsten Schlag.

Olivieri schrie, als könnte er die Bluttat so verhindern.

Chloe rannte derweil aus dem Stall. Sie schwang den Bohrer wie einen Knüppel und drosch ihn Erricks Gegner auf den Kopf. Der Mann taumelte nach hinten und Olivieri sah, dass es Zeybekci war. Genauer gesagt: der Dämon in Zeybekci.

Mit einem Aufschrei stieß Chloe ihm den Bohrer in die Wange und betätigte den Startknopf. Kreischend fraß sich die Spitze durch Fleisch und Knochen und bespritzte die Studentin mit Blut, doch Zeybekci grinste nur breit, während er Chloe an den Haaren packte und ihr mit übermenschlicher Kraft die Kehle herausriss. Noch während sie zu Boden sank und das Blut schwallartig aus ihrem Hals pulsierte, sprang der Dämon wieder auf. Der Bohrer krachte neben Chloes zuckendem Körper auf die Holzbalken, und Zeybekci drehte sich zu Errick um.

Olivieri war außerstande, sich zu bewegen. Er hielt die Luft an, denn wenn er atmete, würde ihn der Dämon vielleicht hören. Ihn sehen. Und ihn sich schnappen.

Als hätte er seine Gedanken gehört, wandte sich der Dämon um und sah in den Stall. Zeybekcis Mund grinste.

Plötzlich tauchte eine andere Gestalt auf. Sie bewegte sich blitzschnell und hämmerte eine Faust in diesen Mund. Olivieri hörte, wie der Dämon vor Überraschung und Wut knurrte. Offensichtlich mochte er es nicht, wenn irgendwer wagte zurückzuschlagen.

Während Walker durch den Gang auf Ebene Zwei hetzte, hörte er, wie Hakan und Kim, die dicht hinter ihm rannten, seinen Namen riefen, doch er durfte jetzt nicht zögern. Avci würde später wissen wollen, ob er alles Menschenmögliche versucht hatte, um Zeybekcis Leben zu retten. Und die türkische Regierung würde zweifellos eine offizielle Untersuchung verlangen, bei der Kim als zuständige UN-Beobachterin erklären musste, was Walker getan hatte. Aber damit all das passieren konnte, musste er erst einmal etwas *tun*.

Er schlug rein instinktiv zu, aber Walkers Instinkte waren das Ergebnis jahrelangen Trainings und unzähliger lebensbedrohlicher Situationen. Den Schlag, mit dem er Zeybekci traf, hatte er aus der Hüfte heraus geführt, sodass die Kraft seines gesamten Körpers in dem Hieb lag. Einen gewöhnlichen Mann hätte er damit zu Boden geschickt. Zeybekci taumelte jedoch bloß zurück, ehe er gleich darauf herumfuhr und ihn anzischte. Aus dem Zischen wurde ein tierisches Fauchen.

Walker hatte den Dämon wütend gemacht. Er wollte darauf stolz sein, aber dann kehrte das Grinsen wieder zurück, und er sah, wie Zeybekcis Mundwinkel aufrissen und zu bluten begannen. Dieses Lächeln war nicht für ein menschliches Gesicht gedacht.

Im Moment hätte er alles für eine Pistole gegeben. Er hatte zwar eine, aber nicht in der Hand. Hakan hatte vermutlich noch die von Zeybekci, aber auf »vermutlich« konnte er sich in diesem Augenblick nicht verlassen.

Der Dämon stürzte sich auf ihn. Walker wich zur Seite aus und schlug Zeybekci den Ellbogen von oben auf den Kopf. Dessen gekrümmte Finger verkrallten sich in Walkers Bein, zerrissen ihm die Hose und gruben ihm Furchen in den Oberschenkel. Um Abstand zu gewinnen, wirbelte Walker einmal um die eigene Achse. Dann trat er dem Dämon fest gegen den Kopf, zog das Bein zurück und trat noch zweimal zu.

Mit einem Schrei sprang der Dämon, der in Zeybekcis Körper steckte, auf Walker zu, packte ihn und hob ihn vom Boden hoch. Der Gestank von Blut und Tod erfüllte den Gang. Dampf stieg vom roten Lebenssaft auf dem Holzboden auf. Der Dämon hielt Walker in der Luft und reckte ihm das Gesicht entgegen, bis es nur noch wenige Zoll von seinem entfernt war. Sein Atem ließ Walker würgen, und von seiner Berührung bekam er eine Gänsehaut. Wie ein Virus breitete sich die Angst in Walkers Blut aus. Er kämpfte dagegen an, aber der Gestank des Dämons und die Schmutzschicht, die seine eigene Haut zu überziehen schien, wenn er diese Kreatur bloß ansah …

Unrein, dachte er. *So fühlt sich also das Böse an.*

»Du wolltest doch etwas, an das du glauben kannst«, keuchte der Dämon mit Zeybekcis Stimme. »Glaub an mich und an die Dinge, die ich mit deinem Jungen anstellen werde, wenn ich ihn endlich in die Finger kriege. Wie ich ihn zerreißen werde. Die Tür ist jetzt offen, Benjamin. Ich bin hier. Und schon bald werden auch andere erwachen und meine Gegenwart spüren. Und sie werden sich an die Welt der Menschen und die Wonnen des menschlichen Fleisches erinnern, und sie werden sich mir an …«

Walker hörte ein Knacken und spürte, wie Zeybekci schlagartig steif wurde. Der Griff des Dämons lockerte sich, und Walker fiel mit rudernden Armen zu Boden. Wütend streckte er die Hände nach Zeybekci aus, aber der Türke brach auf ihm zusammen. Sein Blick war leer, als er ihn von sich warf. Zeybekcis Körper rührte sich nicht mehr, und Walker wusste, dass er tot war.

»O nein«, sagte Kim, als sie hinter ihm auftauchte.

Meryam stand im Gang, den blutigen Eispickel in der Hand. Blass und zittrig beugte sie sich vor, um mehrmals hintereinander tief Luft zu holen, während sie den Mann anstarrte, den sie gerade getötet hatte. Wie eine Aasfresserin lauerte Calliope hinter ihr und nahm alles mit der Kamera auf.

»Wo zum Teufel sind Sie beide denn hergekommen?«, fragte Walker, während er sich mit einer Hand an der Wand hochzog.

»Ich … habe Schreie gehört …«, sagte Meryam und schnappte zwischen den Worten nach Luft. »Wir sind übers erste Deck gelaufen und dann die Treppe hoch. Ich dachte, das wäre vielleicht … besser, als … hinter Ihnen herzurennen.«

Calliope filmte weiter, und er fragte sich, wie viel auf der Aufnahme zu sehen sein würde.

Walker musterte Meryam und fragte sich, was wohl nicht mit ihr stimmte. Sie hatte dunkle Ringe unter den Augen, und ihre Haut sah schlaff und trotz ihres dunklen Teints blass aus. Sie war nicht besessen – nicht so wie Adam –, doch irgendetwas hatte von ihr Besitz ergriffen, das genauso mächtig wie ein Dämon war.

Alle hier hatten genug von ihrem Streit mit Adam mitbekommen, um zu wissen, dass sie krank war, aber Walker wollte wissen, an was sie litt. Und ob sie weiterhin in der Lage war, auf sich selbst aufzupassen. Doch vermutlich war sie dazu durchaus in der Lage, wenn man bedachte, dass sie ihm gerade das Leben gerettet hatte.

Walker sah zu Hakan und bemerkte die Waffe, die in seiner Hand baumelte. Insgeheim verfluchte er den Mann dafür, dass er nicht früher aufgetaucht war. Denn wenn er rechtzeitig zur Stelle gewesen wäre, um Zeybekci zu erschießen, hätte das Blut dieses Mannes nicht an Meryams Händen geklebt.

»Sie haben es getötet«, sagte Olivieri, als er aus dem Stall neben ihnen heraustrat und auf die Leiche des besessenen Mannes hinunterblickte.

Meryam sah sich im Gang um, und Walker folgte ihrem Blick. Errick presste eine Hand auf die Wunde an seiner Schulter, Chloe war tot, und auf dem Holzboden lagen noch weitere Leichen verstreut.

»Nein«, sagte Meryam mit dumpfer Stimme. »Ich habe nur Zeybekci getötet.«

Der Aufseher lag mit dem Gesicht nach unten, und von seinem Hinterkopf floss Blut herab, wie Grundwasser aus einem frisch gegrabenen Loch. Kleine Rinnsale rannen durch seine verklebten Haare. So sollte niemand sterben müssen. Walker sah in die Gesichter der Menschen, die sich jetzt um sie scharten, und erkannte, dass sie dasselbe dachten. Meryam hatte es getan, um ihm das Leben zu retten – vielleicht sogar ihrer aller Leben –, doch es erschien trotzdem unfassbar grausam. Und es war ja auch tatsächlich grausam gewesen, aber nicht von Meryam.

Du wolltest doch etwas, an das du glauben kannst, hatte der Dämon ihm zugeflüstert. *Glaub an mich.*

Er blickte zu Calliope hoch, direkt in die Kameralinse und deutete auf sie. Nicht auf die Kamera, auf Calliope. »Sie werden das Video, das sie gerade von uns aufgenommen haben, löschen. Alles.«

Calliope ignorierte ihn, also wandte er sich an Meryam. Auf dem Film würde zu sehen sein, wie sie Zeybekci umbrachte. Keiner, der das sah, würde glauben, dass ihn ein anderes Wesen kontrolliert hatte, dass er besessen gewesen war. Niemand, der nicht in der Arche gewesen war, würde wissen, wie es sich anfühlte, mit diesem Bösen vergiftet zu sein, es auf der Haut zu spüren und auf der Zunge zu schmecken, es mit der Luft einzuatmen.

»Das besprechen wir später«, sagte Meryam. »Wenn wir genau wissen, mit wem wir uns gerade unterhalten.«

Walker blickte sich um und betrachtete die Gesichter der Umstehenden. Nach und nach begriffen sie, was Meryam damit sagen wollte. Erst runzelte Kim die Stirn, dann Hakan, und schließlich wandten alle den Blick von den Leichen ab und musterten sich gegenseitig. Genau wie er selbst fragten sie sich besorgt, wohin der Dämon wohl verschwunden war. Wie Meryam richtig festgestellt hatte, war zwar Zeybekci tot, aber das Wesen, von dem er besessen gewesen war, befand sich immer noch unter ihnen.

In keinem der Gesichter um ihn herum konnte er die Gegenwart des Dämons erkennen. Das grausame Grinsen und die uralten, wissenden Augen waren nirgends zu entdecken, aber wenn Walker bislang irgendetwas über ihren Gegner herausgefunden hatte, dann, dass der Dämon wusste, wie man sich versteckte.

Mit einem Nicken gab er Meryam zu verstehen, dass er ihre Bedenken teilte, und sah, wie sie sich mit dem blutverschmierten Eispickel in der Hand aufrichtete. »Ich möchte weinen. Und schreien. Aber das werde ich erst tun, wenn ich weiß, dass dieses Geschöpf niemanden mehr umbringen kann.«

»Also sind Sie … sich sicher?«, fragte jemand.

Olivieri stieß ein freudloses Lachen aus. »Sie machen wohl Witze. Ob wir uns sicher sind? Sie haben es doch gerade eben mit eigenen Augen gesehen.«

»Und was jetzt?«, fragte Errick und verzog das Gesicht. Er hielt immer noch eine Hand auf seine Schulterwunde gepresst. »Wenn dieser… wenn er so einfach von einer Person zur nächsten hüpfen kann, dann wird er so lange zwischen uns hin und her wechseln, bis wir alle tot sind.«

»Aber Errick, Sie wissen doch, dass wir genau daran arbeiten.« Olivieri öffnete die Faust und ließ einen zurechtgeschnitzten Pechsplitter mit einem Loch in der Mitte sehen, durch das ein Stück Schnur gefädelt war.

Errick schüttelte den Kopf. »Das ist verrückt. Das kann doch nicht wirklich wahr sein.«

»Nein?«, fragte Hakan und trat einen Schritt vor. »Fragen Sie *ihn* doch mal, wie er das sieht.« Er stieß Zeybekcis Leichnam mit der Fußspitze an, wie um sicherzugehen, dass er tatsächlich tot war. Die anderen starrten ihn verunsichert an. Da Hakan leicht vornübergebeugt dastand, waren seine Augen unter den Brauen nicht zu erkennen. Walker hielt den Atem an und überlegte einen Moment, ob der Dämon möglicherweise in unmittelbarer Nähe geblieben war.

Dann sah Hakan auf und blickte in die Runde. In der einen Hand hielt er noch immer die Pistole, als fürchtete er, dass er sie jeden Moment brauchen würde, mit der anderen deutete er auf einen Arbeiter und eine Archäologiestudentin. »Sie beide. Holen Sie alle von Ebene Eins hierher. Jeden, ohne Ausnahme. Wenn sich Leute beschweren, sagen Sie ihnen, dass ich sauer werde, wenn ich selbst runterkommen und sie holen muss. Ich werde derweil Vater Cornelius, Feyiz und die anderen einsammeln und auch Adam herbringen.«

Der Arbeiter drehte sich ohne zu zögern um, doch die

Studentin, deren Namen Walker vergessen hatte, zögerte und sah Meryam an. Immerhin war es ihr Projekt. Sie war der Boss, und Walker war sicher, dass das gesamte Team von den Feindseligkeiten zwischen ihr und Hakan wusste.

Meryam nickte. »Gehen Sie. Schnell.«

Während die beiden davoneilten, wandte sich Hakan an Meryam. »Wir müssen sie wegschaffen.« Er zeigte auf die Leichen von Zeybekci, Dr. Dwyers und den Übrigen. »Alle, die diesen Horror nicht mit ansehen mussten, sollten von diesem Anblick verschont bleiben.«

»Ich kümmere mich darum«, bot Walker an.

Kim erklärte sich bereit, ihm zu helfen, und begann sofort, ein paar der Ställe nach Decken zu durchstöbern, in die sie die Toten einwickeln konnten.

Meryam klopfte gegen eine der Trennwände zwischen den Ställen, um alle auf sich aufmerksam zu machen. »Ich schätze, dass uns bis Tagesanbruch noch ein paar Stunden bleiben«, sagte sie. »Wir holen alle Heizgeräte zusammen, und auch die Schlafmatten, Zelte und Decken. Danach essen wir etwas Warmes, und dann packen wir unsere Ausrüstung zusammen. Sobald die Sonne aufgeht, evakuieren wir die Arche. Wir werden den Abstieg ganz langsam angehen, aber wir müssen raus aus dieser Höhle und vom Berg herunter.«

»Wenn der Schneesturm immer noch tobt, könnten wir da draußen umkommen«, wandte Errick ein.

Meryam starrte ihn an, und Walker glaubte zu wissen, was ihr durch den Kopf ging. Mit seiner Schulterwunde war Errick nicht in der richtigen Verfassung für die anstehende Kletterpartie. Aber das galt genauso für Meryam, egal an welcher Krankheit sie litt. Der einzige

Unterschied zwischen den beiden war, dass Meryam bereits eingesehen hatte, dass ihnen gar keine andere Wahl blieb.

»Sie könnten sterben«, gab sie zu. »Es ist sogar wahrscheinlich, dass ein paar von uns da draußen umkommen werden. Letztlich ist es eine Chancenabwägung. Möglicherweise werden Sie den Abstieg nicht überleben. Aber wenn wir bleiben, sterben Sie ganz sicher.«

Meryam steht im Wohnzimmer ihrer Wohnung in Mayfair, wo sie und Adam sich ihr kleines Nest geschaffen haben. Aus dem Fenster im dritten Stock sieht sie London, wie man es aus Reiseführern kennt: Grauweiße Reihenhäuser säumen eine Straße, die so eng ist, dass darauf kaum ein Taxi und ein Fahrrad nebeneinander Platz finden. Die Morgendämmerung sorgt für eine ganz besondere, surreale Atmosphäre, und man könnte meinen, von hier aus bis zum Feenreich wären es nur ein paar Schritte. Inmitten des grauen Zwielichts leuchten kleine Blumenkästen in den buntesten Farben. In London bricht der Frühling an.

Da es morgens immer noch recht kühl ist, steht das Fenster nur wenige Zoll breit offen, und sie kann in der Ferne Kinder lachen hören. Meryam reckt den Hals, um besser sehen zu können, wie sie miteinander spielen. Ein lachender Junge flitzt in ihr Blickfeld. Er kickt einen Fußball vor sich her und achtet nicht darauf, ob sich irgendwelche Fahrzeuge durch die schmale Straße schlängeln. Auf dem Gehsteig und der Fahrspur glitzert der Morgentau, genau wie auf den Fensterscheiben der Wohnungen gegenüber.

Eine junge Frau kommt auf ihrem Fahrrad herange-

fahren. Ihre Haare leuchten kobaltblau. Vor einiger Zeit hatte Meryam fast ein Jahr lang die gleiche Haarfarbe, und sie fragt sich jetzt, warum sie sie wieder umgefärbt hat. Dann bemerkt sie das kleine Mädchen, das hinter dem Jungen mit dem Fußball herrennt. Sie rennt so schnell sie kann, mit weit ausschwingenden Armen und verkniffenem Gesicht, und Meryam wird klar, dass der Fußball ihr gehört. Der kleine Junge hat ihn gestohlen, vielleicht nur zum Spaß, aber geklaut hat er ihn ihr auf jeden Fall. Die junge Frau ruft eine Warnung und kann dem kleinen Mädchen nur um Haaresbreite ausweichen.

Meryam klopft das Herz, und sie will selbst etwas hinunterrufen. Aber sie benötigen ihre Warnung nicht, diese Frau und das Mädchen, die beide Meryam ähnlich sehen. Als wären sie andere Meryams, aus einer anderen Zeit. Ihr Gesicht fühlt sich heiß an, und doch zittert sie in der kalten Frühlingsluft, die durch den Fensterspalt hereinweht. Der Unfall konnte zwar vermieden werden, aber Meryam lässt das rennende Mädchen nicht aus den Augen.

»Mutter«, sagt eine Stimme dicht hinter ihr.

Eiskalte Finger berühren sie am Arm, und Meryam zuckt zusammen. Wo ist eigentlich Adam? Nicht hier. Nicht, wo er sein sollte. Und wo ist ihr Krebs? Nicht hier. Nicht, wo er sein sollte.

»Mutter.«

Sie beobachtet, wie das rennende Mädchen den Jungen einholt, der ihr den Ball weggenommen hat. Sie ist fuchsteufelswild.

Die Finger an ihrem Unterarm sind so kalt, dass ihre Haut von der Berührung brennt. Noch einmal flüstert diese junge Stimme ihren Namen. Meryam reißt den Blick von der Straße los und dreht sich um.

Was ist los, Jo?, *fragt sie.*

Jo erwidert ihr Lächeln. Jojo, ihre kleine Josephine. »Sei nicht traurig, Mutter«, sagt ihr kleines Mädchen. »Es war nie vorgesehen, dass du mich bekommst. Sie haben mich bloß am Leben gelassen, um mich dir wegzunehmen. Wenn du deswegen traurig bist, gibst du ihnen nur, was sie wollen.«

Verwirrt – aber du bist gar nicht verwirrt, oder? – *geht Meryam vor ihrem Mädchen in die Hocke. Jo hat schöne kupferfarbene Augen, die wunderbar zu ihrer hellbraunen Haut passen. Ihre Haare fallen in Korkenzieherlocken. Was für ein hübsches kleines Mädchen. Eines Tages wird ihr bloßer Anblick den Leuten den Atem rauben. Eines Tages.*

Aber warum ist Jo in der Wohnung? Wie kann sie gleichzeitig hier oben und unten auf der Straße sein, wo sie dem Jungen hinterherjagt, der ihr den Ball geklaut hat?

»Hast du den Jungen erwischt?«, *fragt Meryam.*

Jo nimmt ihre Hand und sieht ihr fest in die Augen. »Schau nicht noch mal aus dem Fenster, Mutter.«

Meryam hört das diebische Lachen des Jungen. Der Wind weht es heran, und es scheint immer lauter zu werden. Im Zimmer herrscht das gleiche graue Feenlicht wie draußen vor dem Fenster, aber hier drinnen, zwischen all den geschmackvoll arrangierten Einrichtungsgegenständen und den Erinnerungsstücken von den Abenteuern, die Adam und sie erlebt haben, bevor Jo kam … der einzige Farbklecks hier drinnen sind die leuchtenden kupferfarbenen Augen ihrer Tochter.

»Dreh dich nicht um«, warnt Jo sie. Ihre hellen Augen, die an frisch geprägte Pennys erinnern, strahlen jetzt hel-

ler denn je, während der Rest von ihr verblasst. Ihre Korkenzieherlocken scheinen nur noch aus Rauch zu bestehen.

Nein, *sagt Meryam und streckt die Hände nach ihrem kleinen Mädchen aus. Ihrer Jojo. Aber Jo verschwindet genau in dem Moment, als sie nach ihr greift, als wäre Meryams Versuch, sie zu berühren und ihre Liebe festzuhalten, der Grund, warum ihre Tochter in Rauch aufgeht und verschwindet. Jos Kupferaugen verblassen zuletzt, und dann hört Meryam nur noch das Echo ihrer Stimme.*

Schau nicht, Mutter. Schau nicht. Mutter, schau …

Meryam dreht sich um und sieht aus dem Fenster. Es ist, als wäre überhaupt keine Zeit vergangen, seit sie Jos Finger auf ihrem Arm gespürt hat. Die Berührung des kleinen Mädchens, das Adam und sie zur Welt gebracht haben. Die Tochter, die ihr nie bestimmt war.

Draußen auf der Straße holt die zornige Josephine den kleinen Jungen schließlich ein und hält ihn wild entschlossen am Arm fest. Als ihre Finger die Haut des Jungen berühren, verwelken auf einen Schlag sämtliche Blumen in der schmalen Straße und sterben.

Der kleine Junge lässt den Fußball auf der Straße liegen und dreht sich zu Jo um.

Jetzt erst bemerkt Meryam die Hörner.

Meryam schreit.

Beim Aufwachen weinte Meryam. Sie drehte sich auf die Seite und zog Arme und Beine an den Körper, bis sie sicher war, dass sie nicht mehr träumte. Ihr Körper war ganz steif, und sie schnappte nach Luft, zitterte und keuchte, während sie mit geschlossenen Lidern dalag, voller Angst, was sie sehen würde, wenn sie die Augen öffnete. Ihr Herz schlug so heftig, dass ihre Brust schmerzte. Ihr ganzer Körper fühlte sich kalt an. Eine eisige Brise strich über ihre entblößten Hände, das Gesicht und den Hals, und sie wollte schreien.

Schreien, schreien, schreien.

Doch sie tat es nicht. Das Echo ihrer eigenen kreischenden Stimme hallte ihr noch immer in den Ohren, aber alles, was sie in diesem Moment empfand, war Verzweiflung über ihren Verlust. Das Gefühl war stärker, als sie je für möglich gehalten hätte. Jeden einzelnen Traum, den sie insgeheim gehegt hatte, und auch alle Hoffnung, Liebe und Zufriedenheit hatte sie in dem Moment beerdigt, als sie von ihrem Krebs erfuhr. Doch jetzt waren alle ihre Träume mit einem Mal wieder aus der Versenkung aufgetaucht. Und das tat so schrecklich weh.

»Meryam.«

Es klang ein bisschen wie *Mutter*.

Kalte Finger berührten sie an der Hand, und sie zerrte ihre Decke mit sich, als sie sich aus dem Bett warf und an die harte Plastikwand presste. Sie blinzelte. Die Lichter waren gedämpft, wirkten aber immer noch grell, und als die Gestalt über ihr erneut die Hände ausstreckte, schlug sie sie weg.

»Es ist alles in Ordnung, Meryam«, sagte der Mann. »Sie haben geschlafen. Es war ein Albtraum.«

Sie ließ die Hände sinken und sah ihn an. *Walker*, dachte sie. Ihr Puls raste immer noch, und sie versuchte, ruhig zu atmen. Allmählich klärten sich ihre Gedanken, und sie blickte sich im Raum um. Sie befanden sich auf der Krankenstation.

Meryam hatte in einem der Krankenbetten geschlafen und etwas durchlebt, was nicht wie ein Albtraum, sondern wie die Hölle selbst gewirkt hatte. Die Angst und der schreckliche Kummer steckten immer noch in ihr. Es war, als rasten diese Empfindungen durch ihren Körper und suchten nach einem Ausweg, damit Meryam nicht an ihnen zerbrach.

Walker hielt ihr immer noch die Hände hin. »Es ist alles in Ordnung«, wiederholte er. »Am besten legen Sie sich aufs Bett zurück. Lassen Sie es langsam angehen und den Traum abklingen. Er wird verblassen, ganz gleich, um was es darin ging… und egal, woher er gekommen ist. Atmen Sie einfach ruhig weiter und wachen Sie auf.«

Sie stieß die Luft aus und krabbelte zum Bett zurück. Meryam fühlte sich nicht nur von ihrer Krankheit geschwächt, die extremen Anforderungen dieses Projekts hatten ebenfalls ihren Tribut gefordert. Walker bot ihr Hilfe an, aber sie ignorierte ihn und zog sich aus eigener Kraft auf die Liege hoch. Als sie sich in die Decken gehüllt auf die Kante setzte, hatte sie zum ersten Mal das Gefühl, wieder in die wirkliche Welt zurückgekehrt zu sein.

Und die ist nur ein kleines bisschen weniger infernalisch als meine Träume.

Meryam wischte sich die Tränen aus den Augen. Ihre Gefühle hatten sich ein klein wenig beruhigt, waren aber immer noch da. Der Name Josephine kreiste durch ihre Gedanken, wie ein Ohrwurm, der sich nicht vertreiben ließ. Josephine. Jo.

Ein Baby, das sie niemals haben würde.

Sie wäre stolz darauf gewesen, diese Tochter großziehen zu dürfen, die jedoch nie das Licht der Welt erblicken würde.

Auf dem Bett neben ihr regte sich eine Gestalt unter der Decke. Meryam sah den dichten schwarzen Haarschopf und hörte ein Stöhnen, das ihr ebenso vertraut war wie ihre eigene Stimme. Adam wälzte sich herum, schlug die Augen auf und blinzelte gegen das Licht an. Seine Wut und seine Untreue hatten sie verwirrt und verletzt. Aber egal, was geschehen war, Adam war der Mann, den sie liebte. Josephine würde zwar niemals leben, aber das hier war der Vater, den sie verdient hätte. Ein guter und liebevoller Mensch.

»Meryam?«

Walker trat beiseite, als Meryam aus dem Bett stieg und sich zu Adam legte. Sie schlüpfte zu ihm unter die Decke und legte sich halb auf ihn, damit sie beide auf das schmale Bett passten. Erinnerungen an die Nacht stiegen in ihr auf. Obwohl sie schrecklich waren – voller Angst und Blut –, waren sie ihr immer noch lieber als die abgrundtiefe Verzweiflung aus ihrem Traum. Und so hieß sie sie willkommen.

»Wollen Sie, dass ich Ihnen ein bisschen gemeinsame Zeit lasse?« Walker setzte sich auf die Bettkante, von der Meryam gerade aufgestanden war.

Adam sah Meryam forschend ins Gesicht. Sie wusste, dass er nach einer Erklärung suchte, einer Antwort auf die Frage, warum die Spannung zwischen ihnen beiden so plötzlich wieder verschwunden war. Aber im Moment hatten sie keine Zeit, darüber zu sprechen.

Sie liebte ihn. Für den Moment würde das als Antwort genügen müssen. Der Krebs hatte sie all ihrer Träume beraubt – lange bevor sich der Dämon in ihrer aller Herzen geschlichen hatte. Aber Adam konnte immer noch träumen. Eines Tages würde er vielleicht eine kleine Josephine haben, mit jemand anderem – einer Frau, die netter zu ihm war als sie.

In nicht allzu ferner Zukunft würde Meryam sterben,

und wahrscheinlich stand der Zeitpunkt bereits fest. Aber bis es so weit war, würde sie dafür kämpfen, dass Adam weiterleben und weiter träumen konnte. Trotz seiner Sünden. Schließlich hatte sie selbst weiß Gott genug auf dem Kerbholz.

»Sie haben auf uns aufgepasst«, sagte sie an Walker gewandt.

»Wenn wir uns wirklich an den Abstieg wagen wollen, mussten sie sich vorher beide ein bisschen erholen«, entgegnete Walker und runzelte die Stirn. »Ehrlich gesagt bin ich nicht sicher, ob irgendjemand von uns es bei diesem Schneesturm schaffen wird. Aber in zwanzig Minuten geht die Sonne auf.«

»Wir werden sicher nicht viel Sonne zu sehen bekommen«, sagte Adam.

»Es wird hell genug sein, um etwas zu erkennen«, meinte Meryam. »Wenn der Schnee nicht zu dicht fällt.«

Walker rieb sich über die Augen und die dunklen Ringe darunter. »Eine bessere Chance werden wir nicht bekommen. Außer Sie wollen das Ende des Sturms abwarten.«

Meryam zog die Decke von sich und Adam herunter. Seine Kleidung roch nach Moschus und leicht muffig, aber es war sein eigener Geruch. Und das bedeutete, dass er am Leben war.

Siebzehn

Mit Meryams Hilfe setzte sich Adam auf die Bettkante. Als sie ihm die Decke um die Schultern legte, fest seine Hand drückte und die Finger küsste, bemühte er sich um ein Lächeln. Ihre sanfte Freundlichkeit – eine Seite an ihr, die er in den letzten Wochen kaum zu sehen bekommen hatte – half ihm ein bisschen. Sie war zwar wie ein Funken in der Dunkelheit, doch nicht mal ihre liebevolle Zuwendung konnte den Makel beseitigen, den er in seinem Inneren spürte. Hätte es hier eine heiße Dusche gegeben, hätte er sich den nach Ammoniak stinkenden Schweißfilm von der Haut schrubben können, aber bis er die Infektion aus dem Körper bekam, würde es auf jeden Fall noch eine Zeit lang dauern. Der Dämon war zwar verschwunden, doch das Gift, das er in ihm zurückgelassen hatte, würde Adam noch eine Weile begleiten.

»Hey.« Meryam stieß ihn an. »Bist du bei uns?«

Wieder gelang ihm ein Lächeln. Er wusste, dass es sehr schwach war, aber es schien Meryam und Walker zu beruhigen. »Ich bin hier. Aber … du weißt doch, wie es sich anfühlt, wenn man eine schwere Grippe gehabt hat oder einen Magen-Darm-Virus. Man fühlt sich danach ganz zittrig … und dünnhäutig … als wäre die Krankheit noch nicht ganz ausgestanden …«

Walker versteifte sich und ballte die Faust. »Glauben Sie, dass der Dämon immer noch in Ihnen steckt?«

Adam fragte sich, was Walker wohl tun würde, wenn er es bestätigte. »Nein. Ich glaube zwar, dass er uns alle schon seit einer ganzen Weile manipuliert, aber wenn er wirklich in Sie hineinfährt und die Kontrolle übernimmt, dann merken Sie das auch. Er *will*, dass man es merkt.«

In Meryams Augen spiegelte sich sein eigener Schmerz wider, aber er wollte ihr Mitgefühl nicht. Sie mussten jetzt handeln und durften sich nicht mit Gefühlen wie Ärger oder Bedauern aufhalten. Für Vorwürfe und Zweifel würde später immer noch genug Zeit bleiben.

Wenn Meryam überhaupt noch Zeit blieb.

Eines wusste Adam: Wenn Sie wirklich nur noch so kurz zu leben hatte, wie ihr Arzt meinte, würde er die Zeit nicht mit Grundsatzdiskussionen über Aufrichtigkeit und Liebe verschwenden. Dann wollte er, dass sie das Leben auskosteten.

»Ich muss mit dir reden«, sagte er. *Über Calliope. Darüber, was ich mir eingebildet hatte. Und welche Rolle der Dämon bei alledem gespielt haben muss.*

All das wollte er nicht laut aussprechen, nicht solange Walker dabeistand, aber Meryam schien ihn auch so zu verstehen und strich ihm mit dem Handrücken über die stoppelige Wange.

»Später«, sagte sie.

Adam wollte protestieren und darauf bestehen, dass sie jetzt miteinander sprachen. Zwischen ihnen beiden hatte sich eine breite Kluft aufgetan, und er wollte herausfinden, ob sie sich noch überbrücken ließ. Ob sie wieder zueinander zurückfinden würden. Sie saßen Seite an Seite und hielten sich an den Händen, aber diese Nähe war nur körperlich. Den wahren Abstand zwischen ihnen konnte man nicht mit dem Zollstock messen.

»Wir haben einiges zu tun«, sagte Walker. Das Bett quietschte, als er sich zu ihnen vorbeugte. »Ich muss wissen, ob Sie es allein schaffen oder ob Sie jemanden brauchen, der auf Sie aufpasst.«

Wie ein Großvater in seinem Schaukelstuhl hatte er die Hände auf die Knie gelegt, und mit einem Mal wurde Adam bewusst, dass Walker angesichts all der Todesfälle und der großen Gefahr, in der sie schwebten, nun das Kommando führte. Das Karga-Holzer-Projekt war Geschichte. Jetzt ging es nur noch ums Überleben.

»Wenn ich Hilfe brauche, schieße ich eine Leuchtrakete in den Himmel«, erklärte Adam.

»Versprich mir, dass du das wirklich machst«, flüsterte Meryam ihm zu.

Adam schlug die Decke auf, in die sie ihn eingewickelt hatte, legte einen Arm um sie und zog sie an sich, um sie zu wärmen. Meryam biss die Zähne zusammen und schaute zu Boden. Er sah ihr an, dass noch einiges ungesagt war. Aber wie hätte es auch anders sein können? Der Dämon hatte vieles verdorben.

Ein Schatten fiel auf den Fußboden, und als Adam aufblickte, sah er Feyiz, der in der Tür stand und die grelle Arbeitslampe im Gang verdeckte.

»Schön, euch beide aufrecht sitzen zu sehen«, sagte er.

Adam fühlte, wie sich Meryam unter der Decke versteifte. Einen Moment lang war es, als wäre Walker nicht mehr bei ihnen in der Krankenstation und als gäbe es nur noch sie drei und die Spannung, die in den letzten vierundzwanzig Stunden zwischen ihnen geherrscht hatte.

»Hör mal«, begann Adam, »dir ist klar, dass das nicht ich war, oder?«

Feyiz neigte den Kopf zur Seite. »Wen genau meinst du? Den durchgeknallten Irren, der mich angegriffen hat? Oder den eifersüchtigen Mann, der dachte, ich hätte eine Affäre mit seiner Verlobten?«

Walker stand auf und stellte sich zwischen die Betten und den Eingang. »Müssen Sie das wirklich jetzt durchkauen?«

Feyiz ging um ihn herum. »Ich glaube schon.« Er ging vor Meryam und Adam in die Hocke und sah sie nacheinander an. »Ich bin und bleibe euer Freund. Aber … Adam, natürlich frage ich mich, wie viel von dem, was du gefühlt und getan hast, von dir selbst stammte und wo der Dämon ins Spiel kam.«

Meryam stieß den Atem aus. »Das werden wir wohl nie herausfinden.«

»Das stimmt«, sagte Feyiz und blickte ihr in die Augen. »Das werden wir nicht. Also machen wir einfach weiter, alle drei. Jetzt sehen wir erst mal zu, dass wir es lebend von diesem Berg runterschaffen. Und danach überlegen wir, was das alles für unsere Freundschaft bedeutet.«

Mit diesen Worten streckte er die Hand aus. Adam nahm den Arm von Meryams Schultern und schüttelte sie. Zumindest für den Augenblick würden sie ein starkes Team sein.

»Das ist wirklich ganz reizend, Feyiz«, sagte Walker, »aber würden Sie die beiden jetzt bitte auf den neuesten Stand bringen, oder soll ich das übernehmen?«

Feyiz stand auf. »Sie sind ein Mann mit vielen Ecken und Kanten, Dr. Walker. Und sehr geheimnisvoll. Ich bin froh, dass Sie bei uns sind. Und ich freue mich auch, dass wir jetzt von hier verschwinden.«

»Fahren Sie fort«, sagte Walker.

»Letzte Nacht gab es insgesamt sieben Todesfälle.« Feyiz schüttelte den Kopf und sah sie traurig an. »Mit uns vier hier sind jetzt noch sechzehn übrig. Die Leichen liegen sicher verpackt in einem Stall auf Ebene Eins, damit sie im Frühling …«

»Wir nehmen sie mit«, sagte Meryam. »Ich werde nicht … Wir können Sie nicht hierlassen.«

»Meryam …«, begann Walker.

Aber Adam fiel ihm ins Wort. »Feyiz hat uns gerade erzählt, dass noch sechzehn von uns am Leben sind. Bei diesem Sturm wird es sowieso schon schwer genug, von diesem Berg herunterzukommen. Und wir dürfen nicht den Dämon vergessen, der sicher alles versuchen wird, um uns aufzuhalten. Wenn er von irgendjemand anderem Besitz ergreift …« *Oder wieder von mir,* dachte er. »Hör mal, wir können das nicht tun. Das weißt du selbst. Irgendjemand wird kommen und sie abholen. Ich fühle mich auch für sie verantwortlich und möchte sie nicht einfach so zurücklassen, aber unsere erste Sorge muss den Lebenden gelten. Den Menschen, die wir noch retten können.«

»Okay«, erwiderte Meryam tonlos. »Ich verstehe, was du meinst.«

»Und wir können sie nicht einem noch größeren Risiko aussetzen, indem wir von ihnen verlangen, auch noch die Toten den Berg runterzuschleppen«, fuhr Adam fort.

»Ich habe doch gesagt, ich verstehe es.« Ihre Worte hallten in dem kleinen Kunststoffraum von den Wänden wider.

Aus dem Augenwinkel bemerkte Adam eine Bewegung und sah Calliope, die im Gang stand und ihren Wortwechsel filmte. Das Blut schoss ihm in die Wangen, aus Wut und weil er sich schämte. »Nicht jetzt, Callie«, sagte er. »Verschwinde mit dem verdammten Ding.«

Sie zuckte zusammen. Ihre blonden Haare hatte sie zu einem Zopf gebunden, und sie sah genauso blass, erschöpft und zerbrechlich aus wie alle anderen. Calliope war ihm eine Freundin gewesen und hatte ihn getröstet. Und während sie miteinander geschlafen hatten, hatte er nicht mehr an das Chaos in seinem Herzen denken müssen. In diesem Moment hatte es sich richtig angefühlt. Sie nun dafür zu bestrafen war nicht in Ordnung. Auch wenn Adam sich einredete, dass es ihm gar nicht um Bestrafung, sondern um ihre Privatsphäre ging.

»Ernsthaft?«, fragte Calliope. »Eine von uns hier macht ihre beschissene Arbeit. Und falls du es an den Wörtern ›eine‹ und ›ihre‹ noch nicht erkannt haben solltest, du bist es nicht, Adam. Ich habe eine Höllenangst, aber ich habe mir gedacht…« Sie schüttelte den Kopf. »Weißt du was? Vergiss es einfach.« Sie drehte sich um und ließ die Kamera sinken.

»Warte mal!«, rief Meryam hinter ihr her.

Die zwei Frauen sahen einander an – Calliope in der Tür und Meryam auf dem Bett. Adam wandte den Blick ab.

»Mach weiter deinen Job«, sagte Meryam. »Wenn das vorbei ist, werden wir Aufnahmen davon haben wollen. Wie immer das Ganze ausgeht, die Menschen müssen davon erfahren.«

Calliope schien etwas darauf erwidern zu wollen, aber in diesem Moment tauchte Professor Olivieri auf, und sie trat einen Schritt zurück, damit er die Krankenstation betreten konnte. Insgeheim dankte Adam dem Professor für die Unterbrechung.

»Also gut«, sagte Olivieri und legte eine Stofftasche auf die Theke neben dem Eingang. Dann sah er Feyiz und Walker an. »Sie beide sind schon versorgt, richtig?«

Walker nickte. Feyiz griff unter sein Hemd und förderte ein schwarz schimmerndes Amulett zutage – ein Stück Pech, das an einer Schnur um seinen Hals hing.

Olivieri griff in die Tasche und holte zwei weitere Amulette hervor, die er Adam und Meryam reichte. »Meins trage ich bereits«, sagte der Professor. »Um ehrlich zu sein, habe ich es mir selbst zuerst umgelegt.«

Die Haut unter seinen Augen war dunkel und geschwollen. Seine Nase leuchtete rot, aber insgesamt war er trotz seines normalerweise dunklen Teints ziemlich blass. Adam dachte, dass er sehr ungesund aussah, wie sie alle. Immerhin lenkte ihn das etwas von Meryams Krankheit ab.

»Vielen Dank, Professor«, sagte er.

Meryam streifte sich ihr Pechamulett sofort über, doch Adam zögerte einen Moment. Vater Cornelius hatte diese Dinger gesegnet, aber es war nicht der Glaube dieses Geistlichen, der ihn störte. Egal ob er von einem Rabbi, einem christlichen Priester oder von einem Imam kam, ein Segensspruch war für ihn wie der andere. Adam fiel es nur sehr schwer, ausgerechnet an ein Stück glänzendes Vulkangestein zu glauben.

»Hey.« Meryam stieß ihn an. »Es kann ja nicht schaden.«

Mit einem schwachen Lächeln legte er sich das Amulett ebenfalls um.

»Angesichts seiner besonderen Fähigkeiten benötigt Dr. Walker vielleicht gar keinen zusätzlichen Schutz«, sagte Olivieri.

»Richtig«, stimmte Adam zu, während er das Amulett unter sein Hemd gleiten ließ. »Sagen Sie, Walker, wie kommt es, dass ein promovierter Wissenschaftler wie Sie so gut kämpfen kann?«

Walker zuckte mit den Schultern. »Wer sagt denn, dass wir nur in einer Sache gut sein dürfen? Dass ich mich in einem Kampf behaupten kann, hat mir schon öfter geholfen, als mir lieb war.«

Meryam drehte die Schnur zwischen ihren Fingern. »Können wir uns bitte wieder konzentrieren? Gibt es Hinweise, dass irgendwer anders…?« Sie unterbrach sich.

»Besessen«, sagte Adam. »Du darfst es ruhig aussprechen, Meryam.«

»Na gut.« Meryam sah Walker und Feyiz an. »Irgendein Hinweis, dass wieder jemand besessen ist?«

»Nichts Offensichtliches«, erwiderte Walker. »Er könnte sich aber durchaus in irgendjemandem verstecken und insgeheim die Fäden ziehen, so wie er es anscheinend bei Zeybekci getan hat. Vielleicht hat der es dem Dämon ja auch besonders einfach gemacht… keine Ahnung. Ich weiß nur, dass im Moment eine ziemlich angespannte Stimmung herrscht. Aber das war natürlich zu erwarten.«

»Meiner Meinung haben die Spannungen eher abgenommen«, sagte Feyiz. »Die Themen, über die wir uns vorher gestritten haben, interessieren jetzt niemanden mehr.«

»Angst kann die Menschen zusammenschweißen«, flüsterte Olivieri. »Sie haben gesehen, wie andere ermordet wurden. Jetzt glaubt hier oben jeder, dass es das Böse gibt. Und allen geht es nur noch ums nackte Überleben.«

»Wo wir schon davon sprechen«, warf Calliope vom Gang aus ein. »Können wir diese nette kleine Unterhaltung endlich abbrechen und so schnell wie möglich von hier verschwinden?«

Adam schaute zu ihr hinüber, sah jedoch nur das Auge der Kamera. Calliope versteckte sich dahinter, so wie er es selbst oft tat. Er nickte und legte Meryam einen Moment lang die Hand auf den Rücken, ehe er sich vom Bett erhob.

Er fühlte sich wacklig auf den Beinen, doch der Augenblick ging schnell vorüber, und er holte tief Luft. »Gute Idee. Und alle ziehen sich bitte warm an. Draußen ist es *kalt*.«

Als Olivieri gemeinsam mit den anderen auf der Felskante stand, wurde ihm zum ersten Mal bewusst, wie unmöglich die vor ihnen liegende Aufgabe schien. Mit dem linken Handschuh wischte er sich den Schnee von der Schutzbrille. In dem Schneesturm, der um sie herum wütete, wirkte es, als wären sie die letzten Menschen auf der Welt. Genau wie die meisten anderen trug er eine Sturmhaube, die nur Augen und Mund frei ließ. Er versuchte sich einzureden, dass das der Grund war, warum er so schlecht Luft bekam. Dass es an dem Stoff und dem Sturm lag und nicht an seiner Angst.

Ich werde auf diesem Berg sterben, dachte er. Es war eine ganz sachliche Feststellung. Er wusste es genauso, wie er sein Alter, sein Gewicht und seine Größe kannte. Er würde lange tot sein, bevor sie den Fuß des Ararat erreichten. Und vielleicht war es auch besser so.

Um ihn herum riefen sich die Leute etwas zu und versuchten, ein bisschen Ordnung herzustellen. Hakan war der Vorarbeiter des Projekts gewesen, aber nun fungierten er und Feyiz wieder als Bergführer. Den beiden stand noch ein dritter Führer – ein Cousin oder so etwas – zur Seite, der ihnen dabei half, die anderen auf den Abstieg vorzubereiten.

Ein paar von ihnen trugen schweres Gepäck, während andere den Schwachen und Verwundeten halfen, doch unter ihren Mützen, Kapuzen, Sturmhauben und hinter den Schutzbrillen konnte er die Leute um sich herum nicht auseinanderhalten. Sie waren einander fremd geworden. Ob sich der Dämon wohl in einem von ihnen verbarg und durch seine Augen herausspähte?

Olivieri trug seine Steigeisen. Von seinem Gürtel baumelten der Eispickel und die Trekkingstöcke, die Hakan ihm gegeben hatte. Sie hatten auch Seile und Felshaken, aber nur für den Notfall. Sobald sie sich ein Stück von der Höhle entfernt hatten und auf den normalen Pfad stießen, der westlich von ihnen bis Camp Zwei hinunterführte, würde der Hang nicht mehr so steil sein, dass sie eine Seilschaft bilden mussten. Aber er dachte, dass Hakan auch aus einem anderen Grund nicht wollte, dass sie sich aneinanderleinten.

Niemand wollte an einen Bergsteiger gefesselt sein, der jeden Moment versuchen könnte, sie alle umzubringen.

Jemand packte ihn am Arm, und Olivieri riss sich instinktiv los.

»Sie sind als Nächster dran, Professor«, sagte der Mann mit starkem Akzent. Sein Gesicht war derart dick verborgen, dass es genauso gut Feyiz wie sein Cousin hätte sein können. Oder vielleicht auch jemand ganz anders.

Olivieri hätte am liebsten losgeheult. »Ich glaube nicht, dass ich das schaffe.«

»Sie müssen aber«, drang die Stimme des anderen gedämpft durch die Sturmhaube. »Wir brechen auf, und zwar alle zusammen. Sie haben mir doch erzählt, dass Sie schon auf ein Dutzend Berge gestiegen sind. Dieser hier ist ganz leicht.«

Olivieri lachte. Das war eindeutig Feyiz, ein durch und durch freundlicher Mann. Ganz anders als sein Onkel. »Im Sommer vielleicht.«

Als er sich in Bewegung setzte, erfasste ihn ein Windstoß, und er geriet ins Taumeln, doch Feyiz hielt ihn am Arm fest und begleitete ihn zum westlichen Ende der Felskante. Er war bereits jetzt ganz taub vor Kälte, und dabei hatte ihr Abstieg von mehreren Tausend Metern noch nicht einmal begonnen. Bei gutem Wetter hätte er nur ein paar Stunden gedauert. Aber im Moment herrschten völlig andere Bedingungen.

Den ganzen Morgen lang hatte Übelkeit in Olivieris Eingeweiden rumort. Er hatte immer wieder panische Schreie und Tränen unterdrücken müssen. Adam war besessen gewesen, aber nicht als Einziger. Zeybekci hatte gemordet, als der Dämon in seinem Körper steckte. Und Adam hatte das Gleiche versucht.

Aber nicht Olivieri. Ihn hatte der Dämon in anderer Weise manipuliert. Er war ihm tief in die Knochen gekrochen, hatte alle seine Zweifel geweckt und an sämtliche Selbstvorwürfe gerührt, die sich Olivieris Überzeugung nach jeder Mensch machte. Er hatte sich an allem gelabt, was Olivieri bedauerte und bereute, hatte jede vernarbte Wunde auf seiner Seele aufgerissen und ihn schließlich in einen Selbstmordversuch getrieben.

Das war der Dämon, sagte er sich. *Er hat dich ausgelacht und manipuliert.* Zumindest wollte er das glauben. Aber das eigentlich Schreckliche war, dass er sich dessen nicht wirklich sicher sein konnte, denn der Todeswunsch war immer noch da. Und als Feyiz ihn zu der quer gespannten Leine führte, die sie von dem schneebedeckten Felsrutsch weg und auf sicheres Gelände bringen sollte, musste er erneut gegen die Versuchung ankämpfen, sich von der Felskante zu stürzen.

»Na los, Professor«, sagte Feyiz und vergewisserte sich, dass Olivieri sich gut an der Leine festhielt. »Es wird Zeit.«

Der Schnee knirschte unter seinen Stiefeln, und als er ein paar Zoll in die Tiefe rutschte, umklammerten seine Hände zu seiner Überraschung die Leine. Er erstarrte einen Moment. Dann lehnte er sich dicht an den Hang, grub die Steigeisen in den verschneiten Felsen und machte sich auf den Weg Richtung Westen.

Der Tod lockte ihn, aber der Professor ließ nicht los.

Der entscheidende Faktor, dachte Walker, *ist die Zeit.*

Er hielt sich an der Führungsleine fest, die Feyiz' Cousin aufgespannt hatte, drückte sich an den Berg und krabbelte seitwärts. Unter seinen Knien knirschte der Schnee, und der Eispickel schlug ihm gegen den Oberschenkel. Sie verließen die Arche in Dreier- und Vierergruppen und folgten der Leine bis zu einer Stelle am Berghang, der – wie Hakan ihnen gegenüber beteuert hatte – stabil war.

Inzwischen hatten sich dreißig Meter weiter westlich bereits ein paar Grüppchen zusammengefunden. Hakan hatte ihnen erklärt, wie sie den Abstieg bewältigen konnten. Wenn sie die Spitzen ihrer Steigeisen in den Schnee gruben, würden sie sicheren Halt finden. In dieser Weise mussten sie mit dem Gesicht zum Berg ungefähr tausend Meter vorsichtig hinunterklettern, wonach sich der Rest wahrscheinlich wandernd bewältigen ließe. Die eisige Luft und die starken Windstöße stellten eine große Herausforderung dar, aber nachdem Walker jetzt schon eine Weile dem Schneesturm trotzte, war er sicher, dass die eigentliche Gefahr von etwas anderem ausging.

Zeit, dachte er erneut. Bis Sonnenuntergang mussten sie so weit wie möglich abgestiegen sein. Im dichten Schneegestöber war es auch so schon dunkel genug, aber wenn erst die Nacht anbrach, würde es nicht nur immer kälter, sondern auch trotz ihrer Taschenlampen immer schwerer werden, in der Finsternis den Weg zu finden. Dass er sämtliche Proben und Aufzeichnungen in der Höhle zurückgelassen hatte, war ihm egal. Er konnte seinen Vorgesetzten bei der DARPA aus dem Kopf jeden Bericht schreiben, den sie von ihm haben wollten. Aber dazu musste er es erst einmal lebend vom Ararat herunterschaffen.

»Nicht nachlassen, Vater!«, drängte er. »Wir dürfen nicht langsamer werden.«

Walker hielt sich mit einer Hand an der Leine fest und legte die andere dem Priester auf den Rücken. Vater Cornelius, der genauso auf den Knien seitwärtsrutschte wie Walker, war bereits ziemlich außer Puste. Die Knie- und Stiefelabdrücke von den Leuten, die vor ihnen den Hang gequert hatten, bildeten einen deutlich sichtbaren Pfad im Schnee. Hinter Walker stemmte sich Kim vom Berg ab und sah ihnen geduldig zu. Anscheinend hatte sie deutlich mehr Vertrauen in ihren Gleichgewichtssinn als er.

»Vater«, sagte er erneut, und seine Stimme drang nur gedämpft durch die Sturmhaube und den wirbelnden Schnee. Sogar unter der Stoffschicht brannte sein Gesicht vor Kälte.

»Ich tue, was ich kann!«, schnaubte Vater Cornelius. »Ich bin ein alter Mann, Walker!«

»Und wenn Sie noch älter werden wollen, müssen Sie sich ein bisschen mehr anstrengen.«

Der Geistliche grollte und robbte einen Moment lang zwar tatsächlich ein wenig schneller weiter, bohrte dann aber leise fluchend die Stiefel in den Schnee und stand auf.

»Vater, ich glaube nicht, dass das eine gute …«

»Meine Knie bringen mich um«, sagte Vater Cornelius. »Wenn wir in diesem Tempo weitermachen, werde ich es nirgendwohin schaffen.«

Walker verzichtete darauf, dem alten Mann zu erklären, wie viel Arbeit noch auf seine Knie wartete. Wenn der Geistliche es nicht allein schaffte, würden sie ihn auf einen provisorischen Schlitten packen und den Berg hinunterrutschen lassen. Aber Vater Cornelius hatte durchaus seinen Stolz, und den wollte er ihm nicht schon zu Beginn ihrer Kletterpartie rauben.

Stöhnend und schnaubend stützte sich Vater Cornelius mit einer Hand am Berg ab und umklammerte mit der anderen die Leine. Es war nicht wirklich sicher, aber sie hatten mit weitaus größeren Gefahren zu kämpfen, und die Zeit drängte.

Zeit.

»Schau, da drüben.« Kim deutete in den Sturm westlich von ihnen.

Walker drehte sich um und sah im Schneetreiben ein

rotes Licht aufleuchten, das erst emporstieg und dann wieder fiel.

»Na, das ist ja immerhin ein gutes Zeichen«, sagte Vater Cornelius.

Walker pflichtete ihm bei. Feyiz' Cousin hatte den Auftrag, zweihundert Meter hinunterzuklettern und eine Leuchtrakete abzufeuern, um sie wissen zu lassen, dass der Abstieg – zumindest bis zu dieser Stelle – sicher zu bewältigen war. Sie sahen alle zu, wie die Rakete einen Moment lang flackerte und sich ihr Licht in der weißen Stille des Sturms millionenfach brach, ehe es vom Schneegestöber verschluckt wurde.

»Ihre Auftraggeber werden enttäuscht sein«, krächzte Vater Cornelius gedämpft, »wenn sie mit leeren Händen zurückkehren.«

Walker sah ihn ausrutschen, als der Schnee unter seinem linken Stiefel nachgab, und streckte die Hand aus, um ihn festzuhalten. Der Priester ließ sich auf ein Knie sinken, richtete sich jedoch gleich wieder auf. Kim legte ihm ebenfalls eine Hand auf den Rücken. Sie suchte Walkers Blick und gab ihm mit einem Nicken zu verstehen, dass er auf ihre Unterstützung zählen konnte. Sie würden Vater Cornelius vom Berg schaffen, was auch immer geschah.

»Unter den gegebenen Umständen werden mir meine Vorgesetzten daraus kaum einen Strick drehen können, meinen Sie nicht?« Trotz der Handschuhe waren Walkers Finger bereits steifgefroren. Er freute sich auf den Moment, wenn sie die Führungsleine nicht mehr brauchen würden.

»Ehrlich gesagt glaube ich, dass sie gerade wegen der Umstände besonders enttäuscht sein werden«, entgegnete der Priester. »Sie haben einen Dämon entdeckt, Dr. Walker. Ein bösartiges übernatürliches Wesen mit großer Macht. Und ich habe den Eindruck, Ihre Auftraggeber – wer auch immer sie sind – würden diese Macht nur zu gern unter die Lupe nehmen und herausfinden, wie sie sie für ihre Zwecke einsetzen können.«

Walker versteifte sich. Sie waren jetzt nur noch ein paar Meter vom Ende der Leine entfernt, wo Wyn Douglas und Polly Bennett standen. Sie waren vor Walkers Team aufgebrochen, und offensichtlich warteten sie jetzt darauf, ihnen zur Hand zu gehen. Bei diesem Sturm und so dick, wie sie sich gegen die Kälte eingemummelt hatten, waren sie immer noch zu weit entfernt, um ihr Gespräch zu verstehen. Und Walker wollte auch, dass es so blieb.

»Sie wissen, für wen ich arbeite«, sagte er und sah den Priester an, ehe er den Blick zu Kim weiterwandern ließ.

»Wir wissen, für wen sie zu arbeiten behaupten«, erwiderte Vater Cornelius.

»Wir glauben allerdings auch zu wissen, für wen du wirklich tätig bist«, fügte Kim hinzu, nachdem sie sich ein wenig zu ihnen vorgebeugt hatte, um sicherzugehen, dass er sie trotz des Windes und durch ihre Sturmhaube hindurch verstehen konnte. »Wir gehen davon aus, dass es die DARPA sein muss. Ein paar von den Erfahrungen, die du angedeutet hast, macht ein gewöhnlicher Forscher nicht. Und außerdem erscheint uns deine Vergangenheit für jemanden von der National Science Foundation ein wenig zu schillernd.«

Walker bewegte sich ein Stück nach links und bohrte die Stiefelspitzen in den Schnee. Die beiden waren wirklich schlau. Die UNO hatte Kim aus gutem Grund hierhergeschickt, und Walker selbst hatte Vater Cornelius gerade wegen seiner Brillanz und Unvoreingenommenheit ausgewählt. Er überlegte, ihnen die Wahrheit zu sagen, aber das konnte er nicht tun. Andererseits wollte er sie jedoch auch nicht anlügen. Nach allem, was sie bereits miteinander durchgemacht hatten, und angesichts der Gefahr, in der sie sich gerade befanden, war er ihnen das schuldig.

»Ist das im Moment wichtig?«, rief er und rammte ein Knie in den Schnee, als er leicht ins Taumeln geriet. »Jeder von uns hatte bei dieser Sache seinen eigenen Auftrag, und wir haben alle unser Bestes getan. Ein Teil meines Jobs war genau das, was ich gesagt habe. Ich bin wirklich ausgebildeter Biologe und Anthropologe.«

»Das weiß ich«, sagte Kim. Er stellte sich vor, dass sie lächelte, aber wegen ihrer Haube konnte er es nicht erkennen, und in dem grauen Licht ließen sich hinter der Schutzbrille kaum ihre Augen erahnen. »Glaubst, die Vereinten Nationen hätten dich nicht durchleuchtet, bevor sie mich losgeschickt haben?«

Vater Cornelius ruhte sich einen Moment lang mit beiden Knien im Schnee aus. Da er dichter bei Walker war, waren seine Augen hinter der Schutzbrille deutlicher zu erkennen. »*Deswegen* hat die UNO sie ja überhaupt losgeschickt«, sagte er. »Damit Kim in Erfahrung bringt, was *Sie* herausfinden, Walker.«

Walker konnte sich ein Lachen nicht verkneifen. »Dann stecken wir wohl beide in Schwierigkeiten.«

Vater Cornelius hatte recht. Wenn er lebend von dem Berg herunterkommen sollte, würden General Wagner und seine anderen Vorgesetzten bei der DARPA alles andere als begeistert darüber sein, dass er Ihnen von seiner Reise nichts mitgebracht hatte. Sie würden ihn an seine Aufgaben erinnern und daran, dass er seinem Land gegenüber Verpflichtungen hatte. Aber das war ihm egal. Schließlich war er kein Experte für Dämonen.

Meryam hatte die Überreste des Geschöpfes zwar verbrannt, aber inzwischen hatte seine Macht diese sterbliche Hülle eindeutig verlassen. Vielleicht konnte man den Dämon beim nächsten Mal, wenn er von jemandem Besitz ergriff, ja irgendwie in dieser Person festhalten. Aber er hatte nicht die leiseste Ahnung, wie sich das bewerkstelligen ließe, und offenkundig wusste Vater Cornelius auch nicht mehr darüber als er. Wenn die DARPA wirklich mit Dämonen herumspielen wollte, konnte sie ja erneut ein Team zur Arche schicken, sobald er Bericht erstattet hatte. Walker wusste allerdings ganz sicher, dass er an dieser Mission nicht teilnehmen würde.

Wenn es eine Möglichkeit gab, wie sie das Böse vor ihren Karren spannen konnte, würde die DARPA es auch tun. Über die Moral der Geschichte würde sie sich wie immer erst hinterher Gedanken machen. Aber Walker sollte verdammt sein, wenn er für sie die Kohlen aus dem Feuer holte.

Verdammt, dachte er und lachte erneut.

»Was ist denn so amüsant?«, fragte Vater Cornelius und hielt sich angestrengt schnaufend an der Leine fest.

»Nichts«, sagte Walker und spürte, wie sein Lächeln verschwand. »Überhaupt nichts.«

Zielstrebig, wenn auch ein wenig nervös, rutschte er weiter westwärts. Einen Moment später schaute er auf und sah, dass Polly ihm die Hand entgegenstreckte. Er wartete und half erst Kim und Vater Cornelius, sicher zu Polly und Wyn zu gelangen, ehe er schließlich selbst die Leine losließ.

Einer der Bergführer war hier und rief Anweisungen. Walker schlug die Handschuhe gegeneinander, um seinen Kreislauf wieder in Gang zu bringen, und hakte dann den Eispickel vom Gürtel los. Der Hang war zwar nicht sehr steil, aber bei dem Schnee würde jeder Schritt eine Herausforderung darstellen. Mit dem Rücken zum Sturm hackte er den Pickel in die Bergwand und begann vor den anderen abzusteigen.

Beim Ausatmen merkte er, dass sich im Inneren seiner Sturmhaube Eiskristalle bildeten. Mit jedem Schritt, den er zwischen sich und die Höhle brachte, ließ auch die Anspannung zwischen seinen Schultern ein wenig nach.

Er war vollkommen sicher, dass er nie mehr auf den Ararat zurückkehren würde.

Adam sah zu, wie Meryam und Feyiz begannen, sich an der Leine entlangzuhangeln. Noch vor Kurzem hätte er der Versuchung nicht widerstehen können, diesen Anblick mit der Kamera festzuhalten, aber trotz allem, was Meryam zu Calliope gesagt hatte, wollte er ihre Flucht nicht filmen.

Natürlich wusste er, dass es besser war, wenn sie alles aufzeichneten. Angesichts der zahlreichen Toten würden sie möglichst viel Filmmaterial über die Ereignisse in der Arche benötigen, um zu belegen, dass sie die richtigen Entscheidungen getroffen hatten. Aber ihm war immer noch schlecht und schwindlig, und eine unsichtbare Schmutzschicht schien seine Haut zu überziehen. Daher scherte Adam sich im Moment einen Dreck darum, ob die Dreharbeiten weitergingen. Und so war es gut, dass Calliope da war.

Er schaute über die Schulter und sah, dass sie ihm

folgte. Die Kameralinse sah wie ein dunkles Auge aus. Der Schnee peitschte so stark um sie herum, dass sie sich sichtlich dagegenstemmen musste. Sie war beeindruckend. Und schön. Als ihm einfiel, wie sich ihre Küsse und ihre Haut angefühlt hatten, kniff er rasch die Augen zusammen, um diese Erinnerungen zu verscheuchen. Womöglich war es Calliope ja egal, und sie verband mit dem, was sie getan hatten, überhaupt nichts Romantisches. Vielleicht war es für sie bloß um Sex gegangen. Im Grunde hatte sie ihm genau das auch gesagt. Trotzdem hatte er das Gefühl, dass ihr bei alledem am meisten Unrecht widerfuhr.

Adam bohrte die Spitzen seiner Steigeisen in den verschneiten Berghang und machte sich bereit, von der Felskante zu steigen.

»Warte«, sagte Calliope und berührte die Hand, mit der er die Leine umfasste.

Erschrocken fuhr Adam zu ihr herum und rutschte fast von der Kante ab.

»Entschuldige«, sagte sie. »Scheiße, das tut mir leid. Ich wollte nur …«

Einen Moment lang hatte sie die Kamera sinken lassen, doch jetzt hob sie sie wieder an und nahm weiter auf, wie sich Meryam und Feyiz am Hang entlangbewegten.

»Wir müssen von hier weg, Calliope«, erinnerte er sie.

Sie nickte, aber Adam bemerkte, dass sie die Aufnahme stoppte. Das hier würde unter ihnen bleiben.

»Ich weiß«, sagte sie. »Du hast recht. Ich habe mir nur überlegt, dass wir beim Klettern nicht viel Zeit haben werden, miteinander zu reden. Und ich wollte dir sagen, dass es mir leidtut.«

Adam starrte sie an. Er zog das Unterteil seiner Sturmhaube herunter, da er sichergehen wollte, dass sie ihn verstand. »Aber *ich* habe dich doch in diese Situation hineingezogen.«

Calliope grinste. »Ach, diese männliche Arroganz. Stell dich doch nicht so dumm, Adam. Du bist verlobt und wirst heiraten. Das war mir klar. Ich habe gemerkt, dass es zwischen euch beiden kriselt. Ich hatte keine Ahnung, ob Meryam dich wirklich mit Feyiz betrogen hat oder nicht, aber als du das dachtest, ist für dich eine Welt zusammengebrochen. Du bist nicht unschuldig. Das sage ich gar nicht. Aber ich habe die Situation ausgenutzt und mich damit ebenfalls schuldig gemacht.«

Adam sah an ihr vorbei. Hakan kam mit einem großen Rucksack über den Schultern aus der Höhle. In der Dunkelheit hinter ihm flackerte ein oranges Licht auf, und gleich darauf stieg Rauch aus der Öffnung, den die Böen vom Berg wegwehten.

»Ach du Scheiße«, flüsterte Adam.

Calliope drehte sich um, verschaffte sich einen kurzen Überblick über die Lage und schaltete die Kamera wieder an. Hakan hatte das Holzgerippe der Arche in Brand gesteckt, und das Feuer breitete sich rasch aus. Grelle Flammen schlugen aus der dunklen Höhle, und Calliope zeichnete alles auf, während Hakan wie ein grimmiges Phantom durch den weißen Mahlstrom auf sie zumarschierte.

»Wir sollten schnell los«, sagte der Bergführer. »Das wird noch viel mehr rauchen.«

Adam drehte sich zu Calliope um und hoffte, dass sie ihn verstehen würde. Er sprach jetzt zwar leiser, aber es war ihm egal, ob die Kamera seine Worte mitschneiden würde. »Ich verstehe, was du mir damit sagen willst.

Aber es tut mir trotzdem leid. Ich hätte nie gedacht, dass ich zu so etwas fähig wäre.«

»Vielleicht bist du es ja auch nicht«, sagte sie, während sie ihm weiter den Rücken zuwandte und das Feuer in der Höhle filmte. »Vielleicht warst du das ja gar nicht.«

»Glaubst du das wirklich?«, fragte er.

Calliope sah zu ihm zurück. »Na los, mach, dass du hier wegkommst, Adam. Ich wünsche euch beiden viel Glück.«

Er nickte und rückte seine Sturmhaube wieder zurecht, ehe er sich so schnell wie möglich an der Leine entlanghangelte. Der Pfad war mittlerweile gut ausgetreten, und so kam er schnell voran.

Er dachte an den Dibbuk in der Uhr seiner Großmutter und fragte sich, was wohl mit seinem eigenen Geist passieren würde, falls er hier auf dem Ararat umkam. Würde er für alle Zeiten auf dem Berg herumspuken, oder würde er genau wie der alte Dibbuk in einem Gegenstand gefangen sein? Vielleicht im Inneren seiner Kamera, wo er sich immer wieder dieselben Aufnahmen ansehen musste, die alles sein würden, was von seinem Leben übrig geblieben war?

Er beschloss, dass er nicht hier sterben wollte. Auf keinen Fall.

Er hielt den Kopf gesenkt und umklammerte die Leine so fest, dass ihm die Knöchel wehtaten. Seine Sünden folgten ihm auf Schritt und Tritt.

Achtzehn

Meryam wünschte, ihr Körper würde taub werden. Trotz all ihrer Kleidungsschichten, der Thermounterwäsche, dem Funktionshemd und ihrem Pullover aus dem besten wärmespeichernden Material spürte sie, wie sich die Kälte immer tiefer in ihre Knochen fraß. Der Krebs hatte sie nicht nur geschwächt, er hatte sie reduziert und ihr das Fleisch und die Muskeln genommen, mit denen ihr Körper früher selbst Wärme erzeugt hatte. Ihre Glieder fühlten sich wie hohle Röhren aus vereistem Glas an, die sofort zerbrechen würden, sollte sie stürzen.

Mit zusammengebissenen Zähnen kletterte sie weiter bergab. Sie zog den Eispickel aus der Wand, schlug ihn einen halben Meter tiefer wieder ein und grub gleichzeitig die Krallen ihrer Steigeisen in den schneebedeckten Hang, ehe sie den gesamten Bewegungsablauf wieder von vorn begann.

Dabei hörte sie immer wieder gemurmelte oder lautstarke Flüche und sah, wie unter ihr Leute wegen eines Fehltritts oder zu lockeren Griffs ins Rutschen gerieten. Angesichts der Hangneigung in diesem Abschnitt konnten sie sich solche Fehler erlauben; sobald sie losschlitterten, mussten sie sich nur mit Händen, Füßen und Eispickeln im Schnee oder Felsgestein festkrallen. Ein Sturz an der falschen Stelle würde jedoch ganz sicher zu Knochenbrüchen oder noch Schlimmerem führen.

Ihr klapperten die Zähne. Mit schmerzenden Knochen und rasselnder Lunge bewegte sie sich immer weiter und konzentrierte sich ausschließlich auf den nächsten Haltegriff und die Suche nach einem sicheren Stand für ihre Stiefelspitzen.

Der Schneesturm fegte über die Bergflanke und hüllte die Welt in weiße Stille. Der Sturm atmete. Nach einem Windstoß hielt er immer wieder einen Moment lang den Atem an, ehe er weiterblies. Wenn die Böen zu stark wurden, musste sie pausieren, bis sie nicht mehr so heftig an ihr zerrten. Und die ganze Zeit über fühlte sie, wie ihre kümmerlichen Kraftreserven weiter schwanden.

Weiter oben am Berg machte sie zwei Gestalten aus. Hakan und Calliope kamen stetig voran. Ihre Kleidung war so dick mit Schnee bedeckt, dass sie wie Gespenster aussahen und in all dem Weiß um sie herum beinahe untergingen. Allein ihre unablässigen Bewegungen hoben sie aus dem Mahlstrom hervor.

»Hey«, sagte Adam und presste ihr eine Hand auf den Rücken, als hätte er Angst, sie könnte jeden Moment abstürzen.

Verwirrt sah Meryam ihn an und bemerkte, dass er hinter der Schutzbrille die Augenbrauen zusammengezogen hatte. Da erst fiel ihr auf, dass sie beide nicht mehr weiterkletterten. Die Kälte in ihren Knochen und der Schmerz – *o Gott, was für ein Schmerz* – hatten sie unbewusst anhalten lassen.

»Wir haben noch einen weiten Weg vor uns«, sagte Adam.

Als Meryam den Atem ausstieß, drang ein Dampfwölkchen durch ihre Sturmhaube. »Es geht mir gut«, sagte sie und nickte ihm zu.

Sie biss sich fest auf die Unterlippe, um wieder wacher zu werden. Als sie das Kupferaroma ihres Blutes auf der Zunge schmeckte, setzte sie sich erneut in Bewegung. Zehenhalt, Fingerhalt, Zehenhalt, den Eispickel aus der Wand lösen und eine Armlänge tiefer erneut einschlagen, dann das Ganze wieder von vorn. Immer und immer wieder.

Ihr Verstand war wie betäubt, aber sie hörte nicht auf, sich zu bewegen. Adam blieb neben ihr, und Meryam glaubte, dass sie durchhalten würde. Nach ungefähr tausend Metern würde der Hang flacher werden. Dann würden sie nicht mehr klettern müssen und konnten den Rest des Abstiegs gehend bewältigen. Sie stellte sich vor, wie sie in Camp Zwei kurz rasten, etwas Heißes trinken und vielleicht sogar ein kleines Feuer machen würden. Sollte es dort nichts Brennbares geben, an dem sie ihre Knochen aufwärmen konnte, würde sie ohne zu zögern irgendjemandes Ausrüstung in Brand stecken.

Neben ihr bewegte sich etwas.

Sie blinzelte überrascht, als sie Feyiz erkannte, der sich mit dem Gesicht zum Hang am Schnee festklammerte. Als sie ihn das letzte Mal gesehen hatte, war er unter ihr gewesen, aber irgendwann musste er genau wie sie gerade eben angehalten haben.

Sogar hinter der Schutzbrille konnte sie die Tränen in seinen Augen glitzern sehen.

»Feyiz?«

Er riss die Augen auf und sah sie so flehentlich an, dass sie im ersten Moment glaubte, er müsse plötzlich die Hoffnung verloren haben oder krank geworden sein.

»Ich spüre ihn«, sagte er, und die Worte gingen im

Wind beinahe verloren. Auf seiner Mütze, der Brille und dem Jackenkragen hatte sich Schnee aufgetürmt.

»Was ist los?«, rief Adam laut, während er zu ihnen herüberkletterte.

Keine Ahnung, wollte Meryam entgegnen. Aber das stimmte nicht. Sie wusste es. Sie konnte es deutlich von Feyiz' Augen ablesen. Eigentlich hätte schreckliche Furcht in seinem Blick stehen müssen, aber er schien nicht ängstlich zu sein. Nur traurig und resigniert.

»Ich fühle ihn in mir«, sagte Feyiz. »Ich kann ihn lachen hören.« Sein Blick wurde härter. Etwas Lebloses schlich sich in seine Augen, und sie wusste, dass sie nicht mehr Feyiz ansah.

Als der Dämon ihn aus seinem Klammergriff entließ, keuchte er auf. Sie erkannte den Moment, als Feyiz die Kontrolle über seinen Körper zurückgewann. Und sie sah die hoffnungslose Trauer in seinen Augen.

»Nein«, sagte er. »Oh, Meryam, die Dinge, die er mich *sehen* lässt…« Feyiz zog seinen Eispickel aus dem Schnee und holte aus.

Sie schrie auf, packte ihn an der Jacke und versuchte, dicht genug an ihn heranzukommen, um nach seinem Handgelenk zu greifen, aber sie war zu weit entfernt, zu entkräftet und zu langsam.

Mit aller Kraft schlug sich Feyiz selbst den Eispickel in den Kopf, und die Spitze bohrte sich durch Haut und Knochen ins Gehirn.

Meryam schrie sich die Kehle wund. Als Feyiz zusammensackte, hielt sie ihn an der Jacke fest. Sein Kopf baumelte zurück, und sein gesamtes Gewicht zerrte an ihr.

Adam rief ihren Namen, und im nächsten Augenblick spürte sie, wie er ihr den Arm um die Hüften schlang.

Er hielt sie fest und schüttelte sie so lange, bis sie Feyiz losließ.

Ihre Finger waren so kalt und taub, dass sie gar nicht fühlte, wie er ihr entglitt. Ganz plötzlich war sein Gewicht verschwunden. Schreiend verfluchte sie Gott, auch wenn sie nie an ihn geglaubt hatte.

Feyiz' Körper rutschte den Berg hinab, und Meryam hörte nicht auf zu schreien. Doch die Luft war zu dünn für Hysterie, und sie kam zwischen ihren Schreien kaum zu Atem. Ihr wurde schwarz vor Augen, und sie fühlte noch, wie sie gegen Adam sackte und nach Luft rang, ehe sie das Bewusstsein verlor.

Als ihr Herz erneut panisch zu schlagen begann, zwinkerte sie und atmete tief ein. Adam tröstete sie und redete beschwichtigend auf sie ein; es schien, als hätte er keinen Moment lang damit aufgehört. Gut, denn dann war sie vermutlich nicht sehr lange bewusstlos gewesen.

Aber immerhin lange genug, dass Hakan und Calliope zu ihnen aufschließen hatten können.

Calliope hielt ihre Kamera und zeichnete alles auf.

»Leck mich«, murmelte Meryam. Dann biss sie sich auf die Unterlippe, und der empfindliche Schmerz brachte sie vollends zu Bewusstsein. »Scheiß auf dich und deine Kamera.«

»Du hast mir doch gesagt …«, wollte Calliope sich verteidigen.

Meryam knurrte sie an. Aber Calliope packte die Kamera nicht weg, und Meryam wusste, dass sie richtig handelte und verfluchte sie, weil sie ihren beschissenen Job machte.

Dann bemerkte sie Hakans Blick und erinnerte sich an

Feyiz. »Hakan«, sagte sie und fühlte, wie die Trauer sie übermannte. »Es tut mir so …«

»Können Sie weiter?« Hakans Stimme klang eisiger und gefährlicher als der Sturm.

Trotz ihrer Verzweiflung begann Meryam, in sich hineinzuhorchen … sie fühlte ihre Schmerzen und wie wenig Kraft ihr noch geblieben war. »Ich glaube schon.«

»Dann klettern Sie.« Hakan betrachtete sie und Adam voller Abscheu. »Und machen Sie schnell, bevor ich Sie beide umbringe.«

Walker hielt Vater Cornelius gegen den Berg gedrückt. Der Priester hatte sich langsam, aber unaufhörlich weiterbewegt und sich seine Kraft und den Atem eingeteilt. Er mochte zwar nicht mehr der Jüngste sein, aber er steckte voller Vitalität und verfügte über mehr Durchhaltevermögen als die meisten Menschen seines Alters. Seine Haut war fast so weiß wie der Schnee, und er sah eher tot als lebendig aus, aber er blickte wild entschlossen durch seine Schutzbrille und gab nicht auf.

Doch dann stürzte Feyiz an ihnen vorbei. Rund vier Meter von ihnen entfernt schlug der Kopf des Bergführers gegen einen Felsvorsprung, und das laut widerhallende Krachen ließ keinen Zweifel an seinem Schicksal. Der Schnee darunter war blutgetränkt. Als Feyiz weiter in die Tiefe fiel, waren seine Arme und Beine in unmöglichen Winkeln verdreht. Weiter unten stieß jemand einen Schrei aus und brüllte seine tagelang aufgestaute Furcht in einem einzigen langen Klagelaut heraus.

Walker und sein Team hatten einen Moment lang erstarrt innegehalten. Er drückte Vater Cornelius weiterhin gegen die Bergwand, während ein paar Meter entfernt Kim und Polly versuchten, Wyn zum Weiterklettern zu überreden.

»Kommen Sie, meine Liebe«, drängte Polly. »Wir müssen wieder aufbrechen.«

»Aber was … Wie konnte das passieren? Ist er einfach abgestürzt?« Die Fragen sprudelten nur so aus Wyn heraus.

»Es ist doch egal, wie es passiert es«, erwiderte Polly. »Wir müssen …«

»Egal? Er ist tot! Er war so nett, und jetzt ist er …«

»Wyn, wir müssen weiter!«, fuhr Polly sie an.

»Ich kann nicht!« Wyn klang, als wollte sie den Sturm niederbrüllen.

Kim warf Walker einen eindringlichen Blick zu. Er war keine Aufforderung, sich einzumischen, sondern eine stumme Frage: Was würden sie tun, falls Wyn nicht weiterkletterte?

»Wir müssen los«, sagte er mit Nachdruck.

Zu Hause wartete sein kleiner Junge auf ihn. Ja, er hatte eine Aufgabe zu erledigen. Aber er würde nicht hier sterben, so weit weg von zu Hause, wo Charlie auf ihn wartete.

»Kim …«, begann er.

Aber sie brauchte keine Aufforderung. Kim schob Polly zur Seite, packte Wyn an der Jacke und zog an ihr, sodass sich die Archäologin noch fester am Berg einhalten musste.

»Was zum Teufel machen Sie denn da?«, rief Wyn und starrte sie an. Vielleicht dachte sie, Kim sei vom Dämon besessen.

»Ich gehe ohne Sie!«, rief Kim über das Heulen des Sturms zu ihr zurück. »Sie können entweder weitergehen oder hierbleiben. Wenn Sie hierbleiben, werden Sie irgendwann erfrieren oder abstürzen. Aber eins sollte Ihnen klar sein: Hier oben haben Sie nicht die geringste Chance zu überleben.«

Kim kletterte in die Tiefe. Walker tippte Vater Cornelius an, und die beiden folgten ihr, immer einen Fingergriff und einen Stiefeltritt nach dem anderen. Polly blieb bei Wyn und redete noch ein paar Sekunden lang auf sie ein, dann setzten sich die beiden ebenfalls in Bewegung. Dabei kamen sie an dem Felsvorsprung vorbei, wo der Schnee mit Feyiz' Blut besudelt war, das im grauen Licht des Sturms fast schwarz aussah. Doch außer Walker riskierte keiner von ihnen einen Blick.

Kim kam zu ihm herüber, und sie kletterten Seite an Seite, so dicht zusammen, dass sie einander keuchen hören konnten.

»Das hätte nicht passieren dürfen«, sagte sie. »Die Amulette sollten den Dämon doch eigentlich von uns fernhalten.«

»Wer weiß«, sagte Walker. »Vielleicht hat Feyiz seines ja nicht getragen…«

»Oder es ist nur irgendein Mythos! Wir haben unser Leben auf einen Hokuspokus verwettet!«

Vater Cornelius hielt kurz an. Mit pfeifendem Atem reckte er den Hals und verfolgte von oben ihren Schlagabtausch. »Das wissen Sie nicht«, keuchte er laut.

»Und außerdem bleibt uns gar nichts anderes übrig«, konterte Walker. »Wir haben uns nun mal darauf eingelassen.«

Erinnerungen schossen ihm durch den Kopf. Bilder von Charlie. Er dachte an die Weihnachtsfeste, als Charlie klein gewesen war und sie noch als intakte Familie zusammengelebt hatten. Jetzt fragte er sich, warum er damals keine Videoaufnahmen gemacht hatte. *Weiß man eigentlich überhaupt je den Moment zu schätzen, den man gerade erlebt?*, dachte er und fühlte, wie ihm das Herz zerriss.

Walker blickte nach oben, um sicherzugehen, dass Wyn und Polly Schritt hielten, und erkannte die Angst in Wyns Augen … Erst da begriff er, dass Polly ihr mit der linken Hand die Kehle zudrückte.

Er schrie und spürte, wie ihm Adrenalin durch den Körper schoss. Wie eine Krabbe kletterte er diagonal nach oben und packte Polly am Bein. Sie riss den Kopf herum, und funkelte ihn durch den weißen Schnee hindurch mit ihren orangen Augen an. Im nächsten Moment griff sie nach dem Eispickel an ihrer Hüfte und schlug damit nach ihm. Walker versuchte sich mit einer Hand zu verteidigen, aber Polly war so grotesk stark, dass er auch die zweite vom Berg nehmen musste. Sie stieß einen hohen, wahnsinnig klingenden Schrei aus und trat ihm in die Seite. Ihr Stiefel traf Walker in die Rippen, und er stürzte in die Tiefe.

Im Fallen gelang es ihm, sich herumzudrehen, bis er nicht mehr kopfüber, sondern horizontal in der Luft lag. Sein Ziel war es, dicht am Hang zu bleiben und auf der Brust zu landen. Wenn er sich zu weit von der Wand entfernte, würden gebrochene Knochen noch seine geringste Sorge sein. Nach wenigen Augenblicken prallte er gegen den verschneiten Felsen, grub die Finger in den Abhang und gleich darauf seine Stiefelspitzen. Die Krallen seiner Steigeisen fraßen sich in den Untergrund, aber er hatte zu viel Schwung, sodass er sich rückwärts zu überschlagen drohte. Im letzten Moment zog er die Füße wieder vom Berg weg und bremste stattdessen mit Händen und Knien ab, wobei er tiefe Furchen in den Schnee grub. Schließlich stieß er seine Stiefel erneut in den Schnee.

Walker dröhnte der Puls in den Ohren, und er stieß einen Laut aus, der halb Triumphgeheul und halb Wutgebrüll war. Über ihm schrien Kim und Vater Cornelius auf Polly ein und riefen zu Walker hinunter, um sicherzugehen, dass ihm nichts passiert war. Seine Instinkte drängten ihn dazu, rasch weiter hinabzuklettern und so viel Abstand wie möglich zwischen sich und den Dämon zu bringen. Als er wieder hochblickte, sah er, wie Wyn zu entkommen versuchte, doch Polly zerrte sie zurück. Von ihrem Mund und sogar von den Augen stieg Dampf auf, als hätte der Dämon sein eigenes Höllenfeuer in ihr entfacht.

Unterhalb von den beiden begann Vater Cornelius, laut zu beten. Walker konnte ihn in dem dichten Schneegestöber kaum sehen, aber seine raue Stimme hatte sich im Gebet zu einem Donnern gesteigert, und Polly verzog das Gesicht, als fügten ihr seine Worte körperliche Schmerzen zu.

»Weiche von ihr!«, schrie Walker, während er wieder zu ihnen hochkletterte. »Im Namen des Vaters …«

Diesmal zuckte das Wesen in Polly nicht. Stattdessen lachte es. »Wann hättest du denn je an Gott geglaubt?«

Wyn kreischte, und ihr Gesicht war nur kurz zu sehen, als Polly ihr einen Arm um den Hals schlang. Der Dämon blickte zu Walker herunter. Seine glühenden Augen waren wie zwei farbige Stecknadeln in dieser weiß wirbelnden Welt.

»Du hast keinen Glauben, Benjamin«, rief er mit Pollys Stimme.

Dann riss er ruckartig Wyns Kopf herum, und das Schreien endete. Der Kampf war vorbei.

»Nein!«, heulte Walker auf.

Polly schüttelte den Kopf, wie ein enttäuschtes Elternteil, das versucht, seinem störrischen Kind etwas zu erklären. »Du glaubst an gar nichts.«

Dann schlang sie die Arme um Wyns leblosen Körper und stieß sich vom Berg ab. Die unmenschliche Stärke des Dämons trug sie rund fünf Meter vom Hang weg, ehe sie durch den Sturm in die Tiefe stürzten. Sobald die anderen Bergsteiger mitbekamen, was geschehen war, brachen sie in Geschrei aus. Einen Wimpernschlag lang sah Polly wie eine Spinne aus, die ihre Beute einwickelte, doch dann stieß sie sich von Wyn ab und ruderte mit den Armen, auf der Suche nach einem Halt an der Bergwand.

Sie schlug auf dem Hang auf, rutschte und überschlug sich, bis sie schließlich gegen den zerklüfteten Grat einer Felsspalte knallte.

Wyns Körper dagegen fiel weiter und war im Schneetreiben bald nicht mehr zu sehen. Walker lauschte, aber der Sturm war so laut, dass er den Aufprall nicht hören konnte. Irgendwo in der Nähe unterdrückte jemand ein Schluchzen. Einen Moment lang glaubte er, es müsse Kim sein, doch dann sah er, wie sie Vater Cornelius eine Hand auf den Rücken legte, und da begriff er, dass der Priester angefangen hatte zu weinen.

Dann hörte er, wie Meryam und Adam ihnen von weiter oben zuriefen, sie sollten weitergehen. Die beiden hatten recht – sie hatten gar keine andere Wahl.

»Los jetzt«, sagte er mit fester Stimme und so laut, dass Kim und der Geistliche ihn hören konnten.

Resigniert kletterten sie weiter.

Bis sie unter sich Schreie vernahmen.

Walker grub den Eispickel in den Berg, lehnte sich so weit vom Hang weg, wie er nur wagte, und spähte durch das Schneetreiben hinab. Er brauchte einen Moment, bis er die Bewegungen sah, wo es eigentlich keine hätte geben dürfen.

Pollys Körper war gegen den Felsgrat gekracht, und dabei musste sie sich zahlreiche Knochen gebrochen haben. Walker war sicher, dass da unten alles voller Blut war. Dennoch kroch sie einhändig den Berg hinauf, unaufhaltsam und immer etwa einen Meter mit jedem Zug ihres Arms.

»Tötet sie!«, brüllte Walker die Leute unter ihnen an. »Ihr müsst sie töten!«

Etwas zerbrach in ihm, während er diese Worte aussprach. Er fühlte sich schäbig und sogar noch weiter von seinem kleinen Sohn entfernt als dort oben in der Arche.

Olivieri klammerte sich an die Bergflanke, und in seiner Verzweiflung nahm er den Sturm gar nicht mehr richtig wahr. Der Abstieg war während der vergangenen paar Minuten immer einfacher geworden, da der Hang stetig flacher wurde, je näher sie der Felsspalte unter sich kamen. Die erste Gruppe – ein Bergführer und zwei Archäologiestudenten – hatten den Spalt bereits passiert und stiegen weiter hinab.

Doch dann waren plötzlich die Körper vom Himmel gefallen.

»Wer war das?«, fragte er. »Hat irgendwer sie erkannt?«

Er reckte den Hals ein Stück weiter, um besser sehen

zu können, aber es war hoffnungslos. Der Schneesturm fegte um sie herum und hüllte sie in einen weißen Schleier, in dem sämtliche Bergsteiger wie Gespenster aussahen, die dazu verdammt waren, für alle Zeiten an den Hängen des Ararat herumzuspuken.

»Keine Ahnung, wer vorhin runtergefallen ist«, sagte Errick. »Aber ich glaube, die beiden gerade eben waren Frauen, und ich habe grüne Haare gesehen. Das muss …«

»Polly«, sagte Olivieri tonlos und spürte, wie seine trockenen Lippen aufplatzten. Er ließ den Griff seines Eispickels los und merkte fast nicht, wie sehr es ihn dazu trieb, aufzugeben und sich mit den anderen in den Abgrund fallen zu lassen. Die Schlaufe an seinem Pickel hielt ihn am Gelenk fest, aber er langte nicht mehr nach dem Griff.

Avci ließ sich ein Stück nach unten rutschen, ehe er die Stiefel wieder in den Schnee grub. Der Wind blies so stark, dass seine Jacke Wellen zu schlagen schien und sein Körper leicht zur Seite gedrückt wurde. »Wir müssen weiter«, sagte er. »Wir machen unten an der Spalte ein paar Minuten Rast, bevor wir wieder …«

Errick fluchte laut.

Olivieri blickte nach unten und konnte kaum begreifen, was für ein Albtraum sich da vor seinen Augen abspielte. Durch den Schneevorhang erspähte er Polly Bennetts grüne Haare, ein leuchtender Farbklecks in dieser gespenstisch weißen Welt. Der linke Arm baumelte kraftlos an ihrer Seite herunter, und sie zog ein Bein nach, während sie mit nur einem Arm den Berg erklomm und eine grelle Blutspur hinter sich herzog. Polly grinste so breit, dass ihre Mundwinkel aufgerissen waren und ihr Blut über die Wangen herabfloss. Ihre nach oben blickenden Augen sahen wie kleine Flammen aus, und sie kletterte unmenschlich schnell den Berg herauf.

Avci schrie. Olivieri wusste nicht, ob Errick aus Versehen zu ihr hinunterrutschte oder um sie alle zu verteidigen, aber plötzlich merkte er, dass er es dem amerikanischen Studenten gleichtat. Er hatte den Pickel aus dem Eis gezogen und schoss nun talwärts, verzweifelt entschlossen, gegen die Angst in seinem Inneren anzukämpfen, gegen das Böse, das seine Seele beschmutzt hatte.

Polly griff nach Erricks Bein, doch der hob den Stiefel und trat ihr ins Gesicht. Die Krallen an seinem Steigeisen rissen ihr die Wange noch weiter auf. Dann rutschte er weiter, befand sich einen Moment lang auf gleicher Höhe mit Polly und dann ein kleines Stück unterhalb von ihr.

Olivieri dachte nicht an sein Alter. Und auch nicht an seinen Bauchumfang oder daran, wie viele Jahre es her war, seit er zuletzt regelmäßig Sport getrieben hatte. Er hob Hände und Füße aus dem Schnee und begann, schneller zu schlittern. Schnee schob sich ihm unter die Jacke, den Pullover und in die Hosenaufschläge, und für einen Sekundenbruchteil fragte er sich, ob er wohl dazu in der Lage sein würde anzuhalten.

Doch schon im nächsten Moment rutschte er direkt in Polly hinein. Schnee spritzte auf und bedeckte das Blut auf ihrem blassen Gesicht, aber ihre orangen Augen brannten durch die weiße Maske. Ihre grünen Haare waren vom Sturm zerzaust. Ein Fetzen Haut von ihrer Wange flatterte im tosenden Wind, und durch einen Riss in ihrem Jackenärmel ragte etwas Graues. Das gezackte Ende eines Knochens, das bei ihrem Aufprall aus dem Arm herausgeplatzt war.

Ihre unversehrte Hand packte ihn an der Jacke, und sie rutschten gemeinsam weiter. Olivieri stemmte die Stiefelabsätze und eine Hand in den Schnee, während Polly ihr Gesicht auf ihn zustieß. Ihr Atem stank nach vergammeltem Fleisch, und obwohl sich ihre Lippen nicht bewegten, war er sicher, aus ihrem dunklen Rachen einen ganzen Chor von Stimmen flüstern und lachen zu hören.

Einen Moment lang hatte er tatsächlich geglaubt, dieses Wesen bekämpfen zu können und dass er imstande wäre, dem Bösen die Stirn zu bieten. Doch nun brach er in Tränen aus und begann, mit der freien Hand nach ihr zu schlagen. Warum war er bloß hierhergekommen und wieso hatte er sich eingebildet, er könnte irgendjemanden beschützen? Sie packte seinen Kopf und schlug ihn mit dem Gesicht gegen den Berg, doch der weiche und nachgiebige Schnee bewahrte ihn vor schlimmeren Verletzungen.

Olivieri hörte Stimmen rufen. Eine gehörte Errick. Er fühlte, wie Polly ihn losließ. Als er sich dazu zwang, den Blick zu heben, sah er, wie sie mit Errick kämpfte … Sah, wie sie die Finger in seine linke Augenhöhle stieß und etwas Glitschiges herauspulte. Er beobachtete, wie sie ihre Finger noch tiefer in die Höhle hineinbohrte, und als sie sie wieder zurückzog, rutschte Errick von ihr fort. Er rollte ein Stück über den nicht mehr so stark geneigten Hang, bis er schließlich in die Spalte fiel und auf einem Felsgrat liegen blieb. Um ihn herum tanzten Schneeflocken.

Erneut kam Polly auf Olivieri zu.

Die anderen in der Nähe kletterten von ihnen weg und versuchten verzweifelt zu entkommen. Keiner von ihnen gab sich irgendwelchen heldenhaften Illusionen hin.

Nur Avci blieb zurück.

Olivieri zwinkerte überrascht. Avci hatte sich ihnen genähert und war nun keine zwei Meter mehr von ihnen entfernt. In der Linken hielt er eine Pistole. Er hob sie an, zielte und schoss Polly in den Schädel. Ihr Hinterkopf explodierte in einem Klumpen aus Blut und grünen Haaren, der im Schnee landete und wie ein absonderlicher kleiner Schneeball ein Stück hangabwärts rollte.

»O mein Gott«, keuchte Olivieri und sah zu Avci, um sich bei ihm zu bedanken.

Aber Avci hatte die Waffe inzwischen auf Olivieris Gesicht gerichtet. »Sie Scheißkerl. Sie haben gesagt, die Amulette würden funktionieren. Ich sollte sie als Nächsten abknallen.«

Erneut durchbrachen Rufe die Stille, und sie blickten beide nach oben, von wo Walker, Kim und Vater Cornelius zu ihnen herunterkletterten. Und der Moment ging vorüber. Der Zorn, der Hass und die Angst in Avcis Augen waren rein menschlich gewesen.

Zumindest glaubte Olivieri das.

Neunzehn

Meryam und Adam saßen miteinander in der Spalte. Sie hatte sich an ihn gelehnt und erlaubte ihm, sie zu halten und zu stützen. Es hatte eine Zeit gegeben, in der sie darüber nachgedacht hätte, wie das für die anderen aussehen musste und dass es wohl ihre Führungsrolle untergraben würde. Doch über diesen Punkt waren sie längst hinaus. Sogar ohne den Sturm und diesen Horror wütete immer noch der Krebs in ihr. Und der hatte ein Wrack aus ihr gemacht, lange bevor die Kälte ihr den Rest gegeben hatte.

Ihre Erschöpfung war wie der Gesang von Sirenen, die sie in die Dunkelheit der Bewusstlosigkeit locken wollten. Aber Bewusstlosigkeit war gleichbedeutend mit Kapitulation und wäre ihr sicherer Tod.

Meryam war klar, dass sie nicht ewig hier sitzen bleiben konnten. Solange sie in Bewegung blieben und sich in ausreichend Kleiderschichten hüllten, würden sie nicht allzu sehr unter der Kälte leiden. Sie würden sich bestimmt ein paar Erfrierungen einhandeln, aber wenn sie ein ordentliches Tempo vorlegten und spätestens ein paar Stunden nach Einbruch der Nacht vom Berg herunter waren, würden sie auf der sicheren Seite sein. Sie glaubte, dass sie bis Camp Zwei weniger als zwei Stunden benötigen würden und vielleicht noch mal doppelt so lange bis Camp Eins. Kürzer, wenn der

Schneesturm in den tieferen Lagen nachließ. Und davon ging sie aus.

Du kannst es schaffen, dachte sie. Aber sie lehnte sich an Adam und überlegte, dass sie sich vielleicht, ganz vielleicht, nur selbst etwas vormachte.

Die Überlebenden hatten sich zusammengedrängt. Das waren sie in ihren Augen. *Die Überlebenden.* Olivieri, Avci, Belinda und ein weiterer Student, den Meryam nicht näher kannte. Hakan – *dieser Mistkerl* – und der andere Bergführer, sein Cousin oder Neffe oder was auch immer. Und Walkers kleines Team. Irgendwie war es immer noch komplett dieses Trio, das aus Walker, Kim Seong und Vater Cornelius bestand. Natürlich wünschte sie ihnen nicht den Tod, aber sie konnte auch nichts gegen die Eifersucht tun, die sie empfand, wenn sie sie zusammen sah – nun, da Feyiz nicht mehr lebte.

Und dann war da noch Calliope mit ihrer Kamera. Meryam wusste nicht, ob sie sie umbringen oder bewundern sollte. Vielleicht beides. *Sie hat es mit meinem Verlobten getrieben.* Aber diese Frau hatte wirklich eine unglaubliche Arbeitsmoral. Andererseits wurde sie möglicherweise gar nicht von ihrem Arbeitsethos, sondern von der Vorstellung getrieben, sie könnte den Schrecken auf Distanz halten, solange sie ihn lediglich durch die Kameralinse betrachtete. Diese Sicherheit war natürlich nur eingebildet, aber so sehr sie Calliope im Moment auch hasste, diese Illusion würde sie ihr auf keinen Fall nehmen. Nicht, wenn sie selbst alles für ein kleines bisschen Sicherheitsgefühl gegeben hätte.

»Hakan«, sagte sie. Dann räusperte sie sich und nahm alle Energie zusammen. »Wie weit noch, bis die Kletterei vorbei ist und wir nur noch wandern müssen?«

Hakan schlug die Hände gegeneinander, um Blut in die Finger zu bekommen. Dann stand er auf und blickte über den Felsgrat hinweg – offensichtlich, um sich zu sammeln. Er hielt seinen Kummer und den Zorn verborgen.

»Zehn Minuten, wenn wir uns beeilen«, sagte er. »Maximal fünfzehn. Es ist nicht sehr weit. Aber danach müssen wir immer noch vorsichtig sein. Helfen Sie sich gegenseitig, und benutzen Sie Stöcke, wenn Sie welche haben.«

»Wir werden *alle* zusammenbleiben«, sagte Meryam. Sie sah den anderen nacheinander in die Augen und versuchte zu ermessen, wie tief ihnen der Schock in den Knochen saß.

»Einen Teufel werden wir tun«, sagte Belinda hinter ihrer Schutzbrille und der Sturmhaube hervor. »Jeder von uns sollte allein klettern und abhauen, wenn ein anderer sich nähert. Das ist zumindest das, was ich tun werde. Ich werde in Sichtweite bleiben, aber keinem von Ihnen nahekommen, solange wir nicht unten sind.«

Keiner sagte etwas. Stattdessen zitterten alle vor Angst. Meryam empfand die gleiche Paranoia. Wieso hätte sie auch dagegen immun sein sollen? Sie suchte die Gesichter nach dem irren Grinsen und dem orangen Funkeln in den Augen ab. Das war es, was sie alle taten.

War er auch in diesem Moment bei ihnen? Steckte der Dämon in einem von ihnen und kostete jeden Augenblick aus?

»Wenn wir alle zusammenbleiben«, sagte Walker, »werden bei einem Angriff des Dämons genug Leute zur Stelle sein, um weitere Todesfälle zu vermeiden.«

»Oder um es wenigstens zu versuchen«, sagte Calliope.

»Es versuchen«, stimmte Vater Cornelius ihr zu. »Wir werden zusammenbleiben, haben jedoch auch Verständnis für alle, die allein sein möchten. Aber wenn das Böse Besitz von Ihnen ergreift, wird es Sie vielleicht dazu bringen, vom Berg zu springen oder sich noch schlimmere Dinge anzutun. Wir sollten aufeinander achtgeben.«

»Ich verstehe immer noch nicht, warum das Ganze passiert«, sagte Avci. »Professor Olivieri hat doch erklärt, die Pechamulette …«

»Das war nur eine Theorie!«, schrie Olivieri. Er wirkte so zerbrechlich, dass Meryam zu sehen glaubte, wie er mit jedem Wort ein wenig mehr den Verstand verlor. »Ich hatte berechtigten Grund zu der Annahme … Die apokryphen Schriften hatten so etwas erwähnt … Und Noahs Familie hat die verdammten Dinger auch getragen!«

Die Überlebenden standen wieder auf, schulterten die Rucksäcke und vergewisserten sich, dass ihre Gesichter vollständig bedeckt waren, bevor sie über den Felsgrat kletterten und mit dem Abstieg begannen.

Meryam versuchte, mit einem tiefen Atemzug zur Ruhe zu kommen, ehe sie sich auf Adams Schulter gestützt hochrappelte. Ihr wurde schwummrig, und einen Moment lang glaubte sie, gleich hinzufallen. Adam streckte die Hand aus, um sie festzuhalten, aber sie winkte ab.

»Nein. Wenn ich das schon nicht allein schaffe, müsstest du mich vom Berg heruntertragen. Und das wäre zu gefährlich.« Mit ein paar weiteren tiefen Atemzügen gelang es ihr, wieder einen klaren Kopf zu bekommen. Während ihrer Rast hatte sie einen Proteinriegel gegessen, und jetzt merkte sie einen kleinen zusätzlichen

Energieschub. Irgendwo in seinem Rucksack hatte Adam Koffeintabletten, und sie wusste, dass sie davon über kurz oder lang auch welche brauchen würde. Fürs Erste empfand sie ihre Furcht jedoch als ausreichende Motivation. »Okay«, sagte sie. »Lass uns gehen.«

Als sie rückwärts über die Steine kletterte, hatten die anderen den Felsgrat alle schon längst überwunden.

»Meryam«, sagte Adam.

Sie blickte auf und sah, wie er an seinem Rollkragen herumtastete und die behandschuhten Finger zwischen den Pullover und die Sturmhaube schob.

»Was tust du?«

Adam fand das Pechamulett, wickelte sich die Schnur, an der es hing, um einen Finger und riss sie sich vom Hals. Ehe sie protestieren konnte, warf er es hinter sich in den Schnee.

»Ich weiß, was du sagen willst«, kam er ihr zuvor. »Aber wir wissen beide, dass sie nicht funktionieren. Vielleicht ist der Dämon bereits in uns, womöglich hat das Böse schon Wurzeln geschlagen. Aber das ist egal. Ich glaube, unsere einzige Hoffnung besteht darin, dass wir es aus seiner Reichweite herausschaffen.«

»Seine Reichweite?«, wiederholte sie und spürte, wie erneut Angst in ihr aufstieg.

»Wie bei einem Gespenst, das den Ort nicht verlassen kann, an dem es herumspukt«, sagte Adam mit einem Blick, in dem großer Schmerz, aber auch Hoffnung lag. »Ich hoffe, dass es so ein Wesen ist… und dass es uns nichts mehr antun kann, wenn wir weit genug von der Höhle weg sind… Falls ich mich irre… dann hätten wir uns wohl besser gleich in der ersten Nacht alle von der Felskante in den Tod gestürzt.«

»Sag nicht so etwas.«

Adam wandte den Blick ab. »Lass uns einfach gehen.«

Er hielt sich an ihrer Seite, während sie zu den anderen aufschlossen. Jetzt, da der Hang nicht mehr so tückisch war, kamen sie schneller voran. Seine Worte gingen ihr immer noch durch den Kopf, genau wie der Ausdruck in seinen Augen, und beides brach ihr immer mehr das Herz, je länger sie darüber nachdachte. Sie wusste über den Dibbuk Bescheid, über die Furcht, die ihn seine ganze Kindheit lang nicht losgelassen hatte. Und sie hatte seine Großmutter immer dafür gehasst, dass sie ihm diesen dunklen Aberglauben eingetrichtert hatte. Er hatte diese Angst niemals wirklich loswerden können. Inzwischen glaubte er an gar nichts mehr, auch nicht an das Amulett, das ihm das Leben retten könnte, wenn Olivieri recht hatte.

Doch Meryam musste das Amulett um den Hals behalten. Sie hatte nie an etwas geglaubt, und nun hatte dieser Albtraum sie mit Glauben erfüllt. Sie würde dieses Amulett ganz bestimmt nicht ablegen.

Und das bedeutete, dass sie Adam von jetzt an nicht aus den Augen lassen durfte.

Ein paar Minuten lang bildeten die Bergsteiger eine Reihe. Alle schwiegen und musterten einander argwöhnisch, während sie talwärts gingen. Walker hielt sich zusammen mit Kim und Vater Cornelius in der Mitte und empfand das Gewicht seiner Pistole im Rücken als tröstlich. Doch so kalt und taub wie seine Finger mittlerweile waren, fragte er sich, ob sie wohl verkrampfen würden, wenn der Moment kam, in dem er die Waffe ziehen und den Abzug betätigen musste.

Als Schreie die Stille durchbrachen und mit dem Wind zu ihm herüberwehten, stählte er sich innerlich und blickte mit grimmiger Resignation zu Boden. Warum war er bloß so überrascht? Der Dämon war zu ihrem Fluch geworden.

Nur fünf Meter unter ihnen war Hakans Cousin auf den Studenten losgegangen, einen ungepflegt aussehenden Mann namens Markus. Mit seinem Messer und der infernalischen Kraft des Dämons benötigte er für den Mord nur ein paar Sekunden. Blut spritzte durch die fallenden Schneeflocken und wurde vom Wind mitgerissen. Belinda versuchte noch, es zu verhindern, doch dank des Messers und seiner Stärke machte der Dämon auch mit ihr kurzen Prozess, und nach wenigen Momenten war der Schnee um sie herum mit grässlich aussehenden Blutspritzern getränkt. Genau an der Stelle, wo der Hang begehbarer wurde und ab wo sie es eigentlich leichter hätten haben sollen.

Der Dämon schwang die Klinge und zeigte sein seelenloses Grinsen, während er im Körper des Bergführers zu ihnen heraufkletterte – dem letzten Verwandten von Hakan auf diesem Berg.

Walker zog seine Pistole. Mit einer Hand hielt er sich am Berg fest und zielte nach unten.

Schreiend rannte und rutschte Hakan von oben herab. Er wollte, dass Walker ihm eine Chance gab, mit dem jungen Mann zu reden und den Dämon auszutreiben. Aber der Bergführer kletterte mit diesem verdammten Messer in der Hand und der Geschwindigkeit einer Spinne auf ihn, Kim und den Priester zu. Und Walker war dazu ausgebildet worden, unmittelbare Bedrohungen ohne zu zögern auszuschalten.

Er schoss dem Dämon zweimal in die Brust. Der bärtige junge Mann wurde zurückgerissen und rollte durch den blutigen Schnee den Hang hinunter, bis er an dem Punkt zu liegen kam, wo das Gelände für eine Wanderung geeignet war.

Hakan packte Walker am Arm, doch der schlug die Hand mit dem Lauf der Pistole zur Seite und legte auf den kurdischen Führer an. Volle fünf Sekunden lang starrten sie einander schwer atmend an, bis Walker entschied, dass Hakan nicht besessen war, und Hakan offensichtlich beschloss, dass er nicht erschossen werden wollte.

Hakan eilte den Berg hinunter. Die ersten Meter rutschte er noch, dann stapfte er durch den Schnee, bis er neben dem Leichnam seines Cousins auf die Knie sank. Er schloss dem jungen Mann die Augen und murmelte ein Gebet in ihrer gemeinsamen Sprache.

Walker blieb mit seinem Team, wo sie waren, während Meryam, Adam und Calliope an ihnen vorbeigingen und sich zu Hakan gesellten. Olivieri und Avci schlossen sich ihnen ebenfalls an.

»Sobald wir ein Stück von dem Blut entfernt sind«, sagte Walker leise und wandte sich zu Kim um, »möchte ich, dass du dich absonderst. Geh so schnell, wie du kannst. Bis Camp Zwei ist es nicht weit. Teilweise kannst du den Pfad wahrscheinlich an Vertiefungen im Schnee erkennen. Aber allein bist du auf jeden Fall sicherer dran als mit irgendeinem von uns.«

Kim sah ihn an und warf dann einen Blick auf Vater Cornelius. »Ich werde euch beide nicht alleinlassen.«

»Du bist hier, um zu beobachten, nicht, um zu sterben«, entgegnete Walker. »Von hier an ist es nur noch ein Fußmarsch, aber Cornelius kann nicht sehr schnell gehen.«

«Walker hat recht«, sagte der Priester, der keine Angst zu haben schien, dass der Dämon als Nächstes in ihn hineinfahren könnte. »Sie sollten allein gehen.«

»Ich habe bessere Chancen mit Ihnen beiden als allein«, sagte Kim. »Aber …«

Walker runzelte die Stirn. Das Gewicht dieses einzelnen Wortes und ihr besorgter Gesichtsausdruck verrieten ihm, wie verstört sie war. »Was?«, drängte er.

Kim blickte zu den anderen hinunter, der Handvoll Leute, die sich um den trauernden Hakan geschart hatten. »Was, wenn wir es gar nicht versuchen sollten?«, fragte sie. »Was, wenn der Dämon gar kein Gift ist, sondern eher so etwas wie ein Virus, das wir vom Berg runterbringen und auf die Welt loslassen?«

Walker starrte sie an. Darauf wusste er keine Antwort. Das war der furchterregendste Gedanke, den er je gehört hatte.

Adam hielt Meryam an der Hand, doch an dieser Geste war nichts Romantisches. Er hatte sie gedrängt, sich an ihn zu lehnen oder einen Arm um seine Schultern zu legen, damit er ihr dabei helfen konnte, aufrecht stehen zu bleiben. Aber sie hatte sich geweigert. Erst nachdem sie ein paarmal ins Stolpern geraten war und beinahe mit dem Gesicht voran auf den schneebedeckten Pfad gestürzt wäre, hatte sie zumindest seine Hand akzeptiert.

Sie trotteten bergab, ein paar von ihnen mit Wanderstöcken, während andere sich gegenseitig halfen. Sie alle standen unter Schock von alldem Sterben und Blutvergießen. Seit dem letzten Erscheinen des Dämons war beinahe eine Stunde vergangen, und Adam fühlte, wie seine Erschütterung allmählich nachließ. Er wagte kaum zu glauben, dass sie sich mittlerweile aus seinem Einflussbereich entfernt hatten, dennoch hielt sich dieses Fünkchen Hoffnung hartnäckig in ihm, besonders weil er so unbedingt daran glauben wollte. Mit jeder verstreichenden Minute sah er, wie sich auch die Anspannung der anderen immer mehr löste. Und wie sie wieder etwas empfinden und trauern konnten. Vor einer halben Stunde hatte Calliope leise zu weinen begonnen. Die Kamera baumelte in ihrer rechten Hand, während sie sich mit der linken immer wieder Tränen aus dem Gesicht wischte.

Meryam taumelte. Adam packte ihre Hand fester und zog sie zu sich heran. Fast als würden sie tanzen, standen sie einander von Angesicht zu Angesicht gegenüber. Er presste sie gegen sich und beobachtete, wie ihr Atem durch das Gewebe der Sturmhaube dampfte.

»Camp Zwei liegt unmittelbar vor uns«, rief Hakan zu ihnen zurück. Er hatte schon vor einiger Zeit die Führung übernommen, dicht gefolgt von Calliope, hinter der Meryam und Adam gingen. Die Übrigen kamen in einer langgestreckten Schlange hinterdrein, aber keiner ließ sich weiter als fünfzig Meter zurückfallen.

Camp Zwei. Das Gelände, das unter einem halben Meter Schneedecke lag, würde anspruchsvoll bleiben, und der böige Wind behinderte ihr Vorwärtskommen. Aber nach Camp Zwei würde der Pfad einfacher werden und auch besser zu erkennen sein, sodass Adam glaubte, den Rest auch ohne Führer bewältigen zu können. Camp Zwei war eine gute Neuigkeit.

Sei kein Idiot, sagte er sich. *Erhoff dir nicht zu viel.*

Vor uns liegt noch ein langer Weg. Ein paar Stunden würde es bestimmt noch dauern, und Meryam wurde immer schwächer. Adam wollte gar nicht darüber nachdenken, wie schwierig die Lage erst sein würde, wenn er sie tragen müsste.

»Hakan!«, rief er und nahm Meryam wieder an der Hand, während sie weiter dem Pfad folgten. »Warten Sie auf uns!«

Ein Stück vor ihnen drehte sich Hakan langsam um. »Auf Sie warten? Ich muss schon meine gesamte Willenskraft aufbieten, damit ich Sie nicht einfach hier stehen lasse.«

»Sie sollen warten!«, rief Adam zurück.

Calliope nahm die Kamera von einer Hand in die andere, hob sie aber nicht an, um zu filmen.

»Was?«, knurrte Hakan und marschierte zu Meryam und Adam zurück. Wenn der Dämon in ihn gefahren wäre, hätte er sie kaum bösartiger und hasserfüllter ansehen können. »Was wollen Sie zwei widerwärtigen Unmenschen mir mitteilen?«

»Leck mich doch, du mieser …«, begann Adam.

Meryam legte ihm die Hand auf den Mund, um ihn zum Schweigen zu bringen, hielt den Blick dabei aber fest auf Hakan gerichtet. »Es tut mir leid«, brachte sie schließlich stockend heraus. »Feyiz war mein Freund, Hakan. Ich wünschte, ich könnte ihn noch mal lachen hören und die Offenheit und Toleranz erleben, mit denen er allen um sich herum begegnet ist. Aber Wünschen hilft nichts. Diese Gruppe hier ist alles, was noch von uns übrig ist. Ich weiß nicht, ob nur die Trauer aus Ihnen spricht oder ob der Dämon Sie manipuliert und Ihre schlimmsten Seiten zum Vorschein bringt, aber …«

»Schlampe«, zischte Hakan verächtlich.

Adam machte einen Schritt auf ihn zu und ließ Meryams Hand los. »Das reicht jetzt!«

»Schauen Sie sich beide doch mal an«, sagte Hakan. »Ein Jude und eine Hure, die sich von Gott abgewandt hat. Ich weiß welche Höllenqualen auf sie beide warten, aber die reichen nicht aus.« Er sah Meryam an. »Sie stolzieren vor meinem Neffen auf und ab, bis ihm der Gestank Ihres Geschlechtsteils so sehr zu Kopf steigt, dass er sich vergisst und Ihnen jeden Wunsch von den Lippen abliest.« Dann wandte er sich zu Adam um. »Und Sie… Was machen Sie, wo Sie doch so ein *toller* Mann sind? Sie gehen zu einer anderen Hure und…«

»Hey, jetzt halten Sie mal die Klappe!«, fuhr Calliope ihn an.

Adam ging langsam auf ihn zu und ballte die Fäuste. Er wusste zwar, dass Hakan ihm in einer Prügelei haushoch überlegen sein würde, aber das war ihm egal. Dieser Mann musste sein Maul halten. Er gehörte grün und blau geschlagen, blutig und bewusstlos. Am besten tot.

Ein Schuss zerriss den Himmel und hallte von den Bergen wider.

Hakan und Adam fuhren beide herum und sahen Avci, der seine Pistole auf die Wolken gerichtet hielt. Der vor Erschöpfung halb zusammengesackte Mann funkelte sic böse an. Walker und Kim ließen Olivieri und den Priester stehen und kamen den Pfad heruntergeeilt. Wie schon die ganze Zeit seit seiner Ankunft bellte Walker Befehle und gebärdete sich als Alphamännchen. Er zog seine Pistole und zielte auf Avci. Doch der ignorierte ihn.

»Reißen Sie sich alle zusammen«, sagte Avci.

Adam kochte vor Wut und Hass. Hakan hatte sich

vom allerersten Moment an wie ein Arschloch benommen, lange bevor er irgendwelche Verluste zu betrauern hatte. Aber was er gerade gesagt hatte, war unverzeihlich. Adam drehte sich zu Meryam um. »Was meinst du?«

Meryam richtete sich zu voller Größe auf und sah blass, aber lebendig aus. Als Adam die Hand nach ihr ausstreckte, schlug sie sie beiseite und stapfte durch den Schnee, bis sie Auge in Auge vor Hakan stand. Dann spuckte sie ihm ins Gesicht.

Während alle anfingen durcheinanderzuschreien, holte Hakan mit der Faust aus. Adam stürmte auf sie zu, wusste jedoch, dass er es nicht mehr rechtzeitig schaffen würde.

Doch da war bereits Calliope zur Stelle. Sie stellte sich vor Meryam und packte Hakan am Arm, bevor er zuschlagen konnte. Adam konnte nicht hören, was sie zu ihm sagte. Aber was immer es auch gewesen war, er wusste nicht, wie er sich bei ihr dafür bedanken konnte.

»Das hättest du nicht …«, setzte Meryam an.

Calliope fuhr zu ihr herum. »Sei einfach still.«

Meryam stotterte und wich einen Schritt zurück.

»Nein, ehrlich«, fuhr Calliope fort. »Sag nichts. Alles, was er gesagt hat, über dich … über Adam und mich … das ist alles wahr, und du weißt es. Wenn ein Dämon in uns steckt, haben wir ihn eingeladen. Verstehst du das nicht? Das Ding da oben in der Höhle mag böse gewesen sein, aber erst unsere schlimmen Seiten haben es so groß und stark werden lassen.« Die Kamera fiel ihr aus der Hand und landete im Schnee. Tränen traten ihr in die Augen, als sie rückwärts vom Pfad taumelte.

»Mach keinen Blödsinn, Mädchen«, sagte Hakan.

Calliope warf ihm nur einen kurzen Blick zu, ohne

sich die Tränen aus den Augen zu wischen. Dann lief sie vom Pfad weg. Hakan setzte ihr nach und schien wütender denn je.

Adam erwartete, dass sie anhalten, heulen und sich ihnen wieder anschließen würde. Erst als Calliope losrannte, wurde ihm klar, dass sie sich wirklich von ihnen absetzen wollte. Sie fiel hin, rutschte den Hang hinunter und glitt über die Steine, die unter der weichen weißen Schicht begraben lagen.

»Verdammt, Calliope!«, stieß er hervor und wollte ihr ebenfalls nachlaufen.

Doch Meryam fasste ihn am Arm. Ihr Griff war zu schwach, um ihn aufzuhalten, aber fest genug, um seine Aufmerksamkeit zu erregen. Er drehte sich zu ihr um, innerlich zerrissen und voller Panik. Ohne einen Führer und ganz allein würde Calliope sterben. Selbst wenn sie es bis nach unten schaffen sollte, hatte sie kaum Aussichten, irgendwo herauszukommen, wo sie einen Unterschlupf fand, bevor sie erfror oder verhungerte.

»Ich muss …«, sagte er.

»Nein. Musst du nicht.«

Mit klopfendem Herzen starrte er Meryam an, ehe er sich umdrehte und zusah, wie Hakan kletternd und rutschend hinter Calliope herhastete. Der Wind frischte auf, und ein paar Sekunden später wurde sie vollständig vom Sturm verschluckt.

»Calliope, lass es!«, schrie Adam. »Das darfst du dir nicht antun!«

Hakan blieb kurz stehen und zeigte zu ihnen hoch. »Bleibt auf dem Pfad. Camp Zwei liegt direkt vor euch!«, schrie er. »Bleibt dort nicht länger als zehn Minuten, bevor ihr wieder aufbrecht! Ich bringe sie zurück!«

»Lassen Sie sie gehen, Hakan!«, brüllte Avci. »Wir brauchen einen Führer!«

Doch Hakan war bereits außer Hörweite. Adam beobachtete, wie er auf den Knien den Hang hinunterrutschte. Er schaute ihm hinterher, bis Hakan – wie Calliope vor ihm – im weißen Schneegestöber nicht mehr zu sehen war.

»Ich hasse ihn«, sagte Meryam.

»Er dich auch.«

Ein paar Sekunden blieben sie nebeneinander stehen und starrten auf die gefrorene Landschaft und in den Schnee, der in allen Richtungen unendlich weit im Wind zu wirbeln schien.

Dann nahm Meryam ihn an der Hand, und sie marschierten zum Camp Zwei hinunter.

Nun waren sie noch zu siebt, und nur Adam, Meryam und Olivieri hatten bereits diesen Berg bestiegen, allerdings mit mehr Mut als Geschick.

Zwanzig

Hinter eine Erhebung aus schwarzen Felsen gekauert, die einen Halbkreis um Camp Zwei bildeten, aßen sie Proteinriegel und tranken Wasser. Walker sehnte sich nach einem Kaffee, aber dafür hatten sie keine Zeit.

Zwischen ihnen allen herrschte immer noch die gleiche Paraonoia wie schon den ganzen Tag, und sie ließen einander nicht aus den Augen, während sie tranken und kauten. Schließlich packten sie wieder zusammen. Anfangs hatten sie alle in die Richtung geblickt, in die Hakan und Calliope verschwunden waren, und erwartet, sie jeden Moment wieder auftauchen zu sehen. Doch nach den ersten Minuten hatten sich die Köpfe immer seltener dorthin gedreht. So viele Menschen, wie sie schon auf diesem Berg zurücklassen mussten, schienen sie sich allmählich an das Gefühl des Verlusts zu gewöhnen.

Walker nahm das Magazin aus seiner Waffe und überprüfte es, bevor er es wieder zurückschob. Er würde kein Risiko mehr eingehen. »Auf geht's«, sagte er und stand auf.

Kim und Vater Cornelius erhoben sich ohne zu zögern. Die anderen sahen erst zu Adam und Meryam hinüber, die ihrer Meinung nach immer noch das Sagen hatten. Doch Adam musste Meryam aufhelfen, und die Art, wie er sie am Arm festhielt, ließ Walker daran zweifeln, ob sie es bis Camp Eins schaffen würde, geschweige denn vom Berg herunter.

Ein Teil von ihm wollte die anderen alle sich selbst überlassen und nur noch zusehen, dass er zu Charlie heimkehrte. Er würde ab jetzt ein besserer Vater sein. Das versprach er allen Göttern, die bereit waren, ihm zuzuhören. Er würde auch netter zu Amanda und ihr ein Freund sein, nachdem er als Ehemann so versagt hatte. Wenn er Meryam zurückließ… und verdammt noch mal auch den Priester, der so alt und verflucht langsam war… dann konnte er beweisen, aus was für einem Holz er wirklich geschnitzt war.

Aber das ergab überhaupt keinen Sinn. Wie sollte er zu Hause ein besserer Mensch sein, wenn er wusste, dass er diese Leute hier und jetzt im Stich gelassen hatte? Wenn er sie einfach verrecken ließe, konnte er kein Vater sein, zu dem irgendein Sohn aufschauen wollte.

Und ohne irgendjemanden, *der schon mal auf dem Ararat unterwegs gewesen ist, würde ich mich vermutlich verlaufen und selbst abkratzen.* Dank der Steigeisen an seinen Stiefeln stapfte Walker sicheren Schrittes den schneebedeckten Pfad entlang. Durch das Gestöber beobachtete er Adam und Meryam, die langsam vor ihm hergingen, und versuchte sich einzureden, dass das nicht der einzige Grund war – dass er auch dann bei ihnen bleiben würde, wenn er diesen Berg schon tausendmal bestiegen hätte.

Nicht nur, weil du sie brauchst, dachte er… und versuchte es zu glauben.

Walker behielt die anderen jetzt sorgsam im Auge. Nach ihrem Aufbruch von Camp Zwei hielt er noch ungefähr zwanzig Minuten lang die Pistole in der Hand, doch dann musste er sie ins Holster stecken, damit er die Finger bewegen und in die Hände klatschen konnte, um seinen Kreislauf wieder in Schwung zu bringen. Eigentlich hätte die Temperatur hier in den tieferen Lagen zumindest ein bisschen gestiegen sein müssen. Aber wenn dem so war, bekam Walker nichts davon mit. Stattdessen erschien ihm der Wind sogar noch eisiger und schneidender, und an den Stellen, die seine Sturmhaube um Mund und Augen herum freiließ, spürte er mittlerweile gar nichts mehr. Er versuchte, nicht darüber nachzugrübeln.

Genauso wie er bei jedem Schritt versuchte, den einen Gedanken zu verdrängen, der sie alle beschäftigte. Walker kribbelte der Rücken. Er hatte das sichere Gefühl, beobachtet zu werden und dass das Böse tief in ihren Herzen und Hirnen vergraben mit ihnen vom Berg stieg. Er merkte, dass er nicht mehr atmen konnte, wenn er zu sehr darüber nachgrübelte. Seine Furcht war so groß, dass er sich gefangen fühlte zwischen dem Wunsch, sich auf dem Boden zusammenzurollen, und dem elementaren Bedürfnis, schreiend davonzurennen.

Der Dämon befand sich hier unter ihnen, und Walker konnte förmlich spüren, wie er ihr Grauen genoss. Alle, die noch übrig waren, wussten, dass es nur eine Frage der Zeit war. Er beobachtete Adam und Meryam vor sich, und seine Gedanken rasten. Er war nervös und ängstlich, aber auch vorbereitet.

»Nicht so schnell, Walker!«

Er schreckte aus seinem Tagtraum auf und bemerkte, dass er beinahe zu Adam und Meryam aufgeschlossen hatte. Auf seine Schutzbrille hatte sich eine Schneeschicht gelegt, so als wäre er ein paar Minuten lang schlafgewandelt. Er erschrak. War er schlafgewandelt, oder hatte er die Kontrolle über sich verloren?

Er hielt an und drehte sich um. Nachdem er sich den Schnee von der Brille gewischt hatte, ließ er die Hand einen Moment lang auf der Beule unter seinen dicken Kleiderschichten ruhen – dem Stück Pech, das er an einer Schnur um den Hals trug. Wut stieg in ihm auf. Sie hatten sich auf Olivieri verlassen. Sogar Vater Cornelius hatte der Logik des Gelehrten vertraut, aber anscheinend war es bloß eine Vermutung gewesen. *Eine Vermutung, an die wir alle glauben wollten.*

Der Schneevorhang teilte sich, und Kim trat hervor. Vater Cornelius stützte sich auf ihren Arm. Eine Windböe erfasste sie und verschleierte erneut die Sicht zwischen ihnen, als wäre es dem Sturm nicht recht, dass sie zusammenfanden. Dann war Kim wieder deutlich zu erkennen. Sie sah ihn mit zusammengekniffenen Augen an, offensichtlich frustriert, dass sie sich ganz allein um Vater Cornelius kümmern musste.

»Entschuldige bitte«, sagte er. »Ich habe gar nicht gemerkt, dass ich so schnell gehe.«

»Lass uns nicht zurück«, erwiderte Kim mit so großem Nachdruck, dass es beinahe wie eine Anklage klang.

Walker trat zur Seite und ließ sie vorbei. »Werde ich nicht. Versprochen.«

Vater Cornelius hatte eindringlich auf seine Stiefel gestarrt, als fühlte er sich nicht mehr trittsicher. Vielleicht konnte er den Boden unter den Füßen nicht mehr spüren. Walker fluchte insgeheim. Das wäre ein echtes Problem.

»Ich muss mit Ihnen über die Amulette reden«, sagte der Priester.

Walker glaubte, hinter sich einen Aufschrei zu hören. Sein Puls beschleunigte sich, und er drehte sich um. Mit erhobener Hand, um den Wind abzuhalten, spähte er durch das Schneetreiben. Die letzten drei aus ihrer Gruppe hatten sich ein Stück zurückfallen lassen und waren nur noch als Umrisse zu erkennen. Er machte sich Vorwürfe, dass ihm das nicht aufgefallen war. Seine Ängste hatten ihn so sehr übermannt, dass er die Menschen vergessen hatte, die von ihm abhängig waren.

»Walker?«, rief der Priester mit dünner Stimme.

Aber als Walker erneut zurückblickte, sah er, wie eine der Gestalten stolperte und hinfiel. Im nächsten Augenblick eilte eine zweite Gestalt durch das Schneegestöber in ihre Richtung. Die dritte folgte ihr, rannte mit gleitenden Schritten den Pfad entlang. Sie bewegte sich mit großer Kraft und Selbstvertrauen, und Walker wurde klar, was er da beobachtete. Er wusste es einfach.

Verärgert, weil Walker keine Antwort gab, löste sich Vater Cornelius von Kim und drehte sich zu ihm um – offenbar, um ihm wegen seiner Unhöflichkeit Vorhaltungen zu machen. Dann entdeckte auch der Geistliche die Gestalt, die so leichtfüßig den Pfad entlanghastete, wie keiner von ihnen es geschafft hätte.

Kim schrie den anderen zu, dass *er* wieder da war.

Die Gestalt tauchte aus dem Sturm auf, und sie war so deutlich zu sehen, dass Walker den vertrauten Umriss von Armando Olivieri erkannte. Aber Olivieri hatte sich nie in dieser Weise bewegt, er war niemals elegant oder stark und auch nicht furchtlos gewesen, und das Wesen vor ihnen verfügte über alle diese Eigenschaften – und noch viele weitere.

Walker griff nach seiner Waffe, zog sie mit tauben Fingern aus dem Holster und fummelte ungeschickt an ihr herum. Die Pistole entglitt seinem Griff. Fast schien es, als wollte sie sich ihm entwinden. Als er versuchte, sie zu fangen, schlug er sie stattdessen in den Schnee neben dem Pfad und verlor von einer Sekunde auf die andere die Fassung, die er bislang so mühsam gewahrt hatte. Panisch hechtete er hinter der Waffe her und begann bereits beim Aufprall, im Schnee zu wühlen. Die Pistole hatte einen Abdruck hinterlassen, war jedoch versunken. Vater Cornelius und Kim schrien auf ihn und Olivieri ein, während er nach der Waffe grub, und Walker wusste, dass er sterben würde.

Das Geschöpf stürzte sich auf ihn, und er hörte es lachen, als es nach seinem Kopf griff und erst seine Kapuze, dann die Sturmhaube herunterriss. Mit der anderen Hand packte es ihn an den Haaren und zerrte ihn genau in dem Moment nach hinten, als seine Finger die Pistole zu fassen bekamen.

Als der Dämon ihn zurückriss, drehte er sich in seinem Griff herum und zielte mit der Mündung auf Olivieris Gesicht. Die Augen des Professors glühten mit dem inzwischen vertrauten Feuer in seinem Inneren, diesem giftig-orangen Flackern, und der Dämon grinste. Olivieri ließ Walker los, trat einen Schritt zurück und hob die Hände, als wollte er aufgeben. Dann fing der Dämon mit Olivieris Mund zu lachen an.

»Erschießen sie ihn!«, rief Adam, während er herbeieilte und sich zwischen Kim und dem Priester hindurchschob. »Sie dürfen keine Sekunde …«

»O ja«, sagte der Dämon mit Olivieris Lippen. »Erschießen Sie mich.«

Walker starrte ihn an. Einen Moment lang hatte es

vor seinen Augen geflimmert, und ihm war, als hätte er durch das Schneegestöber ein anderes Gesicht erblickt – ein missgestaltetes mit Hörnern und einem Mund voller nadelspitzer schwarzer Zähne. Und dann noch ein drittes Gesicht, das seinem kleinen Jungen gehörte. Charlie.

Erschieß mich, erklang eine Stimme in seinem Kopf.

»Wozu?«, stieß er hervor. »Er wird danach nur zum Nächsten springen.«

Die orangefarbenen Augen loderten hell, und Olivieri knurrte, ehe sich das Gesicht des Professors mit einem Schlag veränderte. Das Feuer in seinen Augen erlosch, und er machte einen stolpernden Schritt nach vorn. Walker hätte fast abgedrückt, aber dann bemerkte er den schmerzhaft verwirrten Ausdruck auf Olivieris Gesicht und erkannte, dass der Dämon ihn verlassen hatte.

Er hatte nur einen Sekundenbruchteil, um sich zu wundern, wo er wohl hin war, ehe er fühlte, wie der Dämon in ihn selbst hineinschlüpfte. Ein Schauder durchlief ihn, er fühlte Wonne, Bedauern und eine Traurigkeit, die so tief reichte, dass er sich sofort wünschte, der Tod würde ihn erlösen. Diese Abscheulichkeit breitete sich in ihm aus, und sie kam ihm wie eine Art Gift oder eine Infektion vor, ein Makel, der immer tiefer in ihn einsickerte, bis der Drang, sich selbst die Haut abzuziehen, dem dringenden Bedürfnis wich, tief in sein eigenes Fleisch zu bohren und das Mark aus seinen Knochen zu schaben. Er war bereit, alles zu tun, wenn er den Unrat in seinem Inneren damit nur wieder loswerden konnte.

In diesem Moment verstand Walker, was Wahnsinn war. Er öffnete den Mund zu einem Schrei, aber dieser Laut verhallte ungehört in seinem Verstand, weil sein Mund nicht mehr länger ihm selbst gehörte.

Genauso wenig wie seine Hände.

Walker konnte zwar durch seine Augen hinaussehen, aber er fühlte das Böse in seinem Inneren. Er spürte, wie sich sein Arm bewegte, und versuchte, es zu verhindern, doch der Dämon hatte das Ruder in der Hand. Der Eindringling schändete sein Fleisch, sein Herz und den tiefsten Kern seiner Seele, und Walker fühlte, wie sehr der Dämon darüber jubelte.

»Nein«, sagte Professor Olivieri und kam mit ausgestreckten Armen durch den Schneesturm auf ihn zu.

Walkers rechte Hand hob die Waffe. Er spürte das Zucken seines Zeigefingers, als der Dämon zweimal hintereinander den Abzug betätigte. Die Schüsse knallten, gefolgt vom Echo seiner Schreie, die sich erneut ungehört in seinem Kopf verloren… Und dann fiel er nach vorn, auf die Knie.

Der Dämon verließ ihn.

»…dich, Walker!«, schrie Kim. »Du musst dich dagegen wehren.«

Man kann nicht gegen ihn ankämpfen, wollte er sagen, wusste aber nicht, ob er seiner Stimme trauen konnte.

Olivieri lag auf dem Rücken im Schnee und presste sich die Hände auf die Brust. Aus zwei Löchern in seiner Jacke strömte Blut, und gleich darauf lief es ihm auch aus dem Mundwinkel. Meryam und Adam gingen zu Olivieri und knieten sich neben ihm hin, während Walker auf seiner anderen Seite stand und mit sprachlosem Entsetzen auf ihn hinabstarrte. Sein ganzer Körper brannte vor Scham, weil er sich derart widerstandslos für etwas so abgrundtief Böses hatte missbrauchen lassen.

Hinter ihm standen Kim und Vater Cornelius, der begonnen hatte, die Gebete aufzusagen, die in seiner

Kirche die letzten Atemzüge der Sterbenden begleiten sollten.

Walker beugte sich mit zusammengepressten Augen vor und hielt sich den Bauch, während er versuchte, sich irgendwie seiner selbst bewusst zu bleiben.

Als er die Augen wieder aufschlug, hatte Olivieri aufgehört zu husten.

Der sterbende Mann starrte ihn an, aber er war nicht mehr Olivieri. Stattdessen grinste der Dämon mit leuchtenden Augen zu ihm hoch und lachte leise, mit einem feuchten Gurgeln, das wegen des Windes beinahe nicht zu hören war.

»Armer Ben«, flüsterte der Dämon, während das Blut aus seinem Mund pulsierte. »Du dachtest, du könntest gegen mich ankämpfen. Dabei war es so einfach, deinen Willen zu brechen. Ich kann es gar nicht erwarten, Amanda kennenzulernen und in Charlie einzudringen. All die Dinge, die ich ihn tun lassen werde…«

Walker versteifte sich und spürte, wie seine ganze Selbstverachtung und die Schuldgefühle mit einem Schlag verschwanden. »Du wirst nicht in die Nähe meines Sohnes kommen.«

Der Dämon lachte und begann erneut zu sprechen, leiser diesmal. Doch Walker beugte sich zu ihm vor und konnte trotz des Sturms verstehen, was er sagte: »Du wirst mich niemals loswerden, du Narr. Ihr habt mich mitgenommen.«

Walker hob erneut die Pistole und wusste diesmal genau, was er tat. Aber dann erlosch das Licht in Olivieris Augen – das natürliche ebenso wie das andere –, und der Kopf des Professors kippte zur Seite. Sein Körper blieb reglos.

Walker stand unsicher auf.

»Es ist nicht richtig, ihn einfach hierzulassen«, sagte Vater Cornelius.

»Was sollen wir denn sonst tun?«, fragte Meryam schwach.

Walker wirbelte herum und zielte auf ihr linkes Auge. Meryam erstarrte, aber er ließ die Waffe zu Adams Brust weiterwandern und zuletzt zu Vater Cornelius.

Einen atemlosen Moment lang starrte Walker ihn an, dann blickte er nacheinander die anderen an. Anscheinend waren sie alle sie selbst. Aber nur im Moment. Der Dämon war in ihm gewesen. Adam war ebenfalls von ihm besessen gewesen. Vater Cornelius und Kim hatte er zumindest vorübergehend vergiftet. Er konnte jederzeit von jedem von ihnen Besitz ergreifen. Und das bedeutete, dass Walker umdenken musste. Er würde den Dämon nicht von diesem Berg herunterlassen und ihm nie die Chance geben, die Menschen zu gefährden, die er liebte. Wenn das bedeutete, dass er alle hier töten und anschließend sich selbst eine Kugel in den Kopf jagen musste, dann würde er es tun.

Als letzten Ausweg, dachte er.

Aber als Avci zitternd und mit seiner eigenen Waffe in der Hand den Pfad entlanggestolpert kam, fragte er sich, wie lange er noch würde abwarten können, bevor dieser letzte Ausweg seine einzige Möglichkeit war.

Irgendwo da draußen im Sturm waren Calliope und Hakan vielleicht noch am Leben, aber darauf zählte er nicht. Ohne sie waren noch sechs Überlebende übrig.

Und sie hatten immer noch eine lange Strecke vor sich.

»Adam, gehen Sie voraus«, sagte Walker.

Adam zögerte und sah auf Olivieris Leichnam hinunter. Schließlich nickte er, aber in seinen Augen stand keine Hoffnung mehr. Er nahm Meryam an der Hand, und die beiden gingen weiter bergab. Die anderen schlossen sich ihnen an und blieben jetzt alle dicht zusammen.

Walker wusste, dass der Dämon sie begleitete. Es gab nur einen Weg, ihn aufzuhalten.

Vater Cornelius stützte sich beim Gehen auf Kim. Avci bildete die Nachhut. Der beflissene kleine Mann hielt seine Pistole bereit und spähte hektisch auf allen Seiten in den Sturm, als wäre das, wovor sie sich fürchten mussten, irgendwo dort draußen, und nicht in ihnen selbst.

»Hör mal, Walker«, sagte Kim. »Cornelius und ich haben miteinander gesprochen. Niemand kann sagen, was dieses Geschöpf alles bewerkstelligen kann…«

»Ist es jetzt ein ›Geschöpf‹?«, fragte Walker. »Ich dachte, wir wissen alle genau, was es ist.«

Vater Cornelius wurde von einem rasselnden Husten geschüttelt und spuckte dann in den Schnee aus. Nach allem, was sie durchgemacht hatten, wirkte er jetzt endlich so alt, wie er wirklich war. Wenn nicht noch älter. Wie ein Hundertjähriger, aber andererseits sahen sie alle wie lebende Leichen aus.

»Trotz allem, was ich als Priester und bei meinen wissenschaftlichen Forschungen gelernt habe, ist mir kein einziger verlässlicher Bericht über einen derartigen Dämon untergekommen«, sagte Vater Cornelius. »Natürlich kenne ich die Exorzismen und tonnenweise altertümliche Schriften über böse Geister, aber darin hat es immer geheißen, dass sie ausgetrieben werden können. Und wenn das Böse erst mal draußen sei, würde es angeblich seine Macht verlieren, oder man könne zumindest seine

Rückkehr verhindern. Doch ich habe noch nie eine Schilderung gelesen, in der ein Dämon mit so einer Leichtigkeit von einer Person zur nächsten springen konnte.«

»Und das bei Ihrer unermesslichen Erfahrung«, erwiderte Walker trocken.

»Walker, sei nicht so unfair«, sagte Kim. »Er ist der Einzige von uns, der je an einer Austreibung teilgenommen hat. Und ich kann zwar nicht für dich sprechen, aber er hat ganz sicher wesentlich mehr Zeit in die Erforschung von solchen Dingen gesteckt als ich.«

Zitternd langte Walker an seinen Jackenkragen und schloss ihn. Je müder er wurde, desto mehr Energie und Willenskraft kostete die Kälte ihn. »Ich weiß«, sagte er. »Aus mir spricht bloß die Frustration.«

»Die Amulette helfen nicht«, erklärte Vater Cornelius. »Daran besteht kein Zweifel. Aber was, wenn sie uns stattdessen sogar schaden?«

Die Frage ließ Walker kurz innehalten, sodass Kim von hinten gegen ihn stieß. Er setzte sich sofort wieder in Bewegung, betrachtete den Priester jedoch forschend, während er weiterging. »Was meinen Sie damit?«, fragte er, aber er glaubte, es bereits zu wissen.

»Vielleicht war es keine gute Idee von uns, etwas aus der Arche mitzunehmen, was mit dem Leichnam in Berührung gekommen ist«, antwortete Kim. »Vielleicht hat das Bewusstsein des Dämons immer noch in seinen Knochen gesteckt oder in der Arche. Wir haben keine Möglichkeit, es zweifelsfrei festzustellen. Aber wenn es so ist, wollen wir dann wirklich mit Bruchstücken aus dem Sarkophag um unsere Hälse herunterlaufen?«

Es schien so eine gute Idee zu sein, dachte Walker. Olivieri hatte sie davon überzeugt, dass die Pechsplitter sie beschützen würden, aber inzwischen war der Professor tot. Die Finger an Walkers rechter Hand zuckten, als seine Muskeln sich an den Augenblick erinnerten, als er abgedrückt und Olivieri getötet hatte. Nur dass gar nicht er den Abzug betätigt hatte, richtig? Das hatte der Dämon getan.

Doch Walkers Körper konnte sich daran erinnern.

»Ich habe mir das Gleiche überlegt«, sagte Avci, der dichter hinter ihnen ging, als ihnen bis zu diesem Moment bewusst gewesen war.

Walker zuckte zusammen. Er drehte sich zu ihm herum und betrachtete die Waffe in seiner Hand. Avci schien er selbst zu sein, aber das ließ sich nicht mit Sicherheit sagen.

Der Mann hob die linke Hand und schob die Finger unter seine Kleiderschichten. Kurz darauf riss er einmal kurz und zog den schwarzen Pechbrocken unter dem Kragen hervor, zusammen mit der Schnur, an der er gehangen hatte. Ohne zu zögern, warf er ihn weg, und Walker sah, wie Avci sich sichtlich entspannte, als hätte ihm das Amulett schwer auf der Seele gelastet.

Wütend runzelte Walker die Stirn. Dann drehte er sich um und beeilte sich, Meryam und Adam einzuholen. Kim und Vater Cornelius taten ihr Bestes, um mit ihm Schritt zu halten.

»Worüber denkst du nach, Walker?«, wollte Kim wissen.

»Dass ihr einfach alle tun solltet, was ihr wollt.«

»Aber …«

»Moment mal«, sagte er, schüttelte den Kopf und wurde langsamer. Meryam und Adam gingen weiter. Avci schloss zu ihnen auf, aber Walker schenkte ihm keine Beachtung. In Gedanken war er wieder in der Höhle und sah zum ersten Mal eines der Amulette. Beinahe während des gesamten Abstiegs hatte er seine Erinnerungen durchforstet, auf der Suche nach irgendeinem Hinweis, mit was für einem Wesen sie es genau zu tun hatten. Irgendetwas, was ihnen helfen könnte.

Vater Cornelius legte ihm eine Hand auf die Schulter. »Was beschäftigt Sie?«

Walker stapfte weiter und starrte auf seine Füße, ohne sie wirklich wahrzunehmen. Er war wieder in der Arche und ließ seine erste Begegnung mit Helen Marshall Revue passieren. »Die Archäologen haben die Amulette an einigen der Leichen in der Arche gefunden«, sagte er, mehr zu sich selbst als zu den anderen. »Wieso nicht an allen?«

»Vielleicht hatten sie die gleiche Meinungsverschiedenheit wie wir gerade«, sagte Vater Cornelius.

»Nach unserer Ankunft«, fuhr Walker fort, »habe ich mich mit Professor Marshall unterhalten. Sie und ihr Team haben an verschiedenen Skeletten gearbeitet, und eine der Passagierinnen ist gestorben, während sie versuchte, sich den Weg aus der Arche mit den Fingernägeln freizukratzen – durch eine Tür, die sich an der Felswand verkeilt hatte. Sie hatte offensichtlich den Verstand verloren, aber sie wollte sich unbedingt aus dem Schiff befreien … und fliehen.« Er sah zu dem Priester hinüber. »Diese Leiche trug kein Amulett.«

»Ich erinnere mich an sie«, meldete sich Avci hinter ihnen zu Wort.

»Willst du damit sagen, dass der Dämon sie in den Wahnsinn getrieben hat, weil sie kein Amulett umhatte?«, fragte Kim.

»Vielleicht«, antwortete Walker. Unter seinen Stiefeln knirschte der Schnee, und die Kälte schlüpfte ihm unter die Kleidung. Er fühlte sich innerlich taub. »Aber was, wenn sie gar nicht verrückt gewesen ist? Wenn sie vor ihren Mitpassagieren fliehen wollte, weil sie erkannt hatte, dass sie mit ihren Amuletten einen Fehler begangen hatten? Dass sie es dem Dämon, statt sich vor ihm zu schützen, so nur leichter gemacht hatten, sie zu besitzen?«

»Aber warum?«, fragte Kim. »Das ergibt doch überhaupt keinen Sinn.«

Vater Cornelius stolperte im Schnee, aber Walker fing ihn auf und half ihm, sich wieder aufzurichten. Er erkannte, wie blass der Priester geworden war und wie viel Kraft ihn die Kletterpartie gekostet haben musste. Adam und Meryam liefen vor ihnen her und schienen von alledem nichts mitzubekommen. Langsam aber unaufhaltsam marschierten sie bergab und blickten sich kein einziges Mal nach den anderen um.

»Was wenn…«, sagte der Priester. »Was, wenn sie seinen Geist gefangen hatten? Nachdem sie es irgendwie geschafft hatten, ihn zu töten, haben sie ihn in diesen Sarg gesteckt und den dann mit Pech versiegelt. Sie glaubten, sie hätten die Essenz des Dämons eingesperrt, aber stattdessen…«

»… sickerte sie heraus«, sagte Kim. »Sie haben gespürt, dass ihnen das Böse unter die Haut kroch, genau wie wir. Wenn seine Essenz das Pech wirklich durchtränkt hat, haben sie ihm einen noch besseren Zugang zu sich selbst ermöglicht, als sie diese Amulette umlegten. Dann haben sie ihn immer mit sich herumgetragen…«

Kim verstummte, und alle vier blieben stehen, sahen

einander an und beschirmten sich gegenseitig gegen den Wind und den peitschenden Schnee. Avci hatte immer noch die Pistole in der Hand, aber für Walker sah es aus, als hätte er vergessen, dass er sie festhielt.

Walker warf Kim einen Blick zu. »Meinst du, dass sie die Legende, die Olivieri uns geschildert hat, auch kannten?« Eine Windböe stieß ihn ein Stück nach vorn, sodass sie alle noch dichter zusammenstanden. Er sah, wie sich die schreckliche Erkenntnis auf ihren erschöpften Gesichtern abzeichnete.

Vater Cornelius schwankte. Er presste die Augen zusammen und sah aus, als würde er jeden Moment kollabieren. Mit einer Hand stützte er sich auf Avcis Schulter. »Was, wenn es gar nicht Olivieri war, der uns von dieser Legende erzählt hat?«, fragte der Priester und starrte mit leerem Blick zwischen ihnen auf den Boden. »Vielleicht ist das nie *sein* Vorschlag gewesen.«

»Scheiße«, flüsterte Kim. »Scheiße, Scheiße, Scheiße.« Hastig tastete sie mit den Fingern zwischen den Falten ihrer Kleidung nach dem Amulett.

Als Kim ihren Pechsplitter in den wirbelnden Schnee warf, drehte Walker sich um und rief Adam und Meryam hinterher. Obwohl sie nur gut zwanzig Meter von ihnen entfernt waren, sahen sie durch den weißen Schleier wie Gespenster aus. »Die Amulette! Sie müssen sie …«

Im nächsten Augenblick saugte er zischend die eiskalte Luft ein und wurde stocksteif.

»Walker?«, fragte Vater Cornelius und streckte die Hand nach seinem Arm aus.

Das Böse glitt so leicht in Walker hinein, als hätte es sich vorhin einen Zugang freigebrannt und inzwischen überhaupt keine Mühe mehr, von ihm Besitz zu ergreifen. Er schrie, aber wieder nur in seinem Inneren, und spürte das Grinsen, das seine Mundwinkel zerriss. Dann hörte er das Lachen, das in seiner Kehle aufstieg.

Avci zielte mit der Pistole auf seine Schläfe. Aus dieser Entfernung konnte er ihn gar nicht verfehlen. Walker empfand große Dankbarkeit und machte sich auf die Kugel gefasst. Im nächsten Moment hörte er Kim schreien und sah, wie sie vorsprang und Avcis Pistolenhand zur Seite schlug. Der Schuss hallte mit einem Knall vom Berg wider, der inmitten des Mahlstroms mehrfach die Richtung zu ändern schien.

Walker schmeckte das Blut, das aus seinen aufgerissenen Mundwinkeln sickerte. Er hatte keine Kontrolle mehr über seine Hände, die nun Vater Cornelius am Schädel packten. Walker spürte, wie sehr der Dämon diesen Augenblick genoss.

»Leb wohl, heiliger Mann«, sagte der Dämon mit seiner Stimme.

Vater Cornelius griff nach Walkers Hals, packte zu und riss die Hand zurück. Walker erhaschte einen Blick auf die ausgefranste Schnur und den schwarzen Splitter, der daran baumelte. Keuchend sank er auf die Knie und spürte, wie der Dämon aus ihm herausfuhr. Diesmal voll und ganz. Trunken vor Erleichterung legte er den Kopf in den Nacken und blickte voller Liebe zu Vater Cornelius auf. Den Schmerz in den Mundwinkeln und den Blutgeschmack auf seiner Zunge nahm er kaum wahr.

»Danke«, sagte er und sah den Priester an, doch in Gedanken war er bei Charlie und dachte an das Leben, auf das er nicht mehr zu hoffen gewagt hatte. »Vater, ich danke Ihnen aus …«

Die Augen des Priesters funkelten orange.

Knurrend stürzte sich Vater Cornelius auf Kim, die fluchend und unsicher vor ihm zurückwich. Er versetzte ihr einen Fausthieb, der sie vom Pfad schleuderte. Als Avci erneut die Pistole hob, packte der Priester ihn am Handgelenk und verdrehte es, bis es mit einem lauten Knacken brach. Avci schrie vor Schmerz auf und ließ die Waffe in den Schnee fallen.

Walker zog seine eigene Waffe und zielte auf das Gesicht des Geistlichen.

Vater Cornelius lachte. Der Laut kam irgendwo aus weiter Ferne, wie das schreckliche Flüstern in einem Albtraum, aus dem es kein Erwachen gab.

»Nur zu«, sagte der Dämon. »Töte noch einen.«

Walker hielt die Pistole fest umklammert. Er atmete so heftig, dass seine Brust schmerzte. Ihm war übel vom Kupfergeschmack seines Blutes, und er zögerte zwei oder drei Sekunden, bis sich der alte Priester abrupt umdrehte und schneller durch den Schnee davonrannte, als es irgendeinem Menschen möglich gewesen wäre.

Walker schoss auf den alten Mann, der in dem Sturm nur noch als geisterhafte Gestalt auszumachen war. Vater Cornelius schwankte zwar, als ihn die Kugel in der Schulter traf, aber er wurde nicht langsamer. Walker feuerte noch zwei weitere Schüsse ab, doch als ihr Echo verhallte, war die Gestalt im Schneetreiben bereits nicht mehr zu sehen.

Vater Cornelius war verschwunden.

Einundzwanzig

Ungefähr eine Stunde später – Meryam bekam kaum noch mit, wie die Zeit verging – sank sie im Schnee auf die Knie. Adam bemühte sich, ihr aufzuhelfen. Als es ihm nicht gelang, versuchte er, sie zu trösten, aber sie stieß kraftlos seine Hände zur Seite und atmete schnaufend durch die Nase ein. Meryam murmelte kleine Gebete und flehte leise, ohne sich darum zu scheren, welcher Gott ihr zuhörte. Sie hoffte nur, irgendeine höhere Macht würde sie bemerken und sie von ihren Schmerzen befreien. Und auch von ihrer Angst und der Reue.

Doch stattdessen hob sich ihr Magen, und sie erbrach einen Schwall stinkender Flüssigkeit. Meryam hatte kaum etwas gegessen, sah das wenige aber nun wieder im Schnee vor sich, zusammen mit Magensäure und ein paar Blutschlieren. Erleichtert stellte sie fest, dass sich Adam instinktiv abwandte.

Doch dann überlegte sie, dass er sie vielleicht selbst dann nicht auf das Blut angesprochen hätte, wenn er es gesehen hätte. Sie wussten beide, dass der Krebs sie von innen auffraß und langsam umbrachte. Der Dämon in der Arche war nicht das erste üble Gift gewesen, mit dem sie sich angesteckt hatte.

»Hallo«, flüsterte er ihr sanft ins Ohr.

Ihr war bislang nicht mal aufgefallen, dass seine Hand auf ihrer Schulter gelegen hatte. Jetzt lehnte sie sich an ihn und schluckte zitternd ihre Tränen herunter, während sie nach seiner Hand griff und sich aufrappelte.

»Meryam, du kannst dich ruhig noch etwas ausruhen«, sagte Adam und sah ihr forschend ins Gesicht. »Wir haben Zeit.«

Auf ihn gestützt stand sie auf. Als eine Windböe sie umzustoßen drohte, hielt sie sich an seiner Schulter fest. »Wir haben *keine* Zeit.«

Adam nahm ihr Gesicht in beide Hände. Trotz des widerlichen Gallegeschmacks in ihrem Mund versuchte sie, ihn anzulächeln – auch wenn die Sturmhaube den größten Teil ihres Gesichts bedeckte. Sie hasste den Sturm und die dicke Kleidung, unter der ihre Identität fast komplett verschwand.

»Wir haben die Amulette weggeworfen«, erinnerte er sie und drehte sich dann zu den anderen um, die in einem respektvollen Abstand gewartet hatten, während sie ihren Mageninhalt auskotzte. »Wir alle. Und jetzt ist er schon seit mindestens einer Stunde nicht mehr aufgetaucht. Ich kann spüren, dass er weg ist … Und ich weiß, dass es dir auch so geht.«

Sie grübelte immer noch über das nach, was Walker und Kim ihnen erklärt hatten. So, wie sie es sahen, war der Geist des Dämons im Sarg und der Pechummantelung gefangen gewesen. Seine Bösartigkeit hatte das Pech durchdrungen und die verzweifelten Menschen auf der Arche in den Wahnsinn getrieben. Die Kreatur hatte Besitz von ihnen ergriffen und sie zum Töten gezwungen, so wie sie es Tausende Jahre später auch mit den Leuten getan hatte, die mit Meryam und Adam in die Arche gekommen waren. Adam vermutete, der Geist des Dämons sei vielleicht inaktiv gewesen und habe sich in einer Art Winterschlaf befunden, aus dem sie ihn aufweckten, als sie die Versiegelung um seinen Sarg zerbrachen.

Nicht von der Hand zu weisen war Walkers Verdacht, dass es in Wahrheit der Dämon und nicht Olivieri gewesen war, der sie dazu überredet hatte, die Amulette zu tragen. In der Arche war dieses Wesen so stark gewesen, dass es sie alle jederzeit manipulieren oder besitzen konnte. Und auch jetzt – fernab von dem Ort, wo seine sterblichen Überreste zu Asche verbrannt worden waren – hatte es immer noch Macht. Aber nur über diejenigen von ihnen, die durch den Kontakt mit einem der Pechsplitter mit ihm in Verbindung blieben.

Meryam blickte der Reihe nach Walker, Kim und den armen Avci an, der seine gebrochene Hand an der Brust barg. Nein, korrigierte sie sich, Avci brauchte ihr Mitleid nicht. Er war immer noch am Leben. Sie alle hier – er, Walker, die ebenso brillante wie schöne Kim Seong und auch Adam. Diese vier würden es schaffen.

Meryam dagegen setzte zwar immer noch einen Fuß vor den anderen, aber eigentlich war sie bereits genauso tot wie die Leute, die sie im blutigen Schnee zurückgelassen hatten. Die anderen würden weiterleben. Sie waren die Überlebenden, und Meryam gehörte nicht zu ihnen. Dafür hasste sie sie.

»Vielleicht hast du recht«, sagte sie und bemerkte erst jetzt, dass der Schneesturm abgeflaut war. Es fiel zwar nach wie vor Schnee, und auch der Wind wehte immer noch, aber längst nicht mehr so heftig. »Ich möchte gern glauben, dass er nicht mehr in uns eindringen kann, doch selbst wenn es so ist, treibt sich Vater Cornelius immer noch da draußen rum. Und vielleicht sind auch noch Hakan und Calliope am Leben. Wir sind also nicht in Sicherheit. Noch nicht.«

Adam nickte knapp. Sie wusste, dass es nicht das war, was er von ihr hören wollte. Adam wäre es lieber gewesen, wenn sie so täte, als wäre die Gefahr vorüber, aber das konnte sie nicht. Egal, wie sehr sie ihn liebte.

»Lasst uns aufbrechen«, sagte er.

Er schlang einen Arm um sie und half ihr auf den Pfad zurück. Meryam wäre lieber allein gegangen, doch sie wussten beide, dass sie das nicht konnte. Inzwischen war sie so sehr geschwächt, dass sie kaum noch mitbekam, wohin sie marschierten, und ihr Übelkeitsanfall hatte sie noch mehr Kraft gekostet. Also lehnte sie sich an ihn. Das Einzige, was jetzt noch zählte, war die Berührung seines Körpers. Und sie machte nur noch weiter, weil sie dafür sorgen musste, dass er das hier überlebte und heil nach Hause kam.

»Ich liebe dich«, flüsterte sie, aber in diesem Moment frischte der Wind auf, und ihre Stimme war zu schwach, um ihn zu übertönen.

»Hm?«, fragte er und sah sie mit gerunzelter Stirn an. »Was hast du gesagt?«

Meryam hustete und wischte sich mit dem Handschuh über den Mund. Dann bedeutete sie ihm mit einem Kopfschütteln, dass es nicht so wichtig gewesen sei und sie einfach weitergehen sollten.

Nach wie vor fiel Schnee, und auch der Wind schwoll noch gelegentlich an, doch er blies längst nicht mehr so wild wie zuvor. Meryam trottete weiter. Ihr Blick war getrübt, und ihr Kopf sackte immer wieder weg, so als stünde sie kurz davor, mitten im Gehen einzuschlafen. Vor ihren Augen und am Rand ihres Sichtfelds tanzten schwarze Flecken, und sie wusste, dass ihr Körper an Ort und Stelle zusammenbrechen wollte.

Walker und Avci hielten ihre Pistolen bereit. Ein paarmal ließ Adam sie anhalten und eine kurze Rast einlegen. Dabei betrachtete Meryam die Pistolen und fragte sich, was diese einfältigen Männer damit zu bewirken hofften. Kugeln durchdrangen zwar das Fleisch, aber der Dämon hatte keinen eigenen Körper …

Doch dann begriff sie es. Sollten sie auf Hakan, Calliope oder den Priester stoßen und merken, dass der Dämon in ihnen steckte, würden die Pistolen sie aufhalten. Patronen konnten den Dämon zwar nicht umbringen, dafür aber diejenigen befreien, die von ihm besessen waren. Und wenn es mit diesen Waffen gelang, alle zu töten, die noch ein Pechamulett trugen, würden die sogenannten Überlebenden vielleicht wirklich davonkommen.

Aber Meryam fühlte den Dämon immer noch. Es schien, als hätte er ein Loch in ihre Schädelbasis gegraben, in dem er kauernd ausharrte, wie ein Ausreißer, der sich in einer dunklen Gasse versteckte. Tief in ihrem Herzen, wo sie sowohl das Kostbarste als auch das Schrecklichste von sich aufbewahrte, glaubte sie, es sei vielleicht gut, dass sie starb. Möglicherweise war es das Beste.

Meryam spürte nun gar nicht mehr, wie die Zeit verging. Sie verschwamm genau wie ihre Sicht, kam und ging wie der Wind, aber nach einer Weile stellte sie blinzelnd fest, dass sie erneut Rast machten. Meryam holte tief Luft, blickte sich um und sah Walker und Kim, die einander zärtlich umarmt hielten.

»Adam?«, fragte sie. Sie fühlte sich merkwürdig taub und spürte kaum noch Schmerzen.

Sein Gesicht tauchte neben ihr auf, und Meryam erkannte, dass sie Seite an Seite auf einem großen Felsen saßen.

»Ich bin hier«, sagte er. »Bist du noch bei mir?«

Er klang aufgekratzt, aber sie erkannte, dass er hinter dieser fröhlichen Fassade seinen Kummer verbarg. Adam wusste, dass sie sterben würde. Natürlich war ihm das schon eine Weile klar, doch jetzt wurde es mit einem Mal greifbar. Sogar noch greifbarer als die Angst, die sie vom Berg heruntergetrieben hatte.

Meryam zwang sich, munterer zu werden. Dabei griff sie auf Energiereserven zurück, von denen sie nichts geahnt hatte – bis jetzt, da sie sie brauchte. »Ich bin bei dir«, sagte sie. »Und wir werden das hier überleben. Wir werden es schaffen.«

Adam lächelte. Sie sah, dass der Schneefall weiter nachgelassen hatte und wie schön es um sie herum geworden war. Der Himmel war nicht mehr weiß, sondern grau, und sie wusste, dass der Nachmittag schon ziemlich weit vorangeschritten sein musste. Als sie die Brocken unter dem Schnee bemerkte, erkannte sie schließlich die Felsformation um sie herum und auch die freie Fläche, auf der sie sich befanden. »Camp Eins«, sagte sie. »Haben wir es schon so weit geschafft?«

»Ja«, sagte Adam und drückte ihre Hand. »Aber wir haben immer noch ein ganz schönes Stück vor uns.«

Ein Gedanke schoss ihr durch den Kopf. Sie sah wieder zu Walker und Kim hinüber. »Wo ist …?«

»Avci musste pinkeln«, erklärte Adam.

Meryam hätte fast gelächelt.

Da hörten sie den Pistolenschuss, gefolgt von Avcis Schrei und sahen, wie er hinter einem der Felsen hervorkippte. Als Avci auf den Boden prallte, rutschte er ein Stück und schob wie ein Pflug Schnee vor sich her.

Im nächsten Moment tauchte Vater Cornelius auf. Meryam sprang auf und schwankte, während ihr alles vor den Augen verschwamm. Kurz fragte sie sich, ob sie vielleicht schlief. Sie konnte kaum noch die Kälte spüren, und die Welt um sie herum erschien ihr so unwirklich wie in einem Albtraum. Alle Geräusche waren gedämpft.

Der Priester stieg mit einem langen Schritt über Avcis Leiche hinweg, und sie sah sein Grinsen. Er hatte sich die Sturmhaube und die Jacke vom Leib gerissen und lächelte, während er auf Walker und Kim zuschritt – so breit, dass seine Wangen fast bis zu den Ohren aufgerissen waren. Sein Unterkiefer und der Hals waren blutverschmiert, in grellroten Streifen, die deutlich vom Weiß des Schnees abstachen.

Aber sein Blick war auf Meryam geheftet, und sein Grinsen schien allein ihr zu gelten. Jetzt entdeckte sie in seinen Augen neben dem orangen Feuer auch einen wissenden Ausdruck, so als teilten sie beide ein Geheimnis.

Sie wollte nur noch schreien, aber stattdessen ging sie auf die Kreatur zu, die einmal Vater Cornelius gewesen war. Adam packte sie am Jackenärmel und zerrte sie zurück. Meryam versuchte, sich gegen ihn zu wehren, doch er riss sie zu Boden.

»Du kannst kaum noch stehen. Er wird dich umbringen.«

»Ich …«, begann sie. … *sterbe. Ich sterbe so oder so.*

Aber Adam war bereits zu Kim und Walker hinübergeeilt und hatte Meryam allein im Schnee liegen lassen.

Der Dämon in Vater Cornelius verbeugte sich und hob

die linke Hand. Dann winkte er ihr auf die gleiche Weise zu, wie ein Zirkusclown ein Kind im Publikum begrüßte. Es schien, als wollte er ihr damit sagen, dass er die nun beginnende Vorführung allein ihr widmete. Im nächsten Augenblick stürzte er sich auf Walker, rang ihn zu Boden und begann, mit beiden Fäusten auf ihn einzuschlagen.

Meryam konnte nur zusehen, wie sich dieser Albtraum vor ihren Augen abspielte.

Walker spürte die Schläge wie wilde Musik, die durch seinen Kopf dröhnte. Er hatte den Priester bemerkt und gezögert. Wie dumm von ihm. Seit sie ihn zuletzt gesehen hatten, war er ohne Mütze, Jacke und Sturmhaube mehr als eine Stunde dort draußen am Berg gewesen. Ein alter Mann im priesterlichen Schwarz mit dem typischen weißen Fleck am Kragen – ohne den Dämon in seinem Körper hätte er es nie bis hierher geschafft.

Die Fäuste hagelten auf ihn nieder. Vater Cornelius' Fäuste. Mit der papierdünnen und von blauen Adern durchzogenen Haut eines alten Mannes. Walker sah die Altersflecken und wundgeriebenen Knöchel. Er fühlte seine Nase brechen und schmeckte einen frischen Schwall Blut im Mund. Dabei brüllte er und warf sich von einer Seite auf die andere, aber die Stärke des Wesens, das in dem Priester steckte, speiste sich aus der Hölle und hatte nichts mit Muskelkraft zu tun.

Die Hölle, dachte er, als eine Faust ihn an der linken Schläfe traf und ihm das Jochbein brach. Inzwischen glaubte er an die Hölle. Was bedeutete, dass irgendwo dort draußen auch Gott existieren musste … und dass Walker ihm völlig egal war. Sie alle, die hier auf dem

Berg Ararat starben, waren seiner Aufmerksamkeit nicht würdig.

Ein weiterer Schlag, diesmal auf der rechten Seite, brach ihm einen oberen Schneidezahn ab.

Gott, beschloss er, war ein Arschloch.

Stöhnend riss er den Arm hoch, schwenkte die Pistole und drückte ab. Der Schuss ging vorbei, aber er vertrieb das Grinsen aus Vater Cornelius' Gesicht. Das orange Licht in den Augen des alten Mannes loderte hell auf, und er knurrte, während er Walker beide Hände um den Hals legte – als wäre er dieses Spiels nun überdrüssig und hielte den Moment des Tötens für gekommen.

Sekunden. All diese Schläge und Gedanken hatten nur Sekunden gedauert.

Walker wurde schwarz vor Augen, und in seinem Kopf gingen die Lichter aus.

Da hörte er Schreie – zwei Stimmen, von denen eine Kim Seong gehörte. Der Griff des Dämons löste sich, und Walker beobachtete blinzelnd, wie Kim und Adam mit Vater Cornelius rangen. Adam hatte dem Priester einen Arm um den Hals geschlungen, zerrte ihn zurück und versuchte, ihn von Walker wegzuziehen.

Kim hielt den linken Arm des alten Mannes umklammert und stieß zunächst mit den Fingern ihrer freien Hand nach seinen Augen. Doch dann löste sie den Eispickel von ihrem Gürtel und hackte dem Priester die glänzende Klinge in die Brust.

Spuckend und mit pfeifendem Atem taumelte Vater Cornelius zurück. Adam stieß ihn um, und der Priester rollte mit dem Eispickel, der links aus seiner Brust ragte, über den Boden.

Vater Cornelius riss den Kopf herum und warf ihnen

allen einen mörderischen Blick zu. Das orange Licht in seinen Augen strahlte unglaublich hell. Vielleicht war es ja wirklich ein Feuer.

Walker hob die Pistole und schoss. Die Kugel traf den Geistlichen an der Schulter und warf ihn nach hinten um. *Es ist noch nicht zu spät,* sagte er sich. »Adam, nehmen Sie ihm das Amulett ab!«

Der Dämon fuhr herum und zischte, als Adam sich auf ihn stürzte. Kim umklammerte erneut seinen linken Arm und versuchte, ihn zurückzuhalten, aber als Adam nach dem Kragen des Priesters griff, erwischte er nur das weiße Stück, das ihn als kirchlichen Würdenträger auswies.

Blitzschnell vergrub Vater Cornelius die Finger in Adams Hals und riss ihm in einer Blutfontäne die Kehle heraus.

Der Schnee fiel immer noch.

Walker schrie und warf sich auf den Dämon. Sein Schwung ließ sie beide heftig zu Boden krachen. Er rief nach Kim, während er dem Dämon gleichzeitig die Mündung seiner Pistole unters Kinn presste.

Kim griff in den jetzt offen stehenden Kragen und riss Vater Cornelius das Pechamulett vom Hals. Sie holte aus und warf den Pechsplitter mitsamt der Schnur so weit wie möglich von Camp Eins weg.

Walker sah, wie sich der Blick des Priesters klärte, als sich der Dämon aus ihm zurückzog. Sanft fiel der Schnee auf sein Gesicht. Dann erkannte Vater Cornelius, was er getan hatte, und brach in Tränen aus.

Walker hörte, wie Meryam hinter ihm zu schreien anfing. Ihre Stimme brach und klang so schmerzerfüllt, wie er es noch nie zuvor bei einem Menschen gehört hatte.

Adam lag auf dem Boden, und aus seiner aufgerissenen Kehle quoll weiterhin Blut hervor. Er sah aus, als hätten Wölfe ihn angefallen und dann einfach liegen lassen.

»O Gott«, sagte Kim und ging stolpernd an Adams Leichnam vorbei zu Meryam hinüber.

Walker beobachtete, wie sie versuchte, Meryam zu trösten, aber die hörte gar nicht zu und schrie stattdessen Adam an, er solle aufstehen und dass er doch derjenige von ihnen beiden sei, der am Leben bleiben müsse, und dass ohne ihn nichts mehr einen Sinn hätte.

»Vater.« Walker sah auf den Priester hinunter, der vor ihm im Schnee lag.

Der Eispickel ragte immer noch aus seiner Brust, und aus der Schusswunde auf der anderen Seite sickerte Blut. Aber Walker bezweifelte, dass diese Verletzungen das Schlimmste waren, was der alte Mann erlitten hatte. In seinem Gesicht klafften üble Risse, und er hatte sehr viel Blut verloren. Sowohl der Blutverlust als auch die eiskalte Witterung hätten ihn eigentlich töten müssen, aber der Dämon hatte wie ein Ofen in ihm gebrannt und ihn immer weiter angetrieben.

Doch nun war dieses Feuer erloschen.

»Vater«, sagte Walker erneut.

Die Lippen des alten Mannes bewegten sich. Trotz seiner Verletzungen an Mund und Gesicht brachte er ein röchelndes Flüstern zustande. Wegen der schrecklichen Verstümmelungen war es fast nicht zu hören, aber Walker verstand. Vater Cornelius hatte zu beten begonnen. Walker kannte die Worte, er hatte sie im Krankenhaus am Bett seiner Mutter gehört – von dem Pfarrer, der ihr die Sterbesakramente erteilt hatte.

Walker hielt dem alten Mann die Hand, während er starb, und betete stumm mit ihm.

Nur für den Fall, dass Gott zuhörte.

Zu dritt stiegen sie von Camp Eins ab. Meryam taumelte vorwärts, flankiert von Kim und Walker, und bemühte sich um eine aufrechte Haltung. Gelegentlich schaffte sie es sogar, allein zu gehen, wenn auch nie ohne eine helfende Hand. Zwischendrin wurde ihr immer wieder schwindlig, und sie versank in Dunkelheit. Dann mussten die beiden anderen ihr die Arme um die Schultern legen und sie regelrecht vom Berg heruntertragen.

Obwohl sie alle mit ihren Kräften völlig am Ende waren, gingen sie immer weiter, und als die Nacht anbrach, waren sie fast wieder an der Stelle, wo Lastwagen, Menschen und Essen auf sie warten würden. *O mein Gott. Essen,* dachte Meryam, als ihr plötzlich bewusst wurde, wie hungrig sie war.

Der Schnee fiel inzwischen nur noch ganz leicht, und es schien, als wollte sich der Himmel mit diesem friedlichen Anblick für den grausamen Schneesturm entschuldigen, der oben auf dem Berg getobt hatte.

Plötzlich kam Meryam stolpernd zum Stehen und fiel beinahe hin, als sie sich von den anderen losriss und wieder ein Stück auf dem Pfad zurücklief.

»Stopp«, rief Kim ihr hinterher. »Was tun Sie…«

»Da!«, sagte Meryam und deutete zitternd mit dem Finger. »Sehen Sie… sehen Sie ihn denn nicht?«

Und da bemerkten die anderen beiden ihn auch.

Im Schatten eines laublosen Baumgerippes saß eine Gestalt, allein und mit gebeugten Schultern… Es war Hakan. Als sie ein oranges Leuchten sah, hätte Meryam beinahe aufgeschrien. Aber dann bemerkte sie, dass das Licht aufflackerte und wieder schwächer wurde, und erkannte schließlich, dass es die Glut einer Zigarette war. Während Hakan dasaß und auf sie wartete, rauchte er und stieß graue Krebswölkchen aus.

Walker trat von ihnen weg und überließ es Kim allein, Meryam zu stützen. Während er sich Hakan vorsichtig näherte, zog er seine Waffe. »Wie zum Teufel haben Sie es bis hierher geschafft?«, blaffte er.

Hakan neigte den Kopf zur Seite. »Das sollte ich doch wohl eigentlich Sie fragen.«

»Zeigen Sie mir Ihren Hals! Machen Sie Ihr Hemd auf und zeigen Sie mir, dass Sie nicht eins dieser verdammten Amulette tragen!«

Hakan ließ die Zigarette im Mundwinkel hängen, während er der Aufforderung nachkam. Die orange Spitze loderte erneut auf, und Meryam schossen Erinnerungsfetzen durch den Kopf. Das orange Leuchten in den Augen der Besessenen würde sie so viele Stunden, Tage oder Wochen verfolgen, wie ihr vom Leben noch blieben.

»Jetzt wenden Sie Ihre Taschen nach außen!«, forderte Walker.

Hakan nahm einen tiefen Zug von der Zigarette und stand auf, um zu tun, was Walker verlangt hatte. »Sie verschwenden Ihre Zeit. Ich hatte nie ein Amulett. Feyiz hat mir zwar eins gegeben, aber das habe ich in der Arche zurückgelassen. Es kam mir falsch vor. Ich konnte einfach nicht glauben, dass mich ein kleiner Stein beschützen würde, wenn der Dämon mich …« Er ließ den Rest des Satzes in der Luft hängen.

Meryam wollte ihn fragen, warum er das nicht schon

oben auf dem Berg gesagt hatte, vor der Evakuierung der Arche. Aber sie kannte die Antwort: Sie hätten nie auf ihn gehört.

Walker senkte die Pistole, steckte sie jedoch nicht weg.

»Was ist mit Calliope passiert?«, fragte Kim.

Hakan nickte bedächtig, dann griff er vorsichtig – sodass Walker es sehen konnte – in seine Jacke und holte Calliopes Kamera heraus. Meryam war sich im Dämmerlicht zwar nicht ganz sicher, aber sie sah blutverschmiert aus.

»Ich dachte, die würden Sie vielleicht haben wollen«, sagte er und hielt sie Meryam hin.

»Danke«, erwiderte sie mit bebender Stimme. »Würden Sie sie … bitte noch für mich aufbewahren?«

Sein Blick, in dem so häufig nur Wut und Abscheu standen, wurde weicher, als er Meryam eingehender betrachtete. »Adam?«, fragte er.

»Da oben«, flüsterte sie und deutete den Berg hinauf. »Zusammen mit den Übrigen.«

Hakan nickte. Einen Moment lang sah sie einen schwer zu deutenden Ausdruck über sein Gesicht huschen. Dann schob er Kim zur Seite und hob Meryam auf die Arme. Sie erstarrte und dachte daran, wie hasserfüllt er sie immer behandelt hatte. Aber dann entspannte sie sich und ließ sich an Hakans Schulter sinken. Er hatte eine sterbende Frau angesehen und beschlossen, ihr eine letzte Freundlichkeit zu erweisen. Das würde sie ihm nicht nehmen.

Walker wollte etwas einwenden, verstummte jedoch auf eine Geste von Kim hin. Und dann machten sich die vier Überlebenden an die letzte Etappe ihres Abstiegs. Meryam dachte an die verbrannten Überreste des Kadavers in der Höhle und die Pechbrocken, die dort oben lagen. Sie dachte an all die Toten, die sie zurückgelassen hatten, an die Splitter, die einige von ihnen um den Hals trugen, und auch an die Amulette, die sie fortgeworfen hatten und die nun irgendwo auf den Hängen des Ararat lagen. Wo war der Dämon jetzt? Immer noch in der Arche? In den Splittern, die sie liegen gelassen hatten?

Oder war er nach wie vor bei ihnen, den letzten paar Überlebenden, und lauerte im Verborgenen darauf, die moderne Welt kennenzulernen?

Meryam weinte leise in Hakans Armen. Während er ging, wiegte er sie sanft, und schon bald hatte sie das Bewusstsein verloren.

Ihre Träume waren erfüllt von Schreien.

Zweiundzwanzig

Am zweiten Dienstag im April saß Kim Seong an einem kleinen runden Tisch in der Pizzeria Paradiso und wartete auf ihre Mittagsverabredung. Sie hatte einen Platz am Fenster gewählt, da sie von dort den Fußgängerstrom auf der M Street im Auge behalten konnte, aber auch weil es für diese Jahreszeit in Washington D.C. ein ungewöhnlich warmer Tag war und sie die Sonne auf der Haut spüren wollte. Seit dem Ararat konnte sie gar nicht genug Sonne bekommen.

»Kann ich Ihnen etwas zu trinken bringen, solange Sie warten?«

Kim blinzelte und sah zum Kellner auf, einem dünnen jungen Mann mit perfekt gestylter Frisur und kunstvoll rasiertem Stoppelbart. »Fürs Erste nur ein Wasser, bitte.«

Als der Kellner wieder gegangen war, lehnte sie sich zurück und genoss die Wärme und das Licht. Einen Moment lang schloss sie die Lider, um sich zu sonnen, schlug sie jedoch gleich wieder auf. Immer wenn sie die Augen zumachte, tauchten Bilder vor ihr auf, die sie in der Realität nie wieder zu sehen hoffte.

Über der Tür läutete eine Glocke, und sie hob den Blick. In der Ecke, in der ihr Tisch stand, blockierten eine Säule und eine große Pflanze die Sicht auf den Eingang, aber sie hörte gedämpft, wie jemand mit der Wirtin sprach, und noch bevor sie ihn sah, wusste sie, dass es Walker war. Er lächelte, als er sie bemerkte, und hob grüßend die Hand. Kim erwiderte die Geste.

Ein, zwei Sekunden blickten sie einander an und suchten nach irgendwelchen Hinweisen – einem Grinsen, das zu breit schien, oder einem orangen Leuchten in den Augen, das Sonnenschein und Schatten gleichermaßen trotzte. Es war ihr zur Gewohnheit geworden, alle Menschen, die sie traf, eingehend zu mustern und sich zu fragen, ob sie jemand anders waren, als sie zu sein vorgaben.

Walker war an den Mundwinkeln genäht worden und schien nicht wild darauf zu sein, den Mund beim Lächeln allzu sehr zu verziehen. Und das war auch gut so. Die Wunden wirkten zwar recht gut verheilt, aber die Narben würde er wohl für immer behalten.

Als er einen Schritt zur Seite trat und zum Eingang hinüberwinkte, trat ein kleiner dunkelhaariger Junge neben ihn. Walker legte ihm eine Hand auf den Rücken, und sie kamen gemeinsam zum Tisch herüber.

»Schön, dass ihr es geschafft habt«, sagte sie.

»Geschafft?«, erwiderte Walker. »Wir leben hier. Du bist diejenige, die den weiten Weg auf sich genommen hat. Ich freue mich, dass du es einrichten konntest.«

Kim nickte. Sie wollte ihn nicht korrigieren. Noch nicht. »Und du bist wohl Charlie«, sagte sie und ging vor dem Jungen in die Hocke.

Er lächelte verhalten. Charlie sah Walker ähnlich, aber sein Gesicht war weicher und wirkte offenherziger als das seines Vaters.

»Charlie, das ist meine Freundin Seong. Willst du ihr Hallo sagen?«

Der Junge streckte ihr die Hand hin. »Es freut mich, Sie kennenzulernen, Mrs Seong.«

»Es freut mich auch, Sie kennenzulernen, mein Herr«, entgegnete Kim mit der gleichen Förmlichkeit. »Dein Vater hat mir erzählt, dass du hier am liebsten isst.«

Auf dieses Stichwort hin strahlte er sie an und begann, eine ganze Litanei von Pizzabelägen herunterzubeten. Seine Schüchternheit war wie weggeblasen. Da Charlie von dem Moment an, als sie sich hinsetzten, unermüdlich redete, gerieten Kim und Walker gar nicht erst in Versuchung, sich über ihre schrecklichen Erinnerungen zu unterhalten. Und als der Kellner wiederkam, hatten sie mithilfe des Jungen bereits die perfekten Pizzen komponiert.

»Mit frischem Mozzarella, aber die großen Scheiben, nicht das geriebene Zeug«, bestellte Charlie, stolz auf sein Fachwissen.

»Sehr wohl, mein Herr«, erwiderte der Kellner, als spräche er mit einem Kongressabgeordneten statt mit einem Viertklässler.

»Okay, Kumpel, und was kommt als Nächstes?«, fragte Walker, nachdem der Kellner gegangen war, um ihre Bestellungen zu bonieren.

»Die Hände«, antwortete Charlie gut gelaunt. Er schob den Stuhl zurück und blickte seinen Vater erwartungsvoll an.

»Du zuerst«, sagte Walker. »Ich gehe nach dir.«

Plötzlich sah Charlies Gesicht gar nicht mehr wie das eines unschuldigen Neunjährigen aus, und er blickte aufmerksam zwischen seinem Vater und Kim hin und her. Schließlich nickte er. »Verstanden. Aber kein Geküsse vor allen Leuten. Das ist voll peinlich.«

Als Charlie davonging, spürte Kim, wie sie errötete.

Walker sah ihm noch einen Moment lang nach, bevor er sich ihr zuwandte. »Entschuldige. Das tut mir leid.«

Sie neigte den Kopf zur Seite. »Gibt es einen Grund, warum er glaubt, dass wir uns sofort küssen, sobald er den Tisch verlässt?«

Walker zuckte leicht mit den Schultern. »Auf dem Weg hierher hat er mich verhört«, sagte er ohne den Anflug eines Lächelns. »Und eine der Fragen war, ob wir uns schon mal geküsst haben.«

»Und du hast Ja gesagt.«

»Es gibt so vieles, was ich ihm nicht erzählen kann«, erwiderte Walker. »Und deswegen habe ich mir geschworen, ihm über alles andere die Wahrheit zu sagen.«

Kim strich mit den Fingernägeln über das Stickmuster auf der Baumwolltischdecke. »Wie viel weißt du?«, fragte sie.

Mit einem Blick durchs Lokal vergewisserte sich Walker, dass niemand sie hören konnte, ehe er sich leicht zu ihr herüberbeugte. »Ich weiß, dass die Türken inzwischen die meisten Leichen vom Berg geborgen haben. Meine Arbeitgeber verfolgen das Ganze sehr genau, aber bisher haben wir von keinen Gewaltausbrüchen erfahren oder… von irgendwelchen anderen Dingen, wie wir sie dort oben erlebt haben.«

Kim nickte. »Bisher. Aber sie haben niemanden in die Höhle gelassen. Die Türken haben die Arche zum absoluten Sperrgebiet erklärt, und die UNO unterstützt sie darin.«

Als sich ihre Blicke begegneten, sah Kim ihre eigenen Ängste in Walkers Augen widergespiegelt. Er drehte sich zum Fenster und beobachtete zwei Frauen, die Hand in Hand an ihnen vorbeispazierten. Eine von ihnen führte einen lebhaften schwarzen Terrier an der Leine. *Gewöhnliche Menschen mit ganz gewöhnlichen Leben,* dachte Kim. *Wenn sie nur wüssten …*

»Haben die Türken auch Adam Holzers Leiche freigegeben?«, fragte Walker.

»Vor ein paar Tagen erst. Ich habe darüber nachgedacht, zur Beerdigung zu gehen, aber ich hatte Angst, mich aufzudrängen. Außerdem will Meryam uns nicht sehen. Sie möchte in der Zeit, die sie noch hat, so wenig wie möglich an die Geschehnisse auf dem Berg erinnert werden.«

Walker schaute quer durchs Restaurant. Kim folgte seinem Blick und sah, dass Charlie aus dem Toilettenflur im hinteren Bereich zurückkehrte und sich die Hände an der Jeans trocken wischte. Der Anblick brachte sie zum Lächeln.

»Ich bin erstaunt, dass sie immer noch lebt«, sagte Walker. »Viel Zeit kann sie nicht mehr haben.«

Kim zögerte kurz und platzte dann heraus: »Man weiß nie, wie viel Zeit einem bleibt. Und darum wollte ich dich auch sehen.«

Walker war der Unterton in ihrer Stimme wohl nicht entgangen, denn jetzt sah er ihr forschend ins Gesicht und versuchte offenkundig herauszufinden, was ihm bisher entgangen war. »Was meinst du damit?«

»Ich wollte dir sagen, dass ich eine auf zwei Jahre befristete Position an der Botschaft angenommen habe, als Sonderberaterin des Botschafters. Also werde ich eine Zeit lang hier in D.C. sein. Und ich dachte, wir könnten vielleicht ab und zu etwas gemeinsam unternehmen.«

Sein Gesichtsausdruck war schwer zu deuten. »Das würde mir sehr gefallen«, sagte er, aber so steif, dass sie sich fragte, ob er vielleicht nur höflich zu ihr sein wollte.

»Ich erwarte mir gar nichts«, sagte sie. »Aber ich habe Albträume. Die ganze Zeit. Und es gibt niemanden sonst, der sie verstehen kann.«

Charlie tauchte wieder auf und kletterte genau in dem Moment auf seinen Stuhl, als der Kellner ihre drei Gläser Wasser brachte. Der kleine Junge dankte ihm höflich.

Walker langte über den Tisch, nahm ihre Hand und ließ sie nicht los. »Ich habe diese Träume auch. Du bist nicht allein.«

Für einen Uneingeweihten mussten seine Worte geklungen haben, als spräche er nicht von ihrer gemeinsamen Furcht, sondern über etwas Romantisches, denn Charlie rümpfte die Nase und verdrehte die Augen. Er spielte die Rolle des kleinen Gentlemans zwar formvollendet, aber öffentlich zur Schau gestellte Zärtlichkeiten waren anscheinend zu viel für ihn.

»Wir küssen uns nicht«, erklärte ihm Kim und lächelte. Sie fühlte, wie ihr in der Gegenwart des Jungen das Herz aufging. »Oder steht Händchenhalten auch auf der Verbotsliste?«

Charlie schürzte nachdenklich die Lippen und seufzte schließlich resigniert. »Händchenhalten ist schon okay.«

Walker lachte und drückte Kims Hand noch ein wenig fester. Dafür war sie ihm dankbar. Seine Berührung half ihr genauso wie das Wissen, dass er ihre Albträume verstand. Das Angebot, nach D.C. zu kommen und für den Botschafter zu arbeiten, hatte zwar nichts mit Walker und ihren gemeinsamen Erfahrungen auf dem Berg Ararat zu tun, aber dass er hier lebte, hatte bei ihrer Entscheidung, den Job anzunehmen, natürlich eine Rolle gespielt.

Nicht weil sie ihn liebte – sie kannte ihn nicht annähernd gut genug, um sich über solche Gefühle Gedanken zu machen. Doch seit dem Ararat litt sie immer wieder unter schrecklichen Angstzuständen und hatte sich schon ein paarmal gefragt, ob sie wohl verrückt war… Und dann gab es auch die nicht weniger erschreckenden Momente, in denen sie fürchtete, dass sie ganz im Gegenteil völlig bei Sinnen war.

»Danke schön«, sagte sie ebenso sehr an den Vater wie an den Sohn gerichtet.

Aber als der Kellner ihre Pizzen brachte, sah sie noch einmal in Walkers Augen und hielt nach dem verräterischen orangen Funkeln Ausschau. Nur, um sicherzugehen.

Kim wusste, dass sie nie aufhören würde, danach zu suchen.

Niemals.

Ein leichter Frühlingsregen verdunkelte den Himmel über East Meadow auf Long Island. Meryam war Adams Vater bisher erst einmal begegnet – bei einer Signierstunde. Damals hatten sie und Adam es sinnvoll gefunden, auf eigene Kosten nach New York zu reisen, um die Veröffentlichung ihres ersten Buches zu feiern. Mr Holzer war Ende fünfzig und – obwohl er schon seit Langem mit einer Börsenmaklerin namens Sylvia zusammenlebte – seit dem Tod seiner Frau vor fünfzehn Jahren unverheiratet. Meryam hatte sich immer gefragt, ob Adams Vater Sylvia nur deswegen nie geheiratet hatte, weil er seinen Sohn nicht mit einer Stiefmutter konfrontieren wollte.

Sie hoffte, dass Mr Holzer es jetzt, nach einer angemessenen Trauerphase, nachholen würde. Auf Adams Gefühle musste niemand mehr Rücksicht nehmen.

Sie stand vor dem schwarzen schmiedeeisernen Tor zum Friedhof der United Synagogue. Regen platschte auf ihren Schirm und tropfte von den Seiten herab. Meryam machte sich darunter so klein wie möglich, um nicht nass zu werden. Sie trug einen langen schwarzen, mit Fleece gefütterten Mantel und einen dicken grauen Schal. Bevor sie am Morgen aus dem Hotel gegangen war, hatte sie ihre dichte Mähne mit einem Gummiband zum Zopf gebunden, aber das war mittlerweile zerrissen, und jetzt hingen ihr mehrere Strähnen ins Gesicht.

Meryam tat es im Herzen weh, auf die Autos hinter dem Tor zu blicken, die im Westteil des Friedhofs die engen Straßen rund um das Mausoleum säumten. Sie hatte den Kontakt zwischen den türkischen Behörden und Mr Holzer hergestellt, damit er Adams sterbliche Überreste heimholen konnte. Falls Mr Holzer die Verlobung seines Sohnes bekannt gewesen war, hatte er es zumindest mit keinem Wort erwähnt.

Er hatte sie zwar zur Bestattung eingeladen, aber Meryam hatte abgelehnt. Für so eine Reise wäre sie nicht kräftig genug, hatte sie ihm gesagt. Doch das war gelogen. Anstatt sich der kleinen Trauergemeinde während der Totenmesse und im Inneren des Mausoleums anzuschließen, wo sie gerade Adams Asche in einer Wandnische beisetzten, war sie heimlich nach New York geflogen und mit einem Mietauto hierher nach Long Island gefahren.

Hätte sie die Einladung angenommen, wäre sie sich wie ein Eindringling vorgekommen. Oder wie eine Betrügerin.

Auf der Straße hinter ihr brummten Autos vorbei und spritzten mit den Reifen Wasser auf. Meryam war hier draußen die einzige Fußgängerin. Sie stand mit ihrem Schirm vor dem Tor und beobachtete, wie die Trauernden herauskamen und zu ihren Autos gingen. Aus dieser Entfernung konnte sie nicht erkennen, welche der dunklen Gestalten Mr Holzer und Sylvia waren.

Sie wünschte, sie könnte weinen.

Gleich würde sie weggehen. Sie wollte vermeiden, dass Mr Holzer sie sah und erkannte, dass sie zwar den ganzen Weg gekommen war, aber keine Lust gehabt hatte, sich ihnen anzuschließen.

Es ist ja nicht so, dass ich keine Lust hatte, dachte sie. *Ich kann es nicht.*

Sie hatte nicht durch dieses Tor gehen oder die Synagoge betreten können, in der die Messe stattgefunden hatte. Wenn Sie Adam betrauern wollte, musste sie das hier draußen im Regen tun. Immerhin brauchte sie sich keine Sorgen wegen einer Lungenentzündung zu machen. Sie hatte überhaupt keine Angst mehr vor Krankheiten.

Als die ersten Wagen langsam auf das Tor zufuhren, ging sie zu ihrem eigenen Auto zurück, das sie am Straßenrand geparkt hatte. Auf dem Weg ließ sie die Hand in ihre Hosentasche gleiten – so wie in jener Nacht, als Hakan sie von dem Berg heruntergetragen hatte. Und genau wie damals ertastete sie die scharfen Kanten und die glatte Oberfläche des Pechsplitters.

Meryam hatte keine Ahnung, wer ihn ihr zugesteckt hatte. Der Dämon hätte jeden aus ihrer Gruppe dazu veranlassen können. Er musste nur eine Sekunde in einen von ihnen hineinschlüpfen und das Amulett unbemerkt in ihre Jackentasche gleiten lassen. Damit er, wenn alle Stricke rissen, eine letzte Chance haben würde, vom Berg zu entkommen… und seinen Platz in der Welt zu finden. Er hatte sie dafür ausgewählt, weil er ihr etwas anzubieten hatte.

Leben.

Solange sie sich seinen Wünschen fügte, würde er sie wieder gesund machen. Zu einem intakten Menschen. Er hatte den Krebs ausgemerzt, der kurz davor gewesen war, sie zu töten, und war an seine Stelle getreten. Als eine andere Form von Krebs.

Ihre Lippen teilten sich zu einem schmerzhaften Grinsen, aber sie kämpfte dagegen und vertrieb es aus ihrem Gesicht. Es mochte vielleicht angehen, dass der Dämon sie nicht weinen ließ, doch sie würde ihm auf keinen Fall erlauben, sie zum Lächeln zu bringen. Nicht heute.

Wenn es nur um sie gegangen wäre, hätte sich Meryam niemals auf den Handel mit ihm eingelassen. Sie hätte den Tod diesem Leben vorgezogen.

Aber sie hatte es nicht für sich getan.

Wie betäubt legte sie sich eine Hand auf den Bauch und fühlte seine Wölbung. Sie war im vierten Monat schwanger, und das Baby wuchs mit jedem Tag. Wenn es ein Junge war, würde sie ihn Adam nennen und dafür beten, dass er nach seinem Vater kam.

Aber manchmal…

Manchmal erlaubte sie sich, darüber nachzudenken, dass das, was in ihr heranwuchs, vielleicht gar kein Baby war. Und dann fing sie an zu schreien, aber nur einen kurzen Moment lang… Bis der Dämon wütend die Kontrolle übernahm und sie zum Schweigen brachte. Er wollte nicht, dass sie schrie.

Das ist schlecht für das Baby, flüsterte er in ihren Gedanken. *Und das Baby muss doch stark werden.*

Meryam fragte sich, wie sehr es wohl schmerzen würde, etwas auf die Welt zu bringen, das Hörner hatte.

Danksagung

Wie immer möchte ich mich bei den Menschen bedanken, die dafür sorgen, dass ich meine Arbeit machen kann, darunter meinem Agenten Howard Morhaim, meinem Manager Peter Donaldson und meinem exzellenten Lektor Michael Homler sowie Lauren Jablonski und dem gesamten Team bei St. Martin's Press. Meine ewige Dankbarkeit gilt Connie und den wunderbaren jungen Leuten, die wir voller Stolz unsere Kinder nennen. Besonders danken möchte ich Dana Cameron, Eric Simonson (von International Mountain Guides) und Leila Vardizeh, für ihre Fachkenntnisse und ihre Freundlichkeit.